HISTOIRES EXTRAORDINAIRES

Edgar Allan Poe

Né en 1809 à Boston et orphelin dès son plus jeune âge, Edgar Allan Poe est un poète, romancier, nouvelliste, critique littéraire, dramaturge et éditeur, ainsi que l'une des principales figures du romantisme américain. Il est connu pour ses contes et pour avoir donné au genre de la nouvelle ses lettres de noblesse. L'univers de ses écrits est souvent sombre, teinté de fantastique. *Le Corbeau*, publié en 1845, est l'un de ses plus grands succès, avec *La Chute de la maison Usher* (1839), *Le Masque de la Mort rouge* (1842) et *Le Cœur révélateur* (1843). L'influence qu'il acquiert sur la littérature comme dans d'autres domaines artistiques traverse les frontières, et ses écrits trouvent des défenseurs en France, notamment avec Baudelaire et Mallarmé. Il meurt en 1849 à l'âge de 40 ans et dans des circonstances mystérieuses, deux ans après la mort de sa femme, Virginia.

POCKET CLASSIQUES

EDGAR ALLAN POE

HISTOIRES EXTRAORDINAIRES

Traduction
de Charles Baudelaire

POCKET

MIXTE
Papier issu de sources responsables
FSC® C003309

L'éditeur de cet ouvrage s'engage dans une démarche de certification FSC® qui contribue à la préservation des forêts pour les générations futures.

Pour en savoir plus :
www.editis.com/engagement-rse/

ISBN : 978-2-266-31001-7
Dépôt légal : mai 2021

EDGAR POE,
SA VIE ET SES ŒUVRES

…… Quelque maître malheureux à qui l'inexorable Fatalité a donné une chasse acharnée, toujours plus acharnée, jusqu'à ce que ses chants n'aient plus qu'un unique refrain, jusqu'à ce que les chants funèbres de son Espérance aient adopté ce mélancolique refrain : « Jamais ! Jamais plus ! »

EDGAR POE – *Le Corbeau*

Sur son trône d'airain le Destin, qui s'en raille, Imbibe leur éponge avec du fiel amer,
Et la nécessité les tord dans sa tenaille.

THÉOPHILE GAUTIER – *Ténèbres*

I

Dans ces derniers temps, un malheureux fut amené devant nos tribunaux, dont le front était illustré d'un rare et singulier tatouage : *Pas de chance !* Il portait ainsi au-dessus de ses yeux l'étiquette de sa vie, comme un livre son titre, et l'interrogatoire prouva que ce bizarre écriteau était cruellement véridique. Il y a, dans l'histoire littéraire, des destinées analogues, de vraies damnations – des hommes qui portent le mot *guignon* écrit en caractères mystérieux dans les plis sinueux de leur front. L'Ange aveugle de l'expiation s'est emparé d'eux et les fouette à tour de bras pour l'édification des autres. En vain leur vie montre-t-elle des talents, des vertus, de la grâce ; la Société a pour eux un anathème spécial, et accuse en eux les infirmités que sa persécution leur a données. Que ne fit pas Hoffmann pour désarmer la destinée, et que n'entreprit pas Balzac pour conjurer la fortune ? Existe-t-il donc une Providence diabolique qui prépare le malheur dès le berceau – qui jette avec *préméditation* des natures spirituelles et angéliques dans des milieux hostiles, comme des martyrs dans les cirques ? Y a-t-il donc des âmes *sacrées*, vouées à l'autel, condamnées à marcher à la mort et à la gloire à travers leurs propres ruines ? Le cauchemar des *Ténèbres* assiégera-t-il éternellement ces âmes de choix ? Vainement elles se débattent, vainement elles se forment au monde, à ses prévoyances, à ses ruses ; elles perfectionneront la prudence, boucheront toutes les issues, matelasseront les fenêtres contre les projectiles du hasard ; mais le Diable entrera par une serrure ; une perfection sera le défaut de leur cuirasse, et une qualité superlative le germe de leur damnation.

L'aigle, pour le briser, du haut du firmament,
Sur leur front découvert lâchera la tortue,
Car *ils* doivent périr inévitablement.

Leur destinée est écrite dans toute leur constitution, elle brille d'un éclat sinistre dans leurs regards et dans leurs gestes, elle circule dans leurs artères avec chacun de leurs globules sanguins.

Un écrivain célèbre de notre temps a écrit un livre pour démontrer que le poète ne pouvait trouver une bonne place ni dans une société démocratique ni dans une aristocratique, pas plus dans une république que dans une monarchie absolue ou tempérée. Qui donc a su lui répondre péremptoirement ? J'apporte aujourd'hui une nouvelle légende à l'appui de sa thèse, j'ajoute un saint nouveau au martyrologe ; j'ai à écrire l'histoire d'un de ces illustres malheureux, trop riche de poésie et de passion, qui est venu, après tant d'autres, faire en ce bas monde le rude apprentissage du génie chez les âmes inférieures.

Lamentable tragédie que la vie d'Edgar Poe ! Sa mort, dénûment horrible dont l'horreur est accrue par la trivialité ! – De tous les documents que j'ai lus est résultée pour moi la conviction que les États-Unis ne furent pour Poe qu'une vaste prison qu'il parcourait avec l'agitation fiévreuse d'un être fait pour respirer dans un monde plus aromal – qu'une grande barbarie éclairée au gaz –, et que sa vie intérieure, spirituelle de poète ou même d'ivrogne, n'était qu'un effort perpétuel pour échapper à l'influence de cette atmosphère antipathique. Impitoyable dictature que celle de l'opinion dans les sociétés démocratiques ; n'implorez d'elle ni charité ni indulgence, ni élasticité quelconque dans l'application de ses lois aux cas multiples et complexes de la vie morale. On dirait que de l'amour impie de la liberté est née une tyrannie nouvelle, la tyrannie des bêtes, ou zoocratie, qui par son insensibilité féroce ressemble à l'idole de Jaggernaut. – Un biographe nous dira gravement – il est bien intentionné, le brave homme – que Poe, s'il avait voulu régulariser son génie et appliquer ses facultés créatrices d'une manière plus appropriée au sol américain, aurait pu devenir un auteur à argent, *a money making author* ; – un autre, – un naïf cynique, celui-là – que, quelque beau que soit le génie de Poe, il eût mieux valu pour lui n'avoir que du talent, le talent s'escomptant toujours plus facilement que le génie. Un autre, qui a dirigé des journaux et des revues, un ami du poète, avoue qu'il était difficile de l'employer et qu'on était obligé de le payer moins que d'autres, parce qu'il écrivait dans un style trop au-dessus de vulgaire. *Quelle odeur de magasin !* comme disait Joseph de Maistre.

Quelques-uns ont osé davantage, et, unissant l'inintelligence la plus lourde de son génie à la férocité de l'hypocrisie bourgeoise, l'ont insulté à l'envi ; et, après sa soudaine disparition, ils ont rudement morigéné ce cadavre – particulièrement M. Rufus Griswold, qui, pour rappeler ici l'expression vengeresse de M. George Graham, a commis alors une immortelle infamie. Poe, éprouvant peut-être le sinistre pressentiment d'une fin subite, avait désigné MM. Griswold et Willis pour mettre ses œuvres en ordre, écrire sa vie et restaurer sa mémoire. Ce pédagogue-vampire a diffamé longuement son ami dans un énorme article, plat et haineux, juste en tête de l'édition posthume de ses œuvres. – Il n'existe donc pas en Amérique d'ordonnance qui interdise aux chiens l'entrée des cimetières ? – Quant à M. Willis, il a prouvé, au contraire, que la bienveillance et la décence marchaient toujours avec le véritable esprit, et que la charité envers nos confrères, qui est un devoir moral, était aussi un des commandements du goût.

Causez de Poe avec un Américain, il avouera peut-être son génie, peut-être même s'en montrera-t-il fier ; mais, avec un ton sardonique supérieur qui sent son homme positif, il vous parlera de la vie débraillée du poète, de son haleine alcoolisée qui aurait pris feu à la flamme d'une chandelle, de ses habitudes vagabondes ; il vous dira que c'était un être erratique et hétéroclite, une planète désorbitée, qu'il roulait sans cesse de Baltimore à New York, de New York à Philadelphie, de Philadelphie à Boston, de Boston à Baltimore, de Baltimore à Richmond. Et si, le cœur ému par ces préludes d'une histoire navrante, vous donnez à entendre que l'individu n'est peut-être pas seul coupable et qu'il doit être difficile de penser et d'écrire commodément dans un pays où il y a des millions de souverains, un pays sans capitale à proprement parler, et sans aristocratie, alors vous verrez ses yeux s'agrandir et jeter des éclairs, la bave du patriotisme souffrant lui monter aux lèvres, et l'Amérique, par sa bouche, lancer des injures à l'Europe, sa vieille mère, et à la philosophie des anciens jours.

Je répète que pour moi la persuasion s'est faite qu'Edgar Poe et sa patrie n'étaient pas de niveau. Les États-Unis sont un pays gigantesque et enfant, naturellement jaloux du vieux continent. Fier de son développement matériel, anormal et presque monstrueux, ce nouveau venu dans l'histoire a une foi naïve dans la toute-puissance de l'industrie ; il est convaincu, comme quelques malheureux parmi nous, qu'elle finira par manger le Diable. Le temps et l'argent ont là-bas une valeur si grande ! L'activité matérielle, exagérée jusqu'aux proportions d'une manie nationale, laisse dans les esprits bien peu de place pour les choses qui ne sont pas de la terre. Poe, qui était de bonne souche, et qui d'ailleurs professait que le grand malheur de son pays était de n'avoir pas d'aristocratie de race, attendu, disait-il, que chez un peuple sans aristocratie le culte du Beau ne peut que se corrompre, s'amoindrir et disparaître, qui accusait chez ses concitoyens, jusque dans leur luxe emphatique et coûteux, tous les symptômes du mauvais goût caractéristique des parvenus, qui considérait le Progrès, la grande idée moderne, comme une extase de gobe-mouches, et qui appelait les *perfectionnements* de l'habitacle humain des cicatrices et des abominations rectangulaires, Poe était là-bas un cerveau singulièrement solitaire. Il ne croyait qu'à l'immuable, à l'éternel au *self-same*, et il jouissait – cruel privilège dans une société amoureuse d'elle-même ! – de ce grand bon sens à la Machiavel qui marche devant le sage, comme une colonne lumineuse, à travers le désert de l'histoire. – Qu'eût-il pensé, qu'eût-il écrit, l'infortuné, s'il avait entendu la théologienne du sentiment supprimer l'Enfer par amitié pour le genre humain, le philosophe du chiffre proposer un système d'assurances, une souscription à un sou par tête pour la suppression de la guerre – et l'abolition de la peine de mort et de l'orthographe, ces deux folies corrélatives ! –, et tant d'autres malades qui écrivent, *l'oreille inclinée au vent*, des fantaisies giratoires aussi flatueuses que l'élément qui les leur dicte ? Si vous ajoutez à cette vision impeccable du vrai, véritable infirmité dans de certaines circonstances, une délicatesse exquise de sens qu'une note fausse torturait, une finesse de goût que tout, excepté l'exacte proportion, révoltait, un amour insatiable du Beau, qui avait pris la puissance d'une passion morbide, vous ne vous étonnerez pas que pour un pareil homme la vie soit devenue un enfer, et qu'il ait mal fini ; vous admirerez qu'il ait pu *durer* aussi longtemps.

II

La famille de Poe était une des plus respectables de Baltimore. Son grand-père maternel avait servi comme *quarter-master-general* dans la guerre de l'indépendance, et La Fayette l'avait en haute estime et amitié. Celui-ci, lors de son dernier voyage aux États-Unis, voulut voir la veuve du général et lui témoigner sa gratitude pour les services que lui avait rendus son mari. Le bisaïeul avait épousé une fille de l'amiral anglais Mac Bride, qui était allié avec les plus nobles maisons d'Angleterre. David Poe, père d'Edgar et fils du général, s'éprit violemment d'une actrice anglaise, Elizabeth Arnold, célèbre par sa beauté ; il s'enfuit avec elle et l'épousa. Pour mêler plus intimement sa destinée à la sienne, il se fit comédien et parut avec sa femme sur différents théâtres, dans les principales villes de l'Union. Les deux époux moururent à Richmond, presque en même temps, laissant dans l'abandon et le dénûment le plus complet trois enfants en bas âge, dont Edgar.

Edgar Poe était né à Baltimore, en 1813. – C'est d'après son propre dire que je donne cette date, car il a réclamé contre l'affirmation de Griswold, qui place sa naissance en 1811. – Si jamais l'esprit de roman, pour me servir d'une expression de notre poète, a présidé à une naissance – esprit sinistre et orageux ! –, certes il présida à la sienne. Poe fut véritablement l'enfant de la passion et de l'aventure. Un riche négociant de la ville, M. Allan, s'éprit de ce joli malheureux que la nature avait doté d'une manière charmante, et, comme il n'avait pas d'enfants, il l'adopta. Celui-ci s'appela donc désormais Edgar Allan Poe. Il fut ainsi élevé dans une belle aisance et dans l'espérance légitime d'une de ces fortunes qui donnent au caractère une superbe certitude. Ses parents adoptifs l'emmenèrent dans un voyage qu'ils firent en Angleterre, en Écosse et en Irlande, et, avant de retourner dans leur pays, ils le laissèrent chez le docteur Bransby, qui tenait une importante maison d'éducation à Stoke-Newington, près de Londres. – Poe a lui-même, dans *William Wilson*, décrit cette étrange maison bâtie dans le vieux style d'Elizabeth, et les impressions de sa vie d'écolier.

Il revint à Richmond en 1822, et continua ses études en Amérique, sous la direction des meilleurs maîtres de l'endroit. À l'université de Charlottesville, où il entra en 1825, il se distingua non seulement par une intelligence quasi miraculeuse, mais aussi par une abondance presque sinistre de passions – une précocité vraiment américaine –, qui, finalement, fut la cause de son expulsion. Il est bon de noter en passant que Poe avait déjà, à Charlottesville, manifesté une aptitude des plus remarquables pour les sciences physiques et mathématiques. Plus tard, il en fera un usage fréquent dans ses étranges contes, et en tirera des moyens très inattendus. Mais j'ai des raisons de croire que ce n'est pas à cet ordre de compositions qu'il attachait le plus d'importance, et que – peut-être même à cause de cette précoce aptitude – il n'était pas loin de les considérer comme de *faciles* jongleries, comparativement aux ouvrages de pure imagination. – Quelques malheureuses dettes de jeu amenèrent une brouille momentanée entre lui et son père adoptif, et Edgar – fait des plus curieux et qui prouve, quoi qu'on ait dit, une dose de chevalerie assez forte dans son impressionnable cerveau – conçut le projet de se mêler à la guerre des Hellènes et d'aller combattre les Turcs. Il partit donc pour la Grèce. – Que devint-il en Orient ? Qu'y fit-il ? Étudia-t-il les rivages classiques de la Méditerranée ? – Pourquoi le trouvons-nous à Saint-Pétersbourg, sans passeport, compromis, et dans quelle sorte d'affaire, obligé d'en appeler au ministre américain, Henry Middleton, pour échapper à la pénalité russe et retourner chez lui ? – On l'ignore ; il y a là une lacune que lui seul aurait pu combler. La vie d'Edgar Poe, sa jeunesse, ses aventures en Russie et sa correspondance ont été longtemps annoncées par les journaux américains et n'ont jamais paru.

Revenu en Amérique en 1829, il manifesta le désir d'entrer à l'école militaire de West Point ; il y fut admis en effet, et, là comme ailleurs, il donna les signes d'une intelligence admirablement douée, mais indisciplinable, et, au bout de quelques mois, il fut rayé. – En même temps se passait dans sa famille adoptive un événement qui devait avoir les conséquences les plus graves sur toute sa vie. Mme Allan, pour laquelle il semble avoir éprouvé une affection réellement filiale, mourait, et M. Allan épousait une femme toute jeune. Une querelle domestique prend ici place – une histoire bizarre et ténébreuse que je ne peux pas raconter, parce qu'elle n'est clairement expliquée par aucun biographe. Il n'y a donc pas lieu de s'étonner qu'il se soit définitivement séparé de M. Allan, et que celui-ci, qui eut des enfants de son second mariage, l'ait complètement frustré de sa succession.

Peu de temps après avoir quitté Richmond, Poe publia un petit volume de poésies ; c'était en vérité une aurore éclatante. Pour qui sait sentir la poésie anglaise, il y a là déjà l'accent extraterrestre, le calme dans la mélancolie, la solennité délicieuse, l'expérience précoce – j'allais, je crois, dire *expérience innée* – qui caractérisent les grands poètes.

La misère le fit quelque temps soldat, et il est présumable qu'il se servit des lourds loisirs de la vie de garnison pour préparer les matériaux de ses futures compositions – compositions étranges, qui semblent avoir été créées pour nous démontrer que l'Étrangeté est une des parties intégrantes du Beau. Rentré dans la vie littéraire, le seul élément où puissent respirer certains êtres déclassés, Poe se mourait dans une misère extrême, quand un hasard heureux le releva. Le propriétaire d'une revue venait de fonder deux prix, l'un pour le meilleur conte, l'autre pour le meilleur poème. Une écriture singulièrement belle attira les yeux de M. Kennedy, qui présidait le comité, et lui donna l'envie d'examiner lui-même les manuscrits. Il se trouva que Poe avait gagné les deux prix ; mais un seul lui fut donné. Le président de la commission fut curieux de voir l'inconnu. L'éditeur du journal lui amena un jeune homme d'une beauté frappante, en guenilles, boutonné jusqu'au menton, et qui avait l'air d'un gentilhomme aussi fier qu'affamé. Kennedy se conduisit bien. Il fit faire à Poe la connaissance d'un M. Thomas White, qui fondait à Richmond le *Southern Literary Messenger*. M. White était un homme d'audace, mais sans aucun talent littéraire ; il lui fallait un aide. Poe se trouva donc tout jeune – à vingt-deux ans – directeur d'une revue dont la destinée reposait tout entière sur lui. Cette prospérité, il la créa. Le *Southern Literary Messenger* a reconnu depuis lors que c'était à cet excentrique maudit, à cet ivrogne incorrigible qu'il devait sa clientèle et sa fructueuse notoriété. C'est dans ce *magasin* que parut pour la première fois l'*Aventure sans pareille d'un certain Hans Pfaall*, et plusieurs autres contes que nos lecteurs verront défiler sous leurs yeux. Pendant près de deux ans, Edgar Poe, avec une ardeur merveilleuse, étonna son public par une série de compositions d'un genre nouveau et par des articles critiques dont la vivacité, la netteté, la sévérité raisonnées étaient bien faites pour attirer les yeux. Ces articles portaient sur des livres de tout genre, et la forte éducation que le jeune homme s'était faite ne le servit pas médiocrement. Il est bon qu'on sache que cette besogne considérable se faisait pour cinq cents dollars, c'est-à-dire deux mille sept cents francs par an. *Immédiatement*, dit Griswold – ce qui veut dire : « Il se croyait donc assez riche, l'imbécile ! » –, il épousa une jeune fille, belle, charmante, d'une nature aimable et héroïque, mais *ne possédant pas un sou*, ajoute le même Griswold avec une nuance de dédain. C'était une demoiselle Virginia Clemm, sa cousine.

Malgré les services rendus à son journal, M. White se brouilla avec Poe au bout de deux ans, à peu près. La raison de cette séparation se trouve évidemment dans les accès d'hypocondrie et les crises d'ivrognerie du poète, – accidents caractéristiques qui assombrissaient son ciel spirituel, comme ces nuages lugubres qui donnent soudainement au plus romantique paysage un air de mélancolie en apparence irréparable. – Dès lors, nous verrons l'infortuné déplacer sa tente, comme un homme du désert, et transporter ses légers pénates dans les principales villes de l'Union. Partout, il dirigera des revues ou y collaborera d'une manière éclatante. Il répandra avec une éblouissante rapidité des articles critiques, philosophiques, et des contes pleins de magie qui paraissent réunis sous le titre de *Tales of the Grotesque and the Arabesque* – titre remarquable et intentionnel, car les ornements grotesques et arabesques repoussent la figure humaine, et l'on verra qu'à beaucoup d'égards la littérature de Poe est extra ou suprahumaine. Nous apprendrons par des notes blessantes et scandaleuses insérées dans les journaux, que M. Poe et sa femme se trouvent dangereusement malades à Fordham et dans une absolue misère. Peu de temps après la mort de madame Poe, le poète subit les premières attaques du *delirium tremens*. Une note nouvelle paraît soudainement dans un journal – celle-là, plus que cruelle – qui accuse son mépris et son dégoût du monde, et lui fait un de ces procès de tendance, véritables réquisitoires de l'opinion, contre lesquels il eut toujours à se défendre – une des luttes les plus stérilement fatigantes que je connaisse.

Sans doute il gagnait de l'argent, et ses travaux littéraires pouvaient à peu près le faire vivre. Mais j'ai les preuves qu'il avait sans cesse de dégoûtantes difficultés à surmonter. Il rêva, comme tant d'autres écrivains, une *Revue* à lui, il voulut être *chez lui*, et le fait est qu'il avait suffisamment souffert pour désirer ardemment cet abri définitif pour sa pensée. Pour arriver à ce résultat, pour se procurer une somme d'argent suffisante, il eut recours aux *lectures*. On sait ce que sont ces lectures – une espèce de spéculation, le Collège de France mis à la disposition de tous les littérateurs, l'auteur ne publiant sa *lecture* qu'après qu'il en a tiré toutes les recettes qu'elle peut rendre. Poe avait déjà donné à New York une *lecture* d'*Eureka*, son poème cosmogonique, qui avait même soulevé de grosses discussions. Il imagina cette fois de donner des *lectures* dans son pays, dans la Virginie. Il comptait, comme il l'écrivait à Willis, faire une tournée dans l'Ouest et le Sud, et il espérait le concours de ses amis littéraires et de ses anciennes connaissances de collège et de West Point. Il visita donc les principales villes de la Virginie, et Richmond revit celui qu'on y avait connu si jeune, si pauvre, si délabré. Tous ceux qui n'avaient pas vu Poe depuis les jours de son obscurité accoururent en foule pour contempler leur illustre compatriote. Il apparut, beau, élégant, correct comme le génie. Je crois même que, depuis quelque temps, il avait poussé la condescendance jusqu'à se faire admettre dans une société de tempérance. Il choisit un thème aussi large qu'élevé : *le Principe de la Poésie*, et il le développa avec cette lucidité qui est un de ses privilèges. Il croyait, en vrai poète qu'il était, que le but de la poésie est de même nature que son principe, et qu'elle ne doit pas avoir en vue autre chose qu'elle-même.

Le bel accueil qu'on lui fit inonda son pauvre cœur d'orgueil et de joie ; il se montrait tellement enchanté qu'il parlait de s'établir définitivement à Richmond et de finir sa vie dans les lieux que son enfance lui avait rendus chers. Cependant, il avait affaire à New York, et il partit le 4 octobre, se plaignant de frissons et de faiblesses. Se sentant toujours assez mal en arrivant à Baltimore, le 6, au soir, il fit porter ses bagages à l'embarcadère d'où il devait se diriger sur Philadelphie, et entra dans une taverne pour y prendre un excitant quelconque. Là, malheureusement, il rencontra de vieilles connaissances et s'attarda. Le lendemain matin, dans les pâles ténèbres du petit jour, un cadavre fut trouvé sur la voie – est-ce ainsi qu'il faut dire ? – non, un corps vivant encore, mais que la Mort avait déjà marqué de sa royale estampille. Sur ce corps, dont on ignorait le nom, on ne trouva ni papiers ni argent, et on le porta dans un hôpital. C'est là que Poe mourut, le soir même du dimanche 7 octobre 1849, à l'âge de trente-sept ans, vaincu par le *delirium tremens*, ce terrible visiteur qui avait déjà hanté son cerveau une ou deux fois. Ainsi disparut de ce monde un des plus grands héros littéraires, l'homme de génie qui avait écrit dans *le Chat noir* ces mots fatidiques : *Quelle maladie est comparable à l'alcool !*

Cette mort est presque un suicide – un suicide préparé depuis longtemps. Du moins, elle en causa le scandale. La clameur fut grande, et la *vertu* donna carrière à son *cant* emphatique, librement et voluptueusement. Les oraisons funèbres les plus indulgentes ne purent pas ne pas donner place à l'inévitable morale bourgeoise qui n'eut garde de manquer une si admirable occasion. M. Griswold diffama ; M. Willis, sincèrement affligé, fut mieux que convenable. – Hélas ! celui qui avait franchi les hauteurs les plus ardues de l'esthétique et plongé dans les abîmes les moins explorés de l'intellect humain, celui qui, à travers une vie qui ressemble à une tempête sans accalmie, avait trouvé des moyens nouveaux, des procédés inconnus pour étonner l'imagination, pour séduire les esprits assoiffés de Beau, venait de mourir en quelques heures dans un lit d'hôpital – quelle destinée ! Et tant de grandeur et tant de malheur, pour soulever un tourbillon de phraséologie bourgeoise pour devenir la pâture et le thème des journalistes vertueux !

Ut declamatio fias !

Ces spectacles ne sont pas nouveaux ; il est rare qu'une sépulture fraîche et illustre ne soit pas un rendez-vous de scandales. D'ailleurs, la société n'aime pas ces enragés malheureux, et, soit qu'ils troublent ses fêtes, soit qu'elle les considère naïvement comme des remords, elle a incontestablement raison. Qui ne se rappelle les déclamations parisiennes lors de la mort de Balzac, qui cependant mourut correctement ? – Et plus récemment encore – il y a aujourd'hui, 26 janvier, juste un an –, quand un écrivain d'une honnêteté admirable, d'une haute intelligence, et *qui fut toujours lucide,* alla discrètement, sans déranger personne – si discrètement que sa discrétion ressemblait à du mépris – délier son âme dans la rue la plus noire qu'il put trouver – quelles dégoûtantes homélies ! –, quel assassinat raffiné ! Un journaliste célèbre, à qui Jésus n'enseignera jamais les manières généreuses, trouva l'aventure assez joviale pour la célébrer en un gros calembour. – Parmi l'énumération nombreuse des *droits de l'homme* que la sagesse du XIXe siècle recommence si souvent et si complaisamment, deux assez importants ont été oubliés, qui sont le droit de se contredire et le droit de *s'en aller*. Mais la *société* regarde celui qui s'en va comme un insolent ; elle châtierait volontiers certaines dépouilles funèbres, comme ce malheureux soldat, atteint de vampirisme, que la vue d'un cadavre exaspérait jusqu'à la fureur. Et cependant, on peut dire que, sous la pression de certaines circonstances, après un sérieux examen de certaines incompatibilités, avec de fermes croyances à de certains dogmes et métempsycoses, on peut dire, sans emphase et sans jeu de mots, que le suicide est parfois l'action la plus raisonnable de la vie. – Et ainsi se forme une compagnie de fantômes déjà nombreuse, qui nous hante familièrement, et dont chaque membre vient nous vanter son repos actuel et nous verser ses persuasions.

Avouons toutefois que la lugubre fin de l'auteur d'*Eureka* suscita quelques consolantes exceptions, sans quoi il faudrait désespérer, et la place ne serait plus tenable. M. Willis, comme je l'ai dit, parla honnêtement, et même avec émotion, des bons rapports qu'il avait toujours eus avec Poe. MM. John Neal et George Graham rappelèrent M. Griswold à la pudeur. M. Longfellow – et celui-ci est d'autant plus méritant que Poe l'avait cruellement maltraité – sut louer d'une manière digne d'un poète sa haute puissance comme poète et comme prosateur. Un inconnu écrivit que l'Amérique littéraire avait perdu sa plus forte tête.

Mais le cœur brisé, le cœur déchiré, le cœur percé des sept glaives fut celui de Mme Clemm. Egdar était à la fois son fils et sa fille. Rude destinée, dit Willis, à qui j'emprunte ces détails, presque mot pour mot, rude destinée que celle qu'elle surveillait et protégeait. Car Edgar Poe était un homme embarrassant ; outre qu'il écrivait avec une fastidieuse difficulté et *dans un style trop au-dessus du niveau intellectuel commun pour qu'on pût le payer cher*, il était toujours plongé dans des embarras d'argent, et souvent lui et sa femme malade manquaient des choses les plus nécessaires à la vie. Un jour, Willis vit entrer dans son bureau une femme, vieille, douce, grave. C'était Mme Clemm. Elle *cherchait de l'ouvrage* pour son cher Edgar. Le biographe dit qu'il fut sincèrement frappé, non pas seulement de l'éloge parfait, de l'appréciation exacte qu'elle faisait des talents de son fils, mais aussi de tout son être extérieur – de sa voix douce et triste, de ses manières un peu surannées, mais belles et grandes. Et pendant plusieurs années, ajoute-t-il, nous avons vu cet infatigable serviteur du génie, pauvrement et insuffisamment vêtu, allant de journal en journal pour vendre tantôt un poème, tantôt un article, disant quelquefois qu'*il* était malade – unique explication, unique raison, invariable excuse qu'elle donnait quand son fils se trouvait frappé momentanément d'une de ces stérilités que connaissent les écrivains nerveux – et ne permettant jamais à ses lèvres de lâcher une syllabe qui pût être interprétée comme un doute, comme un amoindrissement de confiance dans le génie et la volonté de son bien-aimé. Quand sa fille mourut, elle s'attacha au survivant de la désastreuse bataille avec une ardeur maternelle renforcée, elle vécut avec lui, prit soin de lui, le surveillant, le défendant contre la vie et contre lui-même. Certes – conclut Willis avec une haute et impartiale raison –, si le dévouement de la femme, né avec un premier amour et entretenu par la passion humaine, glorifie et consacre son objet, que ne dit pas en faveur de celui qui l'inspira un dévouement comme celui-ci, pur, désintéressé et saint comme une sentinelle divine ? Les détracteurs de Poe auraient dû en effet remarquer qu'il est des séductions si puissantes qu'elles ne peuvent être que des vertus.

On devine combien terrible fut la nouvelle pour la malheureuse femme. Elle écrivit à Willis une lettre dont voici quelques lignes :

« J'ai appris ce matin la mort de mon bien-aimé Eddie… Pouvez-vous me transmettre quelques détails, quelques circonstances ?… Oh ! n'abandonnez pas votre pauvre amie dans cette amère affliction… Dites à M.… de venir me voir ; j'ai à m'acquitter envers lui d'une commission de la part de mon pauvre Eddie… Je n'ai pas besoin de vous prier d'annoncer sa mort, et de parler bien de lui. Je sais que vous le ferez. *Mais dites bien quel fils affectueux il était pour moi*, sa pauvre mère désolée… »

Cette femme m'apparaît grande et plus qu'antique. Frappée d'un coup irréparable, elle ne pense qu'à la réputation de celui qui était tout pour elle, et il ne suffit pas, pour la contenter, qu'on dise qu'il était un génie, il faut qu'on sache qu'il était un homme de devoir et d'affection. Il est évident que cette mère – flambeau et foyer allumé par un rayon du plus haut ciel – a été donnée en exemple à nos races trop peu soigneuses du dévouement, de l'héroïsme, et de tout ce qui est plus que le devoir. N'était-ce pas justice d'inscrire au-dessus des ouvrages du poète le nom de celle qui fut le soleil moral de sa vie ? Il embaumera dans sa gloire le nom de la femme dont la tendresse savait panser ses plaies, et dont l'image voltigera incessamment au-dessus du martyrologe de la littérature.

III

La vie de Poe, ses mœurs, ses manières, son être physique, tout ce qui constitue l'ensemble de son personnage, nous apparaissent comme quelque chose de ténébreux et de brillant à la fois. Sa personne était singulière, séduisante et, comme ses ouvrages, marquée d'un indéfinissable cachet de mélancolie. Du reste, il était remarquablement bien doué de toutes façons. Jeune, il avait montré une rare aptitude pour tous les exercices physiques, et, bien qu'il fût petit, avec des pieds et des mains de femme, tout son être portant d'ailleurs ce caractère de délicatesse féminine, il était plus que robuste et capable de merveilleux traits de force. Il a, dans sa jeunesse, gagné un pari de nageur qui dépasse la mesure ordinaire du possible. On dirait que la Nature fait à ceux dont elle veut tirer de grandes choses un tempérament énergique, comme elle donne une puissante vitalité aux arbres qui sont chargés de symboliser le deuil et la douleur. Ces hommes-là, avec des apparences quelquefois chétives, sont taillés en athlètes, bons pour l'orgie et pour le travail, prompts aux excès et capables d'étonnantes sobriétés.

Il est quelques points relatifs à Edgar Poe, sur lesquels il y a accord unanime, par exemple sa haute distinction naturelle, son éloquence et sa beauté, dont, à ce qu'on dit, il tirait un peu vanité. Ses manières, mélange singulier de hauteur avec une douceur exquise, étaient pleines de certitude. Physionomie, démarche, gestes, airs de tête, tout le désignait, surtout dans ses bons jours, comme une créature d'élection. Tout son être respirait une solennité pénétrante. Il était réellement marqué par la nature, comme ces figures de passants qui tirent l'œil de l'observateur et préoccupent sa mémoire. Le pédant et aigre Griswold lui-même avoue que, lorsqu'il alla rendre visite à Poe, et qu'il le trouva pâle et malade encore de la mort et de la maladie de sa femme, il fut frappé outre mesure, non seulement de la perfection de ses manières, mais encore de la physionomie aristocratique, de l'atmosphère parfumée de son appartement, d'ailleurs assez modestement meublé. Griswold ignore que le poète a plus que tous les hommes ce merveilleux privilège attribué à la femme parisienne et à l'Espagnole, de savoir se parer avec un rien, et que Poe, amoureux du beau en toutes choses, aurait trouvé l'art de transformer une chaumière en un palais d'une espèce nouvelle. N'a-t-il pas écrit, avec l'esprit le plus original et le plus curieux, des projets de mobiliers, des plans de maisons de campagne, de jardins et de réformes de paysages ?

Il existe une lettre charmante de Mme Frances Osgood, qui fut une des amies de Poe, et qui nous donne sur ses mœurs, sur sa personne et sur sa vie de ménage, les plus curieux détails. Cette femme, qui était elle-même un littérateur distingué, nie courageusement tous les vices et toutes les fautes reprochés au poète.

« Avec les hommes, dit-elle à Griswold, peut-être était-il tel que vous le dépeignez, et comme homme vous pouvez avoir raison. Mais je pose en fait qu'avec les femmes il était tout autre, et que jamais femme n'a pu connaître M. Poe sans éprouver pour lui un profond intérêt. Il ne m'a jamais apparu que comme un modèle d'élégance, de distinction et de générosité…

» La première fois que nous nous vîmes, ce fut à Astor House. Willis m'avait fait passer à table d'hôte *le Corbeau*, sur lequel l'auteur, me dit-il, désirait connaître mon opinion. La musique mystérieuse et surnaturelle de ce poème étrange me pénétra si intimement, que, lorsque j'appris que Poe désirait m'être présenté, j'éprouvai un sentiment singulier et qui ressemblait à de l'effroi. Il parut avec sa belle et orgueilleuse tête, ses yeux sombres qui dardaient une lumière d'élection, une lumière de sentiment et de pensée, avec ses manières qui étaient un mélange intraduisible de hauteur et de suavité, il me salua, calme, grave, presque froid ; mais sous cette froideur vibrait une sympathie si marquée, que je ne pus m'empêcher d'en être profondément impressionnée. À partir de ce moment jusqu'à sa mort, nous fûmes amis… et je sais que, dans ses dernières paroles, j'ai eu ma part de souvenir, et qu'il m'a donné, avant que sa raison ne fût culbutée de son trône de souveraine, une preuve suprême de sa fidélité en amitié.

» C'était surtout dans son intérieur, à la fois simple et poétique, que le caractère d'Edgar Poe apparaissait pour moi dans sa plus belle lumière. Folâtre, affectueux, spirituel, tantôt docile et tantôt méchant comme un enfant gâté, il avait toujours pour sa jeune, douce et adorée femme, et pour tous ceux qui venaient, même au milieu de ses plus fatigantes besognes littéraires, un mot aimable, un sourire bienveillant, des attentions gracieuses et courtoises. Il passait d'interminables heures à son pupitre, sous le portrait de sa *Lenore*, l'aimée et la morte, toujours assidu, toujours résigné et fixant avec son admirable écriture les brillantes fantaisies qui traversaient son étonnant cerveau incessamment en éveil. – Je me rappelle l'avoir vu un matin plus joyeux et plus allègre que de coutume. Virginia, sa douce femme, m'avait priée d'aller les voir et il m'était impossible de résister à ses sollicitations… Je le trouvai travaillant à la série d'articles qu'il a publiés sous le titre : *the Literati of New York*. "Voyez, me dit-il, en déployant avec un rire de triomphe plusieurs petits rouleaux de papier (il écrivait sur des bandes étroites, sans doute pour conformer sa copie à la *justification* des journaux) je vais vous montrer par la différence des longueurs les divers degrés d'estime que j'ai pour chaque membre de votre gent littéraire. Dans chacun de ces papiers, l'un de vous est peloté et proprement discuté. – Venez ici, Virginia, et aidez-moi !" Et ils les déroulèrent tous un à un. À la fin, il y en avait un qui semblait interminable. Virginia, tout en riant, reculait jusqu'à un coin de la chambre le tenant par un bout, et son mari vers un autre coin avec l'autre bout. "Et quel est l'heureux, dis-je, que vous avez jugé digne de cette incommensurable douceur ? – L'entendez-vous, s'écriait-il, comme si son vaniteux petit cœur ne lui avait pas déjà dit que c'est elle-même !"

» Quand je fus obligée de voyager pour ma santé, j'entretins une correspondance régulière avec Poe, obéissant en cela aux vives sollicitations de sa femme, qui croyait que je pouvais obtenir sur lui une influence et un ascendant salutaires... Quant à l'amour et à la confiance qui existaient entre sa femme et lui, et qui étaient pour moi un spectacle délicieux, je n'en saurais parler avec trop de conviction, avec trop de chaleur. Je néglige quelques petits épisodes poétiques dans lesquels le jeta son tempérament romanesque. Je pense qu'elle était la seule femme qu'il ait toujours véritablement aimée... »

Dans les Nouvelles de Poe, il n'y a jamais d'amour. Du moins *Ligeia*, *Eleonora*, ne sont pas, à proprement parler, des histoires d'amour, l'idée principale sur laquelle pivote l'œuvre étant tout autre. Peut-être croyait-il que la prose n'est pas une langue à la hauteur de ce bizarre et presque intraduisible sentiment ; car ses poésies, en revanche, en sont fortement saturées. La divine passion y apparaît magnifique, étoilée, et toujours voilée d'une irrémédiable mélancolie. Dans ses articles, il parle quelquefois de l'amour, et même comme d'une chose dont le nom fait frémir la plume. Dans *The Domain of Arnhaim*, il affirmera que les quatre conditions élémentaires du bonheur sont : la vie en plein air, l'*amour d'une femme*, le détachement de toute ambition et la création d'un Beau nouveau. – Ce qui corrobore l'idée de Mme Frances Osgood relativement au respect chevaleresque de Poe pour les femmes, c'est que, malgré son prodigieux talent pour le grotesque et l'horrible, il n'y a pas dans toute son œuvre un seul passage qui ait trait à la lubricité ou même aux jouissances sensuelles. Ses portraits de femmes sont, pour ainsi dire, auréolés ; ils brillent au sein d'une vapeur surnaturelle et sont peints à la manière emphatique d'un adorateur. – Quant aux *petits épisodes romanesques*, y a-t-il lieu de s'étonner qu'un être aussi nerveux, dont la soif du Beau était peut-être le trait principal, ait parfois, avec une ardeur passionnée, cultivé la galanterie, cette fleur volcanique et musquée pour qui le cerveau bouillonnant des poètes est un terrain de prédilection ?

De sa beauté personnelle singulière dont parlent plusieurs biographes, l'esprit peut, je crois, se faire une idée approximative en appelant à son secours toutes les notions vagues, mais cependant caractéristiques, contenues dans le mot *romantique*, mot qui sert généralement à rendre les genres de beauté consistant surtout dans l'expression. Poe avait un front vaste, dominateur, où certaines protubérances trahissaient les facultés débordantes qu'elles sont chargées de représenter – construction, comparaison, causalité –, et où trônait dans un orgueil calme le sens de l'idéalité, le sens esthétique par excellence. Cependant, malgré ces dons, ou même à cause de ces privilèges exorbitants, cette tête vue de profil n'offrait peut-être pas un aspect agréable. Comme dans toutes les choses excessives par un sens, un déficit pouvait résulter de l'abondance, une pauvreté de l'usurpation. Il avait de grands yeux à la fois sombres et pleins de lumière, d'une couleur indécise et ténébreuse, poussée au violet, le nez noble et solide, la bouche fine et triste, quoique légèrement souriante, le teint brun clair, la face généralement pâle, la physionomie un peu distraite et imperceptiblement grimée par une mélancolie habituelle.

Sa conversation était des plus remarquables et essentiellement nourrissante. Il n'était pas ce qu'on appelle un beau parleur – une chose horrible –, et d'ailleurs sa parole comme sa plume avaient horreur du convenu ; mais un vaste savoir, une linguistique puissante, de fortes études, des impressions ramassées dans plusieurs pays faisaient de cette parole un enseignement. Son éloquence, essentiellement poétique, pleine de méthode, et se mouvant toutefois hors de toute méthode connue, un arsenal d'images tirées d'un monde peu fréquenté par la foule des esprits, un art prodigieux à déduire d'une proposition évidente et absolument acceptable des aperçus secrets et nouveaux, à ouvrir d'étonnantes perspectives, et, en un mot, l'art de ravir, de faire penser, de faire rêver, d'arracher les âmes des bourbes de la routine, telles étaient les éblouissantes facultés dont beaucoup de gens ont gardé le souvenir. Mais il arrivait parfois – on le dit, du moins – que le poète, se complaisant dans un caprice destructeur, rappelait brusquement ses amis à la terre par un cynisme affligeant et démolissait brutalement son œuvre de spiritualité. C'est d'ailleurs une chose à noter, qu'il était fort peu difficile dans le choix de ses auditeurs, et je crois que le lecteur trouvera sans peine dans l'histoire d'autres intelligences grandes et originales, pour qui toute compagnie était bonne. Certains esprits, solitaires au milieu de la foule, et qui se repaissent dans le monologue, n'ont que faire de la délicatesse en matière de public. C'est, en somme, une espèce de fraternité basée sur le mépris.

De cette ivrognerie – célébrée et reprochée avec une insistance qui pourrait donner à croire que tous les écrivains des États-Unis, excepté Poe, sont des anges de sobriété –, il faut cependant en parler. Plusieurs versions sont plausibles, et aucune n'exclut les autres. Avant tout, je suis obligé de remarquer que Willis et Mme Osgood affirment qu'une quantité fort minime de vin ou de liqueur suffisait pour perturber complètement son organisation. Il est d'ailleurs facile de supposer qu'un homme aussi réellement solitaire, aussi profondément malheureux, et qui a pu souvent envisager tout le système social comme un paradoxe et une imposture, un homme qui, harcelé par une destinée sans pitié, répétait souvent que la société n'est qu'une cohue de misérables (c'est Griswold qui rapporte cela, aussi scandalisé qu'un homme qui peut penser la même chose, mais qui ne la dira jamais), – il est naturel, dis-je, de supposer que ce poète jeté tout enfant dans les hasards de la vie libre, le cerveau cerclé par un travail âpre et continu, ait cherché parfois une volupté d'oubli dans les bouteilles. Rancunes littéraires, vertiges de l'infini, douleurs de ménage, insultes de la misère, Poe fuyait tout dans le noir de l'ivresse comme dans une tombe préparatoire. Mais, quelque bonne que paraisse cette explication, je ne la trouve pas suffisamment large, et je m'en défie à cause de sa déplorable simplicité.

J'apprends qu'il ne buvait pas en gourmand, mais en barbare, avec une activité et une économie de temps tout à fait américaines, comme accomplissant une fonction homicide, comme ayant en lui *quelque chose* à tuer, *a worm that would not die*. On raconte d'ailleurs qu'un jour, au moment de se remarier (les bans étaient publiés, et, comme on le félicitait sur une union qui mettait dans ses mains les plus hautes conditions de bonheur et de bien-être, il avait dit : « Il est possible que vous ayez vu des bans, mais notez bien ceci : je ne me marierai pas ! »), il alla, épouvantablement ivre, scandaliser le voisinage de celle qui devait être sa femme, ayant ainsi recours à son vice pour se débarrasser d'un parjure envers la pauvre morte dont l'image vivait toujours en lui et qu'il avait admirablement chantée dans son *Annabel Lee*. Je considère donc, dans un grand nombre de cas, le fait infiniment précieux de préméditation comme acquis et constaté.

Je lis d'autre part, dans un long article du *Southern Literary Messenger* – cette même revue dont il avait commencé la fortune – que jamais la pureté, le fini de son style, jamais la netteté de sa pensée, jamais son ardeur au travail, ne furent altérés par cette terrible habitude ; que la confection de la plupart de ses excellents morceaux a précédé ou suivi une de ses crises ; qu'après la publication d'*Eureka*, il sacrifia déplorablement à son penchant, et qu'à New York, le matin même où paraissait *le Corbeau*, pendant que le nom du poète était dans toutes les bouches, il traversait Broadway en trébuchant outrageusement. Remarquez que les mots : *précédé* ou *suivi*, impliquent que l'ivresse pouvait servir d'excitant aussi bien que de repos.

Or, il est incontestable que – semblables à ces impressions fugitives et frappantes, d'autant plus frappantes dans leurs retours qu'elles sont plus fugitives, qui suivent quelquefois un symptôme extérieur, une espèce d'avertissement comme un son de cloche, une note musicale ou un parfum oublié, et qui sont elles-mêmes suivies d'un événement semblable à un événement déjà connu et qui occupait la même place dans une chaîne antérieurement révélée –, semblables à ces singuliers rêves périodiques qui fréquentent nos sommeils –, il existe dans l'ivresse non seulement des enchaînements de rêves, mais des séries de raisonnements, qui ont besoin, pour se reproduire, du milieu qui leur a donné naissance. Si le lecteur m'a suivi sans répugnance, il a déjà deviné ma conclusion : je crois que, dans beaucoup de cas, non pas certainement dans tous, l'ivrognerie de Poe était un moyen mnémonique, une méthode de travail, méthode énergique et mortelle, mais appropriée à sa nature passionnée. Le poète avait appris à boire, comme un littérateur soigneux s'exerce à faire des cahiers de notes. Il ne pouvait résister au désir de retrouver les visions merveilleuses ou effrayantes, les conceptions subtiles qu'il avait rencontrées dans une tempête précédente ; c'étaient de vieilles connaissances qui l'attiraient impérativement, et, pour renouer avec elles, il prenait le chemin le plus dangereux, mais le plus direct. Une partie de ce qui fait aujourd'hui notre jouissance est ce qui l'a tué.

IV

Des ouvrages de ce singulier génie, j'ai peu de chose à dire ; le public fera voir ce qu'il en pense. Il me serait difficile, peut-être, mais non pas impossible de débrouiller sa méthode, d'expliquer son procédé, surtout dans la partie de ses œuvres dont le principal effet gît dans une analyse bien ménagée. Je pourrais introduire le lecteur dans les mystères de sa fabrication, m'étendre longuement sur cette portion de génie américain qui le fait se réjouir d'une difficulté vaincue, d'une énigme expliquée, d'un tour de force réussi, – qui le pousse à se jouer avec une volupté enfantine et presque perverse dans le monde des probabilité et des conjectures, et à créer des *canards* auxquels son art subtil a donné une vie vraisemblable. Personne ne niera que Poe ne soit un jongleur merveilleux, et je sais qu'il donnait surtout son estime à une autre partie de ses œuvres. J'ai quelques remarques plus importantes à faire, d'ailleurs très brèves.

Ce n'est pas par ses miracles matériels, qui pourtant ont fait sa renommée, qu'il lui sera donné de conquérir l'admiration des gens qui pensent, c'est par son amour du Beau, par sa connaissance des conditions harmoniques de la beauté, par sa poésie profonde et plaintive, ouvragée néanmoins, transparente et correcte comme un bijou de cristal, par son admirable style, pur et bizarre, serré comme les mailles d'une armure, complaisant et minutieux, et dont la plus légère intention sert à pousser doucement le lecteur vers un but voulu, et enfin surtout par ce génie tout spécial, par ce tempérament unique qui lui a permis de peindre et d'expliquer, d'une manière impeccable, saisissante, terrible, l'*exception dans l'ordre moral.* – Diderot, pour prendre un exemple entre cent, est un auteur sanguin ; Poe est l'écrivain des nerfs, et même de quelque chose de plus – et le meilleur que je connaisse.

Chez lui, toute entrée en matière est attirante sans violence, comme un tourbillon. Sa solennité surprend et tient l'esprit en éveil. On sent tout d'abord qu'il s'agit de quelque chose de grave. Et lentement, peu à peu, se déroule une histoire dont tout l'intérêt repose sur une imperceptible déviation de l'intellect, sur une hypothèse audacieuse, sur un dosage imprudent de la Nature dans l'amalgame des facultés. Le lecteur, lié par le vertige, est contraint de suivre l'auteur dans ses entraînantes déductions.

Aucun homme, je le répète, n'a raconté avec plus de magie les *exceptions* de la vie humaine et de la nature ; – les ardeurs de curiosité de la convalescence ; les fins de saisons chargées de splendeurs énervantes, les temps chauds, humides et brumeux, où le vent du sud amollit et détend les nerfs comme les cordes d'un instrument, où les yeux se remplissent de larmes qui ne viennent pas du cœur ; l'hallucination laissant d'abord place au doute, bientôt convaincue et raisonneuse comme un livre ; l'absurde s'installant dans l'intelligence et la gouvernant avec une épouvantable logique ; l'hystérie usurpant la place de la volonté, la contradiction établie entre les nerfs et l'esprit, et l'homme désaccordé au point d'exprimer la douleur par le rire. Il analyse ce qu'il y a de plus fugitif, il soupèse l'impondérable et décrit, avec cette manière minutieuse et scientifique dont les effets sont terribles, tout cet imaginaire qui flotte autour de l'homme nerveux et le conduit à mal.

L'ardeur même avec laquelle il se jette dans le grotesque pour l'amour du grotesque et dans l'horrible pour l'amour de l'horrible, me sert à vérifier la sincérité de son œuvre et l'accord de l'homme avec le poète. – J'ai déjà remarqué que, chez plusieurs hommes, cette ardeur était souvent le résultat d'une vaste énergie vitale inoccupée, quelquefois d'une opiniâtre chasteté, et aussi d'une profonde sensibilité refoulée. La volupté surnaturelle que l'homme peut éprouver à voir couler son propre sang, les mouvements soudains, violents, inutiles, les grands cris jetés en l'air, sans que l'esprit ait commandé au gosier, sont des phénomènes à ranger dans le même ordre.

Au sein de cette littérature où l'air est raréfié, l'esprit peut éprouver cette vague angoisse, cette peur prompte aux larmes et ce malaise du cœur qui habitent les lieux immenses et singuliers. Mais l'admiration est la plus forte, et d'ailleurs l'art est si grand ! Les fonds et les accessoires y sont appropriés aux sentiments des personnages. Solitude de la nature ou agitation des villes, tout y est décrit nerveusement et fantastiquement. Comme notre Eugène Delacroix, qui a élevé son art à la hauteur de la grande poésie, Edgar Poe aime à agiter ses figures sur des fonds violâtres et verdâtres où se révèlent la phosphorescence de la pourriture et la senteur de l'orage. La nature dite inanimée participe de la nature des êtres vivants, et, comme eux, frissonne d'un frisson surnaturel et galvanique. L'espace est approfondi par l'opium ; l'opium y donne un sens magique à toutes les teintes, et fait vibrer tous les bruits avec une plus significative sonorité. Quelquefois, des échappées magnifiques, gorgées de lumière et de couleur, s'ouvrent soudainement dans ses paysages, et l'on voit apparaître au fond de leurs horizons des villes orientales et des architectures, vaporisées par la distance, où le soleil jette des pluies d'or.

Les personnages de Poe, ou plutôt le personnage de Poe, l'homme aux facultés suraiguës, l'homme aux nerfs relâchés, l'homme dont la volonté ardente et patiente jette un défi aux difficultés, celui dont le regard est tendu avec la roideur d'une épée sur des objets qui grandissent à mesure qu'il les regarde, – c'est Poe lui-même. – Et ses femmes, toutes lumineuses et malades, mourant de maux bizarres et parlant avec une voix qui ressemble à une musique, c'est encore lui ; ou du moins, par leurs aspirations étranges, par leur savoir, par leur mélancolie inguérissable, elles participent fortement de la nature de leur créateur. Quant à sa femme idéale, à sa Titanide, elle se révèle sous différents portraits éparpillés dans ses poésies trop peu nombreuses, portraits, ou plutôt manières de sentir la beauté, que le tempérament de l'auteur rapproche et confond dans une unité vague mais sensible, et où vit plus délicatement peut-être qu'ailleurs cet amour insatiable du Beau, qui est son grand titre, c'est-à-dire le résumé de ses titres à l'affection et au respect des poètes.

Nous rassemblons sous le titre : *Histoires extraordinaires*, divers contes choisis dans l'œuvre général de Poe. Cet œuvre se compose d'un nombre considérable de Nouvelles, d'une quantité non moins forte d'articles critiques et d'articles divers, d'un poème philosophique (*Eureka*), de poésies et d'un roman purement humain (*La Relation d'Arthur Gordon Pym*). Si je trouve encore, comme je l'espère, l'occasion de parler de ce poète, je donnerai l'analyse de ses opinions philosophiques et littéraires, ainsi que généralement des œuvres dont la traduction complète aurait peu de chances de succès auprès d'un public qui préfère de beaucoup l'amusement et l'émotion à la plus importante vérité philosophique.

C. B.

Double assassinat dans la rue Morgue

Quelle chanson chantaient les sirènes ?
quel nom Achille avait-il pris,
quand il se cachait parmi les femmes ?
– Questions embarrassantes, il est vrai,
mais qui ne sont pas situées au-delà
de toute conjecture.

Sir Thomas Browne

Les facultés de l'esprit qu'on définit par le terme *analytiques* sont en elles-mêmes fort peu susceptibles d'analyse. Nous ne les apprécions que par leurs résultats. Ce que nous en savons, entre autres choses, c'est qu'elles sont pour celui qui les possède à un degré extraordinaire une source de jouissances des plus vives. De même que l'homme fort se réjouit dans son aptitude physique, se complaît dans les exercices qui provoquent les muscles à l'action, de même l'analyse prend sa gloire dans cette activité spirituelle dont la fonction est de débrouiller. Il tire du plaisir même des plus triviales occasions qui mettent ses talents en jeu. Il raffole des énigmes, des rébus, des hiéroglyphes ; il déploie dans chacune des solutions une puissance de perspicacité qui, dans l'opinion vulgaire, prend un caractère surnaturel. Les résultats, habilement déduits par l'âme même et l'essence de sa méthode, ont réellement tout l'air d'une intuition.

Cette faculté de *résolution* tire peut-être une grande force de l'étude des mathématiques, et particulièrement de la très haute branche de cette science, qui, fort improprement et simplement en raison de ses opérations rétrogrades, a été nommée l'analyse, comme si elle était l'analyse par excellence. Car, en somme, tout calcul n'est pas en soi une analyse. Un joueur d'échecs, par exemple, fait fort bien l'un sans l'autre. Il suit de là que le jeu d'échecs, dans ses effets sur la nature spirituelle, est fort mal apprécié. Je ne veux pas écrire ici un traité de l'analyse, mais simplement mettre en tête d'un récit passablement singulier quelques observations jetées tout à fait à l'abandon et qui lui serviront de préface.

Je prends donc cette occasion de proclamer que la haute puissance de la réflexion est bien plus activement et plus profitablement exploitée par le modeste jeu de dames que par toute la laborieuse futilité des échecs. Dans ce dernier jeu, où les pièces sont douées de mouvements divers et bizarres, et représentent des valeurs diverses et variées, la complexité est prise – erreur fort commune – pour de la profondeur. L'attention y est puissamment mise en jeu. Si elle se relâche d'un instant, on commet une erreur, d'où il résulte une perte ou une défaite. Comme les mouvements possibles sont, non seulement variés, mais inégaux en *puissance*, les chances de pareilles erreurs sont très multipliées ; et dans neuf cas sur dix, c'est le joueur le plus attentif qui gagne et non pas le plus habile. Dans les dames, au contraire, où le mouvement est simple dans son espèce et ne subit que peu de variations, les probabilités d'inadvertance sont beaucoup moindres, et l'attention n'étant pas absolument et entièrement accaparée, tous les avantages remportés par chacun des joueurs ne peuvent être remportés que par une perspicacité supérieure.

Pour laisser là ces abstractions, supposons un jeu de dames où la totalité des pièces soit réduite à quatre *dames*, et où naturellement il n'y ait pas lieu de s'attendre à des étourderies. Il est évident qu'ici la victoire ne peut être décidée – les deux parties étant absolument égales – que par une tactique habile, résultat de quelque puissant effort de l'intellect. Privé des ressources ordinaires, l'analyste entre dans l'esprit de son adversaire, s'identifie avec lui, et souvent découvre d'un seul coup d'œil l'unique moyen – un moyen quelquefois absurdement simple – de l'attirer dans une faute ou de le précipiter dans un faux calcul.

On a longtemps cité le whist pour son action sur la faculté du calcul ; et on a connu des hommes d'une haute intelligence qui semblaient y prendre un plaisir incompréhensible et dédaigner les échecs comme un jeu frivole. En effet, il n'y a aucun jeu analogue qui fasse plus travailler la faculté de l'analyse. Le meilleur joueur d'échecs de la chrétienté ne peut guère être autre chose que le meilleur joueur d'échecs ; mais la force au whist implique la puissance de réussir dans toutes les spéculations bien autrement importantes où l'esprit lutte avec l'esprit.

Quand je dis la force, j'entends cette perfection dans le jeu qui comprend l'intelligence de tous les cas dont on peut légitimement faire son profit. Ils sont non seulement divers, mais complexes, et se dérobent souvent dans des profondeurs de la pensée absolument inaccessibles à une intelligence ordinaire.

Observer attentivement, c'est se rappeler distinctement ; et, à ce point de vue, le joueur d'échecs capable d'une attention très intense jouera fort bien au whist, puisque les règles de Hoyle, basées elles-mêmes sur le simple mécanisme du jeu, sont facilement et généralement intelligibles.

Aussi, avoir une mémoire fidèle et procéder d'après le livre sont des points qui constituent pour le vulgaire le *summum* du bien jouer. Mais c'est dans les cas situés au-delà de la règle que le talent de l'analyste se manifeste ; il fait en silence une foule d'observations et de déductions. Ses partenaires en font peut-être autant ; et la différence d'étendue dans les renseignements ainsi acquis ne gît pas tant dans la validité de la déduction que dans la qualité de l'observation. L'important, le principal est de savoir ce qu'il faut observer. Notre joueur ne se confine pas dans son jeu, et, bien que ce jeu soit l'objet actuel de son attention, il ne rejette pas pour cela les déductions qui naissent d'objets étrangers au jeu. Il examine la physionomie de son partenaire, il la compare soigneusement avec celle de chacun de ses adversaires. Il considère la manière dont chaque partenaire distribue ses cartes ; il compte souvent, grâce aux regards que laissent échapper les joueurs satisfaits, les atouts et les *honneurs*, un à un. Il note chaque mouvement de la physionomie, à mesure que le jeu marche, et recueille un capital de pensées dans les expressions variées de certitude, de surprise, de triomphe ou de mauvaise humeur. À la manière de ramasser une levée, il devine si la même personne en peut faire une autre dans la suite. Il reconnaît ce qui est joué par feinte à l'air dont c'est jeté sur la table. Une parole accidentelle, involontaire, une carte qui tombe, ou qu'on retourne par hasard, qu'on ramasse avec anxiété ou avec insouciance ; le compte des levées et l'ordre dans lequel elles sont rangées ; l'embarras, l'hésitation, la vivacité, la trépidation – tout est pour lui symptôme, diagnostic, tout rend compte à cette perception – intuitive en apparence – du véritable état des choses. Quand les deux ou trois premiers tours ont été faits, il possède à fond le jeu qui est dans chaque main, et peut dès lors jouer ses cartes en parfaite connaissance de cause, comme si tous les autres joueurs avaient retourné les leurs.

La faculté d'analyse ne doit pas être confondue avec la simple ingéniosité ; car, pendant que l'analyste est nécessairement ingénieux, il arrive souvent que l'homme ingénieux est absolument incapable d'analyse. La faculté de combinaison, ou constructivité, par laquelle se manifeste généralement cette ingéniosité, et à laquelle les phrénologues – ils ont tort, selon moi – assignent un organe à part – en supposant qu'elle soit une faculté primordiale –, a paru dans des êtres dont l'intelligence était limitrophe de l'idiotie, assez souvent pour attirer l'attention générale des écrivains psychologistes. Entre l'ingéniosité et l'aptitude analytique, il y a une différence beaucoup plus grande qu'entre l'imaginative et l'imagination, mais d'un caractère rigoureusement analogue. En somme, on verra que l'homme ingénieux est toujours plein d'imaginative, et que l'homme *vraiment* imaginatif n'est jamais autre chose qu'un analyste.

Le récit qui suit sera pour le lecteur un commentaire lumineux des propositions que je viens d'avancer.

Je demeurais à Paris – pendant le printemps et une partie de l'été de 18.. – et j'y fis la connaissance d'un certain C. Auguste Dupin. Ce jeune gentleman appartenait à une excellente famille, une famille illustre même ; mais, par une série d'événements malencontreux, il se trouva réduit à une telle pauvreté que l'énergie de son caractère y succomba, et qu'il cessa de se pousser dans le monde et de s'occuper du rétablissement de sa fortune. Grâce à la courtoisie de ses créanciers, il resta en possession d'un petit reliquat de son patrimoine ; et, sur la rente qu'il en tirait, il trouva moyen, par une économie rigoureuse, de subvenir aux nécessités de la vie, sans s'inquiéter autrement des superfluités. Les livres étaient véritablement son seul luxe, et à Paris on se les procure facilement.

Notre première connaissance se fit dans un obscur cabinet de lecture de la rue Montmartre, par ce fait fortuit que nous étions tous deux à la recherche d'un même livre, fort remarquable et fort rare ; cette coïncidence nous rapprocha. Nous nous vîmes toujours de plus en plus. Je fus profondément intéressé par sa petite histoire de famille, qu'il me raconta minutieusement avec cette candeur et cet abandon – ce sans-façon du *moi* – qui est le propre de tout Français quand il parle de ses propres affaires.

Je fus aussi fort étonné de la prodigieuse étendue de ses lectures, et par-dessus tout je me sentis l'âme prise par l'étrange chaleur et la vitale fraîcheur de son imagination. Cherchant dans Paris certains objets qui faisaient mon unique étude, je vis que la société d'un pareil homme serait pour moi un trésor inappréciable, et dès lors je me livrai franchement à lui. Nous décidâmes enfin que nous vivrions ensemble tout le temps de mon séjour dans cette ville ; et, comme mes affaires étaient un peu moins embarrassées que les siennes, je me chargeai de louer et de meubler, dans un style approprié à la mélancolie fantasque de nos deux caractères, une maisonnette antique et bizarre que des superstitions dont nous ne daignâmes pas nous enquérir avaient fait déserter – tombant presque en ruine, et située dans une partie reculée et solitaire du faubourg Saint-Germain.

Si la routine de notre vie dans ce lieu avait été connue du monde, nous eussions passé pour deux fous – peut-être pour des fous d'un genre inoffensif. Notre réclusion était complète ; nous ne recevions aucune visite. Le lieu de notre retraite était resté un secret – soigneusement gardé – pour mes anciens camarades ; il y avait plusieurs années que Dupin avait cessé de voir du monde et de se répandre dans Paris. Nous ne vivions qu'entre nous.

Mon ami avait une bizarrerie d'humeur – car comment définir cela ? –, c'était d'aimer la nuit pour l'amour de la nuit ; la nuit était sa passion ; et je tombai moi-même tranquillement dans cette bizarrerie, comme dans toutes les autres qui lui étaient propres, me laissant aller au courant de toutes ses étranges originalités avec un parfait abandon. La noire divinité ne pouvait pas toujours demeurer avec nous ; mais nous en faisions la contrefaçon. Au premier point du jour, nous fermions tous les lourds volets de notre masure, nous allumions une couple de bougies fortement parfumées, qui ne jetaient que des rayons très faibles et très pâles. Au sein de cette débile clarté, nous livrions chacun notre âme à ses rêves, nous lisions, nous écrivions, ou nous causions, jusqu'à ce que la pendule nous avertît du retour de la véritable obscurité. Alors, nous nous échappions à travers les rues, bras dessus bras dessous, continuant la conversation du jour, rôdant au hasard jusqu'à une heure très avancée, et cherchant à travers les lumières désordonnées et les ténèbres de la populeuse cité ces innombrables excitations spirituelles que l'étude paisible ne peut pas donner.

Dans ces circonstances, je ne pouvais m'empêcher de remarquer et d'admirer – quoique la riche idéalité dont il était doué eût dû m'y préparer – une aptitude analytique particulière chez Dupin. Il semblait prendre un délice âcre à l'exercer – peut-être même à l'étaler – et avouait sans façon tout le plaisir qu'il en tirait. Il me disait à moi, avec un petit rire tout épanoui, que bien des hommes avaient pour lui une fenêtre ouverte à l'endroit de leur cœur, et d'habitude il accompagnait une pareille assertion de preuves immédiates et des plus surprenantes, tirées d'une connaissance profonde de ma propre personne.

Dans ces moments-là, ses manières étaient glaciales et distraites ; ses yeux regardaient dans le vide, et sa voix – une riche voix de ténor, habituellement – montait jusqu'à la voix de tête ; c'eût été de la pétulance, sans l'absolue délibération de son parler et la parfaite certitude de son accentuation. Je l'observais dans ses allures, et je rêvais souvent à la vieille philosophie de l'*âme double* – je m'amusais à l'idée d'un Dupin double – un Dupin créateur et un Dupin analyste.

Qu'on ne s'imagine pas, d'après ce que je viens de dire, que je vais dévoiler un grand mystère ou écrire un roman. Ce que j'ai remarqué dans ce singulier Français était simplement le résultat d'une intelligence surexcitée – malade peut-être. Mais un exemple donnera une meilleure idée de la nature de ses observations à l'époque dont il s'agit.

Une nuit, nous flânions dans une longue rue sale, avoisinant le Palais-Royal. Nous étions plongés chacun dans nos propres pensées, en apparence du moins, et, depuis près d'un quart d'heure, nous n'avions pas soufflé une syllabe. Tout à coup Dupin lâcha ces paroles :

— C'est un bien petit garçon, en vérité ; et il serait mieux à sa place au théâtre des Variétés.

— Cela ne fait pas l'ombre d'un doute, répliquai-je sans y penser et sans remarquer d'abord, tant j'étais absorbé, la singulière façon dont l'interrupteur adaptait sa parole à ma propre rêverie.

Une minute après, je revins à moi, et mon étonnement fut profond.

— Dupin, dis-je très gravement, voilà qui passe mon intelligence. Je vous avoue, sans ambages, que j'en suis stupéfié et que j'en peux à peine croire mes sens. Comment a-t-il pu se faire que vous ayez deviné que je pensais à… ?

Mais je m'arrêtai pour m'assurer indubitablement qu'il avait réellement deviné à qui je pensais.

— À Chantilly ? dit-il ; pourquoi vous interrompre ? Vous faisiez en vous-même la remarque que sa petite taille le rendait impropre à la tragédie.

C'était précisément ce qui faisait le sujet de mes réflexions. Chantilly était un ex-savetier de la rue Saint-Denis qui avait la rage du théâtre, et avait abordé le rôle de Xerxès dans la tragédie de Crébillon ; ses prétentions étaient dérisoires : on en faisait des gorges chaudes.

— Dites-moi, pour l'amour de Dieu ! la méthode – si méthode il y a – à l'aide de laquelle vous avez pu pénétrer mon âme, dans le cas actuel !

En réalité, j'étais encore plus étonné que je n'aurais voulu le confesser.

— C'est le fruitier, répliqua mon ami, qui vous a amené à cette conclusion que le raccommodeur de semelles n'était pas de taille à jouer Xerxès et tous les rôles de ce genre.

— Le fruitier ! vous m'étonnez ! je ne connais de fruitier d'aucune espèce.

— L'homme qui s'est jeté contre vous, quand nous sommes entrés dans la rue, il y a peut-être un quart d'heure.

Je me rappelai alors qu'en effet un fruitier, portant sur sa tête un grand panier de pommes, m'avait presque jeté par terre par maladresse, comme nous passions de la rue C… dans l'artère principale où nous étions alors. Mais quel rapport cela avait-il avec Chantilly ? Il m'était impossible de m'en rendre compte.

Il n'y avait pas un atome de charlatanerie dans mon ami Dupin.

— Je vais vous expliquer cela, dit-il, et, pour que vous puissiez comprendre tout très clairement, nous allons d'abord reprendre la série de vos réflexions, depuis le moment dont je vous parle jusqu'à la rencontre du fruitier en question. Les anneaux principaux de la chaîne se suivent ainsi : *Chantilly, Orion, le docteur Nichols, Épicure, la stéréotomie, les pavés, le fruitier.*

Il est peu de personnes qui ne se soient amusées, à un moment quelconque de leur vie, à remonter le cours de leurs idées et à rechercher par quels chemins leur esprit était arrivé à de certaines conclusions. Souvent cette occupation est pleine d'intérêt, et celui qui l'essaye pour la première fois est étonné de l'incohérence et de la distance, immense en apparence, entre le point de départ et le point d'arrivée.

Qu'on juge donc de mon étonnement quand j'entendis mon Français parler comme il avait fait, et que je fus contraint de reconnaître qu'il avait dit la pure vérité.

Il continua :

— Nous causions de chevaux – si ma mémoire ne me trompe pas – juste avant de quitter la rue C… Ce fut notre dernier thème de conversation. Comme nous passions dans cette rue-ci, un fruitier, avec un gros panier sur la tête, passa précipitamment devant nous, vous jeta sur un tas de pavés amoncelés dans un endroit où la voie est en réparation. Vous avez mis le pied sur une des pierres branlantes ; vous avez glissé, vous vous êtes légèrement foulé la cheville ; vous avez paru vexé, grognon ; vous avez marmotté quelques paroles ; vous vous êtes retourné pour regarder le tas, puis vous avez continué votre chemin en silence. Je n'étais pas absolument attentif à tout ce que vous faisiez ; mais, pour moi, l'observation est devenue, de vieille date, une espèce de nécessité.

« Vos yeux sont restés attachés sur le sol – surveillant avec une espèce d'irritation les trous et les ornières du pavé (de façon que je voyais bien que vous pensiez toujours aux pierres), jusqu'à ce que nous eussions atteint le petit passage qu'on nomme le passage Lamartine[1], où l'on vient de faire l'essai du pavé de bois, un système de blocs unis et solidement assemblés. Ici votre physionomie s'est éclaircie, j'ai vu vos lèvres remuer, et j'ai deviné, à n'en pas douter, que vous vous murmuriez le mot *stéréotomie*, un terme appliqué fort prétentieusement à ce genre de pavage. Je savais que vous ne pouviez pas dire stéréotomie sans être induit à penser aux atomes, et de là aux théories d'Épicure ; et, comme dans la discussion que nous eûmes, il n'y a pas longtemps, à ce sujet, je vous avais fait remarquer que les vagues conjectures de l'illustre Grec avaient été confirmées singulièrement, sans que personne y prît garde, par les dernières théories sur les nébuleuses et les récentes découvertes cosmogoniques, je sentis que vous ne pourriez pas empêcher vos yeux de se tourner vers la grande nébuleuse d'Orion ; je m'y attendais certainement. Vous n'y avez pas manqué, et je fus alors certain d'avoir strictement emboîté le pas de votre rêverie. Or, dans cette amère boutade sur Chantilly, qui a paru hier dans *le Musée*, l'écrivain satirique, en faisant des allusions désobligeantes au changement de nom du savetier quand il a chaussé le cothurne, citait un vers latin dont nous avons souvent causé. Je veux parler du vers :

Perdidit antiquum littera prima sonum.

1. Ai-je besoin d'avertir à propos de la rue Morgue, du passage Lamartine, etc, qu'Edgar Poe n'est jamais venu à Paris ? (Charles Baudelaire)

« Je vous avais dit qu'il avait trait à Orion, qui s'écrivait primitivement Urion ; et, à cause d'une certaine acrimonie mêlée à cette discussion, j'étais sûr que vous ne l'aviez pas oubliée. Il était clair, dès lors, que vous ne pouviez pas manquer d'associer les deux idées d'Orion et de Chantilly. Cette association d'idées, je la vis au *style* du sourire qui traversa vos lèvres. Vous pensiez à l'immolation du pauvre savetier. Jusque-là, vous aviez marché courbé en deux, mais alors je vous vis vous redresser de toute votre hauteur. J'étais bien sûr que vous pensiez à la pauvre petite taille de Chantilly. C'est dans ce moment que j'interrompis vos réflexions pour vous faire remarquer que c'était un pauvre petit avorton que ce Chantilly, et qu'il serait bien mieux à sa place au théâtre des Variétés.

Peu de temps après cet entretien, nous parcourions l'édition du soir de la *Gazette des tribunaux*, quand les paragraphes suivants attirèrent notre attention :

« DOUBLE ASSASSINAT DES PLUS SINGULIERS. – Ce matin, vers trois heures, les habitants du quartier Saint-Roch furent réveillés par une suite de cris effrayants, qui semblaient venir du quatrième étage d'une maison de la rue Morgue, que l'on savait occupée en totalité par une dame l'Espanaye et sa fille, Mlle Camille l'Espanaye. Après quelques retards causés par des efforts infructueux pour se faire ouvrir à l'amiable, la grande porte fut forcée avec une pince, et huit ou dix voisins entrèrent, accompagnés de deux gendarmes.

« Cependant, les cris avaient cessé ; mais, au moment où tout ce monde arrivait pêle-mêle au premier étage, on distingua deux fortes voix, peut-être plus, qui semblaient se disputer violemment et venir de la partie supérieure de la maison. Quand on arriva au second palier, ces bruits avaient également cessé, et tout était parfaitement tranquille. Les voisins se répandirent de chambre en chambre. Arrivés à une vaste pièce située sur le derrière, au quatrième étage, et dont on força la porte qui était fermée, avec la clef en dedans, ils se trouvèrent en face d'un spectacle qui frappa tous les assistants d'une terreur non moins grande que leur étonnement.

« La chambre était dans le plus étrange désordre ; les meubles brisés et éparpillés dans tous les sens. Il n'y avait qu'un lit, les matelas en avaient été arrachés et jetés au milieu du parquet. Sur une chaise, on trouva un rasoir mouillé de sang ; dans l'âtre, trois longues et fortes boucles de cheveux gris, qui semblaient avoir été violemment arrachées avec leurs racines. Sur le parquet gisaient quatre napoléons, une boucle d'oreille ornée d'une topaze, trois grandes cuillers d'argent, trois plus petites en métal d'Alger, et deux sacs contenant environ quatre mille francs en or. Dans un coin, les tiroirs d'une commode étaient ouverts et avaient sans doute été mis au pillage, bien qu'on y ait trouvé plusieurs articles intacts. Un petit coffret de fer fut trouvé sous la literie (non pas sous le bois de lit) ; il était ouvert, avec la clef dans la serrure. Il ne contenait que quelques vieilles lettres et d'autres papiers sans importance.

« On ne trouva aucune trace de Mme l'Espanaye ; mais on remarqua une quantité extraordinaire de suie dans le foyer ; on fit une recherche dans la cheminée, et – chose horrible à dire ! – on en tira le corps de la demoiselle, la tête en bas, qui avait été introduit de force et poussé par l'étroite ouverture jusqu'à une distance assez considérable. Le corps était tout chaud. En l'examinant, on découvrit de nombreuses excoriations, occasionnées sans doute par la violence avec laquelle il y avait été fourré et qu'il avait fallu employer pour le dégager. La figure portait quelques fortes égratignures, et la gorge était stigmatisée par des meurtrissures noires et de profondes traces d'ongles, comme si la mort avait eu lieu par strangulation.

« Après un examen minutieux de chaque partie de la maison, qui n'amena aucune découverte nouvelle, les voisins s'introduisirent dans une petite cour pavée, située sur le derrière du bâtiment. Là gisait le cadavre de la vieille dame, avec la gorge si parfaitement coupée, que, quand on essaya de le relever, la tête se détacha du tronc. Le corps, aussi bien que la tête, était terriblement mutilé, et celui-ci à ce point qu'il gardait à peine une apparence humaine.

« Toute cette affaire resta un horrible mystère, et jusqu'à présent on n'a pas encore découvert, que nous sachions, le moindre fil conducteur. »

Le numéro suivant portait ces détails additionnels :

« LE DRAME DE LA RUE MORGUE. – Bon nombre d'individus ont été interrogés relativement à ce terrible et extraordinaire événement, mais rien n'a transpiré qui puisse jeter quelque jour sur l'affaire. Nous donnons ci-dessous les dépositions obtenues :

« Pauline Dubourg, blanchisseuse, dépose qu'elle a connu les deux victimes pendant trois ans, et qu'elle a blanchi pour elles pendant tout ce temps. La vieille dame et sa fille semblaient en bonne intelligence, – très affectueuses l'une envers l'autre. C'étaient de bonnes *payes*. Elle ne peut rien dire relativement à leur genre de vie et à leurs moyens d'existence. Elle croit que Mme l'Espanaye disait la bonne aventure pour vivre. Cette dame passait pour avoir de l'argent de côté. Elle n'a jamais rencontré personne dans la maison, quand elle venait rapporter ou prendre le linge. Elle est sûre que ces dames n'avaient aucun domestique à leur service. Il lui a semblé qu'il n'y avait de meubles dans aucune partie de la maison, excepté au quatrième étage.

« Pierre Moreau, marchand de tabac, dépose qu'il fournissait habituellement Mme l'Espanaye, et lui vendait de petites quantités de tabac, quelquefois en poudre. Il est né dans le quartier et y a toujours demeuré. La défunte et sa fille occupaient depuis plus de six ans la maison où l'on a trouvé leurs cadavres. Primitivement elle était habitée par un bijoutier, qui sous-louait les appartements supérieurs à différentes personnes. La maison appartenait à Mme l'Espanaye. Elle s'était montrée très mécontente de son locataire, qui endommageait les lieux ; elle était venue habiter sa propre maison, refusant d'en louer une seule partie. La bonne dame était en enfance. Le témoin a vu la fille cinq ou six fois dans l'intervalle de ces six années. Elles menaient toutes deux une vie excessivement retirée ; elles passaient pour avoir de quoi. Il a entendu dire chez les voisins que Mme l'Espanaye disait la bonne aventure ; il ne le croit pas. Il n'a jamais vu personne franchir la porte, excepté la vieille dame et sa fille, un commissionnaire une ou deux fois, et un médecin huit ou dix.

« Plusieurs autres personnes du voisinage déposent dans le même sens. On ne cite personne comme ayant fréquenté la maison. On ne sait pas si la dame et sa fille avaient des parents vivants. Les volets des fenêtres de face s'ouvraient rarement. Ceux de derrière étaient toujours fermés, excepté aux fenêtres de la grande arrière-pièce du quatrième étage. La maison était une assez bonne maison, pas trop vieille.

« Isidore Muset, gendarme, dépose qu'il a été mis en réquisition, vers trois heures du matin, et qu'il a trouvé à la grande porte vingt ou trente personnes qui s'efforçaient de pénétrer dans la maison. Il l'a forcée avec une baïonnette et non pas avec une pince. Il n'a pas eu grand-peine à l'ouvrir, parce qu'elle était à deux battants et n'était verrouillée ni par en haut, ni par en bas. Les cris ont continué jusqu'à ce que la porte fût enfoncée, puis ils ont soudainement cessé. On eût dit les cris d'une ou de plusieurs personnes en proie aux plus vives douleurs ; des cris très hauts, très prolongés – non pas des cris brefs, ni précipités. Le témoin a grimpé l'escalier. En arrivant au premier palier, il a entendu deux voix qui se discutaient très haut et très aigrement ; – l'une, une voix rude, l'autre beaucoup plus aiguë, une voix très singulière. Il a distingué quelques mots de la première, c'était celle d'un Français. Il est certain que ce n'est pas une voix de femme. Il a pu distinguer les mots *sacré* et *diable*. La voix aiguë était celle d'un étranger. Il ne sait pas précisément si c'était une voix d'homme ou de femme. Il n'a pu deviner ce qu'elle disait, mais il présume qu'elle parlait espagnol. Ce témoin rend compte de l'état de la chambre et des cadavres dans les mêmes termes que nous l'avons fait hier.

« Henri Duval, un voisin, et orfèvre de son état, dépose qu'il faisait partie du groupe de ceux qui sont entrés les premiers dans la maison. Confirme généralement le témoignage de Muset. Aussitôt qu'ils se sont introduits dans la maison, ils ont refermé la porte pour barrer le passage à la foule qui s'amassait considérablement, malgré l'heure plus que matinale. La voix aiguë, à en croire le témoin, était une voix d'Italien. À coup sûr, ce n'était pas une voix française. Il ne sait pas au juste si c'était une voix de femme ; cependant, cela pourrait bien être. Le témoin n'est pas familiarisé avec la langue italienne ; il n'a pu distinguer les paroles, mais il est convaincu d'après l'intonation que l'individu qui parlait était un Italien. Le témoin a connu Mme l'Espanaye et sa fille. Il a fréquemment causé avec elles. Il est certain que la voix aiguë n'était celle d'aucune des victimes.

« Odenheimer, restaurateur. Ce témoin s'est offert de lui-même. Il ne parle pas français, et on l'a interrogé par le canal d'un interprète. Il est né à Amsterdam. Il passait devant la maison au moment des cris. Ils ont duré quelques minutes, dix minutes peut-être. C'étaient des cris prolongés, très hauts, très effrayants – des cris navrants. Odenheimer est un de ceux qui ont pénétré dans la maison. Il confirme le témoignage précédent, à l'exception d'un seul point. Il est sûr que la voix aiguë était celle d'un homme – d'un Français. Il n'a pu distinguer les mots articulés. On parlait haut et vite – d'un ton inégal – et qui exprimait la crainte aussi bien que la colère. La voix était âpre, plutôt âpre qu'aiguë. Il ne peut appeler cela précisément une voix aiguë. La grosse voix dit à plusieurs reprises : *Sacré – diable* – et une fois : *Mon Dieu !*

« Jules Mignaud, banquier, de la maison Mignaud et fils, rue Deloraine. Il est l'aîné des Mignaud. Mme l'Espanaye avait quelque fortune. Il lui avait ouvert un compte dans sa maison, huit ans auparavant, au printemps. Elle a souvent déposé chez lui de petites sommes d'argent. Il ne lui a rien délivré jusqu'au troisième jour avant sa mort, où elle est venue lui demander en personne une somme de quatre mille francs. Cette somme lui a été payée en or, et un commis a été chargé de la lui porter chez elle.

« Adolphe Lebon, commis chez Mignaud et fils, dépose que, le jour en question, vers midi, il a accompagné Mme l'Espanaye à son logis, avec les quatre mille francs, en deux sacs. Quand la porte s'ouvrit, Mlle l'Espanaye parut, et lui prit des mains l'un des deux sacs, pendant que la vieille dame le déchargeait de l'autre. Il les salua et partit. Il n'a vu personne dans la rue en ce moment. C'est une rue borgne, très solitaire.

« William Bird, tailleur, dépose qu'il est un de ceux qui se sont introduits dans la maison. Il est Anglais. Il a vécu deux ans à Paris. Il est un des premiers qui ont monté l'escalier. Il a entendu les voix qui se disputaient. La voix rude était celle d'un Français. Il a pu distinguer quelques mots, mais il ne se les rappelle pas. Il a entendu distinctement *sacré* et *mon Dieu.* C'était en ce moment un bruit comme de plusieurs personnes qui se battent – le tapage d'une lutte et d'objets qu'on brise. La voix aiguë était très forte, plus forte que la voix rude. Il est sûr que ce n'était pas une voix d'Anglais. Elle lui sembla une voix d'Allemand ; peut-être bien une voix de femme. Le témoin ne sait pas l'allemand.

« Quatre des témoins ci-dessus mentionnés ont été assignés de nouveau, et ont déposé que la porte de la chambre où fut trouvé le corps de Mlle l'Espanaye était fermée en dedans quand ils y arrivèrent. Tout était parfaitement silencieux ; ni gémissements, ni bruits d'aucune espèce. Après avoir forcé la porte, ils ne virent personne.

« Les fenêtres, dans la chambre de derrière et dans celle de face, étaient fermées et solidement assujetties en dedans. Une porte de communication était fermée, mais pas à clef. La porte qui conduit de la chambre du devant au corridor était fermée à clef, et la clef en dedans ; une petite pièce sur le devant de la maison, au quatrième étage, à l'entrée du corridor, ouverte, et la porte entrebâillée ; cette pièce, encombrée de vieux bois de lit, de malles, etc. On a soigneusement dérangé et visité tous ces objets. Il n'y a pas un pouce d'une partie quelconque de la maison qui n'ait été soigneusement visité. On a fait pénétrer des ramoneurs dans les cheminées. La maison est à quatre étages avec des mansardes. Une trappe qui donne sur le toit était condamnée et solidement fermée avec des clous ; elle ne semblait pas avoir été ouverte depuis des années. Les témoins varient sur la durée du temps écoulé entre le moment où l'on a entendu les voix qui se disputaient et celui où l'on a forcé la porte de la chambre. Quelques-uns l'évaluent trop court, deux ou trois minutes – d'autres, cinq minutes. La porte ne fut ouverte qu'à grand-peine.

« Alfonso Garcio, entrepreneur des pompes funèbres, dépose qu'il demeure rue Morgue. Il est né en Espagne. Il est un de ceux qui ont pénétré dans la maison. Il n'a pas monté l'escalier. Il a les nerfs très délicats, et redoute les conséquences d'une violente agitation nerveuse. Il a entendu les voix qui se disputaient. La grosse voix était celle d'un Français. Il n'a pu distinguer ce qu'elle disait. La voix aiguë était celle d'un Anglais, il en est bien sûr. Le témoin ne sait pas l'anglais, mais il juge d'après l'intonation.

« Alberto Montani, confiseur, dépose qu'il fut des premiers qui montèrent l'escalier. Il a entendu les voix en question. La voix rauque était celle d'un Français. Il a distingué quelques mots. L'individu qui parlait semblait faire des remontrances. Il n'a pas pu deviner ce que disait la voix aiguë. Elle parlait vite et par saccades. Il l'a prise pour la voix d'un Russe. Il confirme en général les témoignages précédents. Il est Italien ; il avoue qu'il n'a jamais causé avec un Russe.

« Quelques témoins, rappelés, certifient que les cheminées dans toutes les chambres, au quatrième étage, sont trop étroites pour livrer passage à un être humain. Quand ils ont parlé de ramonage, ils voulaient parler de ces brosses en forme de cylindres dont on se sert pour nettoyer les cheminées. On a fait passer ces brosses du haut au bas dans tous les tuyaux de la maison. Il n'y a sur le derrière aucun passage qui ait pu favoriser la fuite d'un assassin, pendant que les témoins montaient l'escalier. Le corps de Mlle l'Espanaye était si solidement engagé dans la cheminée qu'il a fallu, pour le retirer, que quatre ou cinq des témoins réunissent leurs forces.

« Paul Dumas, médecin, dépose qu'il a été appelé au point du jour pour examiner les cadavres. Ils gisaient tous les deux sur le fond de sangle du lit dans la chambre où avait été trouvée Mlle l'Espanaye. Le corps de la jeune dame était fortement meurtri et excorié. Ces particularités s'expliquent suffisamment par le fait de son introduction dans la cheminée. La gorge était singulièrement écorchée. Il y avait, juste au-dessous du menton, plusieurs égratignures profondes, avec une rangée de taches livides, résultant évidemment de la pression des doigts. La face était affreusement décolorée, et les globes des yeux sortaient de la tête. La langue était coupée à moitié. Une large meurtrissure se manifestait au creux de l'estomac, produite, selon toute apparence, par la pression d'un genou. Dans l'opinion de M. Dumas, Mlle l'Espanaye avait été étranglée par un ou par plusieurs individus inconnus.

« Le corps de la mère était horriblement mutilé. Tous les os de la jambe et du bras gauches plus ou moins fracassés ; le tibia gauche brisé en esquilles, ainsi que les côtes du même côté. Tout le corps affreusement meurtri et décoloré. Il était impossible de dire comment de pareils coups avaient été portés. Une lourde massue de bois ou une large pince de fer, une arme grosse, pesante et contondante aurait pu produire de pareils résultats, et encore, maniée par les mains d'un homme excessivement robuste. Avec n'importe quelle arme, aucune femme n'aurait pu frapper de tels coups. La tête de la défunte, quand le témoin la vit, était entièrement séparée du tronc, et, comme le reste, singulièrement broyée. La gorge évidemment avait été tranchée avec un instrument très affilé, très probablement un rasoir.

« Alexandre Étienne, chirurgien, a été appelé en même temps que M. Dumas pour visiter les cadavres ; il confirme le témoignage et l'opinion de M. Dumas.

« Quoique plusieurs autres personnes aient été interrogées, on n'a pu obtenir aucun autre renseignement d'une valeur quelconque. Jamais assassinat si mystérieux, si embrouillé, n'a été commis à Paris, si toutefois il y a eu assassinat.

« La police est absolument déroutée – cas fort usité dans les affaires de cette nature. Il est vraiment impossible de retrouver le fil de cette affaire. »

L'édition du soir constatait qu'il régnait une agitation permanente dans le quartier Saint-Roch ; que les lieux avaient été l'objet d'un second examen, que les témoins avaient été interrogés de nouveau, mais tout cela sans résultat. Cependant, un post-scriptum annonçait qu'Adolphe Lebon, le commis de la maison de banque, avait été arrêté et incarcéré, bien que rien dans les faits déjà connus ne parût suffisant pour l'incriminer.

Dupin semblait s'intéresser singulièrement à la marche de cette affaire, autant, du moins, que j'en pouvais juger par ses manières, car il ne faisait aucun commentaire. Ce fut seulement après que le journal eut annoncé l'emprisonnement de Lebon qu'il me demanda quelle opinion j'avais relativement à ce double meurtre.

Je ne pus que lui confesser que j'étais comme tout Paris, et que je le considérais comme un mystère insoluble. Je ne voyais aucun moyen d'attraper la trace du meurtrier.

— Nous ne devons pas juger des moyens possibles, dit Dupin, par une instruction embryonnaire. La police parisienne, si vantée pour sa pénétration, est très rusée, rien de plus. Elle procède sans méthode, elle n'a pas d'autre méthode que celle du moment. On fait ici un grand étalage de mesures, mais il arrive souvent qu'elles sont si intempestives, et si mal appropriées au but, qu'elles font penser à M. Jourdain, qui demandait *sa robe de chambre – pour mieux entendre la musique.*

Les résultats obtenus sont quelquefois surprenants, mais ils sont, pour la plus grande partie, simplement dus à la diligence et à l'activité. Dans le cas où ces facultés sont insuffisantes, les plans ratent. Vidocq, par exemple, était bon pour deviner ; c'était un homme de patience ; mais sa pensée n'étant pas suffisamment éduquée, il faisait continuellement fausse route, par l'ardeur même de ses investigations. Il diminuait la force de sa vision en regardant l'objet de trop près. Il pouvait peut-être voir un ou deux points avec une netteté singulière, mais, par le fait même de son procédé, il perdait l'aspect de l'affaire prise dans son ensemble. Cela peut s'appeler le moyen d'être trop profond. La vérité n'est pas toujours dans un puits. En somme, quant à ce qui regarde les notions qui nous intéressent de plus près, je crois qu'elle est invariablement à la surface. Nous la cherchons dans la profondeur de la vallée : c'est au sommet des montagnes que nous la découvrirons.

« On trouve dans la contemplation des corps célestes des exemples et des échantillons excellents de ce genre d'erreur. Jetez sur une étoile un rapide coup d'œil, regardez-la obliquement, en tournant vers elle la partie latérale de la rétine (beaucoup plus sensible à une lumière faible que la partie centrale), et vous verrez l'étoile distinctement ; vous aurez l'appréciation la plus juste de son éclat, éclat qui s'obscurcit à proportion que vous dirigez votre point de vue en plein sur elle.

« Dans le dernier cas, il tombe sur l'œil un plus grand nombre de rayons ; mais, dans le premier, il y a une réceptibilité plus complète, une susceptibilité beaucoup plus vive. Une profondeur outrée affaiblit la pensée et la rend perplexe ; et il est possible de faire disparaître

Vénus elle-même du firmament par une attention trop soutenue, trop concentrée, trop directe.

« Quant à cet assassinat, faisons nous-mêmes un examen avant de nous former une opinion. Une enquête nous procurera de l'amusement (je trouvai cette expression bizarre, appliquée au cas en question, mais je ne dis mot) ; et, en outre, Lebon m'a rendu un service pour lequel je ne veux pas me montrer ingrat. Nous irons sur les lieux, nous les examinerons de nos propres yeux. Je connais G…, le préfet de police, et nous obtiendrons sans peine l'autorisation nécessaire.

L'autorisation fut accordée, et nous allâmes tout droit à la rue Morgue. C'est un de ces misérables passages qui relient la rue Richelieu à la rue Saint-Roch. C'était dans l'après-midi, et il était déjà tard quand nous y arrivâmes, car ce quartier est situé à une grande distance de celui que nous habitions. Nous trouvâmes bien vite la maison, car il y avait une multitude de gens qui contemplaient de l'autre côté de la rue les volets fermés, avec une curiosité badaude. C'était une maison comme toutes les maisons de Paris, avec une porte cochère, et sur l'un des côtés une niche vitrée avec un carreau mobile, représentant la loge du concierge. Avant d'entrer, nous remontâmes la rue, nous tournâmes dans une allée, et nous passâmes ainsi sur les derrières de la maison. Dupin, pendant ce temps, examinait tous les alentours, aussi bien que la maison, avec une attention minutieuse dont je ne pouvais pas deviner l'objet.

Nous revînmes sur nos pas vers la façade de la maison ; nous sonnâmes, nous montrâmes notre pouvoir, et les agents nous permirent d'entrer. Nous montâmes jusqu'à la chambre où on avait trouvé le corps de Mlle l'Espanaye, et où gisaient encore les deux cadavres. Le désordre de la chambre avait été respecté, comme cela se pratique en pareil cas. Je ne vis rien de plus que ce qu'avait constaté la *Gazette des tribunaux*. Dupin analysait minutieusement toutes choses, sans en excepter les corps des victimes. Nous passâmes ensuite dans les autres chambres, et nous descendîmes dans les cours, toujours accompagnés par un gendarme. Cet examen dura fort longtemps, et il était nuit quand nous quittâmes la maison. En retournant chez nous, mon camarade s'arrêta quelques minutes dans les bureaux d'un journal quotidien.

J'ai dit que mon ami avait toute sorte de bizarreries, et que *je les ménageais* (car ce mot n'a pas d'équivalent en anglais). Il entrait maintenant dans sa fantaisie de se refuser à toute conversation relativement à l'assassinat, jusqu'au lendemain à midi. Ce fut alors qu'il me demanda brusquement si j'avais remarqué quelque chose de *particulier* sur le théâtre du crime.

Il y eut dans sa manière de prononcer le mot *particulier* un accent qui me donna le frisson sans que je susse pourquoi.

— Non, rien de particulier, dis-je, rien autre, du moins, que ce que nous avons lu tous deux dans le journal.

— La *Gazette*, reprit-il, n'a pas, je le crains, pénétré l'horreur insolite de l'affaire. Mais laissons là les opinions niaises de ce papier. Il me semble que le mystère est considéré comme insoluble, par la raison même qui devrait le faire regarder comme facile à résoudre – je veux parler du caractère excessif sous lequel il apparaît. Les gens de police sont confondus par l'absence apparente de motifs légitimant, non le meurtre en lui-même, mais l'atrocité du meurtre. Ils sont embarrassés aussi par l'impossibilité apparente de concilier les voix qui se disputaient avec ce fait qu'on n'a trouvé en haut de l'escalier d'autre personne que Mlle l'Espanaye, assassinée, et qu'il n'y avait aucun moyen de sortir sans être vu des gens qui montaient l'escalier. L'étrange désordre de la chambre – le corps fourré, la tête en bas, dans la cheminée –, l'effrayante mutilation du corps de la vieille dame –, ces considérations, jointes à celles que j'ai mentionnées et à d'autres dont je n'ai pas besoin de parler, ont suffi pour paralyser l'action des agents du ministère et pour dérouter complètement leur perspicacité si vantée. Ils ont commis la très grosse et très commune faute de confondre l'extraordinaire avec l'abstrus. Mais c'est justement en suivant ces déviations du cours ordinaire de la nature que la raison trouvera son chemin, si la chose est possible, et marchera vers la vérité. Dans les investigations du genre de celle qui nous occupe, il ne faut pas tant se demander comment les choses se sont passées qu'étudier en quoi elles se distinguent de tout ce qui est arrivé jusqu'à présent. Bref, la facilité avec laquelle j'arriverai – ou je suis déjà arrivé – à la solution du mystère, est en raison directe de son insolubilité apparente aux yeux de la police.

Je fixai mon homme avec un étonnement muet.

— J'attends maintenant, continua-t-il en jetant un regard sur la porte de notre chambre, j'attends un individu qui, bien qu'il ne soit peut-être pas l'auteur de cette boucherie, doit se trouver en partie impliqué dans sa perpétration. Il est probable qu'il est innocent de la partie atroce du crime. J'espère ne pas me tromper dans cette hypothèse ; car c'est sur cette hypothèse que je fonde l'espérance de déchiffrer l'énigme entière. J'attends l'homme ici – dans cette chambre – d'une minute à l'autre. Il est vrai qu'il peut fort bien ne pas venir, mais il y a quelques probabilités pour qu'il vienne. S'il vient, il sera nécessaire de le garder. Voici des pistolets, et nous savons tous deux à quoi ils servent quand l'occasion l'exige.

Je pris les pistolets, sans trop savoir ce que je faisais, pouvant à peine en croire mes oreilles – pendant que Dupin continuait, à peu près comme dans un monologue. J'ai déjà parlé de ses manières distraites dans ces moments-là. Son discours s'adressait à moi ; mais sa voix, quoique montée à un diapason fort ordinaire, avait cette intonation que l'on prend d'habitude en parlant à quelqu'un placé à une grande distance. Ses yeux, d'une expression vague, ne regardaient que le mur.

— Les voix qui se disputaient, disait-il, les voix entendues par les gens qui montaient l'escalier n'étaient pas celles de ces malheureuses femmes – cela est plus que prouvé par l'évidence. Cela nous débarrasse pleinement de la question de savoir si la vieille dame aurait assassiné sa fille et se serait ensuite suicidée.

« Je ne parle de ce cas que par amour de la méthode ; car la force de Mme l'Espanaye eût été absolument insuffisante pour introduire le corps de sa fille dans la cheminée, de la façon où on l'a découvert ; et la nature des blessures trouvées sur sa propre personne exclut entièrement l'idée de suicide. Le meurtre a donc été commis par des tiers, et les voix de ces tiers sont celles qu'on a entendues se quereller.

« Permettez-moi maintenant d'appeler votre attention – non pas sur les dépositions relatives à ces voix – mais sur ce qu'il y a de *particulier* dans ces dépositions. Y avez-vous remarqué quelque chose de particulier ?

— Je remarquai que, pendant que tous les témoins s'accordaient à considérer la grosse voix comme étant celle d'un Français, il y avait un grand désaccord relativement à la voix aiguë, ou, comme l'avait définie un seul individu, à la voix âpre.

— Cela constitue l'évidence, dit Dupin, mais non la particularité de l'évidence. Vous n'avez rien observé de distinctif ; cependant il y avait *quelque chose* à observer. Les témoins, remarquez-le bien, sont d'accord sur la grosse voix ; là-dessus, il y a unanimité. Mais relativement à la voix aiguë, il y a une particularité – elle ne consiste pas dans leur désaccord, mais en ceci que, quand un Italien, un Anglais, un Espagnol, un Hollandais, essayent de la décrire, chacun en parle comme d'une voix d'*étranger*, chacun est sûr que ce n'était pas la voix d'un de ses compatriotes.

« Chacun la compare, non pas à la voix d'un individu dont la langue lui serait familière, mais justement au contraire. Le Français présume que c'était une voix d'Espagnol, et *il aurait pu distinguer quelques mots s'il était familiarisé avec l'espagnol*. Le Hollandais affirme que c'était la voix d'un Français ; mais il est établi que le témoin, ne sachant pas le français, a été interrogé par le canal d'un interprète. L'Anglais pense que c'était la voix d'un Allemand, et *il n'entend pas l'allemand*. L'Espagnol est *positivement sûr* que c'était la voix d'un Anglais, mais il en juge uniquement par l'intonation, car *il n'a aucune connaissance de l'anglais*. L'Italien croit à une voix de Russe, mais *il n'a jamais causé avec une personne native de Russie*. Un autre Français, cependant, diffère du premier, et il est certain que c'était une voix d'Italien ; mais, n'ayant pas la connaissance de cette langue, il fait comme l'Espagnol, *il tire sa certitude de l'intonation.* Or, cette voix était donc bien insolite et bien étrange, qu'on ne pût obtenir à son égard que de pareils témoignages ? Une voix dans les intonations de laquelle des citoyens des cinq grandes parties de l'Europe n'ont rien pu reconnaître qui leur fût familier ! Vous me direz que c'était peut-être la voix d'un Asiatique ou d'un Africain. Les Africains et les Asiatiques n'abondent pas à Paris ; mais, sans nier la possibilité du cas, j'appellerai simplement votre attention sur trois points.

« Un témoin dépeint la voix ainsi : *plutôt âpre qu'aiguë.* Deux autres en parlent comme d'une voix *brève et saccadée.* Ces témoins n'ont distingué aucune parole – aucun son ressemblant à des paroles.

« Je ne sais pas, continua Dupin, quelle impression j'ai pu faire sur votre entendement ; mais je n'hésite pas à affirmer qu'on peut tirer des déductions légitimes de cette partie même des dépositions – la partie relative aux deux voix – la grosse voix et la voix aiguë –, très suffisantes en elles-mêmes pour créer un soupçon qui indiquerait la route dans toute investigation ultérieure du mystère.

« J'ai dit : déductions légitimes, mais cette expression ne rend pas complètement ma pensée. Je voulais faire entendre que ces déductions sont les seules convenables, et que ce soupçon en surgit inévitablement comme le seul résultat possible. Cependant, de quelle nature est ce soupçon, je ne vous le dirai pas immédiatement. Je désire simplement vous démontrer que ce soupçon était plus que suffisant pour donner un caractère décidé, une tendance positive à l'enquête que je voulais faire dans la chambre.

« Maintenant, transportons-nous en imagination dans cette chambre. Quel sera le premier objet de notre recherche ? Les moyens d'évasion employés par les meurtriers. Nous pouvons affirmer – n'est-ce pas – que nous ne croyons ni l'un ni l'autre aux événements surnaturels ? Mmes l'Espanaye n'ont pas été assassinées par les esprits. Les auteurs du meurtre étaient des êtres matériels, et ils ont fui matériellement.

« Or, comment ? Heureusement, il n'y a qu'une manière de raisonner sur ce point, et cette manière nous conduira à une conclusion positive. Examinons donc un à un les moyens possibles d'évasion. Il est clair que les assassins étaient dans la chambre où l'on a trouvé Mlle l'Espanaye, ou au moins dans la chambre adjacente quand la foule a monté l'escalier. Ce n'est donc que dans ces deux chambres que nous avons à chercher des issues. La police a levé les parquets, ouvert les plafonds, sondé la maçonnerie des murs. Aucune issue secrète n'a pu échapper à sa perspicacité. Mais je ne me suis pas fié à ses yeux, et j'ai examiné avec les miens ; il n'y a réellement pas d'issue secrète. Les deux portes qui conduisent des chambres dans le corridor étaient solidement fermées et les clefs en dedans. Voyons les cheminées. Celles-ci, qui sont d'une largeur ordinaire jusqu'à une distance de huit ou dix pieds au-dessus du foyer, ne livreraient pas au-delà un passage suffisant à un gros chat.

« L'impossibilité de la fuite, du moins par les voies ci-dessus indiquées, étant donc absolument établie, nous en sommes réduits aux fenêtres. Personne n'a pu fuir par celles de la chambre du devant sans être vu par la foule du dehors. Il a donc *fallu* que les meurtriers s'échappassent par celles de la chambre de derrière.

« Maintenant, amenés, comme nous le sommes, à cette conclusion par des déductions aussi irréfragables, nous n'avons pas le droit, en tant que raisonneurs, de la rejeter en raison de son apparente impossibilité. Il ne nous reste donc qu'à démontrer que cette impossibilité apparente n'existe pas en réalité.

« Il y a deux fenêtres dans la chambre. L'une des deux n'est pas obstruée par l'ameublement, et est restée entièrement visible. La partie inférieure de l'autre est cachée par le chevet du lit, qui est fort massif et qui est poussé tout contre. On a constaté que la première était solidement assujettie en dedans. Elle a résisté aux efforts les plus violents de ceux qui ont essayé de la lever. On avait percé dans son châssis, à gauche, un grand trou avec une vrille, et on y trouva un gros clou enfoncé presque jusqu'à la tête. En examinant l'autre fenêtre, on y a trouvé fiché un clou semblable ; et un vigoureux effort pour lever le châssis n'a pas eu plus de succès que de l'autre côté. La police était dès lors pleinement convaincue qu'aucune fuite n'avait pu s'effectuer par ce chemin. Il fut donc considéré comme superflu de retirer les clous et d'ouvrir les fenêtres.

« Mon examen fut un peu plus minutieux, et cela par la raison que je vous ai donnée tout à l'heure. C'était le cas, je le savais, où il *fallait* démontrer que l'impossibilité n'était qu'apparente.

« Je continuai à raisonner ainsi – *a posteriori*. Les meurtriers s'étaient évadés par l'une de ces fenêtres. Cela étant, ils ne pouvaient pas avoir réassujetti les châssis en dedans, comme on les a trouvés ; considération qui, par son évidence, a borné les recherches de la police dans ce sens-là. Cependant, ces châssis étaient bien fermés. Il *faut* donc qu'ils puissent se fermer d'eux-mêmes. Il n'y avait pas moyen d'échapper à cette conclusion. J'allai droit à la fenêtre non bouchée, je retirai le clou avec quelque difficulté, et j'essayai de lever le châssis. Il a résisté à tous mes efforts, comme je m'y attendais. Il y avait donc, j'en étais sûr maintenant, un ressort caché ; et ce fait, corroborant mon idée, me convainquit au moins de la justesse de mes prémisses, quelque mystérieuses que m'apparussent toujours les circonstances relatives aux clous. Un examen minutieux me fit bientôt découvrir le ressort secret. Je le poussai, et, satisfait de ma découverte, je m'abstins de lever le châssis.

« Je remis alors le clou en place et l'examinai attentivement. Une personne passant par la fenêtre pouvait l'avoir refermée, et le ressort aurait fait son office ; mais le clou n'aurait pas été replacé. Cette conclusion était nette et rétrécissait encore le champ de mes investigations. Il *fallait* que les assassins se fussent enfuis par l'autre fenêtre. En supposant donc que les ressorts des deux croisées fussent semblables, comme il était probable, il *fallait* cependant trouver une différence dans les clous, ou au moins dans la manière dont ils avaient été fixés. Je montai sur le fond de sangle du lit, et je regardai minutieusement l'autre fenêtre pardessus le chevet du lit. Je passai ma main derrière, je découvris aisément le ressort, et je le fis jouer ; il était, comme je l'avais deviné, identique au premier. Alors, j'examinai le clou. Il était aussi gros que l'autre, et fixé de la même manière, enfoncé presque jusqu'à la tête.

« Vous direz que j'étais embarrassé ; mais, si vous avez une pareille pensée, c'est que vous vous êtes mépris sur la nature de mes inductions. Pour me servir d'un terme de jeu, je n'avais pas commis une seule faute ; je n'avais pas perdu la piste un seul instant ; il n'y avait pas une lacune d'un anneau à la chaîne. J'avais suivi le secret jusque dans sa dernière phase, et cette phase, c'était le clou. Il ressemblait, dis-je, sous tous les rapports, à son voisin de l'autre fenêtre ; mais ce fait, quelque concluant qu'il fût en apparence, devenait absolument nul, en face de cette considération dominante, à savoir que là, à ce clou, finissait le fil conducteur. Il faut, me dis-je, qu'il y ait dans ce clou quelque chose de défectueux. Je le touchai, et la tête, avec un petit morceau de la tige, un quart de pouce environ, me resta dans les doigts. Le reste de la tige était dans le trou, où elle s'était cassée. Cette fracture était fort ancienne, car les bords étaient incrustés de rouille, et elle avait été opérée par un coup de marteau, qui avait enfoncé en partie la tête du clou dans le fond du châssis. Je rajustai soigneusement la tête avec le morceau qui la continuait, et le tout figura un clou intact ; la fissure était inappréciable. Je pressai le ressort, je levai doucement la croisée de quelques pouces ; la tête du clou vint avec elle, sans bouger de son trou. Je refermai la croisée, et le clou offrit de nouveau le semblant d'un clou complet.

« Jusqu'ici l'énigme était débrouillée. L'assassin avait fui par la fenêtre qui touchait au lit. Qu'elle fût retombée d'elle-même après la fuite ou qu'elle eût été fermée par une main humaine, elle était retenue par le ressort, et la police avait attribué cette résistance au clou ; aussi toute enquête ultérieure avait été jugée superflue.

« La question, maintenant, était celle du mode de descente. Sur ce point, j'avais satisfait mon esprit dans notre promenade autour du bâtiment. À cinq pieds et demi environ de la fenêtre en question court une chaîne de paratonnerre. De cette chaîne, il eût été impossible à n'importe qui d'atteindre la fenêtre, à plus forte raison, d'entrer.

« Toutefois, j'ai remarqué que les volets du quatrième étage étaient du genre particulier que les menuisiers parisiens appellent *ferrades*, genre de volets fort peu usité aujourd'hui, mais qu'on rencontre fréquemment dans de vieilles maisons de Lyon et de Bordeaux. Ils sont faits comme une porte ordinaire (porte simple, et non pas à double battant), à l'exception que la partie inférieure est façonnée à jour et treillissée, ce qui donne aux mains une excellente prise.

« Dans le cas en question, ces volets sont larges de trois bons pieds et demi. Quand nous les avons examinés du derrière de la maison, ils étaient tous les deux ouverts à moitié, c'est-à-dire qu'ils faisaient angle droit avec le mur. Il est présumable que la police a examiné comme moi les derrières du bâtiment ; mais, en regardant ces *ferrades* dans le sens de leur largeur (comme elle les a vues inévitablement), elle n'a sans doute pas pris garde à cette largeur même, ou du moins elle n'y a pas attaché l'importance nécessaire. En somme, les agents, quand il a été démontré pour eux que la fuite n'avait pu s'effectuer de ce côté, ne leur ont appliqué qu'un examen succinct.

« Toutefois, il était évident pour moi que le volet appartenant à la fenêtre située au chevet du lit, si on le supposait rabattu contre le mur, se trouverait à deux pieds de la chaîne du paratonnerre. Il était clair aussi que, par l'effort d'une énergie et d'un courage insolites, on pouvait, à l'aide de la chaîne, avoir opéré une invasion par la fenêtre. Arrivé à cette distance de deux pieds et demi (je suppose maintenant le volet complètement ouvert), un voleur aurait pu trouver dans le treillage une prise solide. Il aurait pu dès lors, en lâchant la chaîne, en assurant bien ses pieds contre le mur et en s'élançant vivement, tomber dans la chambre, et attirer violemment le volet avec lui de manière à le fermer – en supposant, toutefois, la fenêtre ouverte en ce moment-là.

« Remarquez bien, je vous prie, que j'ai parlé d'une énergie très peu commune, nécessaire pour réussir dans une entreprise aussi difficile, aussi hasardeuse. Mon but est de vous prouver d'abord que la chose a pu se faire – en second lieu et, *principalement*, d'attirer votre attention sur le caractère *très extraordinaire*, presque surnaturel, de l'agilité nécessaire pour l'accomplir.

« Vous direz sans doute, en vous servant de la langue judiciaire, que, pour donner ma preuve *a fortiori*, je devrais plutôt *sous-évaluer* l'énergie nécessaire dans ce cas que réclamer son exacte estimation. C'est peut-être la pratique des tribunaux, mais cela ne rentre pas dans les us de la raison. Mon objet final, c'est la vérité. Mon but actuel, c'est de vous induire à rapprocher cette énergie tout à fait insolite de cette voix si particulière, de cette voix aiguë (ou âpre), de cette voix saccadée, dont la nationalité n'a pu être constatée par l'accord de deux témoins, et dans laquelle personne n'a saisi de mots articulés, de syllabisation.

À ces mots, une conception vague et embryonnaire de la pensée de Dupin passa dans mon esprit. Il me semblait être sur la limite de la compréhension sans pouvoir comprendre ; comme les gens qui sont quelquefois sur le bord du souvenir, et qui cependant ne parviennent pas à se rappeler. Mon ami continua son argumentation :

— Vous voyez, dit-il, que j'ai transporté la question du mode de sortie au mode d'entrée. Il était dans mon plan de démontrer qu'elles se sont effectuées de la même manière et sur le même point. Retournons maintenant dans l'intérieur de la chambre. Examinons toutes les particularités. Les tiroirs de la commode, dit-on, ont été mis au pillage, et cependant on y a trouvé plusieurs articles de toilette intacts. Cette conclusion est absurde ; c'est une simple conjecture – une conjecture passablement niaise, et rien de plus. Comment pouvons-nous savoir que les articles trouvés dans les tiroirs ne représentent pas tout ce que les tiroirs contenaient ? Mme l'Espanaye et sa fille menaient une vie excessivement retirée, ne voyaient pas le monde, sortaient rarement, avaient donc peu d'occasions de changer de toilette. Ceux qu'on a trouvés étaient au moins d'aussi bonne qualité qu'aucun de ceux que possédaient vraisemblablement ces dames. Et, si un voleur en avait pris quelques-uns, pourquoi n'aurait-il pas pris les meilleurs, – pourquoi ne les aurait-il pas tous pris ? Bref, pourquoi aurait-il abandonné les quatre mille francs en or pour s'empêtrer d'un paquet de linge ? L'or a été abandonné. La presque totalité de la somme désignée par le banquier Mignaud a été trouvée sur le parquet, dans les sacs. Je tiens donc à écarter de votre pensée l'idée saugrenue d'un *intérêt*, idée engendrée dans le cerveau de la police par les dépositions qui parlent d'argent délivré à la porte même de la maison. Des coïncidences dix fois plus remarquables que celle-ci (la livraison de l'argent et le meurtre commis trois jours après sur le propriétaire) se présentent dans chaque heure de notre vie sans attirer notre attention, même une minute. En général, les coïncidences sont de grosses pierres d'achoppement dans la route de ces pauvres penseurs mal éduqués qui ne savent pas le premier mot de la théorie des probabilités, théorie à laquelle le savoir humain doit ses plus glorieuses conquêtes et ses plus belles découvertes. Dans le cas présent, si l'or avait disparu, le fait qu'il avait été délivré trois jours auparavant créerait quelque chose de plus qu'une coïncidence. Cela corroborerait l'idée d'intérêt. Mais, dans les circonstances réelles où nous sommes placés, si nous supposons que l'or a été le mobile de l'attaque, il nous faut supposer ce criminel assez indécis et assez idiot pour oublier à la fois son or et le mobile qui l'a fait agir.

« Mettez donc bien dans votre esprit les points sur lesquels j'ai attiré votre attention – cette voix particulière, cette agilité sans pareille, et cette absence frappante d'intérêt dans un meurtre aussi singulièrement atroce que celui-ci. Maintenant, examinons la boucherie en elle-même. Voilà une femme étranglée par la force des mains, et introduite dans une cheminée, la tête en bas. Des assassins ordinaires n'emploient pas de pareils procédés pour tuer. Encore moins cachent-ils ainsi les cadavres de leurs victimes. Dans cette façon de fourrer le corps dans la cheminée, vous admettrez qu'il y a quelque chose d'excessif et de bizarre – quelque chose d'absolument inconciliable avec tout ce que nous connaissons en général des actions humaines, même en supposant que les auteurs fussent les plus pervertis des hommes. Songez aussi quelle force prodigieuse il a fallu pour pousser ce corps dans une pareille ouverture, et l'y pousser si puissamment, que les efforts réunis de plusieurs personnes furent à peine suffisants pour l'en retirer.

« Portons maintenant notre attention sur d'autres indices de cette vigueur merveilleuse. Dans le foyer, on a trouvé des mèches de cheveux – des mèches très épaisses de cheveux gris. Ils ont été arrachés avec leurs racines. Vous savez quelle puissante force il faut pour arracher seulement de la tête vingt ou trente cheveux à la fois. Vous avez vu les mèches en question aussi bien que moi. À leurs racines grumelées – affreux spectacle ! – adhéraient des fragments de cuir chevelu – preuve certaine de la prodigieuse puissance qu'il a fallu déployer pour déraciner peut-être cinq cent mille cheveux d'un seul coup.

« Non seulement le cou de la vieille dame était coupé, mais la tête absolument séparée du corps ; l'instrument était un simple rasoir. Je vous prie de remarquer cette férocité *bestiale*. Je ne parle pas des meurtrissures du corps de Mme l'Espanaye ; M. Dumas et son honorable confrère, M. Étienne, ont affirmé qu'elles avaient été produites par un instrument contondant ; et en cela ces messieurs furent tout à fait dans le vrai. L'instrument contondant a été évidemment le pavé de la cour sur laquelle la victime est tombée de la fenêtre qui donne sur le lit. Cette idée, quelque simple qu'elle apparaisse maintenant, a échappé à la police par la même raison qui l'a empêchée de remarquer la largeur des volets ; parce que, grâce à la circonstance des clous, sa perception était hermétiquement bouchée à l'idée que les fenêtres eussent jamais pu être ouvertes.

« Si maintenant – subsidiairement – vous avez convenablement réfléchi au désordre bizarre de la chambre, nous sommes allés assez avant pour combiner les idées d'une agilité merveilleuse, d'une férocité bestiale, d'une boucherie sans motif, d'une *grotesquerie* dans l'horrible absolument étrangère à l'humanité, et d'une voix dont l'accent est inconnu à l'oreille d'hommes de plusieurs nations, d'une voix dénuée de toute syllabisation distincte et intelligible. Or, pour vous, qu'en ressort-il ? Quelle impression ai-je faite sur votre imagination ?

Je sentis un frisson courir dans ma chair quand Dupin me fit cette question.

— Un fou, dis-je, aura commis ce meurtre, quelque maniaque furieux échappé à une maison de santé du voisinage.

— Pas trop mal, répliqua-t-il, votre idée est presque applicable. Mais les voix des fous, même dans leurs plus sauvages paroxysmes, ne se sont jamais accordées avec ce qu'on dit de cette singulière voix entendue dans l'escalier. Les fous font partie d'une nation quelconque, et leur langage, pour incohérent qu'il soit dans les paroles, est toujours syllabifié. En outre, le cheveu d'un fou ne ressemble pas à celui que je tiens maintenant dans ma main. J'ai dégagé cette petite touffe des doigts rigides et crispés de Mme l'Espanaye. Dites-moi ce que vous en pensez.

— Dupin ! dis-je, complètement bouleversé, ces cheveux sont bien extraordinaires – ce ne sont pas là des cheveux *humains* !

— Je n'ai pas affirmé qu'ils fussent tels, dit-il ; mais, avant de nous décider sur ce point, je désire que vous jetiez un coup d'œil sur le petit dessin que j'ai tracé sur ce bout de papier. C'est un *fac-similé* qui représente ce que certaines dépositions définissent *les meurtrissures noirâtres et les profondes marques d'ongles* trouvées sur le cou de Mlle l'Espanaye, et que MM. Dumas et Étienne appellent *une série de taches livides, évidemment causées par l'impression des doigts*.

« Vous voyez, continua mon ami en déployant le papier sur la table, que ce dessin donne l'idée d'une poigne solide et ferme. Il n'y a pas d'apparence que les doigts aient glissé. Chaque doigt a gardé, peut-être jusqu'à la mort de la victime, la terrible prise qu'il s'était faite, et dans laquelle il s'est moulé. Essayez maintenant de placer tous vos doigts, en même temps, chacun dans la marque analogue que vous voyez.

J'essayai, mais inutilement.

— Il est possible, dit Dupin, que nous ne fassions pas cette expérience d'une manière décisive. Le papier est déployé sur une surface plane, et la gorge humaine est cylindrique. Voici un rouleau de bois dont la circonférence est à peu près celle d'un cou. Étalez le dessin tout autour, et recommencez l'expérience.

J'obéis ; mais la difficulté fut encore plus évidente que la première fois.

— Ceci, dis-je, n'est pas la trace d'une main humaine.

— Maintenant, dit Dupin, lisez ce passage de Cuvier.

C'était l'histoire minutieuse, anatomique et descriptive, du grand orang-outang fauve des îles de l'Inde orientale. Tout le monde connaît suffisamment la gigantesque stature, la force et l'agilité prodigieuses, la férocité sauvage et les facultés d'imitation de ce mammifère. Je compris d'un seul coup tout l'horrible du meurtre.

— La description des doigts, dis-je, quand j'eus fini la lecture, s'accorde parfaitement avec le dessin. Je vois qu'aucun animal – excepté un orang-outang, et de l'espèce en question – n'aurait pu faire des marques telles que celles que vous avez dessinées. Cette touffe de poils fauves est aussi d'un caractère identique à celui de l'animal de Cuvier. Mais je ne me rends pas facilement compte des détails de cet effroyable mystère. D'ailleurs, on a entendu *deux* voix se disputer, et l'une d'elles était incontestablement la voix d'un Français.

— C'est vrai ; et vous vous rappellerez une expression attribuée presque unanimement à cette voix – l'expression *Mon Dieu !* Ces mots, dans les circonstances présentes, ont été caractérisés par l'un des témoins (Montani, le confiseur) comme exprimant un reproche et une remontrance. C'est donc sur ces deux mots que j'ai fondé l'espérance de débrouiller complètement l'énigme. Un Français a eu connaissance du meurtre. Il est possible, il est même plus que probable qu'il est innocent de toute participation à cette sanglante affaire. L'orang-outang a pu lui échapper. Il est possible qu'il ait suivi sa trace jusqu'à la chambre, mais que, dans les circonstances terribles qui ont suivi, il n'ait pu s'emparer de lui. L'animal est encore libre. Je ne poursuivrai pas ces conjectures, je n'ai pas le droit d'appeler ces idées d'un autre nom, puisque les ombres de réflexions qui leur servent de base sont d'une profondeur à peine suffisante pour être appréciées par ma propre raison, et que je ne prétendrais pas qu'elles fussent appréciables pour une autre intelligence. Nous les nommerons donc des conjectures, et nous ne les prendrons que pour telles. Si le Français en question est, comme je le suppose, innocent de cette atrocité, cette annonce que j'ai laissée hier au soir, pendant que nous retournions au logis, dans les bureaux du journal *le Monde* (feuille consacrée aux intérêts maritimes, et très recherchée par les marins), l'amènera chez nous.

Il me tendit un papier, et je lus :

AVIS. – On a trouvé dans le bois de Boulogne, le matin du… courant (c'était le matin de l'assassinat), de fort bonne heure, un énorme orang-outang fauve de l'espèce de Bornéo. Le propriétaire (qu'on sait être un marin appartenant à l'équipage d'un navire maltais) peut retrouver l'animal, après en avoir donné un signalement satisfaisant et remboursé quelques frais à la personne qui s'en est emparée et qui l'a gardé. S'adresser rue…, n°…, faubourg Saint-Germain, au troisième.

— Comment avez-vous pu, demandai-je à Dupin, savoir que l'homme était un marin, et qu'il appartenait à un navire maltais ?

— Je ne le sais pas, dit-il, je n'en suis pas sûr. Voici toutefois un petit morceau de ruban qui, si j'en juge par sa forme et son aspect graisseux, a évidemment servi à nouer les cheveux en une de ces longues queues qui rendent les marins si fiers et si farauds. En outre, ce nœud est un de ceux que peu de personnes savent faire, excepté les marins, et il est particulier aux Maltais. J'ai ramassé le ruban au bas de la chaîne du paratonnerre. Il est impossible qu'il ait appartenu à l'une des deux victimes. Après tout, si je me suis trompé en induisant de ce ruban que le Français est marin appartenant à un navire maltais, je n'aurai fait de mal à personne avec mon annonce. Si je suis dans l'erreur, il supposera simplement que j'ai été fourvoyé par quelque circonstance dont il ne prendra pas la peine de s'enquérir. Mais, si je suis dans le vrai, il y a un grand point de gagné. Le Français, qui a connaissance du meurtre, bien qu'il en soit innocent, hésitera naturellement à répondre à l'annonce – à réclamer son orang-outang. Il raisonnera ainsi : « Je suis innocent ; je suis pauvre ; mon orang-outang est d'un grand prix ; c'est presque une fortune dans une situation comme la mienne ; pourquoi le perdrais-je par quelques niaises appréhensions de danger ? Le voilà, il est sous ma main. On l'a trouvé dans le bois de Boulogne – à une grande distance du théâtre du meurtre. Soupçonnera-t-on jamais qu'une bête brute ait pu faire le coup ? La police est dépistée – elle n'a pu retrouver le plus petit fil conducteur. Quand même on serait sur la piste de l'animal, il serait impossible de me prouver que j'aie eu connaissance de ce meurtre, ou de m'incriminer en raison de cette connaissance. Enfin, et avant tout, *je suis connu.* Le rédacteur de l'annonce me désigne comme le propriétaire de la bête. Mais je ne sais pas jusqu'à quel point s'étend sa certitude. Si j'évite de réclamer une propriété d'une aussi grosse valeur, qui est connue pour m'appartenir, je puis attirer sur l'animal un dangereux soupçon. Ce serait de ma part une mauvaise politique d'appeler l'attention sur moi ou sur la bête. Je répondrai décidément à l'avis du journal, je reprendrai mon orang-outang, et je l'enfermerai solidement jusqu'à ce que cette affaire soit oubliée. »

En ce moment, nous entendîmes un pas qui montait l'escalier.

— Apprêtez-vous, dit Dupin, prenez vos pistolets, mais ne vous en servez pas – ne les montrez pas avant un signal de moi.

On avait laissé ouverte la porte cochère, et le visiteur était entré sans sonner et avait gravi plusieurs marches de l'escalier. Mais on eût dit maintenant qu'il hésitait. Nous l'entendions redescendre. Dupin se dirigea vivement vers la porte, quand nous l'entendîmes qui remontait. Cette fois, il ne battit pas en retraite, mais s'avança délibérément et frappa à la porte de notre chambre.

— Entrez, dit Dupin d'une voix gaie et cordiale.

Un homme se présenta. C'était évidemment un marin – un grand, robuste et musculeux individu, avec une expression d'audace de tous les diables qui n'était pas du tout déplaisante. Sa figure, fortement hâlée, était plus qu'à moitié cachée par les favoris et les moustaches. Il portait un gros bâton de chêne, mais ne semblait pas autrement armé. Il nous salua gauchement, et nous souhaita le bonsoir avec un accent français qui, bien que légèrement bâtardé de suisse, rappelait suffisamment une origine parisienne.

— Asseyez-vous, mon ami, dit Dupin ; je suppose que vous venez pour votre orang-outang. Sur ma parole, je vous l'envie presque ; il est remarquablement beau et c'est sans doute une bête d'un grand prix. Quel âge lui donnez-vous bien ?

Le matelot aspira longuement, de l'air d'un homme qui se trouve soulagé d'un poids intolérable, et répliqua d'une voix assurée :

— Je ne saurais trop vous dire ; cependant, il ne peut guère avoir plus de quatre ou cinq ans. Est-ce que vous l'avez ici ?

— Oh ! non ; nous n'avions pas de lieu commode pour l'enfermer. Il est dans une écurie de manège près d'ici, rue Dubourg. Vous pourrez l'avoir demain matin. Ainsi vous êtes en mesure de prouver votre droit de propriété ?

— Oui, monsieur, certainement.

— Je serais vraiment peiné de m'en séparer, dit Dupin.

— Je n'entends pas, dit l'homme, que vous ayez pris tant de peine pour rien ; je n'y ai pas compté. Je payerai volontiers une récompense à la personne qui a retrouvé l'animal, une récompense raisonnable s'entend.

— Fort bien, répliqua mon ami, tout cela est fort juste, en vérité. Voyons, que donneriez-vous bien ? Ah ! je vais vous le dire. Voici quelle sera ma récompense : vous me raconterez tout ce que vous savez relativement aux assassinats de la rue Morgue.

Dupin prononça ces derniers mots d'une voix très basse et fort tranquillement. Il se dirigea vers la porte avec la même placidité, la ferma, et mit la clef dans sa poche. Il tira alors un pistolet de son sein, et le posa sans le moindre émoi sur la table.

La figure du marin devint pourpre, comme s'il en était aux agonies d'une suffocation. Il se dressa sur ses pieds et saisit son bâton ; mais, une seconde après, il se laissa retomber sur son siège, tremblant violemment et la mort sur le visage. Il ne pouvait articuler une parole. Je le plaignais du plus profond de mon cœur.

— Mon ami, dit Dupin d'une voix pleine de bonté, vous vous alarmez sans motif – je vous assure. Nous ne voulons vous faire aucun mal. Sur mon honneur de galant homme et de Français, nous n'avons aucun mauvais dessein contre vous. Je sais parfaitement que vous êtes innocent des horreurs de la rue Morgue. Cependant, cela ne veut pas dire que vous n'y soyez pas quelque peu impliqué. Le peu que je vous ai dit doit vous prouver que j'ai eu sur cette affaire des moyens d'information dont vous ne vous seriez jamais douté. Maintenant, la chose est claire pour nous. Vous n'avez rien fait que vous ayez pu éviter – rien, à coup sûr, qui vous rende coupable. Vous auriez pu voler impunément ; vous n'avez même pas été coupable de vol. Vous n'avez rien à cacher ; vous n'avez aucune raison de cacher quoi que ce soit. D'un autre côté, vous êtes contraint par tous les principes de l'honneur à confesser tout ce que vous savez. Un homme innocent est actuellement en prison, accusé du crime dont vous pouvez indiquer l'auteur.

Pendant que Dupin prononçait ces mots, le matelot avait recouvré, en grande partie, sa présence d'esprit ; mais toute sa première hardiesse avait disparu.

— Que Dieu me soit en aide ! dit-il après une petite pause – je vous dirai tout ce que je sais sur cette affaire ; mais je n'espère pas que vous en croyiez la moitié – je serais vraiment un sot, si je l'espérais ! Cependant, je suis innocent, et je dirai tout ce que j'ai sur le cœur, quand même il m'en coûterait la vie.

Voici en substance ce qu'il nous raconta : il avait fait dernièrement un voyage dans l'archipel indien. Une bande de matelots, dont il faisait partie, débarqua à Bornéo et pénétra dans l'intérieur pour y faire une excursion d'amateurs. Lui et un de ses camarades avaient pris l'orang-outang. Ce camarade mourut, et l'animal devint donc sa propriété exclusive, à lui. Après bien des embarras causés par l'indomptable férocité du captif pendant la traversée, il réussit à la longue à le loger sûrement dans sa propre demeure à Paris, et, pour ne pas attirer sur lui-même l'insupportable curiosité des voisins, il avait soigneusement enfermé l'animal, jusqu'à ce qu'il l'eût guéri d'une blessure au pied qu'il s'était faite à bord avec une esquille. Son projet, finalement, était de le vendre.

Comme il revenait, une nuit, ou plutôt un matin – le matin du meurtre –, d'une petite orgie de matelots, il trouva la bête installée dans sa chambre à coucher ; elle s'était échappée du cabinet voisin, où il la croyait solidement enfermée. Un rasoir à la main et toute barbouillée de savon, elle était assise devant un miroir, et essayait de se raser, comme sans doute elle l'avait vu faire à son maître en l'épiant par le trou de la serrure. Terrifié en voyant une arme si dangereuse dans les mains d'un animal aussi féroce, parfaitement capable de s'en servir, l'homme, pendant quelques instants, n'avait su quel parti prendre. D'habitude, il avait dompté l'animal, même dans ses accès les plus furieux, par des coups de fouet, et il voulut y recourir cette fois encore. Mais, en voyant le fouet, l'orang-outang bondit à travers la porte de la chambre, dégringola par les escaliers, et, profitant d'une fenêtre ouverte par malheur, il se jeta dans la rue.

Le Français, désespéré, poursuivit le singe ; celui-ci, tenant toujours son rasoir d'une main, s'arrêtait de temps en temps, se retournait, et faisait des grimaces à l'homme qui le poursuivait, jusqu'à ce qu'il se vît près d'être atteint, puis il reprenait sa course. Cette chasse dura ainsi un bon bout de temps. Les rues étaient profondément tranquilles, et il pouvait être trois heures du matin. En traversant un passage derrière la rue Morgue, l'attention du fugitif fut attirée par une lumière qui partait de la fenêtre de Mme l'Espanaye, au quatrième étage de sa maison. Il se précipita vers le mur, il aperçut la chaîne du paratonnerre, y grimpa avec une inconcevable agilité, saisit le volet, qui était complètement rabattu contre le mur, et, en s'appuyant dessus, il s'élança droit sur le chevet du lit.

Toute cette gymnastique ne dura pas une minute. Le volet avait été repoussé contre le mur par le bond que l'orang-outang avait fait en se jetant dans la chambre.

Cependant, le matelot était à la fois joyeux et inquiet. Il avait donc bonne espérance de ressaisir l'animal, qui pouvait difficilement s'échapper de la trappe où il s'était aventuré, et d'où on pouvait lui barrer la fuite. D'un autre côté il y avait lieu d'être fort inquiet de ce qu'il pouvait faire dans la maison. Cette dernière réflexion incita l'homme à se remettre à la poursuite de son fugitif. Il n'est pas difficile pour un marin de grimper à une chaîne de paratonnerre ; mais, quand il fut arrivé à la hauteur de la fenêtre, située assez loin sur sa gauche, il se trouva fort empêché ; tout ce qu'il put faire de mieux fut de se dresser de manière à jeter un coup d'œil dans l'intérieur de la chambre. Mais ce qu'il vit lui fit presque lâcher prise dans l'excès de sa terreur. C'était alors que s'élevaient les horribles cris qui, à travers le silence de la nuit, réveillèrent en sursaut les habitants de la rue Morgue.

Mme l'Espanaye et sa fille, vêtues de leurs toilettes de nuit, étaient sans doute occupées à ranger quelques papiers dans le coffret de fer dont il a été fait mention, et qui avait été traîné au milieu de la chambre. Il était ouvert, et tout son contenu était éparpillé sur le parquet. Les victimes avaient sans doute le dos tourné à la fenêtre ; et, à en juger par le temps qui s'écoula entre l'invasion de la bête et les premiers cris, il est probable qu'elles ne l'aperçurent pas tout de suite. Le claquement du volet a pu être vraisemblablement attribué au vent.

Quand le matelot regarda dans la chambre, le terrible animal avait empoigné Mme l'Espanaye par ses cheveux qui étaient épars et qu'elle peignait, et il agitait le rasoir autour de sa figure, en imitant les gestes d'un barbier. La fille était par terre, immobile ; elle s'était évanouie. Les cris et les efforts de la vieille dame, pendant lesquels les cheveux lui furent arrachés de la tête, eurent pour effet de changer en fureur les dispositions probablement pacifiques de l'orang-outang. D'un coup rapide de son bras musculeux, il sépara presque la tête du corps. La vue du sang transforma sa fureur en frénésie. Il grinçait des dents, il lançait du feu par les yeux. Il se jeta sur le corps de la jeune personne, il lui ensevelit ses griffes dans la gorge, et les y laissa jusqu'à ce qu'elle fût morte. Ses yeux égarés et sauvages tombèrent en ce moment sur le chevet du lit, au-dessus duquel il put apercevoir la face de son maître, paralysée par l'horreur.

La furie de la bête, qui sans aucun doute se souvenait du terrible fouet, se changea immédiatement en frayeur. Sachant bien qu'elle avait mérité un châtiment, elle semblait vouloir cacher les traces sanglantes de son action, et bondissait à travers la chambre dans un accès d'agitation nerveuse, bousculant et brisant les meubles à chacun de ses mouvements, et arrachant les matelas du lit. Finalement, elle s'empara du corps de la fille, et le poussa dans la cheminée, dans la posture où elle fut trouvée, puis de celui de la vieille dame qu'elle précipita la tête la première à travers la fenêtre.

Comme le singe s'approchait de la fenêtre avec son fardeau tout mutilé, le matelot épouvanté se baissa, et, se laissant couler le long de la chaîne sans précautions, il s'enfuit tout d'un trait jusque chez lui, redoutant les conséquences de cette atroce boucherie, et, dans sa terreur, abandonnant volontiers tout souci de la destinée de son orang-outang. Les voix entendues par les gens de l'escalier étaient ses exclamations d'horreur et d'effroi mêlées aux glapissements diaboliques de la bête.

Je n'ai presque rien à ajouter. L'orang-outang s'était sans doute échappé de la chambre par la chaîne du paratonnerre, juste avant que la porte fût enfoncée. En passant par la fenêtre, il l'avait évidemment refermée. Il fut rattrapé plus tard par le propriétaire lui-même, qui le vendit pour un bon prix au Jardin des plantes.

Lebon fut immédiatement relâché, après que nous eûmes raconté toutes les circonstances de l'affaire, assaisonnées de quelques commentaires de Dupin, dans le cabinet même du préfet de police. Ce fonctionnaire, quelque bien disposé qu'il fût envers mon ami, ne pouvait pas absolument déguiser sa mauvaise humeur en voyant l'affaire prendre cette tournure, et se laissa aller à un ou deux sarcasmes sur la manie des personnes qui se mêlaient de ses fonctions.

— Laissez-le parler, dit Dupin, qui n'avait pas jugé à propos de répliquer. Laissez-le jaser, cela allégera sa conscience. Je suis content de l'avoir battu sur son propre terrain. Néanmoins, qu'il n'ait pas pu débrouiller ce mystère, il n'y a nullement lieu de s'en étonner, et cela est moins singulier qu'il ne le croit ; car, en vérité, notre ami le préfet est un peu trop fin pour être profond. Sa science n'a pas de base. Elle est tout en tête et n'a pas de corps, comme les portraits de la déesse Laverna – ou, si vous aimez mieux, tout en tête et en épaules, comme une morue. Mais, après tout, c'est un brave homme. Je l'adore particulièrement pour un merveilleux genre de *cant* auquel il doit sa réputation de génie. Je veux parler de sa manie *de nier ce qui est, et d'expliquer ce qui n'est pas*[1].

1. Rousseau, *La Nouvelle Héloïse*. (Edgar Allan Poe)

La Lettre volée

Nil sapientiæ odiosius acumine nimio.

Sénèque

J'étais à Paris en 18... Après une sombre et orageuse soirée d'automne, je jouissais de la double volupté de la méditation et d'une pipe d'écume de mer, en compagnie de mon ami Dupin, dans sa petite bibliothèque ou cabinet d'étude, rue Dunot, n° 33, au troisième, faubourg Saint-Germain. Pendant une bonne heure, nous avions gardé le silence ; chacun de nous, pour le premier observateur venu, aurait paru profondément et exclusivement occupé des tourbillons frisés de fumée qui chargeaient l'atmosphère de la chambre. Pour mon compte, je discutais en moi-même certains points, qui avaient été dans la première partie de la soirée l'objet de notre conversation ; je veux parler de l'affaire de la rue Morgue, et du mystère relatif à l'assassinat de Marie Roget. Je rêvais donc à l'espèce d'analogie qui reliait ces deux affaires, quand la porte de notre appartement s'ouvrit et donna passage à notre vieille connaissance, à M. G..., le préfet de police de Paris.

Nous lui souhaitâmes cordialement la bienvenue ; car l'homme avait son côté charmant comme son côté méprisable, et nous ne l'avions pas vu depuis quelques années. Comme nous étions assis dans les ténèbres, Dupin se leva pour allumer une lampe ; mais il se rassit et n'en fit rien, en entendant G... dire qu'il était venu pour nous consulter, ou plutôt pour demander l'opinion de mon ami relativement à une affaire qui lui avait causé une masse d'embarras.

— Si c'est un cas qui demande de la réflexion, observa Dupin, s'abstenant d'allumer la mèche, nous l'examinerons plus convenablement dans les ténèbres.

— Voilà encore une de vos idées bizarres, dit le préfet, qui avait la manie d'appeler bizarres toutes les choses situées au-delà de sa compréhension, et qui vivait ainsi au milieu d'une immense légion de bizarreries.

— C'est, ma foi, vrai ! dit Dupin en présentant une pipe à notre visiteur, et roulant vers lui un excellent fauteuil.

— Et maintenant, quel est le cas embarrassant ? demandai-je ; j'espère bien que ce n'est pas encore dans le genre assassinat.

— Oh ! non. Rien de pareil. Le fait est que l'affaire est vraiment très simple, et je ne doute pas que nous ne puissions nous en tirer fort bien nous-mêmes ; mais j'ai pensé que Dupin ne serait pas fâché d'apprendre les détails de cette affaire, parce qu'elle est excessivement *bizarre*.

— Simple et bizarre, dit Dupin.

— Mais oui ; et cette expression n'est pourtant pas exacte ; l'un ou l'autre, si vous aimez mieux. Le fait est que nous avons été tous là-bas fortement embarrassés par cette affaire ; car, toute simple qu'elle est, elle nous déroute complètement.

— Peut-être est-ce la simplicité même de la chose qui vous induit en erreur, dit mon ami.

— Quel non-sens nous dites-vous là ! répliqua le préfet, en riant de bon cœur.

— Peut-être le mystère est-il un peu *trop* clair, dit Dupin.

— Oh ! bonté du ciel ! qui a jamais ouï parler d'une idée pareille.

— Un peu *trop* évident.

— Ha ! ha ! – ha ! ha ! – oh ! oh ! criait notre hôte, qui se divertissait profondément. Oh ! Dupin, vous me ferez mourir de joie, voyez-vous.

— Et enfin, demandai-je, quelle est la chose en question ?

— Mais, je vous la dirai, répliqua le préfet, en lâchant une longue, solide et contemplative bouffée de fumée, et s'établissant dans son fauteuil. Je vous la dirai en peu de mots. Mais, avant de commencer, laissez-moi vous avertir que c'est une affaire qui demande le plus grand secret, et que je perdrais très probablement le poste que j'occupe, si l'on savait que je l'ai confiée à qui que ce soit.

— Commencez, dis-je.

— Ou ne commencez pas, dit Dupin.

— C'est bien ; je commence. J'ai été informé personnellement, et en très haut lieu, qu'un certain document de la plus grande importance avait été soustrait dans les appartements royaux. On sait quel est l'individu qui l'a volé ; cela est hors de doute ; on l'a vu s'en emparer. On sait aussi que ce document est toujours en sa possession.

— Comment sait-on cela ? demanda Dupin.

— Cela est clairement déduit de la nature du document et de la non-apparition de certains résultats qui surgiraient immédiatement s'il sortait des mains du voleur ; en d'autres termes, s'il était employé en vue du but que celui-ci doit évidemment se proposer.

— Veuillez être un peu plus clair, dis-je.

— Eh bien, j'irai jusqu'à vous dire que ce papier confère à son détenteur un certain pouvoir dans un certain lieu où ce pouvoir est d'une valeur inappréciable.

Le préfet raffolait du *cant* diplomatique.

— Je continue à ne rien comprendre, dit Dupin.

— Rien, vraiment ? Allons ! Ce document, révélé à un troisième personnage, dont je tairai le nom, mettrait en question l'honneur d'une personne du plus haut rang ; et voilà ce qui donne au détenteur du document un ascendant sur l'illustre personne dont l'honneur et la sécurité sont ainsi mis en péril.

— Mais cet ascendant, interrompis-je, dépend de ceci : le voleur sait-il que la personne volée connaît son voleur ? Qui oserait... ?

— Le voleur, dit G..., c'est D..., qui ose tout ce qui est indigne d'un homme, aussi bien que ce qui est digne de lui. Le procédé du vol a été aussi ingénieux que hardi. Le document en question, une lettre, pour être franc, a été reçu par la personne volée pendant qu'elle était seule dans le boudoir royal. Pendant qu'elle le lisait, elle fut soudainement interrompue par l'entrée de l'illustre personnage à qui elle désirait particulièrement le cacher. Après avoir essayé en vain de le jeter rapidement dans un tiroir, elle fut obligée de le déposer tout ouvert sur une table. La lettre, toutefois, était retournée, la suscription en dessus, et, le contenu étant ainsi caché, elle n'attira pas l'attention. Sur ces entrefaites arriva le ministre D… Son œil de lynx perçoit immédiatement le papier, reconnaît l'écriture de la suscription, remarque l'embarras de la personne à qui elle était adressée, et pénètre son secret.

« Après avoir traité quelques affaires, expédiées tambour battant, à sa manière habituelle, il tire de sa poche une lettre à peu près semblable à la lettre en question, l'ouvre, fait semblant de la lire, et la place juste à côté de l'autre. Il se remet à causer, pendant un quart d'heure environ, des affaires publiques. À la longue, il prend congé, et met la main sur la lettre à laquelle il n'a aucun droit. La personne volée le vit, mais, naturellement, n'osa pas attirer l'attention sur ce fait, en présence du troisième personnage qui était à son côté. Le ministre décampa, laissant sur la table sa propre lettre, une lettre sans importance.

— Ainsi, dit Dupin en se tournant à moitié vers moi, voilà précisément le cas demandé pour rendre l'ascendant complet : le voleur sait que la personne volée connaît son voleur.

— Oui, répliqua le préfet, et, depuis quelques mois, il a été largement usé, dans un but politique, de l'empire conquis par ce stratagème, et jusqu'à un point fort dangereux. La personne volée est de jour en jour plus convaincue de la nécessité de retirer sa lettre. Mais, naturellement, cela ne peut pas se faire ouvertement. Enfin, poussée au désespoir, elle m'a chargé de la commission.

— Il n'était pas possible, je suppose, dit Dupin dans une auréole de fumée, de choisir ou même d'imaginer un agent plus sagace.

— Vous me flattez, répliqua le préfet ; mais il est bien possible qu'on ait conçu de moi quelque opinion de ce genre.

— Il est clair, dis-je, comme vous l'avez remarqué, que la lettre est toujours entre les mains du ministre ; puisque c'est le fait de la possession et non l'usage de la lettre qui crée l'ascendant. Avec l'usage, l'ascendant s'évanouit.

— C'est vrai, dit G…, et c'est d'après cette conviction que j'ai marché. Mon premier soin a été de faire une recherche minutieuse à l'hôtel du ministre ; et, là, mon principal embarras fut de chercher à son insu. Par-dessus tout, j'étais en garde contre le danger qu'il y aurait eu à lui donner un motif de soupçonner notre dessein.

— Mais, dis-je, vous êtes tout à fait à votre affaire, dans ces espèces d'investigations. La police parisienne a pratiqué la chose plus d'une fois.

— Oh ! sans doute ; et c'est pourquoi j'avais bonne espérance. Les habitudes du ministre me donnaient d'ailleurs un grand avantage. Il est souvent absent de chez lui toute la nuit. Ses domestiques ne sont pas nombreux. Ils couchent à une certaine distance de l'appartement de leur maître, et, comme ils sont Napolitains avant tout, ils mettent de la bonne volonté à se laisser enivrer. J'ai, comme vous savez, des clefs avec lesquelles je puis ouvrir toutes les chambres et tous les cabinets de Paris. Pendant trois mois, il ne s'est pas passé une nuit dont je n'aie employé la plus grande partie à fouiller, en personne, l'hôtel D… Mon honneur y est intéressé, et, pour vous confier un grand secret, la récompense est énorme. Aussi je n'ai abandonné les recherches que lorsque j'ai été pleinement convaincu que le voleur était encore plus fin que moi.

Je crois que j'ai scruté tous les coins et recoins de la maison dans lesquels il était possible de cacher un papier.

— Mais ne serait-il pas possible, insinuai-je, que bien que la lettre fût au pouvoir du ministre – elle y est indubitablement –, il l'eût cachée ailleurs que dans sa propre maison.

— Cela n'est guère possible, dit Dupin. La situation particulière, actuelle, des affaires de la cour, spécialement la nature de l'intrigue dans laquelle D… a pénétré, comme on sait, font de l'efficacité immédiate du document – de la possibilité de le produire à la minute – un point d'une importance presque égale à sa possession.

— La possibilité de le produire ? dis-je.

— Ou, si vous aimez mieux, de l'annihiler, dit Dupin.

— C'est vrai, remarquai-je. Le papier est donc évidemment dans l'hôtel. Quant au cas où il serait sur la personne même du ministre, nous le considérons comme tout à fait hors de la question.

— Absolument, dit le préfet. Je l'ai fait arrêter deux fois par de faux voleurs, et sa personne a été scrupuleusement fouillée sous mes propres yeux.

— Vous auriez pu vous épargner cette peine, dit Dupin. D… n'est pas absolument fou, je présume, et dès lors il a dû prévoir ces guets-apens comme choses naturelles.

— Pas *absolument* fou, c'est vrai, dit G…, toutefois, c'est un poète, ce qui, je crois, n'en est pas fort éloigné.

— C'est vrai, dit Dupin, après avoir longuement et pensivement poussé la fumée de sa pipe d'écume, bien que je me sois rendu moi-même coupable de certaine rhapsodie.

— Voyons, dis-je, racontez-nous les détails précis de votre recherche.

— Le fait est que nous avons pris notre temps, et que nous avons cherché *partout*. J'ai une vieille expérience de ces sortes d'affaires. Nous avons entrepris la maison de chambre en chambre ; nous avons consacré à chacune les nuits de toute une semaine. Nous avons d'abord examiné les meubles de chaque appartement. Nous avons ouvert tous les tiroirs possibles ; et je présume que vous n'ignorez pas que, pour un agent de police bien dressé, un tiroir *secret* est une chose qui n'existe pas. Tout homme qui, dans une perquisition de cette nature, permet à un tiroir secret de lui échapper, est une brute. La besogne est si facile ! Il y a dans chaque pièce une certaine quantité de volumes et de surfaces dont on peut se rendre compte. Nous avons pour cela des règles exactes. La cinquantième partie d'une ligne ne peut pas nous échapper.

« Après les chambres, nous avons pris les sièges. Les coussins ont été sondés avec ces longues et fines aiguilles que vous m'avez vu employer. Nous avons enlevé les dessus des tables.

— Et pourquoi ?

— Quelquefois le dessus d'une table ou de toute autre pièce d'ameublement analogue est enlevé par une personne qui désire cacher quelque chose ; elle creuse le pied de la table ; l'objet est déposé dans la cavité, et le dessus replacé. On se sert de la même manière des montants d'un lit.

— Mais ne pourrait-on pas deviner la cavité par l'auscultation ? demandai-je.

— Pas le moins du monde, si, en déposant l'objet, on a eu soin de l'entourer d'une bourre de coton suffisante. D'ailleurs, dans notre cas, nous étions obligés de procéder sans bruit.

— Mais vous n'avez pas pu défaire, vous n'avez pas pu démonter toutes les pièces d'ameublement dans lesquelles on aurait pu cacher un dépôt de la façon dont vous parlez. Une lettre peut être roulée en une spirale très mince, ressemblant beaucoup par sa forme et son volume à une grosse aiguille à tricoter, et être ainsi insérée dans un bâton de chaise, par exemple. Avez-vous démonté toutes les chaises ?

— Non, certainement, mais nous avons fait mieux, nous avons examiné les bâtons de toutes les chaises de l'hôtel, et même les jointures de toutes les pièces de l'ameublement, à l'aide d'un puissant microscope. S'il y avait eu la moindre trace d'un désordre récent, nous l'aurions infailliblement découvert à l'instant. Un seul grain de poussière causée par la vrille, par exemple, nous aurait sauté aux yeux comme une pomme. La moindre altération dans la colle, un simple bâillement dans les jointures aurait suffi pour nous révéler la cachette.

— Je présume que vous avez examiné les glaces entre la glace et le planchéiage, et que vous avez fouillé les lits et les courtines des lits, aussi bien que les rideaux et les tapis.

— Naturellement ; et, quand nous eûmes absolument passé en revue tous les articles de ce genre, nous avons examiné la maison elle-même. Nous avons divisé la totalité de sa surface en compartiments, que nous avons numérotés, pour être sûrs de n'en omettre aucun ; nous avons fait de chaque pouce carré l'objet d'un nouvel examen au microscope, et nous y avons compris les deux maisons adjacentes.

— Les deux maisons adjacentes ! m'écriai-je. Vous avez dû vous donner bien du mal.

— Oui, ma foi ! mais la récompense offerte est énorme.

— Dans les maisons, comprenez-vous le sol ?

— Le sol est partout pavé en briques. Comparativement, cela ne nous a pas donné grand mal. Nous avons examiné la mousse entre les briques, elle était intacte.

— Vous avez sans doute visité les papiers de D…, et les livres de la bibliothèque.

— Certainement ; nous avons ouvert chaque paquet et chaque article ; nous n'avons pas seulement ouvert les livres, mais nous les avons parcourus feuillet par feuillet, ne nous contentant pas de les secouer simplement comme font plusieurs de nos officiers de police. Nous avons aussi mesuré l'épaisseur de chaque reliure avec la plus exacte minutie, et nous avons appliqué à chacune la curiosité jalouse du microscope. Si l'on avait récemment inséré quelque chose dans une des reliures, il eût été absolument impossible que le fait échappât à notre observation. Cinq ou six volumes qui sortaient des mains du relieur ont été soigneusement sondés longitudinalement avec les aiguilles.

— Vous avez exploré les parquets, sous les tapis ?

— Sans doute. Nous avons enlevé chaque tapis, et nous avons examiné les planches au microscope.

— Et les papiers des murs ?

— Aussi.

— Vous avez visité les caves ?

— Nous avons visité les caves.

— Ainsi, dis-je, vous avez fait fausse route, et la lettre n'est pas dans l'hôtel, comme vous le supposiez.

— Je crains que vous n'ayez raison, dit le préfet. Et vous maintenant, Dupin, que me conseillez-vous de faire ?

— Faire une perquisition complète.

— C'est absolument inutile ! répliqua G… Aussi sûr que je vis, la lettre n'est pas dans l'hôtel !

— Je n'ai pas de meilleur conseil à vous donner, dit Dupin. Vous avez, sans doute, un signalement exact de la lettre.

— Oh ! oui !

Et ici, le préfet, tirant un agenda, se mit à nous lire à haute voix une description minutieuse du document perdu, de son aspect intérieur, et spécialement de l'extérieur. Peu de temps après avoir fini la lecture de cette description, cet excellent homme prit congé de nous, plus accablé et l'esprit plus complètement découragé que je ne l'avais vu jusqu'alors.

Environ un mois après, il nous fit une seconde visite, et nous trouva occupés à peu près de la même façon. Il prit une pipe et un siège, et causa de choses et d'autres. À la longue, je lui dis :

— Eh bien, mais G…, et votre lettre volée ? Je présume qu'à la fin vous vous êtes résigné à comprendre que ce n'est pas une petite besogne que d'enfoncer le ministre ?

— Que le diable l'emporte ! J'ai pourtant recommencé cette perquisition, comme Dupin me l'avait conseillé ; mais, comme je m'en doutais, ç'a été peine perdue.

— De combien est la récompense offerte ? vous nous avez dit… demanda Dupin.

— Mais… elle est très forte… une récompense vraiment magnifique – je ne veux pas vous dire au juste combien ; mais une chose que je vous dirai, c'est que je m'engagerais bien à payer de ma bourse cinquante mille francs à celui qui pourrait me trouver cette lettre. Le fait est que la chose devient de jour en jour plus urgente, et la récompense a été doublée tout récemment. Mais, en vérité, on la triplerait, que je ne pourrais faire mon devoir mieux que je l'ai fait.

— Mais… oui… dit Dupin en traînant ses paroles au milieu des bouffées de sa pipe, je crois… réellement, G…, que vous n'avez pas fait… tout votre possible… vous n'êtes pas allé au fond de la question. Vous pourriez faire… un peu plus, je pense du moins, hein ?

— Comment ? dans quel sens ?

— Mais… (une bouffée de fumée) vous pourriez… (bouffée sur bouffée)… prendre conseil en cette matière, hein ? (Trois bouffées de fumée.) Vous rappelez-vous l'histoire qu'on raconte d'Abernethy[1] ?

— Non ! au diable votre Abernethy !

— Assurément ! au diable, si cela vous amuse ! Or donc, une fois, un certain riche, fort avare, conçut le dessein de soutirer à Abernethy une consultation médicale. Dans ce but, il entama avec lui, au milieu d'une société, une conversation ordinaire, à travers laquelle il insinua au médecin son propre cas, comme celui d'un individu imaginaire.

« “Nous supposerons, dit l'avare, que les symptômes sont tels et tels ; maintenant, docteur, que lui conseilleriez-vous de prendre ?

1. Médium très célèbre et très excentrique. (C. B.)

« Que prendre ? dit Abernethy, mais prendre conseil, à coup sûr.”

— Mais, dit le préfet, un peu décontenancé, je suis tout disposé à prendre conseil, et à payer pour cela. Je donnerais *vraiment* cinquante mille francs à quiconque me tirerait d'affaire.

— Dans ce cas, répliqua Dupin, ouvrant un tiroir et en tirant un livre de mandats, vous pouvez aussi bien me faire un bon pour la somme susdite. Quand vous l'aurez signé, je vous remettrai votre lettre.

Je fus stupéfié. Quant au préfet, il semblait absolument foudroyé. Pendant quelques minutes, il resta muet et immobile, regardant mon ami, la bouche béante, avec un air incrédule et des yeux qui semblaient lui sortir de la tête ; enfin, il parut revenir un peu à lui, il saisit une plume, et, après quelques hésitations, le regard ébahi et vide, il remplit et signa un bon de cinquante mille francs, et le tendit à Dupin pardessus la table. Ce dernier l'examina soigneusement et le serra dans son portefeuille ; puis, ouvrant un pupitre, il en tira une lettre et la donna au préfet. Notre fonctionnaire l'agrippa dans une parfaite agonie de joie, l'ouvrit d'une main tremblante, jeta un coup d'œil sur son contenu, puis, attrapant précipitamment la porte, se rua sans plus de cérémonie hors de la chambre et de la maison, sans avoir prononcé une syllabe depuis le moment où Dupin l'avait prié de remplir le mandat.

Quand il fut parti, mon ami entra dans quelques explications.

— La police parisienne, dit-il, est excessivement habile dans son métier. Ses agents sont persévérants, ingénieux, rusés, et possèdent à fond toutes les connaissances que requièrent spécialement leurs fonctions. Aussi, quand G… nous détaillait son mode de perquisition dans l'hôtel D…, j'avais une entière confiance dans ses talents, et j'étais sûr qu'il avait fait une investigation pleinement suffisante, dans le cercle de sa spécialité.

— Dans le cercle de sa spécialité ? dis-je.

— Oui, dit Dupin ; les mesures adoptées n'étaient pas seulement les meilleures dans l'espèce, elles furent aussi poussées à une absolue perfection. Si la lettre avait été cachée dans le rayon de leur investigation, ces gaillards l'auraient trouvée, cela ne fait pas pour moi l'ombre d'un doute.

Je me contentai de rire ; mais Dupin semblait avoir dit cela fort sérieusement.

— Donc, les mesures, continua-t-il, étaient bonnes dans l'espèce et admirablement exécutées ; elles avaient pour défaut d'être inapplicables au cas et à l'homme en question. Il y a tout un ordre de moyens singulièrement ingénieux qui sont pour le préfet une sorte de lit de Procuste, sur lequel il adapte et garrotte tous ses plans. Mais il erre sans cesse par trop de profondeur ou par trop de superficialité pour le cas en question, et plus d'un écolier raisonnerait mieux que lui.

« J'ai connu un enfant de huit ans, dont l'infaillibilité au jeu de pair ou impair faisait l'admiration universelle. Ce jeu est simple, on y joue avec des billes. L'un des joueurs tient dans sa main un certain nombre de ses billes, et demande à l'autre : “Pair ou non ?” Si celui-ci devine juste, il gagne une bille ; s'il se trompe, il en perd une. L'enfant dont je parle gagnait toutes les billes de l'école. Naturellement, il avait un mode de divination, lequel consistait dans la simple observation et dans l'appréciation de la finesse de ses adversaires.

Supposons que son adversaire soit un parfait nigaud, et, levant sa main fermée, lui demande : "Pair ou impair ?" Notre écolier répond : "Impair !" et il a perdu. Mais, à la seconde épreuve, il gagne, car il se dit en lui-même : "Le niais avait mis pair la première fois, et toute sa ruse ne va qu'à lui faire mettre impair à la seconde ; je dirai donc : Impair !" Il dit : "Impair", et il gagne.

« Maintenant, avec un adversaire un peu moins simple, il aurait raisonné ainsi : "Ce garçon voit que, dans le premier cas, j'ai dit impair, et, dans le second, il se proposera – c'est la première idée qui se présentera à lui – une simple variation de pair à impair comme a fait le premier bêta ; mais une seconde réflexion lui dira que c'est là un changement trop simple, et finalement il se décidera à mettre pair comme la première fois. Je dirai donc : Pair !" Il dit pair, et gagne. Maintenant, ce mode de raisonnement de notre écolier, que ses camarades appellent la chance, en dernière analyse, qu'est-ce que c'est ?

— C'est simplement, dis-je, une identification de l'intellect de notre raisonneur avec celui de son adversaire.

— C'est cela même, dit Dupin ; et, quand je demandai à ce petit garçon par quel moyen il effectuait cette parfaite identification qui faisait tout son succès, il me fit la réponse suivante :

« "Quand je veux savoir jusqu'à quel point quelqu'un est circonspect ou stupide, jusqu'à quel point il est bon ou méchant, ou quelles sont actuellement ses pensées, je compose mon visage d'après le sien, aussi exactement que possible, et j'attends alors pour savoir quels pensers ou quels sentiments naîtront dans mon esprit ou dans mon cœur, comme pour s'appareiller et correspondre avec ma physionomie."

« Cette réponse de l'écolier enfonce de beaucoup toute la profondeur sophistique attribuée à La Rochefoucauld, à La Bruyère, à Machiavel et à Campanella.

— Et l'identification de l'intellect du raisonneur avec celui de son adversaire dépend, si je vous comprends bien, de l'exactitude avec laquelle l'intellect de l'adversaire est apprécié.

— Pour la valeur pratique, c'est en effet la condition, répliqua Dupin, et, si le préfet et toute sa bande se sont trompés si souvent, c'est, d'abord, faute de cette identification, en second lieu, par une appréciation inexacte, ou plutôt par la non-appréciation de l'intelligence avec laquelle ils se mesurent. Ils ne voient que leurs propres idées ingénieuses ; et, quand ils cherchent quelque chose de caché, ils ne pensent qu'aux moyens dont ils se seraient servis pour le cacher. Ils ont fortement raison en cela que leur propre ingéniosité est une représentation fidèle de celle de la foule ; mais, quand il se trouve un malfaiteur particulier dont la finesse diffère, en espèce, de la leur, ce malfaiteur, naturellement, les *roule*.

« Cela ne manque jamais quand son astuce est au-dessus de la leur, et cela arrive très fréquemment même quand elle est au-dessous. Ils ne varient pas leur système d'investigation ; tout au plus, quand ils sont incités par quelque cas insolite – par quelque récompense extraordinaire –, ils exagèrent et poussent à outrance leurs vieilles routines ; mais ils ne changent rien à leurs principes.

« Dans le cas de D..., par exemple, qu'a-t-on fait pour changer le système d'opération ? Qu'est-ce que c'est que toutes ces perforations, ces fouilles, ces sondes, cet examen au microscope, cette division des surfaces en pouces carrés numérotés ? Qu'est-ce que tout cela, si ce n'est l'exagération, dans son application, d'un des principes ou de plusieurs principes d'investigation, qui sont basés sur un ordre d'idées relatif à l'ingéniosité humaine, et dont le préfet a pris l'habitude dans la longue routine de ses fonctions ?

« Ne voyez-vous pas qu'il considère comme chose démontrée que *tous* les hommes qui veulent cacher une lettre se servent – si ce n'est précisément d'un trou fait à la vrille dans le pied d'une chaise – au moins de quelque trou, de quelque coin tout à fait singulier dont ils ont puisé l'invention dans le même registre d'idées que le trou fait avec une vrille ?

« Et ne voyez-vous pas aussi que des cachettes aussi *originales* ne sont employées que dans des occasions ordinaires, et ne sont adoptées que par des intelligences ordinaires ; car, dans tous les cas d'objets cachés, cette manière ambitieuse et torturée de cacher l'objet est, dans le principe, présumable et présumée ; ainsi, la découverte ne dépend nullement de la perspicacité, mais simplement du soin, de la patience et de la résolution des chercheurs. Mais, quand le cas est important, ou, ce qui revient au même aux yeux de la police, quand la récompense est considérable, on voit toutes ces belles qualités échouer infailliblement. Vous comprenez maintenant ce que je voulais dire en affirmant que, si la lettre volée avait été cachée dans le rayon de la perquisition de notre préfet – en d'autres termes, si le principe inspirateur de la cachette avait été compris dans les principes du préfet –, il l'eût infailliblement découverte. Cependant, ce fonctionnaire a été complètement mystifié ; et la cause première, originelle, de sa défaite, gît dans la supposition que le ministre est un fou, parce qu'il s'est fait une réputation de poète. Tous les fous sont poètes – c'est la manière de voir du préfet – et il n'est coupable que d'une fausse distribution du terme moyen, en inférant de là que tous les poètes sont fous.

— Mais est-ce vraiment le poète ? demandai-je. Je sais qu'ils sont deux frères, et ils se sont fait tous deux une réputation dans les lettres. Le ministre, je crois, a écrit un livre fort remarquable sur le calcul différentiel et intégral. Il est le mathématicien, et non pas le poète.

— Vous vous trompez ; je le connais fort bien ; il est poète et mathématicien. Comme poète *et* mathématicien, il a dû raisonner juste ; comme simple mathématicien, il n'aurait pas raisonné du tout, et se serait ainsi mis à la merci du préfet.

— Une pareille opinion, dis-je, est faite pour m'étonner ; elle est démentie par la voix du monde entier. Vous n'avez pas l'intention de mettre à néant l'idée mûrie par plusieurs siècles. La raison mathématique est depuis longtemps regardée comme la raison *par excellence.*

— *Il y a à parier*, répliqua Dupin, en citant Chamfort, *que toute idée politique, toute convention reçue est une sottise, car elle a convenu au plus grand nombre.* Les mathématiciens – je vous accorde cela – ont fait de leur mieux pour propager l'erreur populaire dont vous parlez, et qui, bien qu'elle ait été propagée comme vérité, n'en est pas moins une parfaite erreur. Par exemple, ils nous ont, avec un art digne d'une meilleure cause, accoutumés à appliquer le terme *analyse* aux opérations algébriques. Les Français sont les premiers coupables de cette tricherie scientifique ; mais, si l'on reconnaît que les termes de la langue ont une réelle importance – si les mots tirent leur valeur de leur application –, oh ! alors, je concède qu'*analyse* traduit *algèbre*, à peu près comme en latin *ambitus* signifie *ambition* ; *religio*, religion ; ou *homines honesti*, la classe des gens honorables.

— Je vois, dis-je, que vous allez vous faire une querelle avec un bon nombre d'algébristes de Paris ; mais continuez.

— Je conteste la validité, et conséquemment les résultats d'une raison cultivée par tout procédé spécial autre que la logique abstraite. Je conteste particulièrement le raisonnement tiré de l'étude des mathématiques. Les mathématiques sont la science des formes et des quantités ; le raisonnement mathématique n'est autre que la simple logique appliquée à la forme et à la quantité. La grande erreur consiste à supposer que les vérités qu'on nomme *purement* algébriques sont des vérités abstraites ou générales. Et cette erreur est si énorme que je suis émerveillé de l'unanimité avec laquelle elle est accueillie. Les axiomes mathématiques ne sont pas des axiomes d'une vérité générale. Ce qui est vrai d'un rapport de forme ou de quantité est souvent une grossière erreur relativement à la morale, par exemple. Dans cette dernière science, il est très communément faux que la somme des fractions soit égale au tout. De même en chimie, l'axiome a tort. Dans l'appréciation d'une force motrice, il a également tort ; car deux moteurs, chacun étant d'une puissance donnée, n'ont pas, nécessairement, quand ils sont associés, une puissance égale à la somme de leurs puissances prises séparément. Il y a une foule d'autres vérités mathématiques qui ne sont des vérités que dans des limites de *rapport*. Mais le mathématicien argumente incorrigiblement d'après ses *vérités finies*, comme si elles étaient d'une application générale et absolue – valeur que d'ailleurs le monde leur attribue. Bryant, dans sa très remarquable *Mythologie*, mentionne une source analogue d'erreurs, quand il dit que, bien que personne ne croie aux fables du paganisme, cependant nous nous oublions nous-mêmes sans cesse au point d'en tirer des déductions, comme si elles étaient des réalités vivantes. Il y a d'ailleurs chez nos algébristes, qui sont eux-mêmes des païens, de certaines fables païennes auxquelles on ajoute foi, et dont on a tiré des conséquences, non pas tant par une absence de mémoire que par un incompréhensible trouble du cerveau. Bref, je n'ai jamais rencontré de pur mathématicien en qui on pût avoir confiance en dehors de ses racines et de ses équations ; je n'en ai pas connu un seul qui ne tînt pas clandestinement pour article de foi que $x^2 + px$ est absolument et inconditionnellement égal à q. Dites à l'un de ces messieurs, en matière d'expérience, si cela vous amuse, que vous croyez à la possibilité de cas où $x^2 + px$ ne serait pas absolument égal à q ; et, quand vous lui aurez fait comprendre ce que vous voulez dire, mettez-vous hors de sa portée et le plus lestement possible ; car, sans aucun doute, il essayera de vous assommer.

« Je veux dire, continua Dupin, pendant que je me contentais de rire de ses dernières observations, que, si le ministre n'avait été qu'un mathématicien, le préfet n'aurait pas été dans la nécessité de me souscrire ce billet. Je le connaissais pour un mathématicien et un poète, et j'avais pris mes mesures en raison de sa capacité, et en tenant compte des circonstances où il se trouvait placé. Je savais que c'était un homme de cour et un intrigant déterminé. Je réfléchis qu'un pareil homme devait indubitablement être au courant des pratiques de la police. Évidemment, il devait avoir prévu – et l'événement l'a prouvé – les guet-apens qui lui ont été préparés. Je me dis qu'il avait prévu les perquisitions secrètes dans son hôtel. Ces fréquentes absences nocturnes que notre bon préfet avait saluées comme des adjuvants positifs de son futur succès, je les regardais simplement comme des ruses pour faciliter les libres recherches de la police et lui persuader plus facilement que la lettre n'était pas dans l'hôtel. Je sentais aussi que toute la série d'idées relatives aux principes invariables de l'action policière dans les cas de perquisition – idées que je vous expliquai tout à l'heure, non sans quelque peine –, je sentais, dis-je, que toute cette série d'idées avait dû nécessairement se dérouler dans l'esprit du ministre.

« Cela devait impérativement le conduire à dédaigner toutes les cachettes vulgaires. Cet homme-là ne pouvait être assez faible pour ne pas deviner que la cachette la plus compliquée, la plus profonde de son hôtel serait aussi peu secrète qu'une antichambre ou une armoire pour les yeux, les sondes, les vrilles et les microscopes du préfet. Enfin je voyais qu'il avait dû viser nécessairement à la simplicité, s'il n'y avait pas été induit par un goût naturel. Vous vous rappelez sans doute avec quels éclats de rire le préfet accueillit l'idée que j'exprimai dans notre première entrevue, à savoir que, si le mystère l'embarrassait si fort, c'était peut-être en raison de son absolue simplicité.

— Oui, dis-je, je me rappelle parfaitement son hilarité. Je croyais vraiment qu'il allait tomber dans des attaques de nerfs.

— Le monde matériel, continua Dupin, est plein d'analogies exactes avec l'immatériel, et c'est ce qui donne une couleur de vérité à ce dogme de rhétorique, qu'une métaphore ou une comparaison peut fortifier un argument aussi bien qu'embellir une description.

» Le principe de la force d'inertie, par exemple, semble identique dans les deux natures, physique et métaphysique ; un gros corps est plus difficilement mis en mouvement qu'un petit, et sa quantité de mouvement est en proportion de cette difficulté ; voilà qui est aussi positif que cette proposition analogue : les intellects d'une vaste capacité, qui sont en même temps plus impétueux, plus constants et plus accidentés dans leur mouvement que ceux d'un degré inférieur, sont ceux qui se meuvent le moins aisément, et qui sont les plus embarrassés d'hésitation quand ils se mettent en marche. Autre exemple : avez-vous jamais remarqué quelles sont les enseignes de boutique qui attirent le plus l'attention ?

— Je n'ai jamais songé à cela, dis-je.

— Il existe, reprit Dupin, un jeu de divination, qu'on joue avec une carte géographique. Un des joueurs prie quelqu'un de deviner un mot donné – un nom de ville, de rivière, d'État ou d'empire –, enfin un mot quelconque compris dans l'étendue bigarrée et embrouillée de la carte. Une personne novice dans le jeu cherche en général à embarrasser ses adversaires en leur donnant à deviner des noms écrits en caractères imperceptibles ; mais les adeptes du jeu choisissent des mots en gros caractères qui s'étendent d'un bout de la carte à l'autre. Ces mots-là, comme les enseignes et les affiches à lettres énormes, échappent à l'observateur par le fait même de leur excessive évidence ;

et, ici, l'oubli matériel est précisément analogue à l'inattention morale d'un esprit qui laisse échapper les considérations trop palpables, évidentes jusqu'à la banalité et l'importunité. Mais c'est là un cas, à ce qu'il semble, un peu au-dessus ou au-dessous de l'intelligence du préfet. Il n'a jamais cru probable ou possible que le ministre eût déposé sa lettre juste sous le nez du monde entier, comme pour mieux empêcher un individu quelconque de l'apercevoir.

« Mais plus je réfléchissais à l'audacieux, au distinctif et brillant esprit de D… – à ce fait qu'il avait dû toujours avoir le document sous la main, pour en faire immédiatement usage, si besoin était – et à cet autre fait que, d'après la démonstration décisive fournie par le préfet, ce document n'était pas caché dans les limites d'une perquisition ordinaire et en règle –, plus je me sentais convaincu que le ministre, pour cacher sa lettre, avait eu recours à l'expédient le plus ingénieux du monde, le plus large, qui était de ne pas même essayer de la cacher.

« Pénétré de ces idées, j'ajustai sur mes yeux une paire de lunettes vertes, et je me présentai un beau matin, comme par hasard, à l'hôtel du ministre. Je trouve D… chez lui, bâillant, flânant, musant, et se prétendant accablé d'un suprême ennui. D… est peut-être l'homme le plus réellement énergique qui soit aujourd'hui, mais c'est seulement quand il est sûr de n'être vu de personne.

« Pour n'être pas en reste avec lui, je me plaignais de la faiblesse de mes yeux et de la nécessité de porter des lunettes. Mais, derrière ces lunettes, j'inspectais soigneusement et minutieusement tout l'appartement, en faisant semblant d'être tout à la conversation de mon hôte.

« Je donnai une attention spéciale à un vaste bureau auprès duquel il était assis, et sur lequel gisaient pêle-mêle des lettres diverses et d'autres papiers, avec un ou deux instruments de musique et quelques livres. Après un long examen, fait à loisir, je n'y vis rien qui pût exciter particulièrement mes soupçons.

« À la longue, mes yeux, en faisant le tour de la chambre, tombèrent sur un misérable porte-cartes, orné de clinquant, et suspendu par un ruban bleu crasseux à un petit bouton de cuivre au-dessus du manteau de la cheminée. Ce porte-cartes, qui avait trois ou quatre compartiments, contenait cinq ou six cartes de visite et une lettre unique. Cette dernière était fortement salie et chiffonnée. Elle était presque déchirée en deux par le milieu, comme si on avait eu d'abord l'intention de la déchirer entièrement, ainsi qu'on fait d'un objet sans valeur ; mais on avait vraisemblablement changé d'idée. Elle portait un large sceau noir avec le chiffre de D… très en évidence, et était adressée au ministre lui-même. La suscription était d'une écriture de femme très fine. On l'avait jetée négligemment, et même, à ce qu'il semblait, assez dédaigneusement dans l'un des compartiments supérieurs du porte-cartes.

» À peine eus-je jeté un coup d'œil sur cette lettre, que je conclus que c'était celle dont j'étais en quête. Évidemment elle était, par son aspect, absolument différente de celle dont le préfet nous avait lu une description si minutieuse. Ici, le sceau était large et noir avec le chiffre de D… ; dans l'autre, il était petit et rouge, avec les armes ducales de la famille S… Ici, la suscription était d'une écriture menue et féminine ; dans l'autre, l'adresse, portant le nom d'une personne royale, était d'une écriture hardie, décidée et caractérisée ; les deux lettres ne se ressemblaient qu'en un point, la dimension. Mais le caractère excessif de ces différences, fondamentales en somme, la saleté, l'état déplorable du papier, fripé et déchiré, qui contredisaient les véritables habitudes de D..., si méthodiques, et qui dénonçaient l'intention de dérouter un indiscret en lui offrant toutes les apparences d'un document sans valeur – tout cela, en y ajoutant la situation imprudente du document mis en plein sous les yeux de tous les visiteurs et concordant ainsi exactement avec mes conclusions antérieures – tout cela, dis-je, était fait pour corroborer décidément les soupçons de quelqu'un venu avec le parti pris du soupçon.

« Je prolongeai ma visite aussi longtemps que possible, et, tout en soutenant une discussion très vive avec le ministre sur un point que je savais être pour lui d'un intérêt toujours nouveau, je gardais invariablement mon attention braquée sur la lettre. Tout en faisant cet examen, je réfléchissais sur son aspect extérieur et sur la manière dont elle était arrangée dans le porte-cartes, et à la longue je tombai sur une découverte qui mit à néant le léger doute qui pouvait me rester encore. En analysant les bords du papier, je remarquai qu'ils étaient plus éraillés que *nature*. Ils présentaient l'aspect cassé d'un papier dur, qui, ayant été plié et foulé par le couteau à papier, a été replié dans le sens inverse, mais dans les mêmes plis qui constituaient sa forme première. Cette découverte me suffisait. Il était clair pour moi que la lettre avait été retournée comme un gant, repliée et recachetée. Je souhaitai le bonjour au ministre, et je pris soudainement congé de lui, en oubliant une tabatière en or sur son bureau.

« Le matin suivant, je vins pour chercher ma tabatière, et nous reprîmes très vivement la conversation de la veille. Mais, pendant que la discussion s'engageait, une détonation très forte, comme un coup de pistolet, se fit entendre sous les fenêtres de l'hôtel, et fut suivie des cris et des vociférations d'une foule épouvantée. D… se précipita vers une fenêtre, l'ouvrit, et regarda dans la rue. En même temps, j'allai droit au porte-cartes, je pris la lettre, je la mis dans ma poche, et je la remplaçai par une autre, une espèce de *fac-similé* (quant à l'extérieur), que j'avais soigneusement préparé chez moi – en contrefaisant le chiffre de D… à l'aide d'un sceau de mie de pain.

« Le tumulte de la rue avait été causé par le caprice insensé d'un homme armé d'un fusil. Il avait déchargé son arme au milieu d'une foule de femmes et d'enfants. Mais comme elle n'était pas chargée à balle, on prit ce drôle pour un lunatique ou un ivrogne, et on lui permit de continuer son chemin. Quand il fut parti, D… se retira de la fenêtre, où je l'avais suivi immédiatement après m'être assuré de la précieuse lettre. Peu d'instants après, je lui dis adieu. Le prétendu fou était un homme payé par moi.

— Mais quel était votre but, demandai-je à mon ami, en remplaçant la lettre par une contrefaçon ? N'eût-il pas été plus simple, dès votre première visite, de vous en emparer, sans autres précautions, et de vous en aller ?

— D…, répliqua Dupin, est capable de tout, et, de plus, c'est un homme solide. D'ailleurs, il a dans son hôtel des serviteurs à sa dévotion. Si j'avais fait l'extravagante tentative dont vous parlez, je ne serais pas sorti vivant de chez lui. Le bon peuple de Paris n'aurait plus entendu parler de moi. Mais, à part ces considérations, j'avais un but particulier. Vous connaissez mes sympathies politiques. Dans cette affaire, j'agis comme partisan de la dame en question. Voilà dix-huit mois que le ministre la tient en son pouvoir. C'est elle maintenant qui le tient, puisqu'il ignore que la lettre n'est plus chez lui, et qu'il va vouloir procéder à son chantage habituel. Il va donc infailliblement opérer lui-même et du premier coup sa ruine politique. Sa chute ne sera pas moins précipitée que ridicule. On parle fort lestement du *facilis descensus Averni* ; mais, en matière d'escalades, on peut dire ce que la Catalani disait du chant : il est plus facile de monter que de descendre. Dans le cas présent, je n'ai aucune sympathie, pas même de pitié pour celui qui va descendre. D..., c'est le vrai *monstrum horrendum*, – un homme de génie sans principes. Je vous avoue, cependant, que je ne serais pas fâché de connaître le caractère exact de ses pensées, quand, mis au défi par celle que le préfet appelle une certaine personne, il sera réduit à ouvrir la lettre que j'ai laissée pour lui dans son porte-cartes.

— Comment ! est-ce que vous y avez mis quelque chose de particulier ?

— Eh mais ! il ne m'a pas semblé tout à fait convenable de laisser l'intérieur en blanc – cela aurait eu l'air d'une insulte. Une fois, à Vienne, D... m'a joué un vilain tour, et je lui dis d'un ton tout à fait gai que je m'en souviendrais. Aussi, comme je savais qu'il éprouverait une certaine curiosité relativement à la personne par qui il se trouvait joué, je pensai que ce serait vraiment dommage de ne pas lui laisser un indice quelconque. Il connaît fort bien mon écriture, et j'ai copié tout au beau milieu de la page blanche ces mots :

> .... Un dessein si funeste,
> S'il n'est digne d'Atrée, est digne de Thyeste.

Vous trouverez cela dans l'*Atrée* de Crébillon.

Le Scarabée d'or

Oh ! oh ! qu'est-ce que cela ?
Ce garçon a une folie dans les jambes !
Il a été mordu par la tarentule.

(Tout de travers)

Il y a quelques années, je me liai intimement avec un M. William Legrand. Il était d'une ancienne famille protestante, et jadis il avait été riche ; mais une série de malheurs l'avait réduit à la misère. Pour éviter l'humiliation de ses désastres, il quitta La Nouvelle-Orléans, la ville de ses aïeux, et établit sa demeure dans l'île de Sullivan, près Charleston, dans la Caroline du Sud.

Cette île est des plus singulières. Elle n'est guère composée que de sable de mer et a environ trois milles de long. En largeur, elle n'a jamais plus d'un quart de mille. Elle est séparée du continent par une crique à peine visible, qui filtre à travers une masse de roseaux et de vase, rendez-vous habituel des poules d'eau. La végétation, comme on peut le supposer, est pauvre, ou, pour ainsi dire, naine. On n'y trouve pas d'arbres d'une certaine dimension. Vers l'extrémité occidentale, à l'endroit où s'élèvent le fort Moultrie et quelques misérables bâtisses de bois habitées pendant l'été par les gens qui fuient les poussières et les fièvres de Charleston, on rencontre, il est vrai, le palmier nain sétigère ; mais toute l'île, à l'exception de ce point occidental et d'un espace triste et blanchâtre qui borde la mer, est couverte d'épaisses broussailles de myrte odoriférant, si estimé par les horticulteurs anglais. L'arbuste y monte souvent à une hauteur de quinze ou vingt pieds ; il y forme un taillis presque impénétrable et charge l'atmosphère de ses parfums.

Au plus profond de ce taillis, non loin de l'extrémité orientale de l'île, c'est-à-dire de la plus éloignée, Legrand s'était bâti lui-même une petite hutte, qu'il occupait quand, pour la première fois et par hasard, je fis sa connaissance. Cette connaissance mûrit bien vite en amitié – car il y avait, certes, dans le cher reclus, de quoi exciter l'intérêt et l'estime. Je vis qu'il avait reçu une forte éducation, heureusement servie par des facultés spirituelles peu communes, mais qu'il était infecté de misanthropie et sujet à de malheureuses alternatives d'enthousiasme et de mélancolie. Bien qu'il eût chez lui beaucoup de livres, il s'en servait rarement. Ses principaux amusements consistaient à chasser et à pêcher, ou à flâner sur la plage et à travers les myrtes, en quête de coquillages et d'échantillons entomologiques ; sa collection aurait pu faire envie à un Swammerdam. Dans ces excursions, il était ordinairement accompagné par un vieux nègre nommé Jupiter, qui avait été affranchi avant les revers de la famille, mais qu'on n'avait pu décider, ni par menaces ni par promesses, à abandonner son jeune *massa Will* ;

il considérait comme son droit de le suivre partout. Il n'est pas improbable que les parents de Legrand, jugeant que celui-ci avait la tête un peu dérangée, se soient appliqués à confirmer Jupiter dans son obstination, dans le but de mettre une espèce de gardien et de surveillant auprès du fugitif.

Sous la latitude de l'île de Sullivan, les hivers sont rarement rigoureux, et c'est un événement quand, au déclin de l'année, le feu devient indispensable. Cependant, vers le milieu d'octobre 18…, il y eut une journée d'un froid remarquable. Juste avant le coucher du soleil, je me frayais un chemin à travers les taillis vers la hutte de mon ami, que je n'avais pas vu depuis quelques semaines ; je demeurais alors à Charleston, à une distance de neuf milles de l'île, et les facilités pour aller et revenir étaient bien moins grandes qu'aujourd'hui. En arrivant à la hutte, je frappai selon mon habitude, et, ne recevant pas de réponse, je cherchai la clef où je savais qu'elle était cachée, j'ouvris la porte et j'entrai. Un beau feu flambait dans le foyer. C'était une surprise, et, à coup sûr, une des plus agréables. Je me débarrassai de mon paletot, je traînai un fauteuil auprès des bûches pétillantes, et j'attendis patiemment l'arrivée de mes hôtes.

Peu après la tombée de la nuit, ils arrivèrent et me firent un accueil tout à fait cordial. Jupiter, tout en riant d'une oreille à l'autre, se donnait du mouvement et préparait quelques poules d'eau pour le souper. Legrand était dans une de ses *crises* d'enthousiasme – car de quel autre nom appeler cela ? Il avait trouvé un bivalve inconnu, formant un genre nouveau, et, mieux encore, il avait chassé et attrapé, avec l'assistance de Jupiter, un scarabée qu'il croyait tout à fait nouveau, et sur lequel il désirait avoir mon opinion le lendemain matin.

— Et pourquoi pas ce soir ? demandai-je en me frottant les mains devant la flamme, et envoyant mentalement au diable toute la race des scarabées.

— Ah ! si j'avais seulement su que vous étiez ici ! dit Legrand ; mais il y a si longtemps que je ne vous ai vu ! Et comment pouvais-je deviner que vous me rendriez visite justement cette nuit ? En revenant au logis, j'ai rencontré le lieutenant G…, du fort, et très étourdiment je lui ai prêté le scarabée ; de sorte qu'il vous sera impossible de le voir avant demain matin. Restez ici cette nuit, et j'enverrai Jupiter le chercher au lever du soleil. C'est bien la plus ravissante chose de la création !

— Quoi ? le lever du soleil ?

— Eh non ! que diable ! – le scarabée. Il est d'une brillante couleur d'or – gros à peu près comme une grosse noix –, avec deux taches d'un noir de jais à une extrémité du dos, et une troisième, un peu plus allongée, à l'autre. Les antennes sont…

— Il n'y a pas du tout d'étain sur lui[1], massa Will, je vous le parie, interrompit Jupiter. Le scarabée est un scarabée d'or, d'or massif, d'un bout à l'autre, dedans

1. La prononciation du mot *antennae* fait commettre une méprise au nègre, qui croit qu'il est question d'étain : *Dey aint no tin in him.* Calembour intraduisible. Le nègre parlera toujours dans une espèce de patois anglais, que le patois nègre français n'imiterait pas mieux que le bas-normand ou le breton ne traduirait l'irlandais. En se rappelant les orthographes figuratives de Balzac, on se fera une idée de ce que ce moyen un peu *physique* peut ajouter de pittoresque et de comique, mais j'ai dû renoncer à m'en servir faute d'équivalent. (C. B.)

et partout, excepté les ailes – je n'ai jamais vu de ma vie un scarabée à moitié aussi lourd.

— C'est bien, mettons que vous ayez raison, Jup, répliqua Legrand un peu plus vivement, à ce qu'il me sembla, que ne le comportait la situation, est-ce une raison pour laisser brûler les poules ? La couleur de l'insecte – et il se tourna vers moi – suffirait en vérité à rendre plausible l'idée de Jupiter. Vous n'avez jamais vu un éclat métallique plus brillant que celui de ses élytres ; mais vous ne pourrez en juger que demain matin. En attendant, j'essayerai de vous donner une idée de sa forme.

Tout en parlant, il s'assit à une petite table sur laquelle il y avait une plume et de l'encre, mais pas de papier. Il chercha dans un tiroir, mais n'en trouva pas.

— N'importe, dit-il à la fin, cela suffira.

Et il tira de la poche de son gilet quelque chose qui me fit l'effet d'un morceau de vieux vélin fort sale, et il fit dessus une espèce de croquis à la plume. Pendant ce temps, j'avais gardé ma place auprès du feu, car j'avais toujours très froid. Quand son dessin fut achevé, il me le passa, sans se lever. Comme je le recevais de sa main, un fort grognement se fit entendre, suivi d'un grattement à la porte. Jupiter ouvrit, et un énorme terre-neuve, appartenant à Legrand, se précipita dans la chambre, sauta sur mes épaules et m'accabla de caresses ; car je m'étais fort occupé de lui dans mes visites précédentes. Quand il eut fini ses gambades, je regardai le papier, et, pour dire la vérité, je me trouvai passablement intrigué par le dessin de mon ami.

— Oui ! dis-je après l'avoir contemplé quelques minutes, c'est là un étrange scarabée, je le confesse ; il est nouveau pour moi ; je n'ai jamais rien vu d'approchant, à moins que ce ne soit un crâne ou une tête de mort, à quoi il ressemble plus qu'aucune autre chose qu'il m'ait jamais été donné d'examiner.

— Une tête de mort ! répéta Legrand. Ah ! oui, il y a un peu de cela sur le papier, je comprends. Les deux taches noires supérieures font les yeux, et la plus longue qui est plus bas figure une bouche, n'est-ce pas ? D'ailleurs, la forme générale est ovale…

— C'est peut-être cela, dis-je ; mais je crains, Legrand, que vous ne soyez pas très artiste. J'attendrai que j'aie vu la bête elle-même, pour me faire une idée quelconque de sa physionomie.

— Fort bien ! Je ne sais comment cela se fait, dit-il, un peu piqué, je dessine assez joliment, ou du moins je le devrais, car j'ai eu de bons maîtres, et je me flatte de n'être pas tout à fait une brute.

— Mais alors, mon cher camarade, dis-je, vous plaisantez ; ceci est un crâne fort passable, je puis même dire que c'est un crâne parfait, d'après toutes les idées reçues relativement à cette partie de l'ostéologie, et votre scarabée serait le plus étrange de tous les scarabées du monde, s'il ressemblait à ceci. Nous pourrions établir là-dessus quelque petite superstition naissante. Je présume que vous nommerez votre insecte *Scarabæus caput hominis*, ou quelque chose d'approchant ; il y a dans les livres d'histoire naturelle beaucoup d'appellations de ce genre. Mais où sont les antennes dont vous parliez ?

— Les antennes ! dit Legrand, qui s'échauffait inexplicablement ; vous devez voir les antennes, j'en suis sûr. Je les ai faites aussi distinctes qu'elles le sont dans l'original, et je présume que cela est bien suffisant.

— À la bonne heure, dis-je ; mettons que vous les ayez faites ; toujours est-il vrai que je ne les vois pas.

Et je lui tendis le papier, sans ajouter aucune remarque, ne voulant pas le pousser à bout ; mais j'étais fort étonné de la tournure que l'affaire avait prise ; sa mauvaise humeur m'intriguait – et, quant au croquis de l'insecte, il n'y avait positivement pas d'antennes visibles, et l'ensemble ressemblait, à s'y méprendre, à l'image ordinaire d'une tête de mort.

Il reprit son papier d'un air maussade, et il était au moment de le froisser, sans doute pour le jeter dans le feu, quand, son regard étant tombé par hasard sur le dessin, toute son attention y parut enchaînée. En un instant, son visage devint d'un rouge intense, puis excessivement pâle. Pendant quelques minutes, sans bouger de sa place, il continua à examiner minutieusement le dessin. À la longue, il se leva, prit une chandelle sur la table, et alla s'asseoir sur un coffre, à l'autre extrémité de la chambre. Là, il recommença à examiner curieusement le papier, le tournant dans tous les sens. Néanmoins, il ne dit rien, et sa conduite me causait un étonnement extrême ; mais je jugeai prudent de n'exaspérer par aucun commentaire sa mauvaise humeur croissante. Enfin, il tira de la poche de son habit un portefeuille, y serra soigneusement le papier, et déposa le tout dans un pupitre qu'il ferma à clef. Il revint dès lors à des allures plus calmes, mais son premier enthousiasme avait totalement disparu. Il avait l'air plutôt concentré que boudeur. À mesure que la soirée s'avançait, il s'absorbait de plus en plus dans sa rêverie, et aucune de mes saillies ne put l'en arracher. Primitivement, j'avais eu l'intention de passer la nuit dans la cabane, comme j'avais déjà fait plus d'une fois ; mais, en voyant l'humeur de mon hôte, je jugeai plus convenable de prendre congé. Il ne fit aucun effort pour me retenir ; mais, quand je partis, il me serra la main avec une cordialité encore plus vive que de coutume.

Un mois environ après cette aventure – et durant cet intervalle je n'avais pas entendu parler de Legrand –, je reçus à Charleston une visite de son serviteur Jupiter. Je n'avais jamais vu le bon vieux nègre si complètement abattu, et je fus pris de la crainte qu'il ne fût arrivé à mon ami quelque sérieux malheur.

— Eh bien, Jup, dis-je, quoi de neuf ? Comment va ton maître ?

— Dame ! pour dire la vérité, massa, il ne va pas aussi bien qu'il devrait.

— Pas bien ! vraiment je suis navré d'apprendre cela. Mais de quoi se plaint-il ?

— Ah ! voilà la question ! il ne se plaint jamais de rien, mais il est tout de même bien malade.

— Bien malade, Jupiter ! Eh ! que ne disais-tu cela tout de suite ? Est-il au lit ?

— Non, non, il n'est pas au lit ! Il n'est bien nulle part ; voilà justement où le soulier me blesse ; j'ai l'esprit très inquiet au sujet du pauvre massa Will.

— Jupiter, je voudrais bien comprendre quelque chose à tout ce que tu me racontes là. Tu dis que ton maître est malade. Ne t'a-t-il pas dit de quoi il souffre ?

— Oh ! massa, c'est bien inutile de se creuser la tête. Massa Will dit qu'il n'a absolument rien ; mais, alors, pourquoi donc s'en va-t-il, deçà et delà, tout pensif, les regards sur son chemin, la tête basse, les épaules voûtées, et pâle comme une oie ? Et pourquoi donc fait-il toujours et toujours des chiffres ?

— Il fait quoi, Jupiter ?

— Il fait des chiffres avec des signes sur une ardoise – les signes les plus bizarres que j'aie jamais vus. Je commence à avoir peur, tout de même. Il faut que j'aie toujours un œil braqué sur lui, rien que sur lui. L'autre jour, il m'a échappé avant le lever du soleil, et il a décampé pour toute la sainte journée. J'avais coupé un bon bâton exprès pour lui administrer une correction de tous les diables quand il reviendrait ; mais je suis si bête, que je n'en ai pas eu le courage – il a l'air si malheureux !

— Ah ! vraiment ! – Eh bien, après tout, je crois que tu as mieux fait d'être indulgent pour le pauvre garçon. Il ne faut pas lui donner le fouet, Jupiter ; il n'est peut-être pas en état de le supporter. Mais ne peux-tu pas te faire une idée de ce qui a occasionné cette maladie, ou plutôt ce changement de conduite ? Lui est-il arrivé quelque chose de fâcheux depuis que je vous ai vus ?

— Non, massa, il n'est rien arrivé de fâcheux *depuis* lors, mais *avant* cela, oui, j'en ai peur, c'était le jour même que vous étiez là-bas.

— Comment ? Que veux-tu dire ?

— Eh ! massa, je veux parler du scarabée, voilà tout.

— Du quoi ?

— Du scarabée… Je suis sûr que massa Will a été mordu quelque part à la tête par ce scarabée d'or.

— Et quelle raison as-tu, Jupiter, pour faire une pareille supposition ?

— Il a bien assez de pinces pour cela, massa, et une bouche aussi. Je n'ai jamais vu un scarabée aussi endiablé ; il attrape et mord tout ce qui l'approche. Massa Will l'avait d'abord attrapé, mais il l'a bien vite lâché, je vous assure ; c'est alors, sans doute, qu'il a été mordu. La mine de ce scarabée et sa bouche ne me plaisaient guère, certes ; aussi je ne voulus pas le prendre avec mes doigts ; mais je pris un morceau de papier, et j'empoignai le scarabée dans le papier ; je l'enveloppai donc dans le papier, avec un petit morceau de papier dans la bouche ; voilà comment je m'y pris.

— Et tu penses donc que ton maître a été réellement mordu par le scarabée, et que cette morsure l'a rendu malade ?

— Je ne pense rien du tout – je le sais[1]. Pourquoi donc rêve-t-il toujours d'or, si ce n'est parce qu'il a été mordu par le scarabée d'or ? J'en ai déjà entendu parler, de ces scarabées d'or.

— Mais comment sais-tu qu'il rêve d'or ?

— Comment je le sais ? parce qu'il en parle, même en dormant ; voilà comment je le sais.

— Au fait, Jupiter, tu as peut-être raison ; mais à quelle bienheureuse circonstance dois-je l'honneur de ta visite aujourd'hui ?

— Que voulez-vous dire, massa ?

— M'apportes-tu un message de M. Legrand ?

— Non, massa, je vous apporte une lettre que voici.

Et Jupiter me tendit un papier où je lus :

« Mon cher,

« Pourquoi donc ne vous ai-je pas vu depuis si longtemps ? J'espère que vous n'avez pas été assez enfant pour vous formaliser d'une petite brusquerie de ma part ; mais non – cela est par trop improbable.

1. Calembour. *I nose* pour *I know*. *Je le sens* pour *Je le sais*. (C. B.)

« Depuis que je vous ai vu, j'ai eu un grand sujet d'inquiétude. J'ai quelque chose à vous dire, mais à peine sais-je comment vous le dire. Sais-je même si je vous le dirai ?

« Je n'ai pas été tout à fait bien depuis quelques jours, et le pauvre vieux Jupiter m'ennuie insupportablement par toutes ses bonnes intentions et attentions. Le croiriez-vous ? Il avait, l'autre jour, préparé un gros bâton à l'effet de me châtier, pour lui avoir échappé et avoir passé la journée, seul, au milieu des collines, sur le continent. Je crois vraiment que ma mauvaise mine m'a seule sauvé de la bastonnade.

« Je n'ai rien ajouté à ma collection depuis que nous nous sommes vus.

« Revenez avec Jupiter si vous le pouvez sans trop d'inconvénients. Venez, venez. Je désire vous voir ce soir pour affaire grave. Je vous assure que c'est de la plus haute importance.

« Votre tout dévoué,

« William Legrand. »

Il y avait dans le ton de cette lettre quelque chose qui me causa une forte inquiétude. Ce style différait absolument du style habituel de Legrand. À quoi diable rêvait-il ? Quelle nouvelle lubie avait pris possession de sa trop excitable cervelle ? Quelle affaire de *si haute importance* pouvait-il avoir à accomplir ? Le rapport de Jupiter ne présageait rien de bon ; je tremblais que la pression continue de l'infortune n'eût, à la longue, singulièrement dérangé la raison de mon ami. Sans hésiter un instant, je me préparai donc à accompagner le nègre.

En arrivant au quai, je remarquai une faux et trois bêches, toutes également neuves, qui gisaient au fond du bateau dans lequel nous allions nous embarquer.

— Qu'est-ce que tout cela signifie, Jupiter ? demandai-je.

— Ça, c'est une faux, massa, et des bêches.

— Je le vois bien ; mais qu'est-ce que tout cela fait ici ?

— Massa Will m'a dit d'acheter pour lui cette faux et ces bêches à la ville, et je les ai payées bien cher ; cela nous coûte un argent de tous les diables.

— Mais au nom de tout ce qu'il y a de mystérieux, qu'est-ce que ton massa Will a à faire de faux et de bêches ?

— Vous m'en demandez plus que je ne sais ; lui-même, massa, n'en sait pas davantage ; le diable m'emporte si je n'en suis pas convaincu. Mais tout cela vient du scarabée.

Voyant que je ne pouvais tirer aucun éclaircissement de Jupiter dont tout l'entendement paraissait absorbé par le scarabée, je descendis dans le bateau et je déployai la voile. Une belle et forte brise nous poussa bien vite dans la petite anse au nord du fort Moultrie, et, après une promenade de deux milles environ, nous arrivâmes à la hutte. Il était à peu près trois heures de l'après-midi. Legrand nous attendait avec une vive impatience. Il me serra la main avec un empressement nerveux qui m'alarma et renforça mes soupçons naissants. Son visage était d'une pâleur spectrale, et ses yeux, naturellement fort enfoncés, brillaient d'un éclat surnaturel. Après quelques questions relatives à sa santé, je lui demandai, ne trouvant rien de mieux à dire, si le lieutenant G… lui avait enfin rendu son scarabée.

— Oh ! oui, répliqua-t-il en rougissant beaucoup ; je le lui ai repris le lendemain matin. Pour rien au monde je ne me séparerais de ce scarabée. Savez-vous bien que Jupiter a tout à fait raison à son égard ?

— En quoi ? demandai-je avec un triste pressentiment dans le cœur.

— En supposant que c'est un scarabée d'or véritable.

Il dit cela avec un sérieux profond, qui me fit indiciblement mal.

— Ce scarabée est destiné à faire ma fortune, continua-t-il avec un sourire de triomphe, à me réintégrer dans mes possessions de famille. Est-il donc étonnant que je le tienne en si haut prix ? Puisque la Fortune a jugé bon de me l'octroyer, je n'ai qu'à en user convenablement, et j'arriverai jusqu'à l'or dont il est l'indice. Jupiter, apporte-le-moi.

— Quoi ? le scarabée, massa ? J'aime mieux n'avoir rien à démêler avec le scarabée ; vous saurez bien le prendre vous-même.

Là-dessus, Legrand se leva avec un air grave et imposant, et alla me chercher l'insecte sous un globe de verre où il était déposé. C'était un superbe scarabée, inconnu à cette époque aux naturalistes, et qui devait avoir un grand prix au point de vue scientifique. Il portait à l'une des extrémités du dos deux taches noires et rondes, et à l'autre une tache de forme allongée. Les élytres étaient excessivement durs et luisants et avaient positivement l'aspect de l'or bruni. L'insecte était remarquablement lourd, et, tout bien considéré, je ne pouvais pas trop blâmer Jupiter de son opinion ; mais que Legrand s'entendît avec lui sur ce sujet, voilà ce qu'il m'était impossible de comprendre, et, quand il se serait agi de ma vie, je n'aurais pas trouvé le mot de l'énigme.

— Je vous ai envoyé chercher, dit-il d'un ton magnifique, quand j'eus achevé d'examiner l'insecte, je vous ai envoyé chercher pour vous demander conseil et assistance dans l'accomplissement des vues de la Destinée et du scarabée…

— Mon cher Legrand, m'écriai-je en l'interrompant, vous n'êtes certainement pas bien, et vous feriez beaucoup mieux de prendre quelques précautions. Vous allez vous mettre au lit, et je resterai auprès de vous quelques jours, jusqu'à ce que vous soyez rétabli. Vous avez la fièvre, et…

— Tâtez mon pouls, dit-il.

Je le tâtai, et, pour dire la vérité, je ne trouvai pas le plus léger symptôme de fièvre.

— Mais vous pourriez bien être malade sans avoir la fièvre. Permettez-moi, pour cette fois seulement, de faire le médecin avec vous. Avant toute chose, allez vous mettre au lit. Ensuite…

— Vous vous trompez, interrompit-il ; je suis aussi bien que je puis espérer de l'être dans l'état d'excitation que j'endure. Si réellement vous voulez me voir tout à fait bien, vous soulagerez cette excitation.

— Et que faut-il faire pour cela ?

— C'est très facile. Jupiter et moi, nous partons pour une expédition dans les collines, sur le continent, et nous avons besoin de l'aide d'une personne en qui nous puissions absolument nous fier. Vous êtes cette personne unique. Que notre entreprise échoue ou réussisse, l'excitation que vous voyez en moi maintenant sera également apaisée.

— J'ai le vif désir de vous servir en toute chose, répliquai-je ; mais prétendez-vous dire que cet infernal scarabée ait quelque rapport avec votre expédition dans les collines ?

— Oui, certes.

— Alors, Legrand, il m'est impossible de coopérer à une entreprise aussi parfaitement absurde.

— J'en suis fâché, très fâché, car il nous faudra tenter l'affaire à nous seuls.

— À vous seuls ! Ah ! le malheureux est fou, à coup sûr ! Mais, voyons, combien de temps durera votre absence ?

— Probablement toute la nuit. Nous allons partir immédiatement, et, dans tous les cas, nous serons de retour au lever du soleil.

— Et vous me promettez, sur votre honneur, que ce caprice passé, et l'affaire du scarabée – bon Dieu ! – vidée à votre satisfaction, vous rentrerez au logis, et que vous y suivrez exactement mes prescriptions, comme celles de votre médecin ?

— Oui, je vous le promets ; et maintenant partons, car nous n'avons pas de temps à perdre.

J'accompagnai mon ami, le cœur gros. À quatre heures, nous nous mîmes en route, Legrand, Jupiter, le chien et moi. Jupiter prit la faux et les bêches ; il insista pour s'en charger, plutôt, à ce qu'il me parut, par crainte de laisser un de ces instruments dans la main de son maître que par excès de zèle et de complaisance. Il était d'ailleurs d'une humeur de chien, et ces mots : *Damné scarabée* ! furent les seuls qui lui échappèrent tout le long du voyage. J'avais, pour ma part, la charge de deux lanternes sourdes ; quant à Legrand, il s'était contenté du scarabée, qu'il portait attaché au bout d'un morceau de ficelle, et qu'il faisait tourner autour de lui, tout en marchant, avec des airs de magicien. Quand j'observais ce symptôme suprême de démence dans mon pauvre ami, je pouvais à peine retenir mes larmes. Je pensai toutefois qu'il valait mieux épouser sa fantaisie, au moins pour le moment, ou jusqu'à ce que je pusse prendre quelques mesures énergiques avec chance de succès. Cependant, j'essayais, mais fort inutilement, de le sonder relativement au but de l'expédition. Il avait réussi à me persuader de l'accompagner, et semblait désormais peu disposé à lier conversation sur un sujet d'une si maigre importance. À toutes mes questions, il ne daignait répondre que par un « Nous verrons bien ! ».

Nous traversâmes dans un esquif la crique à la pointe de l'île, et, grimpant sur les terrains montueux de la rive opposée, nous nous dirigeâmes vers le nord-ouest, à travers un pays horriblement sauvage et désolé, où il était impossible de découvrir la trace d'un pied humain. Legrand suivait sa route avec décision, s'arrêtant seulement de temps en temps pour consulter certaines indications qu'il paraissait avoir laissées lui-même dans une occasion précédente.

Nous marchâmes ainsi deux heures environ, et le soleil était au moment de se coucher quand nous entrâmes dans une région infiniment plus sinistre que tout ce que nous avions vu jusqu'alors. C'était une espèce de plateau au sommet d'une montagne affreusement escarpée, couverte de bois de la base au sommet, et semée d'énormes blocs de pierre qui semblaient éparpillés pêle-mêle sur le sol, et dont plusieurs se seraient infailliblement précipités dans les vallées inférieures sans le secours des arbres contre lesquels ils s'appuyaient. De profondes ravines irradiaient dans diverses directions et donnaient à la scène un caractère de solennité plus lugubre.

La plate-forme naturelle sur laquelle nous étions grimpés était si profondément encombrée de ronces, que nous vîmes bien que, sans la faux, il nous eût été impossible de nous frayer un passage. Jupiter, d'après les ordres de son maître, commença à nous éclaircir un chemin jusqu'au pied d'un tulipier gigantesque qui se dressait, en compagnie de huit ou dix chênes, sur la plate-forme, et les surpassait tous, ainsi que tous les arbres que j'avais vus jusqu'alors, par la beauté de sa forme et de son feuillage, par l'immense développement de son branchage et par la majesté générale de son aspect. Quand nous eûmes atteint cet arbre, Legrand se tourna vers Jupiter, et lui demanda s'il se croyait capable d'y grimper. Le pauvre vieux parut légèrement étourdi par cette question, et resta quelques instants sans répondre. Cependant, il s'approcha de l'énorme tronc, en fit lentement le tour et l'examina avec une attention minutieuse. Quand il eut achevé son examen, il dit simplement :

— Oui, massa ; Jup n'a pas vu d'arbre où il ne puisse grimper.

— Alors, monte ; allons, allons ! et rondement ! car il fera bientôt trop noir pour voir ce que nous faisons.

— Jusqu'où faut-il monter, massa ? demanda Jupiter.

— Grimpe d'abord sur le tronc, et puis je te dirai quel chemin tu dois suivre. Ah ! un instant ! prends ce scarabée avec toi.

— Le scarabée, massa Will ! le scarabée d'or ! cria le nègre reculant de frayeur. Pourquoi donc faut-il que je porte avec moi ce scarabée sur l'arbre ? Que je sois damné si je le fais !

— Jup, si vous avez peur, vous, un grand nègre, un gros et fort nègre, de toucher à un petit insecte mort et inoffensif, eh bien, vous pouvez l'emporter avec cette ficelle ; mais, si vous ne l'emportez pas avec vous d'une manière ou d'une autre, je serai dans la cruelle nécessité de vous fendre la tête avec cette bêche.

— Mon Dieu ! qu'est-ce qu'il y a donc, massa ? dit Jup, que la honte rendait évidemment plus complaisant ; il faut toujours que vous cherchiez noise à votre vieux nègre. C'est une farce, voilà tout. Moi, avoir peur du scarabée ! je m'en soucie bien du scarabée !

Et il prit avec précaution l'extrême bout de la corde, et, maintenant l'insecte aussi loin de sa personne que les circonstances le permettaient, il se mit en devoir de grimper à l'arbre.

Dans sa jeunesse, le tulipier, ou *Liriodendron tulipiferum*, le plus magnifique des forestiers américains, a un tronc singulièrement lisse et s'élève souvent à une grande hauteur, sans pousser de branches latérales ; mais quand il arrive à sa maturité, l'écorce devient rugueuse et inégale, et de petits rudiments de branches se manifestent en grand nombre sur le tronc. Aussi l'escalade, dans le cas actuel, était beaucoup plus difficile en apparence qu'en réalité. Embrassant de son mieux l'énorme cylindre avec ses bras et ses genoux, empoignant avec les mains quelques-unes des pousses, appuyant ses pieds nus sur les autres, Jupiter, après avoir failli tomber une ou deux fois, se hissa à la longue jusqu'à la première grande fourche, et sembla dès lors regarder la besogne comme virtuellement accomplie. En effet, le risque principal de l'entreprise avait disparu, bien que le brave nègre se trouvât à soixante et dix pieds du sol.

— De quel côté faut-il que j'aille maintenant, massa Will ? demanda-t-il.

— Suis toujours la plus grosse branche, celle de ce côté, dit Legrand.

Le nègre lui obéit promptement, et apparemment sans trop de peine ; il monta, monta toujours plus haut, de sorte qu'à la fin sa personne rampante et ramassée disparut dans l'épaisseur du feuillage ; il était tout à fait invisible. Alors, sa voix lointaine se fit entendre ; il criait :

— Jusqu'où faut-il monter encore ?

— À quelle hauteur es-tu ? demanda Legrand.

— Si haut, si haut, répliqua le nègre, que je peux voir le ciel à travers le sommet de l'arbre.

— Ne t'occupe pas du ciel, mais fais attention à ce que je te dis. Regarde le tronc, et compte les branches au-dessous de toi, de ce côté. Combien de branches as-tu passées ?

— Une, deux, trois, quatre, cinq ; j'ai passé cinq grosses branches, massa, de ce côté-ci.

— Alors, monte encore d'une branche.

Au bout de quelques minutes, sa voix se fit entendre de nouveau. Il annonçait qu'il avait atteint la septième branche.

— Maintenant, Jup, cria Legrand, en proie à une agitation manifeste, il faut que tu trouves le moyen de t'avancer sur cette branche aussi loin que tu pourras. Si tu vois quelque chose de singulier, tu me le diras.

Dès lors, les quelques doutes que j'avais essayé de conserver relativement à la démence de mon pauvre ami disparurent complètement. Je ne pouvais plus ne pas le considérer comme frappé d'aliénation mentale, et je commençai à m'inquiéter sérieusement des moyens de le ramener au logis. Pendant que je méditais sur ce que j'avais de mieux à faire, la voix de Jupiter se fit entendre de nouveau.

— J'ai bien peur de m'aventurer un peu loin sur cette branche ; c'est une branche morte presque dans toute sa longueur.

— Tu dis bien que c'est une branche morte, Jupiter ? cria Legrand d'une voix tremblante d'émotion.

— Oui, massa, morte comme un vieux clou de porte, c'est une affaire faite, elle est bien morte, tout à fait sans vie.

— Au nom du ciel, que faire ? demanda Legrand, qui semblait en proie à un vrai désespoir.

— Que faire ? dis-je, heureux de saisir l'occasion pour placer un mot raisonnable : retourner au logis et nous aller coucher. Allons, venez ! Soyez gentil, mon camarade. Il se fait tard, et puis souvenez-vous de votre promesse.

— Jupiter, criait-il, sans m'écouter le moins du monde, m'entends-tu ?

— Oui, massa Will, je vous entends parfaitement.

— Entame donc le bois avec ton couteau, et dis-moi si tu le trouves bien pourri.

— Pourri, massa, assez pourri, répliqua bientôt le nègre, mais pas aussi pourri qu'il pourrait l'être. Je pourrais m'aventurer un peu plus sur la branche, mais moi seul.

— Toi seul ! qu'est-ce que tu veux dire ?

— Je veux parler du scarabée. Il est bien lourd, le scarabée. Si je le lâchais d'abord, la branche porterait bien, sans casser, le poids d'un nègre tout seul.

— Infernal coquin ! cria Legrand, qui avait l'air fort soulagé, quelles sottises me chantes-tu là ? Si tu laisses tomber l'insecte, je te tords le cou. Fais-y attention, Jupiter ; tu m'entends, n'est-ce pas ?

— Oui, massa, ce n'est pas la peine de traiter comme ça un pauvre nègre.

— Eh bien, écoute-moi, maintenant ! – Si tu te hasardes sur la branche aussi loin que tu pourras le faire sans danger et sans lâcher le scarabée, je te ferai cadeau d'un dollar d'argent aussitôt que tu seras descendu.

— J'y vais, massa Will, m'y voilà, répliqua lestement le nègre, je suis presque au bout.

— Au bout ! cria Legrand, très radouci. Veux-tu dire que tu es au bout de cette branche ?

— Je suis bientôt au bout, massa. Oh ! oh ! oh ! Seigneur Dieu ! miséricorde ! qu'y a-t-il sur l'arbre ?

— Eh bien, cria Legrand, au comble de la joie, qu'est-ce qu'il y a ?

— Eh ! ce n'est rien qu'un crâne ; quelqu'un a laissé sa tête sur l'arbre, et les corbeaux ont becqueté toute la viande.

— Un crâne, dis-tu ? Très bien ! Comment est-il attaché à la branche ? qu'est-ce qui le retient ?

— Oh ! il tient bien ; mais il faut voir. Ah ! c'est une drôle de chose, sur ma parole ; il y a un gros clou dans le crâne, qui le retient à l'arbre.

— Bien ! maintenant, Jupiter, fais exactement ce que je vais te dire ; tu m'entends ?

— Oui, massa.

— Fais bien attention ! trouve l'œil gauche du crâne.

— Oh ! oh ! voilà qui est drôle ! Il n'y a pas d'œil gauche du tout.

— Maudite stupidité ! Sais-tu distinguer ta main droite de ta main gauche ?

— Oui, je sais, je sais tout cela ; ma main gauche est celle avec laquelle je fends le bois.

— Sans doute, tu es gaucher ; et ton œil gauche est du même côté que ta main gauche. Maintenant, je suppose, tu peux trouver l'œil gauche du crâne, ou la place où était l'œil gauche. As-tu trouvé ?

Il y eut ici une longue pause. Enfin, le nègre demanda :

— L'œil gauche du crâne est aussi du même côté que la main gauche du crâne ? Mais le crâne n'a pas de mains du tout ! Cela ne fait rien ! j'ai trouvé l'œil gauche – voilà l'œil gauche ! Que faut-il faire, maintenant ?

— Laisse filer le scarabée à travers, aussi loin que la ficelle peut aller ; mais prends bien garde de lâcher le bout de la corde.

— Voilà qui est fait, massa Will ; c'était chose facile de faire passer le scarabée par le trou ; tenez, voyez-le descendre.

Pendant tout ce dialogue, la personne de Jupiter était restée invisible ; mais l'insecte qu'il laissait filer apparaissait maintenant au bout de la ficelle, et brillait comme une boule d'or brunie aux derniers rayons du soleil couchant, dont quelques-uns éclairaient encore faiblement l'éminence où nous étions placés. Le scarabée en descendant émergeait des branches, et, si Jupiter l'avait laissé tomber, il serait tombé à nos pieds. Legrand prit immédiatement la faux et éclaircit un espace circulaire de trois ou quatre yards de diamètre, juste au-dessous de l'insecte, et, ayant achevé cette besogne, ordonna à Jupiter de lâcher la corde et de descendre de l'arbre.

Avec un soin scrupuleux, mon ami enfonça dans la terre une cheville, à l'endroit précis où le scarabée était tombé, et tira de sa poche un ruban à mesurer. Il l'attacha par un bout à l'endroit du tronc de l'arbre qui était le plus près de la cheville, le déroula jusqu'à la cheville, et continua ainsi à le dérouler dans la direction donnée par ces deux points – la cheville et le tronc – jusqu'à la distance de cinquante pieds. Pendant ce temps, Jupiter nettoyait les ronces avec la faux. Au point ainsi trouvé, il enfonça une seconde cheville, qu'il prit comme centre, et autour duquel il décrivit grossièrement un cercle de quatre pieds de diamètre environ. Il s'empara alors d'une bêche, en donna une à Jupiter, une à moi, et nous pria de creuser aussi vivement que possible.

Pour parler franchement, je n'avais jamais eu beaucoup de goût pour un pareil amusement, et, dans le cas présent, je m'en serais bien volontiers passé ; car la nuit s'avançait, et je me sentais passablement fatigué de l'exercice que j'avais déjà pris ; mais je ne voyais aucun moyen de m'y soustraire, et je tremblais de troubler par un refus la prodigieuse sérénité de mon pauvre ami. Si j'avais pu compter sur l'aide de Jupiter, je n'aurais pas hésité à ramener par la force notre fou chez lui ; mais je connaissais trop bien le caractère du vieux nègre pour espérer son assistance, dans le cas d'une lutte personnelle avec son maître et dans n'importe quelle circonstance. Je ne doutais pas que Legrand n'eût le cerveau infecté de quelqu'une des innombrables superstitions du Sud relatives aux trésors enfouis, et que cette imagination n'eût été confirmée par la trouvaille du scarabée, ou peut-être même par l'obstination de Jupiter à soutenir que c'était un scarabée d'or véritable. Un esprit tourné à la folie pouvait bien se laisser entraîner par de pareilles suggestions, surtout quand elles s'accordaient avec ses idées favorites préconçues ; puis je me rappelais le discours du pauvre garçon relativement au scarabée, *indice de sa fortune !* Par-dessus tout, j'étais cruellement tourmenté et embarrassé ; mais enfin je résolus de faire contre fortune bon cœur et de bêcher de bonne volonté, pour convaincre mon visionnaire le plus tôt possible, par une démonstration oculaire, de l'inanité de ses rêveries.

Nous allumâmes les lanternes, et nous attaquâmes notre besogne avec un ensemble et un zèle dignes d'une cause plus rationnelle ; et, comme la lumière tombait sur nos personnes et nos outils, je ne pus m'empêcher de songer que nous composions un groupe vraiment pittoresque, et que, si quelque intrus était tombé par hasard au milieu de nous, nous lui serions apparus comme faisant une besogne bien étrange et bien suspecte.

Nous creusâmes ferme deux heures durant. Nous parlions peu. Notre principal embarras était causé par les aboiements du chien, qui prenait un intérêt excessif à nos travaux. À la longue, il devint tellement turbulent que nous craignîmes qu'il ne donnât l'alarme à quelques rôdeurs du voisinage – ou, plutôt, c'était la grande appréhension de Legrand, car, pour mon compte, je me serais réjoui de toute interruption qui m'aurait permis de ramener mon vagabond à la maison. À la fin, le vacarme fut étouffé, grâce à Jupiter qui, s'élançant hors du trou avec un air furieusement décidé, musela la gueule de l'animal avec une de ses bretelles et puis retourna à sa tâche avec un petit rire de triomphe très grave.

Les deux heures écoulées, nous avions atteint une profondeur de cinq pieds, et aucun indice de trésor ne se montrait. Nous fîmes une pause générale, et je commençai à espérer que la farce touchait à sa fin. Cependant Legrand, quoique évidemment très déconcerté, s'essuya le front d'un air pensif et reprit sa bêche. Notre trou occupait déjà toute l'étendue du cercle de quatre pieds de diamètre ; nous entamâmes légèrement cette limite, et nous creusâmes encore de deux pieds. Rien n'apparut. Mon chercheur d'or, dont j'avais sérieusement pitié, sauta enfin du trou avec le plus affreux désappointement écrit sur le visage, et se décida, lentement et comme à regret, à reprendre son habit qu'il avait ôté avant de se mettre à l'ouvrage. Pour moi, je me gardai bien de faire aucune remarque. Jupiter, à un signal de son maître, commença à rassembler les outils. Cela fait, et le chien étant démuselé, nous reprîmes notre chemin dans un profond silence.

Nous avions peut-être fait une douzaine de pas, quand Legrand, poussant un terrible juron, sauta sur Jupiter et l'empoigna au collet. Le nègre stupéfait ouvrit les yeux et la bouche dans toute leur ampleur, lâcha les bêches et tomba sur les genoux.

— Scélérat ! criait Legrand en faisant siffler les syllabes entre ses dents, infernal noir ! gredin de noir ! Parle, te dis-je ! réponds-moi à l'instant, et surtout ne prévarique pas ! Quel est, quel est ton œil gauche ?

— Ah ! miséricorde, massa Will ! n'est-ce pas là, pour sûr, mon œil gauche ? rugissait Jupiter épouvanté plaçant sa main sur l'organe *droit* de la vision, et l'y maintenant avec l'opiniâtreté du désespoir, comme s'il eût craint que son maître ne voulût le lui arracher.

— Je m'en doutais ! je le savais bien ! hourra ! vociféra Legrand, en lâchant le nègre, et en exécutant une série de gambades et de cabrioles, au grand étonnement de son domestique, qui, en se relevant, promenait, sans mot dire, ses regards de son maître à moi et de moi à son maître.

— Allons, il nous faut retourner, dit celui-ci ; la partie n'est pas perdue.

Et il reprit son chemin vers le tulipier.

— Jupiter, dit-il quand nous fûmes arrivés au pied de l'arbre, viens ici ! Le crâne est-il cloué à la branche avec la face tournée à l'extérieur ou tournée contre la branche ?

— La face est tournée à l'extérieur, massa, de sorte que les corbeaux ont pu manger les yeux sans aucune peine.

— Bien. Alors, est-ce par cet œil-ci ou par celui-là que tu as fait couler le scarabée ?

Et Legrand touchait alternativement les deux yeux de Jupiter.

— Par cet œil-ci, massa, par l'œil gauche, juste comme vous me l'aviez dit.

Et c'était encore son œil droit qu'indiquait le pauvre nègre.

— Allons, allons ! il nous faut recommencer.

Alors, mon ami dans la folie duquel je voyais maintenant, ou croyais voir certains indices de méthode, reporta la cheville qui marquait l'endroit où le scarabée était tombé, à trois pouces vers l'ouest de sa première position. Étalant de nouveau son cordeau du point le plus rapproché du tronc jusqu'à la cheville, comme il avait déjà fait, et continuant à l'étendre en ligne droite à une distance de cinquante pieds, il marqua un nouveau point éloigné de plusieurs yards de l'endroit où nous avions précédemment creusé.

Autour de ce nouveau centre, un cercle fut tracé, un peu plus large que le premier, et nous nous mîmes derechef à jouer de la bêche. J'étais effroyablement fatigué ; mais, sans me rendre compte de ce qui occasionnait un changement dans ma pensée, je ne sentais plus une aussi grande aversion pour le labeur qui m'était imposé. Je m'y intéressais inexplicablement ; je dirai plus, je me sentais excité. Peut-être y avait-il dans toute l'extravagante conduite de Legrand un certain air délibéré, une certaine allure prophétique qui m'impressionnait moi-même. Je bêchais ardemment et de temps à autre je me surprenais cherchant, pour ainsi dire, des yeux, avec un sentiment qui ressemblait à de l'attente, ce trésor imaginaire dont la vision avait affolé mon infortuné camarade. Dans un de ces moments où ces rêvasseries s'étaient plus singulièrement emparées de moi, et comme nous avions déjà travaillé une heure et demie à peu près, nous fûmes de nouveau interrompus par les violents hurlements du chien. Son inquiétude, dans le premier cas, n'était évidemment que le résultat d'un caprice ou d'une gaieté folle ; mais, cette fois, elle prenait un ton plus violent et plus caractérisé. Comme Jupiter s'efforçait de nouveau de le museler, il fit une résistance furieuse, et, bondissant dans le trou, il se mit à gratter frénétiquement la terre avec ses griffes. En quelques secondes, il avait découvert une masse d'ossements humains, formant deux squelettes complets et mêlés de plusieurs boutons de métal, avec quelque chose qui nous parut être de la vieille laine pourrie et émiettée. Un ou deux coups de bêche firent sauter la lame d'un grand couteau espagnol ; nous creusâmes encore, et trois ou quatre pièces de monnaie d'or et d'argent apparurent éparpillées.

À cette vue, Jupiter put à peine contenir sa joie, mais la physionomie de son maître exprima un affreux désappointement. Il nous supplia toutefois de continuer nos efforts, et à peine avait-il fini de parler que je trébuchai et tombai en avant ; la pointe de ma botte s'était engagée dans un gros anneau de fer qui gisait à moitié enseveli sous un amas de terre fraîche.

Nous nous remîmes au travail avec une ardeur nouvelle ; jamais je n'ai passé dix minutes dans une aussi vive exaltation. Durant cet intervalle, nous déterrâmes complètement un coffre de forme oblongue, qui, à en juger par sa parfaite conservation et son étonnante dureté, avait été évidemment soumis à quelque procédé de minéralisation – peut-être au bichlorure de mercure. Ce coffre avait trois pieds et demi de long, trois de large et deux et demi de profondeur. Il était solidement maintenu par des lames de fer forgé, rivées et formant tout autour une espèce de treillage. De chaque côté du coffre, près du couvercle, étaient trois anneaux de fer, six en tout, au moyen desquels six personnes pouvaient s'en emparer. Tous nos efforts réunis ne réussirent qu'à le déranger légèrement de son lit. Nous vîmes tout de suite l'impossibilité d'emporter un si énorme poids. Par bonheur, le couvercle n'était retenu que par deux verrous que nous fîmes glisser, – tremblants et pantelants d'anxiété. En un instant, un trésor d'une valeur incalculable s'épanouit, étincelant, devant nous. Les rayons des lanternes tombaient dans la fosse, et faisaient jaillir d'un amas confus d'or et de bijoux des éclairs et des splendeurs qui nous éclaboussaient positivement les yeux.

Je n'essayerai pas de décrire les sentiments avec lesquels je contemplais ce trésor. La stupéfaction, comme on peut le supposer, dominait tous les autres. Legrand paraissait épuisé par son excitation même, et ne prononça que quelques paroles. Quant à Jupiter, sa figure devint aussi mortellement pâle que cela est possible à une figure de nègre. Il semblait stupéfié, foudroyé. Bientôt il tomba sur ses genoux dans la fosse, et plongeant ses bras nus dans l'or jusqu'au coude, il les y laissa longtemps, comme s'il jouissait des voluptés d'un bain. Enfin, il s'écria avec un profond soupir, comme se parlant à lui-même :

— Et tout cela vient du scarabée d'or ? Le joli scarabée d'or ! le pauvre petit scarabée d'or que j'injuriais, que je calomniais ! N'as-tu pas honte de toi, vilain nègre ? hein, qu'as-tu à répondre ?

Il fallut que je réveillasse, pour ainsi dire, le maître et le valet, et que je leur fisse comprendre qu'il y avait urgence à emporter le trésor. Il se faisait tard, et il nous fallait déployer quelque activité, si nous voulions que tout fût en sûreté chez nous avant le jour. Nous ne savions quel parti prendre, et nous perdions beaucoup de temps en délibérations, tant nous avions les idées en désordre. Finalement nous allégeâmes le coffre en enlevant les deux tiers de son contenu, et nous pûmes enfin, mais non sans peine encore, l'arracher de son trou. Les objets que nous en avions tirés furent déposés parmi les ronces, et confiés à la garde du chien, à qui Jupiter enjoignit strictement de ne bouger sous aucun prétexte, et de ne pas même ouvrir la bouche jusqu'à notre retour. Alors, nous nous mîmes précipitamment en route avec le coffre ; nous atteignîmes la hutte sans accident, mais après une fatigue effroyable et à une heure du matin. Épuisés comme nous l'étions, nous ne pouvions immédiatement nous remettre à la besogne, c'eût été dépasser les forces de la nature. Nous nous reposâmes jusqu'à deux heures, puis nous soupâmes ; enfin nous nous remîmes en route pour les montagnes, munis de trois gros sacs que nous trouvâmes par bonheur dans la hutte. Nous arrivâmes un peu avant quatre heures à notre fosse, nous nous partageâmes aussi également que possible le reste du butin, et, sans nous donner la peine de combler le trou, nous nous remîmes en marche vers notre case, où nous déposâmes pour la seconde fois nos précieux fardeaux, juste comme les premières bandes de l'aube apparaissaient à l'est, au-dessus de la cime des arbres.

Nous étions absolument brisés ; mais la profonde excitation actuelle nous refusa le repos. Après un sommeil inquiet de trois ou quatre heures, nous nous levâmes, comme si nous nous étions concertés, pour procéder à l'examen du trésor.

Le coffre avait été rempli jusqu'aux bords, et nous passâmes toute la journée et la plus grande partie de la nuit suivante à inventorier son contenu. On n'y avait mis aucune espèce d'ordre ni d'arrangement ; tout y avait été empilé pêle-mêle. Quand nous eûmes fait soigneusement un classement général, nous nous trouvâmes en possession d'une fortune qui dépassait tout ce que nous avions supposé. Il y avait en espèces plus de 450000 dollars – en estimant la valeur des pièces aussi rigoureusement que possible d'après les tables de l'époque. Dans tout cela, pas une parcelle d'argent.

Tout était en or de vieille date et d'une grande variété : monnaies française, espagnole et allemande, quelques guinées anglaises, et quelques jetons dont nous n'avions jamais vu aucun modèle. Il y avait plusieurs pièces de monnaie, très grandes et très lourdes, mais si usées qu'il nous fut impossible de déchiffrer les inscriptions. Aucune monnaie américaine. Quant à l'estimation des bijoux, ce fut une affaire un peu plus difficile. Nous trouvâmes des diamants, dont quelques-uns très beaux et d'une grosseur singulière – en tout, cent dix, dont pas un n'était petit ; dix-huit rubis d'un éclat remarquable ; trois cent dix émeraudes, toutes très belles ; vingt et un saphirs et une opale. Toutes ces pierres avaient été arrachées de leurs montures et jetées pêle-mêle dans le coffre. Quant aux montures elles-mêmes, dont nous fîmes une catégorie distincte de l'autre or, elles paraissaient avoir été broyées à coups de marteau comme pour rendre toute reconnaissance impossible. Outre tout cela, il y avait une énorme quantité d'ornements en or massif – près de deux cents bagues ou boucles d'oreilles massives ; de belles chaînes, au nombre de trente, si j'ai bonne mémoire ; quatre-vingt-trois crucifix très grands et très lourds ; cinq encensoirs d'or d'un grand prix ; un gigantesque bol à punch en or, orné de feuilles de vigne et de figures de bacchantes largement ciselées ; deux poignées d'épées merveilleusement travaillées, et une foule d'autres articles plus petits et dont j'ai perdu le souvenir. Le poids de toutes ces valeurs dépassait 350 livres ; et dans cette estimation j'ai omis cent quatre-vingt-dix-sept montres d'or superbes, dont trois valaient chacune cinq cents dollars. Plusieurs étaient très vieilles, et sans aucune valeur comme pièces d'horlogerie, les mouvements ayant plus ou moins souffert de l'action corrosive de la terre ; mais toutes étaient magnifiquement ornées de pierreries, et les boîtes étaient d'un grand prix. Nous évaluâmes cette nuit le contenu total du coffre à un million et demi de dollars ; et, lorsque plus tard nous disposâmes des bijoux et des pierreries – après en avoir gardé quelques-uns pour notre usage personnel –, nous trouvâmes que nous avions singulièrement sous-évalué le trésor.

Lorsque nous eûmes enfin terminé notre inventaire et que notre terrible exaltation fut en grande partie apaisée, Legrand, qui voyait que je mourais d'impatience de posséder la solution de cette prodigieuse énigme, entra dans un détail complet de toutes les circonstances qui s'y rapportaient.

— Vous vous rappelez, dit-il, le soir où je vous fis passer la grossière esquisse que j'avais faite du scarabée. Vous vous souvenez aussi que je fus passablement choqué de votre insistance à me soutenir que mon dessin ressemblait à une tête de mort. La première fois que vous lâchâtes cette assertion, je crus que vous plaisantiez ; ensuite je me rappelai les taches particulières sur le dos de l'insecte, et je reconnus en moi-même que votre remarque avait en somme quelque fondement. Toutefois, votre ironie à l'endroit de mes facultés graphiques m'irritait, car on me regarde comme un artiste fort passable ; aussi, quand vous me tendîtes le morceau de parchemin, j'étais au moment de le froisser avec humeur et de le jeter dans le feu.

— Vous voulez parler du morceau de *papier*, dis-je.

— Non, cela avait toute l'apparence du papier, et, moi-même, j'avais d'abord supposé que c'en était ;

mais, quand je voulus dessiner dessus, je découvris tout de suite que c'était un morceau de parchemin très mince. Il était fort sale, vous vous le rappelez. Au moment même où j'allais le chiffonner, mes yeux tombèrent sur le dessin que vous aviez regardé, et vous pouvez concevoir quel fut mon étonnement quand j'aperçus l'image positive d'une tête de mort à l'endroit même où j'avais cru dessiner un scarabée. Pendant un moment, je me sentis trop étourdi pour penser avec rectitude. Je savais que mon croquis différait de ce nouveau dessin par tous ses détails, bien qu'il y eût une certaine analogie dans le contour général. Je pris alors une chandelle, et, m'asseyant à l'autre bout de la chambre, je procédai à une analyse plus attentive du parchemin. En le retournant, je vis ma propre esquisse sur le revers, juste comme je l'avais faite. Ma première impression fut simplement de la surprise ; il y avait une analogie réellement remarquable dans le contour, et c'était une coïncidence singulière que ce fait de l'image d'un crâne, inconnue à moi, occupant l'autre côté du parchemin immédiatement au-dessous de mon dessin du scarabée – et d'un crâne qui ressemblait si exactement à mon dessin, non seulement par le contour, mais aussi par la dimension. Je dis que la singularité de cette coïncidence me stupéfia positivement pour un instant. C'est l'effet ordinaire de ces sortes de coïncidences. L'esprit s'efforce d'établir un rapport, une liaison de cause à effet, et, se trouvant impuissant à y réussir, subit une espèce de paralysie momentanée. Mais, quand je revins de cette stupeur, je sentis luire en moi par degrés une conviction qui me frappa bien autrement encore que cette coïncidence. Je commençai à me rappeler distinctement, positivement, qu'il n'y avait aucun dessin sur le parchemin quand j'y fis mon croquis du scarabée. J'en acquis la parfaite certitude ; car je me souvins de l'avoir tourné et retourné en cherchant l'endroit le plus propre. Si le crâne avait été visible, je l'aurais infailliblement remarqué. Il y avait réellement là un mystère que je me sentais incapable de débrouiller ; mais, dès ce moment même, il me sembla voir prématurément poindre une faible lueur dans les régions les plus profondes et les plus secrètes de mon entendement, une espèce de ver luisant intellectuel, une conception embryonnaire de la vérité, dont notre aventure de l'autre nuit nous a fourni une si splendide démonstration. Je me levai décidément, et serrant soigneusement le parchemin, je renvoyai toute réflexion ultérieure jusqu'au moment où je pourrais être seul.

« Quand vous fûtes parti et quand Jupiter fut bien endormi, je me livrai à une investigation un peu plus méthodique de la chose. Et d'abord je voulus comprendre de quelle manière ce parchemin était tombé dans mes mains. L'endroit où nous découvrîmes le scarabée était sur la côte du continent, à un mille environ à l'est de l'île, mais à une petite distance au-dessus du niveau de la marée haute. Quand je m'en emparai, il me mordit cruellement, et je le lâchai. Jupiter, avec sa prudence accoutumée, avant de prendre l'insecte, qui s'était envolé de son côté, chercha autour de lui une feuille ou quelque chose d'analogue, avec quoi il pût s'en emparer. Ce fut en ce moment que ses yeux et les miens tombèrent sur le morceau de parchemin, que je pris alors pour du papier. Il était à moitié enfoncé dans le sable, avec un coin en l'air. Près de l'endroit où nous le trouvâmes, j'observai les restes d'une coque de grande embarcation, autant du moins que j'en pus juger. Ces débris de naufrage étaient là probablement depuis bien longtemps, car à peine pouvait-on y retrouver la physionomie d'une charpente de bateau.

« Jupiter ramassa donc le parchemin, enveloppa l'insecte et me le donna. Peu de temps après, nous reprîmes le chemin de la hutte, et nous rencontrâmes le lieutenant G… Je lui montrai l'insecte, et il me pria de lui permettre de l'emporter au fort. J'y consentis, et il le fourra dans la poche de son gilet sans le parchemin qui lui servait d'enveloppe, et que je tenais toujours à la main pendant qu'il examinait le scarabée. Peut-être eut-il peur que je ne changeasse d'avis, et jugea-t-il prudent de s'assurer d'abord de sa prise ; vous savez qu'il est fou d'histoire naturelle et de tout ce qui s'y rattache. Il est évident qu'alors, sans y penser, j'ai remis le parchemin dans ma poche.

« Vous vous rappelez que, lorsque je m'assis à la table pour faire un croquis du scarabée, je ne trouvai pas de papier à l'endroit où on le met ordinairement. Je regardai dans le tiroir, il n'y en avait point. Je cherchai dans mes poches, espérant trouver une vieille lettre, quand mes doigts rencontrèrent le parchemin. Je vous détaille minutieusement toute la série de circonstances qui l'ont jeté dans mes mains ; car toutes ces circonstances ont singulièrement frappé mon esprit.

« Sans aucun doute, vous me considérerez comme un rêveur – mais j'avais déjà établi une espèce de connexion. J'avais uni deux anneaux d'une grande chaîne. Un bateau échoué à la côte, et non loin de ce bateau un parchemin – *non pas un papier* – portant l'image d'un crâne. Vous allez naturellement me demander où est le rapport ? Je répondrai que le crâne ou la tête de mort est l'emblème bien connu des pirates. Ils ont toujours, dans tous leurs engagements, hissé le pavillon à tête de mort.

« Je vous ai dit que c'était un morceau de parchemin et non pas de papier. Le parchemin est une chose durable, presque impérissable. On confie rarement au parchemin des documents d'une minime importance, puisqu'il répond beaucoup moins bien que le papier aux besoins ordinaires de l'écriture et du dessin. Cette réflexion m'induisit à penser qu'il devait y avoir dans la tête de mort quelque rapport, quelque sens singulier. Je ne faillis pas non plus à remarquer la forme du parchemin. Bien que l'un des coins eût été détruit par quelque accident, on voyait bien que la forme primitive était oblongue. C'était donc une de ces bandes qu'on choisit pour écrire, pour consigner un document important, une note qu'on veut conserver longtemps et soigneusement.

— Mais, interrompis-je, vous dites que le crâne n'était pas sur le parchemin quand vous y dessinâtes le scarabée. Comment donc pouvez-vous établir un rapport entre le bateau et le crâne, puisque ce dernier, d'après votre propre aveu, a dû être dessiné – Dieu sait comment ou par qui ! – postérieurement à votre dessin du scarabée ?

— Ah ! c'est là-dessus que roule tout le mystère ; bien que j'aie eu comparativement peu de peine à résoudre ce point de l'énigme. Ma marche était sûre, et ne pouvait me conduire qu'à un seul résultat. Je raisonnais ainsi, par exemple : quand je dessinai mon scarabée, il n'y avait pas trace de crâne sur le parchemin ; quand j'eus fini mon dessin, je vous le fis passer, et je ne vous perdis pas de vue que vous ne me l'eussiez rendu. Conséquemment ce n'était pas vous qui aviez dessiné le crâne, et il n'y avait là aucune autre personne pour le faire. Il n'avait donc pas été créé par l'action humaine ; et cependant, il était là, sous mes yeux !

« Arrivé à ce point de mes réflexions, je m'appliquai à me rappeler et je me rappelai en effet, et avec une parfaite exactitude, tous les incidents survenus dans l'intervalle en question. La température était froide – oh ! l'heureux, le rare accident ! – et un bon feu flambait dans la cheminée. J'étais suffisamment réchauffé par l'exercice, et je m'assis près de la table. Vous, cependant, vous aviez tourné votre chaise tout près de la cheminée. Juste au moment où je vous mis le parchemin dans la main, et comme vous alliez l'examiner, Wolf, mon terre-neuve, entra et vous sauta sur les épaules. Vous le caressiez avec la main gauche, et vous cherchiez à l'écarter, en laissant tomber nonchalamment votre main droite, celle qui tenait le parchemin, entre vos genoux et tout près du feu. Je crus un moment que la flamme allait l'atteindre, et j'allais vous dire de prendre garde ; mais avant que j'eusse parlé vous l'aviez retiré, et vous vous étiez mis à l'examiner. Quand j'eus bien considéré toutes ces circonstances, je ne doutai pas un instant que la chaleur n'eût été l'agent qui avait fait apparaître sur le parchemin le crâne dont je voyais l'image. Vous savez bien qu'il y a – il y en a eu de tout temps – des préparations chimiques, au moyen desquelles on peut écrire sur du papier ou sur du vélin des caractères qui ne deviennent visibles que lorsqu'ils sont soumis à l'action du feu.

On emploie quelquefois le safre, digéré dans l'eau régale et délayé dans quatre fois son poids d'eau ; il en résulte une teinte verte. Le régule de cobalt, dissous dans l'esprit de nitre, donne une couleur rouge. Ces couleurs disparaissent plus ou moins longtemps après que la substance sur laquelle on a écrit s'est refroidie, mais reparaissent à volonté par application nouvelle de la chaleur.

« J'examinai alors la tête de mort avec le plus grand soin. Les contours extérieurs, c'est-à-dire les plus rapprochés du bord du vélin, étaient beaucoup plus distincts que les autres. Évidemment l'action du calorique avait été imparfaite ou inégale. J'allumai immédiatement du feu, et je soumis chaque partie du parchemin à une chaleur brûlante. D'abord, cela n'eut d'autre effet que de renforcer les lignes un peu pâles du crâne ; mais, en continuant l'expérience, je vis apparaître, dans un coin de la bande, au coin diagonalement opposé à celui où était tracée la tête de mort, une figure que je supposai d'abord être celle d'une chèvre. Mais un examen plus attentif me convainquit qu'on avait voulu représenter un chevreau.

— Ah ! ah ! dis-je, je n'ai certes pas le droit de me moquer de vous – un million et demi de dollars ! c'est chose trop sérieuse pour qu'on en plaisante – mais vous n'allez pas ajouter un troisième anneau à votre chaîne ; vous ne trouverez aucun rapport spécial entre vos pirates et une chèvre ; les pirates, vous le savez, n'ont rien à faire avec les chèvres. Cela regarde les fermiers.

— Mais je viens de vous dire que l'image n'était pas celle d'une chèvre.

— Bon ! va pour un chevreau ; c'est presque la même chose.

— Presque, mais pas tout à fait, dit Legrand. Vous avez entendu parler peut-être d'un certain capitaine Kidd. Je considérai tout de suite la figure de cet animal comme une espèce de signature logogriphique ou hiéroglyphique (*kid*, chevreau). Je dis signature, parce que la place qu'elle occupait sur le vélin suggérait naturellement cette idée. Quant à la tête de mort placée au coin diagonalement opposé, elle avait l'air d'un sceau, d'une estampille. Mais je fus cruellement déconcerté par l'absence du reste – du corps même de mon document rêvé – du texte de mon contexte.

— Je présume que vous espériez trouver une lettre entre le timbre et la signature.

— Quelque chose comme cela. Le fait est que je me sentais comme irrésistiblement pénétré du pressentiment d'une immense bonne fortune imminente. Pourquoi ? je ne saurais trop le dire. Après tout, peut-être était-ce plutôt un désir qu'une croyance positive ; mais croiriez-vous que le dire absurde de Jupiter, que le scarabée était en or massif, a eu une influence remarquable sur mon imagination ? Et puis cette série d'accidents et de coïncidences était vraiment si extraordinaire ! Avez-vous remarqué tout ce qu'il y a de fortuit là-dedans ? Il a fallu que tous ces événements arrivassent le seul jour de toute l'année où il a fait, où il a pu faire assez froid pour nécessiter du feu ; et, sans ce feu et sans l'intervention du chien au moment précis où il a paru, je n'aurais jamais eu connaissance de la tête de mort et n'aurais jamais possédé ce trésor.

— Allez, allez, je suis sur des charbons.

— Eh bien, vous avez donc connaissance d'une foule d'histoires qui courent, de mille rumeurs vagues relatives aux trésors enfouis quelque part sur la côte de l'Atlantique, par Kidd et ses associés ? En somme, tous ces bruits devaient avoir quelque fondement. Et si ces bruits duraient depuis si longtemps et avec tant de persistance, cela ne pouvait, selon moi, tenir qu'à un fait, c'est que le trésor enfoui était resté enfoui. Si Kidd avait caché son butin pendant un certain temps et l'avait ensuite repris, ces rumeurs ne seraient pas sans doute venues jusqu'à nous sous leur forme actuelle et invariable. Remarquez que les histoires en question roulent toujours sur des chercheurs et jamais sur des trouveurs de trésors. Si le pirate avait repris son argent, l'affaire en serait restée là. Il me semblait que quelque accident, par exemple la perte de la note qui indiquait l'endroit précis, avait dû le priver des moyens de le recouvrer. Je supposais que cet accident était arrivé à la connaissance de ses compagnons, qui autrement n'auraient jamais su qu'un trésor avait été enfoui, et qui, par leurs recherches infructueuses, sans guide et sans notes positives, avaient donné naissance à cette rumeur universelle et à ces légendes aujourd'hui si communes. Avez-vous jamais entendu parler d'un trésor important qu'on aurait déterré sur la côte ?

— Jamais.

— Or, il est notoire que Kidd avait accumulé d'immenses richesses. Je considérais donc comme chose sûre que la terre les gardait encore ; et vous ne vous étonnerez pas quand je vous dirai que je sentais en moi une espérance, une espérance qui montait presque à la certitude – c'est que le parchemin, si singulièrement trouvé, contiendrait l'indication disparue du lieu où avait été fait le dépôt.

— Mais comment avez-vous procédé ?

— J'exposai de nouveau le vélin au feu, après avoir augmenté la chaleur ; mais rien ne parut. Je pensai que la couche de crasse pouvait bien être pour quelque chose dans cet insuccès ; aussi je nettoyai soigneusement le parchemin en versant de l'eau chaude dessus, puis je le plaçai dans une casserole de fer-blanc, le crâne en dessous, et je posai la casserole sur un réchaud de charbons allumés. Au bout de quelques minutes, la casserole étant parfaitement chauffée, je retirai la bande de vélin, et je m'aperçus, avec une joie inexprimable, qu'elle était mouchetée en plusieurs endroits de signes qui ressemblaient à des chiffres rangés en lignes. Je replaçai la chose dans la casserole, je l'y laissai encore une minute, et, quand je l'en retirai, elle était juste comme vous allez la voir.

Ici, Legrand, ayant de nouveau chauffé le vélin, le soumit à mon examen. Les caractères suivants apparaissaient en rouge, grossièrement tracés entre la tête de mort et le chevreau.

53 ǂ ǂ + 305))6*; 4826)4 ǂ .)4 ǂ); 806* ; 48 + 8q
60))85 ; 1 ǂ (;: ǂ *8 + 83(88)5* + ; 46(;88*96* ?; 8)*
ǂ (;485);5* + 2:* ǂ (; 4956*2(5* – 4)8q8*;4069285););)6
+ 8)4 ǂ ǂ ;1(ǂ 9;48081;8:8 ǂ 1; 48+85 ; 4)485 +
528806*81 (ǂ 9;48;(88 ; 4(ǂ ? 34;48)4 ǂ ; 161, : 188 ;
ǂ ?;

— Mais, dis-je, en lui tendant la bande de vélin, je n'y vois pas plus clair. Si tous les trésors de Golconde devaient être pour moi le prix de la solution de cette énigme, je serais parfaitement sûr de ne pas les gagner.

— Et cependant, dit Legrand, la solution n'est certainement pas aussi difficile qu'on se l'imaginerait au premier coup d'œil. Ces caractères, comme chacun pourrait le deviner facilement, forment un chiffre, c'est-à-dire qu'ils présentent un sens ; mais, d'après ce que nous savons de Kidd, je ne devais pas le supposer capable de fabriquer un échantillon de cryptographie bien abstruse. Je jugeai donc tout d'abord que celui-ci était d'une espèce simple – tel cependant qu'à l'intelligence grossière du marin il dût paraître absolument insoluble sans la clef.

— Et vous l'avez résolu, vraiment ?

— Très aisément ; j'en ai résolu d'autres dix mille fois plus compliqués. Les circonstances et une certaine inclination d'esprit m'ont amené à prendre intérêt à ces sortes d'énigmes, et il est vraiment douteux que l'ingéniosité humaine puisse créer une énigme de ce genre dont l'ingéniosité humaine ne vienne à bout par une application suffisante. Aussi, une fois que j'eus réussi à établir une série de caractères lisibles, je daignai à peine songer à la difficulté d'en dégager la signification.

« Dans le cas actuel – et, en somme, dans tous les cas d'écriture secrète –, la première question à vider, c'est la *langue* du chiffre : car les principes de solution, particulièrement quand il s'agit des chiffres les plus simples, dépendent du génie de chaque idiome, et peuvent être modifiés. En général, il n'y a pas d'autre moyen que d'essayer successivement, en se dirigeant suivant les probabilités, toutes les langues qui vous sont connues jusqu'à ce que vous ayez trouvé la bonne. Mais, dans le chiffre qui nous occupe, toute difficulté à cet égard était résolue par la signature. Le rébus sur le mot *Kidd* n'est possible que dans la langue anglaise. Sans cette circonstance, j'aurais commencé mes essais par l'espagnol et le français, comme étant les langues dans lesquelles un pirate des mers espagnoles avait dû le plus naturellement enfermer un secret de cette nature. Mais, dans le cas actuel, je présumai que le cryptogramme était anglais.

« Vous remarquez qu'il n'y a pas d'espaces entre les mots. S'il y avait eu des espaces, la tâche eût été singulièrement plus facile. Dans ce cas, j'aurais commencé par faire une collation et une analyse des mots les plus courts, et, si j'avais trouvé, comme cela est toujours probable, un mot d'une seule lettre, *a* ou *I* (un, je) par exemple, j'aurais considéré la solution comme assurée. Mais, puisqu'il n'y avait pas d'espaces, mon premier devoir était de relever les lettres prédominantes, ainsi que celles qui se rencontraient le plus rarement. Je les comptai toutes, et je dressai la table que voici :

Le caractère		8	se trouve	33	fois.
»		;	»	26	»
»		4	»	19	»
»	‡ et	)	»	16	»
»		*	»	13	»
»		5	»	12	»
»		6	»	11	»
»	+ et	1	»	8	»
»		0	»	6	»
»	9 et	2	»	5	»

»	: et	3	»	4	»
»		?	»	3	»
»		q	»	2	»
»	– et	.	»	1	»

« Or, la lettre qui se rencontre le plus fréquemment en anglais est *e*. Les autres lettres se succèdent dans cet ordre : *a o i d h n r s t u y c f g l m w b k p q x z*. *E* prédomine si singulièrement qu'il est très rare de trouver une phrase d'une certaine longueur dont il ne soit pas le caractère principal.

« Nous avons donc, tout en commençant, une base d'opérations qui donne quelque chose de mieux qu'une conjecture. L'usage général qu'on peut faire de cette table est évident ; mais, pour ce chiffre particulier, nous ne nous en servirons que très médiocrement. Puisque notre caractère dominant est *8*, nous commencerons par le prendre pour l'*e* de l'alphabet naturel. Pour vérifier cette supposition, voyons si le *8* se rencontre souvent double ; car l'*e* se redouble très fréquemment en anglais, comme par exemple dans les mots : *meet*, *fleet*, *speed*, *seen*, *been*, *agree*, etc. Or, dans le cas présent, nous voyons qu'il n'est pas redoublé moins de cinq fois, bien que le cryptogramme soit très court.

« Donc *8* représentera *e*. Maintenant, de tous les mots de la langue, *the* est le plus usité ; conséquemment, il nous faut voir si nous ne trouverons pas répétée plusieurs fois la même combinaison de trois caractères, ce *8* étant le dernier des trois. Si nous trouvons des répétitions de ce genre, elles représenteront très probablement le mot *the*. Vérification faite, nous n'en trouvons pas moins de 7 ; et les caractères sont *; 48*. Nous pouvons donc supposer que *;* représente *t*, que 4 représente *h*, et que *8* représente *e* – la valeur du dernier se trouvant ainsi confirmée de nouveau. Il y a maintenant un grand pas de fait.

« Nous n'avons déterminé qu'un mot, mais ce seul mot nous permet d'établir un point beaucoup plus important, c'est-à-dire les commencements et les terminaisons d'autres mots. Voyons, par exemple, l'avant-dernier cas où se présente la combinaison *; 48*, presque à la fin du chiffre. Nous savons que le *;* qui vient immédiatement après est le commencement d'un mot, et, des six caractères qui suivent ce *the*, nous n'en connaissons pas moins de cinq. Remplaçons donc ces caractères par les lettres qu'ils représentent, en laissant un espace pour l'inconnu :

t eeth.

« Nous devons tout d'abord écarter le *th* comme ne pouvant pas faire partie du mot qui commence par le premier *t*, puisque nous voyons, en essayant successivement toutes les lettres de l'alphabet pour combler la lacune, qu'il est impossible de former un mot dont ce *th* puisse faire partie. Réduisons donc nos caractères à

t ee,

et reprenant de nouveau tout l'alphabet, s'il le faut, nous concluons au mot *tree* (arbre), comme à la seule version possible. Nous gagnons ainsi une nouvelle lettre, *r*, représentée par *(*, plus deux mots juxtaposés, *the tree* (l'arbre).

« Un peu plus loin, nous retrouvons la combinaison *; 48*, et nous nous en servons comme de terminaison à ce qui précède immédiatement. Cela nous donne l'arrangement suivant :

the tree ; 4(‡? 34 *the*,

ou, en substituant les lettres naturelles aux caractères que nous connaissons,

the tree thr‡? 3*h the*.

« Maintenant, si aux caractères inconnus nous substituons des blancs ou des points, nous aurons :

the tree thr… h the,

et le mot *through* (par, à travers) se dégage pour ainsi dire de lui-même. Mais cette découverte nous donne trois lettres de plus, *o*, *u* et *g*, représentées par ‡, *?* et *3*.

« Maintenant, cherchons attentivement dans le cryptogramme des combinaisons de caractères connus, et nous trouverons, non loin du commencement, l'arrangement suivant :

83(88, ou *egree*,

qui est évidemment la terminaison du mot *degree* (degré), et qui nous livre encore une lettre *d*, représentée par +.

« Quatre lettres plus loin que ce mot *degree*, nous trouvons la combinaison :

;46(;88,

dont nous traduisons les caractères connus et représentons l'inconnu par un point ; cela nous donne :

th. rtee,

arrangement qui nous suggère immédiatement le mot *thirteen* (treize), et nous fournit deux lettres nouvelles, *i* et *n*, représentées par *6* et *.

« Reportons-nous maintenant au commencement du cryptogramme, nous trouvons la combinaison :

53 ‡ ‡ + .

« Traduisant comme nous avons déjà fait, nous obtenons :

. *good*,

ce qui nous montre que la première lettre est un *a*, et que les deux premiers mots sont *a good* (un bon, une bonne).

« Il serait temps maintenant, pour éviter toute confusion, de disposer toutes nos découvertes sous forme de table. Cela nous fera un commencement de clef :

5	représente	*a*
+	»	*d*
8	»	*e*
3	»	*g*
4	»	*h*
6	»	*i*
*	»	*n*

‡	»	*o*
(	»	*r*
;	»	*t*
?	»	*u*

« Ainsi, nous n'avons pas moins de onze des lettres les plus importantes, et il est inutile que nous poursuivions la solution à travers tous ses détails. Je vous en ai dit assez pour vous convaincre que des chiffres de cette nature sont faciles à résoudre, et pour vous donner un aperçu de l'analyse raisonnée qui sert à les débrouiller. Mais tenez pour certain que le spécimen que nous avons sous les yeux appartient à la catégorie la plus simple de la cryptographie. Il ne me reste plus qu'à vous donner la traduction complète du document, comme si nous avions déchiffré successivement tous les caractères. La voici :

« *A good glass in the bishop's hostel in the devil's seat forty-one degrees and thirteen minutes north-east and by north main branch seventh limb east side shoot from the left eye of the death's-head a bee line from the tree through the shot fifty feet out.*

(Un bon verre dans l'hostel de l'évêque dans la chaise du diable quarante et un degrés et treize minutes nord-est quart de nord principale tige septième branche côté est lâchez de l'œil gauche de la tête de mort une ligne d'abeille de l'arbre à travers la balle cinquante pieds au large.)

— Mais, dis-je, l'énigme me paraît d'une qualité tout aussi désagréable qu'auparavant. Comment peut-on tirer un sens quelconque de tout ce jargon de *chaise du diable*, de *tête de mort* et d'*hostel de l'évêque* ?

— Je conviens, répliqua Legrand, que l'affaire a l'air encore passablement sérieux, quand on y jette un simple coup d'œil. Mon premier soin fut d'essayer de retrouver dans la phrase les divisions naturelles qui étaient dans l'esprit de celui qui l'écrivit.

— De la ponctuer, voulez-vous dire ?

— Quelque chose comme cela.

— Mais comment diable avez-vous fait ?

— Je réfléchis que l'écrivain s'était fait une loi d'assembler les mots sans aucune division, espérant rendre ainsi la solution plus difficile. Or, un homme qui n'est pas excessivement fin sera presque toujours enclin, dans une pareille tentative, à dépasser la mesure. Quand, dans le cours de sa composition, il arrive à une interruption de sens qui demanderait naturellement une pause ou un point, il est fatalement porté à serrer les caractères plus que d'habitude. Examinez ce manuscrit, et vous découvrirez facilement cinq endroits de ce genre où il y a pour ainsi dire encombrement de caractères. En me dirigeant d'après cet indice j'établis la division suivante :

A good glass in the bishop's hostel in the devil's seat – forty-one degrees and thirteen minutes – north-east and by north – main branch seventh limb east side – shoot from the left eye of the death's-head – a bee line from the tree through the shot fifty feet out.

(Un bon verre dans l'hostel de l'évêque dans la chaise du diable – quarante et un degrés et treize minutes – nord-est quart de nord – principale tige septième branche côté est – lâchez de l'œil gauche de la tête de mort – une ligne d'abeille de l'arbre à travers la balle cinquante pieds au large.)

— Malgré votre division, dis-je, je reste toujours dans les ténèbres.

— J'y restai moi-même pendant quelques jours, répliqua Legrand. Pendant ce temps, je fis force recherches dans le voisinage de l'île de Sullivan sur un bâtiment qui devait s'appeler l'*Hôtel de l'Évêque*, car je ne m'inquiétai pas de la vieille orthographe du mot *hostel*. N'ayant trouvé aucun renseignement à ce sujet, j'étais sur le point d'étendre la sphère de mes recherches et de procéder d'une manière plus systématique, quand, un matin, je m'avisai tout à coup que ce *Bishop's hostel* pouvait bien avoir rapport à une vieille famille du nom de Bessop, qui, de temps immémorial, était en possession d'un ancien manoir à quatre milles environ au nord de l'île. J'allai donc à la plantation, et je recommençai mes questions parmi les plus vieux nègres de l'endroit. Enfin, une des femmes les plus âgées me dit qu'elle avait entendu parler d'un endroit comme *Bessop's castle* (château de Bessop), et qu'elle croyait bien pouvoir m'y conduire, mais que ce n'était ni un château, ni une auberge, mais un grand rocher.

« Je lui offris de la bien payer pour sa peine, et, après quelque hésitation, elle consentit à m'accompagner jusqu'à l'endroit précis. Nous le découvrîmes sans trop de difficulté, je la congédiai, et commençai à examiner la localité. Le *château* consistait en un assemblage irrégulier de pics et de rochers, dont l'un était aussi remarquable par sa hauteur que par son isolement et sa configuration quasi artificielle. Je grimpai au sommet, et, là, je me sentis fort embarrassé de ce que j'avais désormais à faire.

« Pendant que j'y rêvais, mes yeux tombèrent sur une étroite saillie dans la face orientale du rocher, à un yard environ au-dessous de la pointe où j'étais placé. Cette saillie se projetait de dix-huit pouces à peu près, et n'avait guère plus d'un pied de large ; une niche creusée dans le pic juste au-dessus lui donnait une grossière ressemblance avec les chaises à dos concave dont se servaient nos ancêtres. Je ne doutai pas que ce ne fût la *chaise du diable* dont il était fait mention dans le manuscrit, et il me sembla que je tenais désormais tout le secret de l'énigme.

« Le *bon verre*, je le savais, ne pouvait pas désigner autre chose qu'une longue-vue ; car nos marins emploient rarement le mot *glass* dans un autre sens. Je compris tout de suite qu'il fallait ici se servir d'une longue-vue, en se plaçant à un point de vue défini et *n'admettant aucune variation*. Or, les phrases : *quarante et un degrés et treize minutes*, et *nord-est quart de nord* – je n'hésitai pas un instant à le croire – devaient donner la direction pour pointer la longue-vue. Fortement remué par toutes ces découvertes, je me précipitai chez moi, je me procurai une longue-vue, et je retournai au rocher.

« Je me laissai glisser sur la corniche, et je m'aperçus qu'on ne pouvait s'y tenir assis que dans une certaine position. Ce fait confirma ma conjecture. Je pensai alors à me servir de la longue-vue. Naturellement, les *quarante et un degrés et treize minutes* ne pouvaient avoir trait qu'à l'élévation au-dessus de l'horizon sensible, puisque la direction horizontale était clairement indiquée par les mots *nord-est quart de nord*. J'établis cette direction au moyen d'une boussole de poche ; puis, pointant, aussi juste que possible par approximation, ma longue-vue à un angle de quarante et un degrés d'élévation, je la fis mouvoir avec précaution de haut en bas et de bas en haut, jusqu'à ce que mon attention fût arrêtée par une espèce de trou circulaire ou de lucarne dans le feuillage d'un grand arbre qui dominait tous ses voisins dans l'étendue visible. Au centre de ce trou, j'aperçus un point blanc, mais je ne pus pas tout d'abord distinguer ce que c'était. Après avoir ajusté le foyer de ma longue-vue, je regardai de nouveau, et je m'assurai enfin que c'était un crâne humain.

« Après cette découverte qui me combla de confiance, je considérai l'énigme comme résolue ; car la phrase : *principale tige, septième branche, côté est*, ne pouvait avoir trait qu'à la position du crâne sur l'arbre, et celle-ci : *lâchez de l'œil gauche de la tête de mort*, n'admettait aussi qu'une interprétation, puisqu'il s'agissait de la recherche d'un trésor enfoui. Je compris qu'il fallait laisser tomber une balle de l'œil gauche du crâne, et qu'*une ligne d'abeille*, ou, en d'autres termes, une ligne droite, partant du point le plus rapproché du tronc, et s'étendant, *à travers la balle*, c'est-à-dire à travers le point où tomberait la balle, indiquerait l'endroit précis – et sous cet endroit je jugeai qu'il était pour le moins possible qu'un dépôt précieux fût encore enfoui.

— Tout cela, dis-je, est excessivement clair, et tout à la fois ingénieux, simple et explicite. Et, quand vous eûtes quitté l'*hôtel de l'Évêque*, que fîtes-vous ?

— Mais, ayant soigneusement noté mon arbre, sa forme et sa position, je retournai chez moi. À peine eus-je quitté *la chaise du diable*, que le trou circulaire disparut, et, de quelque côté que je me tournasse, il me fut désormais impossible de l'apercevoir. Ce qui me paraît le chef-d'œuvre de l'ingéniosité dans toute cette affaire, c'est ce fait (car j'ai répété l'expérience et me suis convaincu que c'est un fait) que l'ouverture circulaire en question n'est visible que d'un seul point, et cet unique point de vue, c'est l'étroite corniche sur le flanc du rocher.

« Dans cette expédition à l'*hôtel de l'Évêque* j'avais été suivi par Jupiter, qui observait sans doute depuis quelques semaines mon air préoccupé, et mettait un soin particulier à ne pas me laisser seul. Mais, le jour suivant, je me levai de très grand matin, je réussis à lui échapper, et je courus dans les montagnes à la recherche de mon arbre. J'eus beaucoup de peine à le trouver. Quand je revins chez moi à la nuit, mon domestique se disposait à me donner la bastonnade. Quant au reste de l'aventure, vous êtes, je présume, aussi bien renseigné que moi.

— Je suppose, dis-je, que, lors de nos premières fouilles, vous aviez manqué l'endroit par suite de la bêtise de Jupiter, qui laissa tomber le scarabée par l'œil droit du crâne au lieu de le laisser filer par l'œil gauche.

— Précisément. Cette méprise faisait une différence de deux pouces et demi environ relativement à *la balle*, c'est-à-dire à la position de la cheville près de l'arbre ; si le trésor avait été sous l'endroit marqué par *la balle*, cette erreur eût été sans importance ; mais *la balle* et le point le plus rapproché de l'arbre étaient deux points ne servant qu'à établir une ligne de direction ; naturellement, l'erreur, fort minime au commencement, augmentait en proportion de la longueur de la ligne, et, quand nous fûmes arrivés à une distance de cinquante pieds, elle nous avait totalement dévoyés. Sans l'idée fixe dont j'étais possédé, qu'il y avait positivement là, quelque part, un trésor enfoui, nous aurions peut-être bien perdu toutes nos peines.

— Mais votre emphase, vos attitudes solennelles, en balançant le scarabée ! – quelles bizarreries ! Je vous croyais positivement fou. Et pourquoi avez-vous absolument voulu laisser tomber du crâne votre insecte, au lieu d'une balle ?

— Ma foi ! pour être franc, je vous avouerai que je me sentais quelque peu vexé par vos soupçons relativement à l'état de mon esprit, et je résolus de vous punir tranquillement, à ma manière, par un petit brin de mystification froide. Voilà pourquoi je balançais le scarabée, et voilà pourquoi je voulus le faire tomber du haut de l'arbre. Une observation que vous fîtes sur son poids singulier me suggéra cette dernière idée.

— Oui, je comprends ; et maintenant il n'y a plus qu'un point qui m'embarrasse. Que dirons-nous des squelettes trouvés dans le trou ?

— Ah ! c'est une question à laquelle je ne saurais pas mieux répondre que vous. Je ne vois qu'une manière plausible de l'expliquer – et mon hypothèse implique une atrocité telle que cela est horrible à croire. Il est clair que Kidd – si c'est bien Kidd qui a enfoui le trésor, ce dont je ne doute pas, pour mon compte – il est clair que Kidd a dû se faire aider dans son travail. Mais, la besogne finie, il a pu juger convenable de faire disparaître tous ceux qui possédaient son secret. Deux bons coups de pioche ont peut-être suffi, pendant que ses aides étaient encore occupés dans la fosse ; il en a peut-être fallu une douzaine. Qui nous le dira ?

Le Canard au ballon

Étonnantes nouvelles par exprès, via Norfolk ! – L'Atlantique traversée en trois jours !! – Triomphe signalé de la machine volante de M. Monck Mason !!! – Arrivée à l'île de Sullivan, près Charleston, S. C., de MM. Mason, Robert Holland, Henson, Harrison Ainsworth, et de quatre autres personnes, par le ballon dirigeable *Victoria*, après une traversée de soixante-cinq heures d'un continent à l'autre !!! – Détails circonstanciés du voyage !!!!!

Le jeu d'esprit ci-dessous, avec l'en-tête qui précède en magnifiques capitales, soigneusement émaillé de points d'admiration, fut publié primitivement, comme un fait positif, dans le *New York Sun*, feuille périodique, et y remplit complètement le but de fournir un aliment indigeste aux insatiables badauds durant les quelques heures d'intervalle entre deux courriers de Charleston. La cohue qui se fit pour se disputer *le seul journal qui eût les nouvelles* fut quelque chose qui dépasse même le prodige ; et, en somme, si, comme quelques-uns l'affirment, le *Victoria* n'a pas absolument accompli la traversée en question, il serait difficile de trouver une raison quelconque qui l'eût empêché de l'accomplir.

Le grand problème est à la fin résolu ! L'air, aussi bien que la Terre et l'Océan, a été conquis par la science, et deviendra pour l'humanité une grande voie commune et commode. L'Atlantique vient d'être traversé en ballon ! et cela, sans trop de difficultés – sans grand danger apparent –, avec une machine dont on est absolument maître, et dans l'espace inconcevablement court de soixante-cinq heures d'un continent à l'autre ! Grâce à l'activité d'un correspondant de Charleston, nous sommes en mesure de donner les premiers au public un récit détaillé de cet extraordinaire voyage, qui a été accompli – du samedi 6 du courant, à quatre heures du matin, au mardi 9 du courant, à deux heures de l'après-midi – par sir Everard Bringhurst, M. Osborne, un neveu de lord Bentinck, MM. Monck Mason et Robert Holland, les célèbres aéronautes, M. Harrison Ainsworth, auteur de *Jack Sheppard*, etc., M. Henson, inventeur du malheureux projet de la dernière machine volante – et deux marins de Woolwich –, en tout huit personnes. Les détails fournis ci-dessous peuvent être considérés comme parfaitement authentiques et exacts sous tous les rapports, puisqu'ils sont, à une légère exception près, copiés mot à mot d'après les journaux réunis de MM. Monck Mason et Harrison Ainsworth, à la politesse desquels notre agent doit également bon nombre d'explications verbales relativement au ballon lui-même, à sa construction, et à d'autres matières d'un haut intérêt. La seule altération dans le manuscrit communiqué a été faite dans le but de donner au récif hâtif de notre agent, M. Forsyth, une forme suivie et intelligible.

Le ballon

Deux insuccès notoires et récents – ceux de M. Henson et de sir George Cayley – avaient beaucoup amorti l'intérêt du public relativement à la navigation aérienne. Le plan de M. Henson (qui fut d'abord considéré comme très praticable, même par les hommes de science) était fondé sur le principe d'un plan incliné, lancé d'une hauteur par une force intrinsèque créée et continuée par la rotation de palettes semblables, en forme et en nombre, aux ailes d'un moulin à vent. Mais, dans toutes les expériences qui furent faites avec des modèles à l'*Adelaide-Gallery*, il se trouva que l'opération de ces ailes, non seulement ne faisait pas avancer la machine, mais empêchait positivement son vol.

La seule force propulsive qu'elle ait jamais montrée fut le simple mouvement acquis par la descente du plan incliné ; et ce mouvement portait la machine plus loin quand les palettes étaient au repos que quand elles fonctionnaient – fait qui démontrait suffisamment leur inutilité ; et, en l'absence du propulseur, qui lui servait en même temps d'appui, toute la machine devait nécessairement descendre vers le sol. Cette considération induisit sir George Cayley à ajuster un propulseur à une machine qui aurait en elle-même la force de se soutenir – en un mot, à un ballon. L'idée, néanmoins, n'était nouvelle ou originale, chez sir George, qu'en ce qui regardait le mode d'application pratique. Il exhiba un modèle de son invention à l'Institution polytechnique. La force motrice, ou principe propulseur, était, ici encore, attribuée à des surfaces non continues ou ailes tournantes. Ces ailes étaient au nombre de quatre ; mais il se trouva qu'elles étaient totalement impuissantes à mouvoir le ballon ou à aider sa force ascensionnelle. Tout le projet, dès lors, n'était plus qu'un *four* complet.

Ce fut dans cette conjoncture que M. Monck Mason (dont le voyage de Douvres à Weilburg sur le ballon *le Nassau* excita un si grand intérêt en 1837) eut l'idée d'appliquer le principe de la vis d'Archimède au projet de la navigation aérienne, attribuant judicieusement l'insuccès des plans de M. Henson et de sir George Cayley à la non-continuité des surfaces dans l'appareil des roues. Il fit sa première expérience publique à *Willis's Rooms*, puis plus tard porta son modèle à l'*Adelaide-Gallery*.

Comme le ballon de sir George Cayley, le sien était un ellipsoïde. Sa longueur était de treize pieds six pouces, sa hauteur de six pieds huit pouces. Il contenait environ trois cent vingt pieds cubes de gaz, qui, si c'était de l'hydrogène pur, pouvaient supporter vingt et une livres aussitôt après qu'il était enflé, avant que le gaz n'eût eu le temps de se détériorer ou de fuir. Le poids de toute la machine et de l'appareil était de dix-sept livres – donnant ainsi une économie de quatre livres environ. Au centre du ballon, en dessous, était une charpente de bois fort léger, longue d'environ neuf pieds, et attachée au ballon par un réseau de l'espèce ordinaire. À cette charpente était suspendue une corbeille ou nacelle d'osier.

La vis consiste en un axe formé d'un tube de cuivre creux, long de six pouces, à travers lequel, sur une spirale inclinée à un angle de quinze degrés, passe une série de rayons de fil d'acier, longs de deux pieds et se projetant d'un pied de chaque côté. Ces rayons sont réunis à leurs extrémités externes par deux lames de fil métallique aplati, le tout formant ainsi la charpente de la vis, qui est complétée par un tissu de soie huilée, coupée en pointes et tendue de manière à présenter une surface passablement lisse. Aux deux bouts de son axe, cette vis est surmontée par des montants cylindriques de cuivre descendant du cerceau. Aux bouts inférieurs de ces tubes sont des trous dans lesquels tournent les pivots de l'axe. Du bout de l'axe qui est le plus près de la nacelle part une flèche d'acier qui relie la vis à une machine à levier fixée à la nacelle. Par l'opération de ce ressort, la vis est forcée et tournée avec une grande rapidité, communiquant à l'ensemble un mouvement de progression.

Au moyen du gouvernail, la machine pouvait aisément s'orienter dans toutes les directions. Le levier était d'une grande puissance, comparativement à sa dimension, pouvant soulever un poids de quarante-cinq livres sur un cylindre de quatre pouces de diamètre après le premier tour, et davantage à mesure qu'il fonctionnait. Il pesait en tout huit livres six onces. Le gouvernail était une légère charpente de roseau recouverte de soie, façonnée à peu près comme une raquette, de trois pieds de long à peu près, et d'un pied dans sa plus grande largeur. Son poids était de deux onces environ. Il pouvait se tourner à plat et se diriger en haut et en bas, aussi bien qu'à droite et à gauche, et donner à l'aéronaute la faculté de transporter la résistance de l'air, qu'il devait, dans une position inclinée, créer sur son passage, du côté sur lequel il désirait agir, déterminant ainsi pour le ballon la direction opposée.

Ce modèle (que, faute de temps, nous avons nécessairement décrit d'une manière imparfaite) fut mis en mouvement dans l'*Adelaide-Gallery*, où il donna une vélocité de cinq milles à l'heure ; et, chose étrange à dire, il n'excita qu'un mince intérêt en comparaison de la précédente machine compliquée de M. Henson, – tant le monde est décidé à mépriser toute chose qui se présente avec un air de simplicité ! Pour accomplir le grand *desideratum* de la navigation aérienne, on supposait généralement l'application singulièrement compliquée de quelque principe extraordinairement profond de dynamique.

Toutefois, M. Mason était tellement satisfait du récent succès de son invention, qu'il résolut de construire immédiatement, s'il était possible, un ballon d'une capacité suffisante pour vérifier le problème par un voyage de quelque étendue – son projet primitif était de traverser la Manche comme il avait déjà fait avec le ballon *le Nassau*. Pour favoriser ses vues, il sollicita et obtint le patronage de sir Everard Bringhurst et de M. Osborne, deux gentlemen bien connus par leurs lumières scientifiques et spécialement pour l'intérêt qu'ils ont manifesté pour les progrès de l'aérostation. Le projet, selon le désir de M. Osborne, fut soigneusement caché au public – les seules personnes auxquelles il fut confié furent les personnes engagées dans la construction de la machine, qui fut établie sous la surveillance de MM. Mason, Holland, de sir Everard Bringhurst et de M. Osborne, dans l'habitation de ce dernier, près de Penstruthal, dans le pays de Galles.

M. Henson, accompagné de son ami M. Ainsworth, fut admis à examiner le ballon samedi dernier – après les derniers arrangements pris par ces messieurs pour être admis à la participation de l'entreprise. Nous ne savons pas pour quelle raison les deux marins firent aussi partie de l'expédition, mais dans un délai d'un ou deux jours nous mettrons le lecteur en possession des plus minutieux détails concernant cet extraordinaire voyage.

Le ballon est fait de soie recouverte d'un vernis de caoutchouc. Il est conçu dans de grandes proportions et contient plus de 40000 pieds cubes de gaz ; mais, comme le gaz de houille a été employé préférablement à l'hydrogène, dont la trop grande force d'expansion a des inconvénients, la puissance de l'appareil, quand il est parfaitement gonflé et aussitôt après son gonflement, n'enlève pas plus de 2500 livres environ. Non seulement le gaz de houille est moins coûteux, mais on peut se le procurer et le gouverner plus aisément.

L'introduction de ce gaz dans les procédés usuels de l'aérostation est due à M. Charles Green. Avant sa découverte, le procédé du gonflement était non seulement excessivement dispendieux, mais peu sûr. On a souvent perdu deux ou même trois jours en efforts futiles pour se procurer la quantité suffisante d'hydrogène pour un ballon d'où il avait toujours une tendance à fuir, grâce à son excessive subtilité et à son affinité pour l'atmosphère ambiante. Un ballon assez bien fait pour retenir sa contenance de gaz de houille intacte, en qualité et en quantité, pendant six mois, ne pourrait pas conserver six semaines la même quantité d'hydrogène dans une égale intégrité.

La force du support étant estimée à 2 500 livres, et les poids réunis de cinq individus seulement à 1 200 environ, il restait un surplus de 1 300, dont 1 200 étaient prises par le lest, réparti en différents sacs – dont le poids était marqué sur chacun –, par les cordages, les baromètres, les télescopes, les barils contenant des provisions pour une quinzaine, les barils d'eau, les portemanteaux, les sacs de nuit et divers autres objets indispensables, y compris une cafetière à faire bouillir le café à la chaux, pour se dispenser totalement de feu, si cela était jugé prudent. Tous ces articles, à l'exception du lest et de quelques bagatelles, étaient appendus au cerceau. La nacelle est plus légère et plus petite à proportion que celle qui la représente dans le modèle. Elle est faite d'un osier fort léger, et singulièrement forte pour une machine qui a l'air si fragile. Elle a environ quatre pieds de profondeur. Le gouvernail diffère aussi de celui du modèle en ce qu'il est beaucoup plus large, et que la vis est considérablement plus petite. Le ballon est en outre muni d'un grappin et d'un *guide-rope*, ce dernier étant de la plus indispensable utilité. Quelques mots d'explication seront nécessaires ici pour ceux de nos lecteurs qui ne sont pas versés dans les détails de l'aérostation.

Aussitôt que le ballon quitte la Terre, il est sujet à l'influence de mille circonstances qui tendent à créer une différence dans son poids, augmentant ou diminuant sa force ascensionnelle. Par exemple, il y a parfois sur la soie une masse de rosée qui peut aller à quelques centaines de livres ; il faut alors jeter du lest, sinon l'aérostat descendra. Ce lest jeté, et un bon soleil vaporisant la rosée et augmentant la force d'expansion du gaz dans la soie, le tout montera de nouveau très rapidement. Pour modérer notre ascension, le seul moyen est (ou plutôt était jusqu'au *guide-rope* inventé par M. Charles Green) la faculté de faire échapper du gaz par une soupape ; mais la perte du gaz impliquait une déperdition proportionnelle de la force d'ascension ; si bien que, dans un laps de temps comparativement très bref, le ballon le mieux construit devait nécessairement épuiser toutes ses ressources et s'abattre sur le sol. C'était là le grand obstacle aux voyages un peu longs.

Le *guide-rope* remédie à la difficulté de la manière la plus simple du monde. C'est simplement une très longue corde qu'on laisse traîner hors de la nacelle, et dont l'effet est d'empêcher le ballon de changer de niveau à un degré sensible. Si, par exemple, la soie est chargée d'humidité, et si conséquemment la machine commence à descendre, il n'y a pas nécessité de jeter du lest pour compenser l'augmentation du poids, car on y remédie ou on la neutralise, dans une proportion exacte, en déposant à terre autant de longueur de corde qu'il est nécessaire. Si, au contraire, quelques circonstances amènent une légèreté excessive et une ascension précipitée, cette légèreté sera immédiatement neutralisée par le poids additionnel de la corde qu'on ramène de terre.

Ainsi le ballon ne peut monter ou descendre que dans des proportions très petites, et ses ressources en gaz et en lest restent à peu près intactes. Quand on passe au-dessus d'une étendue d'eau, il devient nécessaire d'employer de petits barils de cuivre ou de bois remplis d'un lest liquide plus léger que l'eau. Ils flottent et remplissent l'office d'une corde sur la terre. Un autre office très important du *guide-rope* est de marquer la direction du ballon. La corde drague, pour ainsi dire, soit sur terre, soit sur mer, quand le ballon est libre ; ce dernier conséquemment, toutes les fois qu'il marche, est en avance ; ainsi, une appréciation faite, au compas, des positions des deux objets, indiquera toujours la direction. De la même façon, l'angle formé par la corde avec l'axe vertical de la machine indique la vitesse. Quand il n'y a pas d'angle, – en d'autres termes, quand la corde descend perpendiculairement, c'est que la machine est stationnaire ; mais plus l'angle est ouvert, c'est-à-dire plus le ballon est en avance sur le bout de la corde, plus grande est la vitesse – et réciproquement.

Comme le projet des voyageurs, dans le principe, était de traverser le canal de la Manche, et de descendre aussi près de Paris qu'il serait possible, ils avaient pris la précaution de se munir de passeports visés pour toutes les parties du continent, spécifiant la nature de l'expédition, comme dans le cas du voyage sur *le Nassau*, et assurant aux courageux aventuriers une dispense des formalités usuelles de bureaux ; mais des événements inattendus rendirent les passeports superflus. L'opération du gonflement commença fort tranquillement samedi matin, 6 du courant, au point du jour, dans la grande cour de Weal-Vor-House, résidence de M. Osborne, à un mille environ de Penstruthal, dans la Galles du Nord ; et, à onze heures sept minutes, tout étant prêt pour le départ, le ballon fut lâché et s'éleva doucement, mais constamment, dans une direction presque sud. On ne fit point usage, pendant la première demi-heure, de la vis ni du gouvernail.

Nous nous servons maintenant du journal, tel qu'il a été transcrit par M. Forsyth d'après les manuscrits réunis de MM. Monck Mason et Ainsworth. Le corps du journal, tel que nous le donnons, est de la main de M. Mason, et il y a été ajouté un post-scriptum ou appendice de M. Ainsworth, qui a en préparation et donnera très prochainement au public un compte rendu plus minutieux du voyage et, sans aucun doute, d'un intérêt saisissant.

Le journal

Samedi, 6 avril. – Tous les préparatifs qui pouvaient nous embarrasser ont été finis cette nuit ; nous avons commencé le gonflement ce matin au point du jour ; mais, par suite d'un brouillard épais qui chargeait d'eau les plis de la soie et la rendait peu maniable, nous ne nous sommes pas élevés avant onze heures à peu près. Alors, nous fîmes tout larguer, dans un grand enthousiasme, et nous nous élevâmes doucement, mais sans interruption, par une jolie brise du nord, qui nous porta dans la direction du canal de la Manche. Nous trouvâmes la force ascensionnelle plus forte que nous ne l'avions espéré, et, comme nous montions assez haut pour dominer toutes les falaises et nous trouver soumis à l'action plus prochaine des rayons du soleil, notre ascension devenait de plus en plus rapide. Cependant, je désirais ne pas perdre de gaz dès le commencement de notre tentative, et je résolus qu'il fallait monter pour le moment présent. Nous retirâmes bien vite à nous notre *guide-rope* ; mais, même après l'avoir absolument enlevé de terre, nous continuâmes à monter très rapidement. Le ballon marchait avec une assurance singulière et avait un aspect magnifique. Dix minutes environ après notre départ, le baromètre indiquait une hauteur de 15 000 pieds.

Le temps était remarquablement beau, et l'aspect de la campagne placée sous nos pieds – un des plus romantiques à tous les points de vue – était alors particulièrement sublime. Les gorges nombreuses et profondes présentaient l'apparence de lacs, en raison des épaisses vapeurs dont elles étaient remplies, et les hauteurs et les rochers situés au sud-est, empilés dans un inextricable chaos, ressemblaient absolument aux cités géantes de la fable orientale. Nous approchions rapidement des montagnes vers le sud ; mais notre élévation était plus que suffisante pour nous permettre de les dépasser en toute sûreté. En quelques minutes, nous planâmes au-dessus magnifiquement, et M. Ainsworth, ainsi que les marins, furent frappés de leur apparence peu élevée, vues ainsi de la nacelle ; une grande élévation en ballon ayant pour résultat de réduire les inégalités de la surface située au-dessous à un niveau presque uni. À onze heures et demie, nous dirigeant toujours vers le sud, ou à peu près, nous aperçûmes pour la première fois le canal de Bristol ; et, quinze minutes après, la ligne des brisants de la côte apparut brusquement au-dessous de nous, et nous marchâmes rondement au-dessus de la mer. Nous résolûmes alors de lâcher assez de gaz pour laisser notre *guide-rope* traîner dans l'eau avec les bouées attenantes. Cela fut fait à la minute, et nous commençâmes à descendre graduellement. Au bout de vingt minutes environ, notre première bouée toucha, et, au plongeon de la seconde, nous restâmes à une élévation fixe. Nous étions tous très inquiets de vérifier l'efficacité du gouvernail et de la vis, et nous les mîmes immédiatement en réquisition dans le but de déterminer davantage notre route vers l'est et de *mettre le cap* sur Paris.

Au moyen du gouvernail, nous effectuâmes à l'instant le changement nécessaire de direction, et notre route se trouva presque à angle droit avec le vent ; puis nous mîmes en mouvement le ressort de la vis, et nous fûmes ravis de voir qu'elle nous portait docilement dans le sens voulu. Là-dessus, nous poussâmes neuf fois un fort vivat, et nous jetâmes à la mer une bouteille qui contenait une bande de parchemin avec le bref compte rendu du principe de l'invention. Toutefois, nous en avions à peine fini avec nos manifestations de triomphe, qu'il survint un accident imprévu qui n'était pas peu propre à nous décourager.

La verge d'acier qui reliait le levier au propulseur fut soudainement jetée hors de sa place par le bout qui confinait à la nacelle (ce fut l'effet de l'inclinaison de la nacelle par suite de quelque mouvement de l'un des marins que nous avions pris avec nous) et, en un instant, se trouva suspendue et dansante hors de notre portée, loin du pivot de l'axe de la vis. Pendant que nous nous efforcions de la rattraper, et que toute notre attention y était absorbée, nous fûmes enveloppés dans un violent courant d'air de l'est qui nous porta avec une force rapide et croissante du côté de l'Atlantique.

Nous nous trouvâmes chassés en mer par une vitesse qui n'était certainement pas moins de cinquante ou de soixante milles à l'heure, si bien que nous atteignîmes le cap Clear, à quarante milles vers notre nord, avant d'avoir pu assurer la verge d'acier et d'avoir eu le temps de penser à virer de bord. Ce fut alors que M. Ainsworth fit une proposition extraordinaire, mais qui, dans mon opinion, n'était nullement déraisonnable ni chimérique, dans laquelle il fut immédiatement encouragé par M. Holland, à savoir, que nous pourrions profiter de la forte brise qui nous emportait, et tenter, au lieu de rabattre sur Paris, d'atteindre la côte du Nord-Amérique.

Après une légère réflexion, je donnai de bon gré mon assentiment à cette violente proposition, qui, chose étrange à dire, ne trouva d'objections que dans les deux marins.

Toutefois, comme nous étions la majorité, nous maîtrisâmes leurs appréhensions, et nous maintînmes résolument notre route. Nous gouvernâmes droit à l'ouest ; mais, comme le traînage des bouées faisait un obstacle matériel à notre marche, et que nous étions suffisamment maîtres du ballon, soit pour monter, soit pour descendre, nous jetâmes tout d'abord cinquante livres de lest, et nous ramenâmes, au moyen d'une manivelle, toute la corde hors de la mer. Nous constatâmes immédiatement l'effet de cette manœuvre par un prodigieux accroissement de vitesse ; et, comme la brise fraîchissait, nous filâmes avec une vélocité presque inconcevable ; le *guide-rope* s'allongeait derrière la nacelle comme un sillage de navire. Il est superflu de dire qu'il nous suffit d'un très court espace de temps pour perdre la côte de vue. Nous passâmes au-dessus d'innombrables navires de toute espèce, dont quelques-uns louvoyaient avec peine, mais dont la plupart restaient en panne. Nous causâmes à leur bord le plus grand enthousiasme – enthousiasme fortement savouré par nous-mêmes, et particulièrement par nos deux hommes, qui, maintenant, sous l'influence de quelques petits verres de genièvre, semblaient résolus à jeter au vent toutes craintes et tous scrupules. Plusieurs navires tirèrent le canon de signal ; et tous nous saluèrent par de grands vivats que nous entendions avec une netteté surprenante, et par l'agitation des chapeaux et des mouchoirs. Nous marchâmes ainsi tout le jour, sans incident matériel, et, comme les premières ombres se formaient autour de nous, nous fîmes une estimation approximative de la distance parcourue. Elle ne pouvait pas être de moins de cinq cents milles, probablement davantage. Pendant tout ce temps, le propulseur fonctionna et, sans aucun doute, aida positivement notre marche. Quand le soleil se coucha, la brise fraîchit et se transforma en une vraie tempête. Au-dessous de nous, l'Océan était parfaitement visible en raison de sa phosphorescence. Le vent souffla de l'est toute la nuit, et nous donna les plus brillants présages de succès. Nous ne souffrîmes pas peu du froid, et l'humidité de l'atmosphère nous était fort pénible ; mais la place libre dans la nacelle était assez vaste pour nous permettre de nous coucher, et, au moyen de nos manteaux et de quelques couvertures, nous nous tirâmes passablement d'affaire.

Post-scriptum (par M. Ainsworth). – Ces neuf dernières heures ont été incontestablement les plus enflammées de ma vie. Je ne peux rien concevoir de plus enthousiasmant que l'étrange péril et la nouveauté d'une pareille aventure. Dieu veuille nous donner le succès ! Je ne demande pas le succès pour le simple salut de mon insignifiante personne, mais pour l'amour de la science humaine et pour l'immensité du triomphe. Et cependant l'exploit est si évidemment faisable, que mon seul étonnement est que les hommes aient reculé jusqu'à présent devant la tentative. Qu'une simple brise comme celle qui nous favorise maintenant, qu'une pareille rafale pousse un ballon pendant quatre ou cinq jours (ces brises durent quelquefois plus longtemps), et le voyageur sera facilement porté, dans ce laps de temps, d'une rive à l'autre. Avec une pareille brise, le vaste Atlantique n'est plus qu'un lac.

Je suis plus frappé, au moment où j'écris, du silence suprême qui règne sur la mer, malgré son agitation, que d'aucun autre phénomène. Les eaux ne jettent pas de voix vers les cieux. L'immense Océan flamboyant au-dessous de nous se tord et se tourmente sans pousser une plainte. Les houles montagneuses donnent l'idée d'innombrables démons, gigantesques et muets, qui se tordaient dans une impuissante agonie. Dans une nuit telle qu'est pour moi celle-ci, un homme vit – il vit un siècle de vie ordinaire – et je ne donnerais pas ce délice ravissant pour ce siècle d'existence vulgaire.

Dimanche, 7 (manuscrit de M. Mason). – Ce matin, vers dix heures, la tempête n'était plus qu'une brise de huit ou neuf nœuds (pour un navire en mer), et elle nous fait parcourir peut-être trente milles à l'heure, peut-être davantage. Néanmoins, elle a tourné ferme vers le nord ; et, maintenant, au coucher du soleil, nous nous dirigeons droit à l'ouest, grâce surtout à la vis et au gouvernail, qui fonctionnent admirablement. Je regarde l'entreprise comme entièrement réussie, et la navigation aérienne dans toutes les directions (si ce n'est peut-être avec le vent absolument debout), comme un problème résolu. Nous n'aurions pas pu faire tête à la rude brise d'hier ; mais, en montant, nous aurions pu sortir du champ de son action, si nous en avions eu besoin. Je suis convaincu qu'avec notre propulseur nous pourrions marcher contre une jolie brise carabinée. Aujourd'hui, à midi, nous nous sommes élevés à une hauteur de 25 000 pieds, en jetant du lest. Nous avons agi ainsi pour chercher un courant plus direct, mais nous n'en avons pas trouvé de plus favorable que celui dans lequel nous sommes à présent. Nous avons surabondamment de gaz pour traverser ce petit lac, dût le voyage durer trois semaines. Je n'ai pas la plus légère crainte relativement à l'issue de notre entreprise. Les difficultés ont été étrangement exagérées et incomprises. Je puis choisir mon courant et, eussé-je contre moi tous les courants, je puis faire passablement ma route avec mon propulseur. Nous n'avons pas eu d'incidents notables. La nuit s'annonce bien.

Post-scriptum (par M. Ainsworth). – J'ai peu de chose à noter, excepté le fait (fort surprenant pour moi) qu'à une élévation égale à celle du Cotopaxi je n'ai éprouvé ni froid trop intense, ni migraine, ni difficulté de respiration ; M. Mason, M. Holland, sir Everard, n'ont pas plus souffert que moi, je crois. M. Osborne s'est plaint d'une constriction de la poitrine, mais cela a disparu assez vite. Nous avons filé avec une grande vitesse toute la journée, et nous devons être à plus de moitié chemin de l'Atlantique. Nous avons passé au-dessus de vingt ou trente navires de toute sorte, et tous semblaient délicieusement étonnés. Traverser l'Océan en ballon n'est pas une affaire si difficile après tout ! *Omne ignotum pro magnifico.*

Nota. – À une hauteur de 25 000 pieds, le ciel apparaît presque noir, et les étoiles se voient distinctement ; pendant que la mer, au lieu de paraître convexe, comme on pourrait le supposer, semble absolument et entièrement concave[1].

Lundi, 8 (manuscrit de M. Mason). – Ce matin, nous avons encore eu quelque embarras avec la tige du propulseur, qui devra être entièrement modifiée, de crainte de sérieux accidents – je parle de la tige d'acier et non pas des palettes ; ces dernières ne laissaient rien à désirer. Le vent a soufflé tout le jour du nord-est, roide et sans interruption, tant la fortune semble résolue à nous favoriser. Juste avant le jour, nous fûmes tous un peu alarmés par quelques bruits singuliers et quelques secousses dans le ballon, accompagnés de la soudaine interruption du jeu de la machine. Ces phénomènes étaient occasionnés par l'expansion du gaz, résultant d'une augmentation de chaleur dans l'atmosphère, et la débâcle naturelle

1. M. Ainsworth n'a pas essayé de se rendre compte de ce phénomène, dont l'explication est cependant bien simple. Une ligne abaissée perpendiculairement sur la surface de la Terre (ou de la mer) d'une hauteur de 25 000 pieds, formerait la perpendiculaire d'un triangle rectangle, dont la base s'étendrait de l'angle droit à l'horizon, et l'hypoténuse de l'horizon au ballon. Mais les 25 000 pieds de hauteur sont peu de choses ou presque rien relativement à l'étendue de la perspective. En d'autres termes, la base et l'hypoténuse du triangle supposé seraient si longues, comparées avec la perpendiculaire, qu'elles pourraient être regardées comme presque parallèles. De cette façon, l'horizon de l'aéronaute devait lui apparaître de niveau avec la nacelle. Mais, comme le point situé immédiatement au-dessous de lui, paraît et est en effet à une grande distance, il lui semble naturellement à une grande distance au-dessous de l'horizon. De là l'impression de concavité, et cette impression durera jusqu'à ce que l'élévation se trouve dans une telle proportion avec l'étendue de l'horizon, que le parallélisme apparent de la base et de l'hypoténuse disparaisse – alors la réelle convexité de la Terre deviendra sensible. (E. A. P.)

des particules de glace dont le filet s'était incrusté pendant la nuit. Nous avons jeté quelques bouteilles aux navires que nous avons aperçus. L'une d'elles a été recueillie par un grand navire, vraisemblablement un des paquebots qui font le service de New York. Nous avons essayé de déchiffrer son nom, mais nous ne sommes pas sûrs d'y avoir réussi. Le télescope de M. Osborne nous a laissé lire quelque chose comme *l'Atalante*. Il est maintenant minuit, et nous marchons toujours à peu près vers l'ouest d'une allure rapide. La mer est singulièrement phosphorescente.

Post-Scriptum (par M. Ainsworth). – Il est maintenant deux heures du matin, et il fait presque calme, autant du moins que j'en peux juger – mais c'est un point qu'il est fort difficile d'apprécier, depuis que nous nous mouvons si complètement avec et dans l'air. Je n'ai point dormi depuis que j'ai quitté Wheal-Vor, mais je ne peux plus y tenir, et je vais faire un somme. Nous ne pouvons pas être loin de la côte d'Amérique.

Mardi, 9 (manuscrit de M. Ainsworth). – Une heure de l'après-midi. – Nous sommes en vue de la côte basse de la Caroline du Sud ! Le grand problème est résolu. Nous avons traversé l'Atlantique – nous l'avons traversé en ballon, facilement, rondement ! Dieu soit loué ! Qui osera dire maintenant qu'il y a quelque chose d'impossible ?

Ici finit le journal. Quelques détails sur la descente ont été communiqués toutefois par M. Ainsworth à M. Forsyth. Il faisait presque un *calme plat* quand les voyageurs arrivèrent en vue de la côte, qui fut immédiatement reconnue par les deux marins et par M. Osborne. Ce gentleman ayant des connaissances au fort Moultrie, on résolut immédiatement de descendre dans le voisinage.

Le ballon fut porté vers la plage ; la marée était basse, le sable ferme, uni, admirablement approprié à une descente, et le grappin mordit du premier coup et tint bon. Les habitants de l'île et du fort se pressaient naturellement pour voir le ballon ; mais ce n'était qu'avec difficulté qu'on ajoutait foi au voyage accompli – *la traversée de l'Atlantique !* L'ancre mordait à deux heures de l'après-midi ; ainsi le voyage entier avait duré soixante-quinze heures ; ou plutôt un peu moins si on compte simplement le trajet d'un rivage à l'autre. Il n'était arrivé aucun accident sérieux. On n'avait eu à craindre aucun danger réel. Le ballon fut dégonflé et serré sans peine ; et ces messieurs étaient encore au fort Moultrie, quand les manuscrits d'où ce récit est tiré partaient par le courrier de Charleston. On ne sait rien de positif sur leurs intentions ultérieures ; mais nous pouvons promettre en toute sûreté à nos lecteurs quelques informations supplémentaires, soit pour lundi, soit pour le jour suivant au plus tard.

Voilà certainement l'entreprise la plus prodigieuse, la plus intéressante, la plus importante qui ait jamais été accomplie ou même tentée par un homme. Quels magnifiques résultats on en peut tirer, n'est-il pas superflu maintenant de le déterminer ?

Aventure sans pareille d'un certain Hans Pfaall

Avec un cœur plein de fantaisies délirantes
Dont je suis le capitaine,
Avec une lance de feu et un cheval d'air,
À travers l'immensité je voyage.

Chanson de Tom O'Bedlam

D'après les nouvelles les plus récentes de Rotterdam, il paraît que cette ville est dans un singulier état d'effervescence philosophique. En réalité, il s'y est produit des phénomènes d'un genre si complètement inattendu, si entièrement nouveau, si absolument en contradiction avec toutes les opinions reçues, que je ne doute pas qu'avant peu toute l'Europe ne soit sens dessus dessous, toute la physique en fermentation, et que la raison et l'astronomie ne se prennent aux cheveux.

Il paraît que le… du mois de… (je ne me rappelle pas positivement la date), une foule immense était rassemblée, dans un but qui n'est pas spécifié, sur la grande place de la Bourse de la confortable ville de

Rotterdam. La journée était singulièrement chaude pour la saison, il y avait à peine un souffle d'air, et la foule n'était pas trop fâchée de se trouver de temps à autre aspergée d'une ondée amicale de quelques minutes, qui s'épanchait des vastes masses de nuages blancs abondamment éparpillés à travers la voûte bleue du firmament.

Toutefois, vers midi, il se manifesta dans l'assemblée une légère mais remarquable agitation, suivie du brouhaha de dix mille langues ; une minute après, dix mille visages se tournèrent vers le ciel, dix mille pipes descendirent simultanément du coin de dix mille bouches, et un cri, qui ne peut être comparé qu'au rugissement du Niagara, retentit longuement, hautement, furieusement, à travers toute la cité et tous les environs de Rotterdam.

L'origine de ce vacarme devint bientôt suffisamment manifeste. On vit déboucher et entrer dans une des lacunes de l'étendue azurée, du fond d'une de ces vastes masses de nuages aux contours vigoureusement définis, un être étrange, hétérogène, d'une apparence solide, si singulièrement configuré, si fantastiquement organisé, que la foule de ces gros bourgeois qui le regardaient d'en bas, bouche béante, ne pouvait absolument y rien comprendre ni se lasser de l'admirer.

Qu'est-ce que cela pouvait être ? Au nom de tous les diables de Rotterdam, qu'est-ce que cela pouvait présager ? Personne ne le savait, personne ne pouvait le deviner ; personne – pas même le bourgmestre Mynheer Superbus Von Underduk – ne possédait la plus légère donnée pour éclaircir ce mystère ; en sorte que, n'ayant rien de mieux à faire, tous les Rotterdamois, à un homme près, remirent sérieusement leurs pipes dans le coin de leurs bouches et, gardant toujours un œil braqué sur le phénomène, se mirent à pousser leur fumée, firent une pause, se dandinèrent de droite à gauche, et grognèrent significativement, puis se dandinèrent de gauche à droite, grognèrent, firent une pause, et finalement se remirent à pousser leur fumée.

Cependant, on voyait descendre, toujours plus bas vers la béate ville de Rotterdam, l'objet d'une si grande curiosité et la cause d'une si grosse fumée. En quelques minutes, la chose arriva assez près pour qu'on pût la distinguer exactement. Cela semblait être – oui ! *c'était* indubitablement une espèce de ballon, mais jusqu'alors, à coup sûr, Rotterdam n'avait pas vu de pareil ballon. Car qui – je vous le demande – a jamais entendu parler d'un ballon entièrement fabriqué avec des journaux crasseux ? Personne en Hollande, certainement ; et cependant, là, sous le nez même du peuple ou plutôt à quelque distance au-dessus de son nez, apparaissait la chose en question, la chose elle-même, faite – j'ai de bonnes autorités pour l'affirmer – avec cette même matière à laquelle personne n'avait jamais pensé pour un pareil dessein. C'était une énorme insulte au bon sens des bourgeois de Rotterdam.

Quant à la forme du phénomène, elle était encore plus répréhensible – ce n'était guère qu'un gigantesque bonnet de fou tourné sens dessus dessous. Et cette similitude fut loin d'être amoindrie, quand, en l'inspectant de plus près, la foule vit un énorme gland pendu à la pointe, et autour du bord supérieur ou de la base du cône un rang de petits instruments qui ressemblaient à des clochettes de brebis, et tintinnabulaient incessamment sur l'air de Betty Martin.

Mais voilà qui était encore plus violent : suspendu par des rubans bleus au bout de la fantastique machine, se balançait, en manière de nacelle, un immense chapeau de castor gris américain, à bords superlativement larges, à calotte hémisphérique, avec un ruban noir et une boucle d'argent. Chose assez remarquable toutefois, maint citoyen de Rotterdam aurait juré qu'il connaissait déjà ce chapeau, et, en vérité, toute l'assemblée le regardait presque avec des yeux familiers ; pendant que dame Grettel Pfaall poussait en le voyant une exclamation de joie et de surprise, et déclarait que c'était positivement le chapeau de son cher homme lui-même. Or, c'était une circonstance d'autant plus importante à noter que Pfaall, avec ses trois compagnons, avait disparu de Rotterdam, depuis cinq ans environ, d'une manière soudaine et inexplicable, et, jusqu'au moment où commence ce récit, tous les efforts pour obtenir des renseignements sur eux avaient échoué. Il est vrai qu'on avait découvert récemment, dans une partie retirée de la ville, à l'est, quelques ossements humains, mêlés à un amas de décombres d'un aspect bizarre ; et quelques profanes avaient été jusqu'à supposer qu'un hideux meurtre avait dû être commis en cet endroit, et que Hans Pfaall et ses camarades en avaient été très probablement les victimes. Mais revenons à notre récit.

Le ballon (car c'en était un, décidément) était maintenant descendu à cent pieds du sol, et montrait distinctement à la foule le personnage qui l'habitait. Un singulier individu, en vérité. Il ne pouvait guère avoir plus de deux pieds de haut. Mais sa taille, toute petite qu'elle était, ne l'aurait pas empêché de perdre l'équilibre, et de passer par-dessus le bord de sa toute petite nacelle, sans l'intervention d'un rebord circulaire qui lui montait jusqu'à la poitrine, et se rattachait aux cordes du ballon. Le corps du petit homme était volumineux au-delà de toute proportion, et donnait à l'ensemble de son individu une apparence de rotondité singulièrement absurde. De ses pieds, naturellement, on n'en pouvait rien voir. Ses mains étaient monstrueusement grosses, ses cheveux, gris et rassemblés par-derrière en une queue ; son nez, prodigieusement long, crochu et empourpré ; ses yeux bien fendus brillants et perçants, son menton et ses joues – quoique ridées par la vieillesse –, larges, boursouflés, doubles ; mais, sur les deux côtés de sa tête, il était impossible d'apercevoir le semblant d'une oreille.

Ce drôle de petit monsieur était habillé d'un paletot-sac de satin bleu de ciel et de culottes collantes assorties, serrées aux genoux par une boucle d'argent. Son gilet était d'une étoffe jaune et brillante ; un bonnet de taffetas blanc était gentiment posé sur le côté de sa tête ; et, pour compléter cet accoutrement, un foulard écarlate entourait son cou, et, contourné en un nœud superlatif, laissait traîner sur sa poitrine ses bouts prétentieusement longs.

Étant descendu, comme je l'ai dit, à cent pieds environ du sol, le vieux petit monsieur fut soudainement saisi d'une agitation nerveuse, et parut peu soucieux de s'approcher davantage de la *terre ferme*. Il jeta donc une quantité de sable d'un sac de toile qu'il souleva à grand-peine, et resta stationnaire pendant un instant. Il s'appliqua alors à extraire de la poche de son paletot, d'une manière agitée et précipitée, un grand portefeuille de maroquin. Il le pesa soupçonneusement dans sa main, l'examina avec un air d'extrême surprise, comme évidemment étonné de son poids. Enfin il l'ouvrit, en tira une énorme lettre scellée de cire rouge et soigneusement entortillée de fil de même couleur, et la laissa tomber juste aux pieds du bourgmestre Superbus Von Underduk.

Son Excellence se baissa pour la ramasser. Mais l'aéronaute, toujours fort inquiet, et n'ayant apparemment pas d'autres affaires qui le retinssent à Rotterdam, commençait déjà à faire précipitamment ses préparatifs de départ ; et, comme il fallait décharger une portion de son lest pour pouvoir s'élever de nouveau, une demi-douzaine de sacs qu'il jeta l'un après l'autre, sans se donner la peine de les vider, tombèrent coup sur coup sur le dos de l'infortuné bourgmestre, et le culbutèrent juste une demi-douzaine de fois à la face de tout Rotterdam.

Il ne faut pas supposer toutefois que le grand Underduk ait laissé passer impunément cette impertinence de la part du vieux petit bonhomme. On dit, au contraire, qu'à chacune de ses six culbutes il ne poussa pas moins de six bouffées, distinctes et furieuses, de sa chère pipe qu'il retenait pendant tout ce temps et de toutes ses forces, et qu'il se propose de tenir ainsi – si Dieu le permet – jusqu'au jour de sa mort.

Cependant, le ballon s'élevait comme une alouette, et, planant au-dessus de la cité, finit par disparaître tranquillement derrière un nuage semblable à celui d'où il avait si singulièrement émergé, et fut ainsi perdu pour les yeux éblouis des bons citoyens de Rotterdam.

Toute l'attention se porta alors sur la lettre, dont la transmission avec les accidents qui la suivirent avait failli être si fatale à la personne et à la dignité de Son

Excellence Von Underduk. Toutefois, ce fonctionnaire n'avait pas oublié durant ses mouvements giratoires de mettre en sûreté l'objet important – la lettre –, qui, d'après la suscription, était tombée dans des mains légitimes, puisqu'elle était adressée à lui d'abord, et au professeur Rudabub, en leurs qualités respectives de président et de vice-président du Collège astronomique de Rotterdam. Elle fut donc ouverte sur-le-champ par ces dignitaires, et ils y trouvèrent la communication suivante, très extraordinaire et, ma foi, très sérieuse :

À Leurs Excellences Von Underduk et Rudabub, président et vice-président du Collège national astronomique de la ville de Rotterdam.

Vos Excellences se souviendront peut-être d'un humble artisan, du nom de Hans Pfaall, raccommodeur de soufflets de son métier, qui disparut de Rotterdam, il y a environ cinq ans, avec trois individus, et d'une manière qui a dû être regardée comme inexplicable. C'est moi, Hans Pfaall lui-même – n'en déplaise à Vos Excellences – qui suis l'auteur de cette communication. Il est de notoriété parmi la plupart de mes concitoyens que j'ai occupé, quatre ans durant, la petite maison de brique placée à l'entrée de la ruelle dite Sauerkraut, et que j'y demeurais encore au moment de ma disparition. Mes aïeux y ont toujours résidé, de temps immémorial, et ils y ont invariablement exercé comme moi-même la très respectable et très lucrative profession de raccommodeurs de soufflets ; car, pour dire la vérité, jusqu'à ces dernières années, où toutes les têtes de la population ont été mises en feu par la politique, jamais plus fructueuse industrie n'avait été exercée par un honnête citoyen de Rotterdam, et personne n'en était plus digne que moi. Le crédit était bon, la pratique donnait ferme, on ne manquait ni d'argent ni de bonne volonté. Mais, comme je l'ai dit, nous ressentîmes bientôt les effets de la liberté, des grands discours, du radicalisme et de toutes les drogues de cette espèce. Les gens qui jusque-là avaient été les meilleures pratiques du monde n'avaient plus un moment pour penser à nous. Ils en avaient à peine assez pour apprendre l'histoire des révolutions et pour surveiller dans sa marche l'intelligence et l'idée du siècle. S'ils avaient besoin de souffler leur feu, ils se faisaient un soufflet avec un journal. À mesure que le gouvernement devenait plus faible, j'acquérais la conviction que le cuir et le fer devenaient de plus en plus indestructibles ; et bientôt il n'y eut pas dans tout Rotterdam un seul soufflet qui eût besoin d'être repiqué, ou qui réclamât l'assistance du marteau. C'était un état de choses impossible. Je fus bientôt aussi gueux qu'un rat et, comme j'avais une femme et des enfants à nourrir, mes charges devinrent à la longue intolérables, et je passai toutes mes heures à réfléchir sur le mode le plus convenable pour me débarrasser de la vie.

Cependant, mes chiens de créanciers me laissaient peu de loisir pour la méditation. Ma maison était littéralement assiégée du matin au soir. Il y avait particulièrement trois gaillards qui me tourmentaient au-delà du possible, montant continuellement la garde devant ma porte, et me menaçant toujours de la loi. Je me promis de tirer de ces trois êtres une vengeance amère, si jamais j'étais assez heureux pour les tenir dans mes griffes ; et je crois que cette espérance ravissante fut la seule chose qui m'empêcha de mettre immédiatement à exécution mon plan de suicide, qui était de me faire sauter la cervelle d'un coup d'espingole. Toutefois, je jugeai qu'il valait mieux dissimuler ma rage, et les bourrer de promesses et de belles paroles, jusqu'à ce que, par un caprice heureux de la destinée, l'occasion de la vengeance vînt s'offrir à moi.

Un jour que j'étais parvenu à leur échapper, et que je me sentais encore plus abattu que d'habitude, je continuai à errer pendant longtemps encore et sans but à travers les rues les plus obscures, jusqu'à ce qu'enfin je butai contre le coin d'une échoppe de bouquiniste. Trouvant sous ma main un fauteuil à l'usage des pratiques, je m'y jetai de mauvaise humeur et, sans savoir pourquoi, j'ouvris le premier volume qui me tomba sous la main. Il se trouva que c'était une petite brochure traitant de l'astronomie spéculative, et écrite, soit par le professeur Encke, de Berlin, soit par un Français dont le nom ressemblait beaucoup au sien. J'avais une légère teinture de cette science, et je fus bientôt tellement absorbé par la lecture de ce livre que je le lus deux fois d'un bout à l'autre avant de revenir au sentiment de ce qui se passait autour de moi.

Cependant, il commençait à faire nuit, et je repris le chemin de mon logis. Mais la lecture de ce petit traité (coïncidant avec une découverte pneumatique qui m'avait été récemment communiquée par un cousin de Nantes, comme un secret d'une haute importance) avait fait sur mon esprit une impression indélébile ; et, tout en flânant à travers les rues crépusculeuses, je repassais minutieusement dans ma mémoire les raisonnements étranges, et quelquefois inintelligibles, de l'écrivain. Il y avait quelques passages qui avaient affecté mon imagination d'une manière extraordinaire.

Plus j'y rêvais, plus intense devenait l'intérêt qu'ils avaient excité en moi. Mon éducation, généralement fort limitée, mon ignorance spéciale des sujets relatifs à la philosophie naturelle, loin de m'ôter toute confiance dans mon aptitude à comprendre ce que j'avais lu, ou de m'induire à mettre en suspicion les notions confuses et vagues qui avaient surgi naturellement de ma lecture, devenaient simplement un aiguillon plus puissant pour mon imagination ; et j'étais assez vain, ou peut-être assez raisonnable, pour me demander si ces idées indigestes qui surgissent dans les esprits mal réglés ne contiennent pas souvent en elles – comme elles en ont la parfaite apparence – toute la force, toute la réalité, et toutes les autres propriétés inhérentes à l'instinct et à l'intuition.

Il était tard quand j'arrivai à la maison, et je me mis immédiatement au lit. Mais mon esprit était trop préoccupé pour que je pusse dormir, et je passai la nuit entière en méditations. Je me levai de grand matin, et je courus vivement à l'échoppe du bouquiniste, où j'employai tout le peu d'argent qui me restait à l'acquisition de quelques volumes de mécanique et d'astronomie pratiques. Je les transportai chez moi comme un trésor, et je consacrai à les lire tous mes instants de loisir. Je fis ainsi assez de progrès dans mes nouvelles études pour mettre à exécution certain projet qui m'avait été inspiré par le diable ou par mon bon génie.

Pendant tout ce temps, je fis tous mes efforts pour me concilier les trois créanciers qui m'avaient causé tant de tourments. Finalement, j'y réussis, tant en vendant une assez grande partie de mon mobilier pour satisfaire à moitié leurs réclamations, qu'en leur faisant la promesse de solder la différence après la réalisation d'un petit projet qui me trottait dans la tête, et pour l'accomplissement duquel je réclamais leurs services. Grâce à ces moyens (car c'étaient des gens fort ignorants), je n'eus pas grand-peine à les faire entrer dans mes vues.

Les choses ainsi arrangées, je m'appliquai, avec l'aide de ma femme, avec les plus grandes précautions et dans le plus parfait secret, à disposer du bien qui me restait, et à réaliser par de petits emprunts, et sous différents prétextes, une assez bonne quantité d'argent comptant, sans m'inquiéter le moins du monde, je l'avoue à ma honte, des moyens de remboursement.

Grâce à cet accroissement de ressources, je me procurai, en diverses fois, plusieurs pièces de très belle batiste, de douze yards chacune, de la ficelle, une provision de vernis de caoutchouc, un vaste et profond panier d'osier, fait sur commande, et quelques autres articles nécessaires à la construction et à l'équipement d'un ballon d'une dimension extraordinaire. Je chargeai ma femme de le confectionner le plus rapidement possible, et je lui donnai toutes les instructions nécessaires pour la manière de procéder.

En même temps, je fabriquais avec de la ficelle un filet d'une dimension suffisante, j'y adaptais un cerceau et des cordes, et je faisais l'emplette des nombreux instruments et des matières nécessaires pour faire des expériences dans les plus hautes régions de l'atmosphère. Une nuit, je transportai prudemment dans un endroit retiré de Rotterdam, à l'est, cinq barriques cerclées de fer, qui pouvaient contenir chacune environ cinquante gallons, et une sixième d'une dimension plus vaste ; six tubes en fer-blanc, de trois pouces de diamètre et de quatre pieds de long, façonnés *ad hoc* ;

une bonne quantité d'*une certaine substance métallique ou demi-métal*, que je ne nommerai pas, et une douzaine de dames-jeannes remplies d'un acide très commun. Le gaz qui devait résulter de cette combinaison est un gaz qui n'a jamais été, jusqu'à présent, fabriqué que par moi, ou du moins qui n'a jamais été appliqué à un pareil objet. Tout ce que je puis dire ici, c'est qu'il est *une des parties constituantes de l'azote*, qui a été si longtemps regardé comme irréductible, et que sa densité est moindre que celle de l'hydrogène d'environ trente-sept fois et quatre dixièmes. Il est sans saveur, mais non sans odeur ; il brûle, quand il est pur, avec une flamme verdâtre ; il attaque instantanément la vie animale. Je ne ferais aucune difficulté d'en livrer tout le secret, mais il appartient de droit, comme je l'ai déjà fait entendre, à un citoyen de Nantes, en France, par qui il m'a été communiqué sous condition.

Le même individu m'a confié, sans être le moins du monde au fait de mes intentions, un procédé pour fabriquer les ballons avec un certain tissu animal, qui rend la fuite du gaz chose presque impossible ; mais je trouvai ce moyen beaucoup trop dispendieux et, d'ailleurs, il se pouvait que la batiste, revêtue d'une couche de caoutchouc, fût tout aussi bonne. Je ne mentionne cette circonstance que parce que je crois probable que l'individu en question tentera, un de ces jours, une ascension avec le nouveau gaz et la matière dont j'ai parlé, et que je ne veux pas le priver de l'honneur d'une invention très originale.

À chacune des places qui devait être occupée par l'un des petits tonneaux, je creusai secrètement un petit trou ; les trous formant de cette façon un cercle de vingt-cinq pieds de diamètre. Au centre du cercle, qui était la place désignée pour la plus grande barrique, je creusai un trou plus profond. Dans chacun des cinq petits trous, je disposai une boîte de fer-blanc, contenant cinquante livres de poudre à canon, et dans le plus grand un baril qui en tenait cent cinquante. Je reliai convenablement le baril et les cinq boîtes par des traînées couvertes, et, ayant fourré dans l'une des boîtes le bout d'une mèche longue de quatre pieds environ, je comblai le trou et plaçai la barrique par-dessus, laissant dépasser l'autre bout de la mèche d'un pouce à peu près au-delà de la barrique, et d'une manière presque invisible. Je comblai successivement les autres trous, et disposai chaque barrique à la place qui lui était destinée.

Outre les articles que j'ai énumérés, je transportai à mon dépôt général et j'y cachai un des appareils perfectionnés de Grimm pour la condensation de l'air atmosphérique. Toutefois, je découvris que cette machine avait besoin de singulières modifications pour devenir propre à l'emploi auquel je la destinais. Mais, grâce à un travail entêté et à une incessante persévérance, j'arrivai à des résultats excellents dans tous mes préparatifs. Mon ballon fut bientôt parachevé. Il pouvait contenir plus de quarante mille pieds cubes de gaz ; il pouvait facilement m'enlever, selon mes calculs, moi et tout mon attirail, et même, en le gouvernant convenablement, cent soixante-quinze livres de lest par-dessus le marché. Il avait reçu trois couches de vernis, et je vis que la batiste remplissait parfaitement l'office de la soie ; elle était également solide et coûtait beaucoup moins cher.

Tout étant prêt, j'exigeai de ma femme qu'elle me jurât le secret sur toutes mes actions depuis le jour de ma première visite à l'échoppe du bouquiniste, et je lui promis de mon côté de revenir aussitôt que les circonstances me le permettraient. Je lui donnai le peu d'argent qui me restait, et je lui fis mes adieux. En réalité, je n'avais pas d'inquiétude sur son compte. Elle était ce que les gens appellent une maîtresse femme, et pouvait très bien faire ses affaires sans mon assistance. Je crois même, pour tout dire, qu'elle m'avait toujours regardé comme un triste fainéant – un simple complément de poids – un remplissage – une espèce d'homme bon pour bâtir des châteaux en l'air, et rien de plus – et qu'elle n'était pas fâchée d'être débarrassée de moi. Il faisait nuit sombre quand je lui fis mes adieux, et, prenant avec moi, en manière d'aides de camp, les trois créanciers qui m'avaient causé tant de souci, nous portâmes le ballon avec sa nacelle et tous ses accessoires, par une route détournée, à l'endroit où j'avais déposé les autres articles. Nous les y trouvâmes parfaitement intacts, et je me mis immédiatement à la besogne.

Nous étions au 1er avril. La nuit, comme je l'ai dit, était sombre ; on ne pouvait pas apercevoir une étoile ; et une bruine épaisse, qui tombait par intervalles, nous incommodait fort. Mais ma grande inquiétude, c'était le ballon, qui, en dépit du vernis qui le protégeait, commençait à s'alourdir par l'humidité ; la poudre aussi pouvait s'avarier. Je fis donc travailler rudement mes trois gredins, je leur fis piler de la glace autour de la barrique centrale et agiter l'acide dans les autres. Cependant, ils ne cessaient de m'importuner de questions pour savoir ce que je voulais faire avec tout cet attirail, et exprimaient un vif mécontentement de la terrible besogne à laquelle je les condamnais. Ils ne comprenaient pas – disaient-ils – ce qu'il pouvait résulter de bon à leur faire ainsi se mouiller la peau uniquement pour les rendre complices d'une aussi abominable incantation. Je commençais à être un peu inquiet, et j'avançais l'ouvrage de toute ma force ; car, en vérité, ces idiots s'étaient figuré, j'imagine, que j'avais fait un pacte avec le diable, et que dans tout ce que je faisais maintenant il n'y avait rien de bien rassurant. J'avais donc une très grande crainte de les voir me planter là. Toutefois, je m'efforçai de les apaiser en leur promettant de les payer jusqu'au dernier sou, aussitôt que j'aurais mené à bonne fin la besogne en préparation. Naturellement ils interprétèrent ces beaux discours comme ils voulurent, s'imaginant sans doute que de toute manière j'allais me rendre maître d'une immense quantité d'argent comptant ; et, pourvu que je leur payasse ma dette, et un petit brin en plus, en considération de leurs services, j'ose affirmer qu'ils s'inquiétaient fort peu de ce qui pouvait advenir de mon âme ou de ma carcasse.

Au bout de quatre heures et demie environ, le ballon me parut suffisamment gonflé. J'y suspendis donc la nacelle, et j'y plaçai tous mes bagages – un télescope, un baromètre avec quelques modifications importantes, un thermomètre, un électromètre, un compas, une boussole, une montre à secondes, une cloche, un porte-voix, etc., etc., ainsi qu'un globe de verre où j'avais fait le vide, et hermétiquement bouché, sans oublier l'appareil condensateur, de la chaux vive, un bâton de cire à cacheter, une abondante provision d'eau, et des vivres en quantité, tels que le *pemmican*, qui contient une énorme matière nutritive comparativement à son petit volume. J'installai aussi dans ma nacelle un couple de pigeons et une chatte.

Nous étions presque au point du jour, et je pensai qu'il était grandement temps d'effectuer mon départ. Je laissai donc tomber par terre, comme par accident, un cierge allumé, et, en me baissant pour le ramasser, j'eus soin de mettre sournoisement le feu à la mèche, dont le bout, comme je l'ai dit, dépassait un peu le bord inférieur d'un des petits tonneaux.

J'exécutai cette manœuvre sans être vu le moins du monde par mes trois bourreaux ; je sautai dans la nacelle, je coupai immédiatement l'unique corde qui me retenait à la terre, et je m'aperçus avec bonheur que j'étais enlevé avec une inconcevable rapidité ; le ballon emportait très facilement ses cent soixante-quinze livres de lest de plomb ; il aurait pu en porter le double. Quand je quittai la Terre, le baromètre marquait trente pouces, et le thermomètre centigrade 19 degrés.

Cependant, j'étais à peine monté à une hauteur de cinquante yards, quand arriva derrière moi, avec un rugissement et un grondement épouvantables, une si épaisse trombe de feu et de gravier, de bois et de métal enflammés, mêlés à des membres humains déchirés, que je sentis mon cœur défaillir, et que je me jetai tout au fond de ma nacelle, tremblant de terreur.

Alors, je compris que j'avais horriblement chargé la mine, et que j'avais encore à subir les principales conséquences de la secousse. En effet, en moins d'une seconde, je sentis tout mon sang refluer vers mes tempes, et immédiatement, inopinément, une commotion que je n'oublierai jamais éclata à travers les ténèbres, et sembla déchirer en deux le firmament lui-même. Plus tard, quand j'eus le temps de la réflexion, je ne manquai pas d'attribuer l'extrême violence de l'explosion, relativement à moi, à sa véritable cause,

– c'est-à-dire à ma position, directement au-dessus de la mine et dans la ligne de son action la plus puissante. Mais, en ce moment, je ne songeais qu'à sauver ma vie. D'abord, le ballon s'affaissa, puis il se dilata furieusement, puis il se mit à pirouetter avec une vélocité vertigineuse, et finalement, vacillant et roulant comme un homme ivre, il me jeta par-dessus le bord de la nacelle, et me laissa accroché à une épouvantable hauteur, la tête en bas, par un bout de corde fort mince, haut de trois pieds de long environ, qui pendait par hasard à travers une crevasse, près du fond du panier d'osier, et dans lequel, au milieu de ma chute, mon pied gauche s'engagea providentiellement. Il est impossible, absolument impossible, de se faire une idée juste de l'horreur de ma situation. J'ouvrais convulsivement la bouche pour respirer – un frisson ressemblant à un accès de fièvre secouait tous les nerfs et tous les muscles de mon être –, je sentais mes yeux jaillir de leurs orbites, une horrible nausée m'envahit – enfin je m'évanouis et perdis toute conscience.

Combien de temps restai-je dans cet état, il m'est impossible de le dire. Il s'écoula toutefois un assez long temps, car, lorsque je recouvrai en partie l'usage de mes sens, je vis le jour qui se levait ; le ballon se trouvait à une prodigieuse hauteur au-dessus de l'immensité de l'Océan, et dans les limites de ce vaste horizon, aussi loin que pouvait s'étendre ma vue, je n'apercevais pas trace de terre. Cependant, mes sensations, quand je revins à moi, n'étaient pas aussi étrangement douloureuses que j'aurais dû m'y attendre. En réalité, il y avait beaucoup de folie dans la contemplation placide avec laquelle j'examinai d'abord ma situation. Je portai mes deux mains devant mes yeux, l'une après l'autre, et me demandai avec étonnement quel accident pouvait avoir gonflé mes veines et noirci si horriblement mes ongles. Puis j'examinai soigneusement ma tête, je la secouai à plusieurs reprises, et la tâtai avec une attention minutieuse, jusqu'à ce que je me fusse heureusement assuré qu'elle n'était pas, ainsi que j'en avais eu l'horrible idée, plus grosse que mon ballon. Puis, avec l'habitude d'un homme qui sait où sont ses poches, je tâtai les deux poches de ma culotte, et, m'apercevant que j'avais perdu mon calepin et mon étui à cure-dent, je m'efforçai de me rendre compte de leur disparition, et, ne pouvant y réussir, j'en ressentis un inexprimable chagrin. Il me sembla alors que j'éprouvais une vive douleur à la cheville de mon pied gauche, et une obscure conscience de ma situation commença à poindre dans mon esprit.

Mais – chose étrange ! – je n'éprouvai ni étonnement ni horreur. Si je ressentis une émotion quelconque, ce fut une espèce de satisfaction ou d'épanouissement en pensant à l'adresse qu'il me faudrait déployer pour me tirer de cette singulière alternative ; et je ne fis pas de mon salut définitif l'objet d'un doute d'une seconde. Pendant quelques minutes, je restai plongé dans la plus profonde méditation. Je me rappelle distinctement que j'ai souvent serré les lèvres, que j'ai appliqué mon index sur le côté de mon nez, et que j'ai pratiqué les gesticulations et grimaces habituelles aux gens qui, installés tout à leur aise dans leur fauteuil, méditent sur des matières embrouillées ou importantes.

Quand je crus avoir suffisamment rassemblé mes idées, je portai avec la plus grande précaution, la plus parfaite délibération, mes mains derrière mon dos, et je détachai la grosse boucle de fer qui terminait la ceinture de mon pantalon. Cette boucle avait trois dents qui, étant un peu rouillées, tournaient difficilement sur leur axe. Cependant, avec beaucoup de patience, je les amenai à angle droit avec le corps de la boucle et m'aperçus avec joie qu'elles restaient fermes dans cette position. Tenant entre mes dents cette espèce d'instrument, je m'appliquai à dénouer le nœud de ma cravate. Je fus obligé de me reposer plus d'une fois avant d'avoir accompli cette manœuvre ; mais, à la longue, j'y réussis. À l'un des bouts de la cravate, j'assujettis la boucle, et, pour plus de sécurité, je nouai étroitement l'autre bout autour de mon poing. Soulevant alors mon corps par un déploiement prodigieux de force musculaire, je réussis du premier coup à jeter la boucle par-dessus la nacelle et à l'accrocher, comme je l'avais espéré, dans le rebord circulaire de l'osier.

Mon corps faisait alors avec la paroi de la nacelle un angle de quarante-cinq degrés environ ; mais il ne faut pas entendre que je fusse à quarante-cinq degrés au-dessous de la perpendiculaire ; bien loin de là, j'étais toujours placé dans un plan presque parallèle au niveau de l'horizon ; car la nouvelle position que j'avais conquise avait eu pour effet de chasser d'autant le fond de la nacelle, et conséquemment ma position était des plus périlleuses.

Mais qu'on suppose que, dans le principe, lorsque je tombai de la nacelle, je fusse tombé la face tournée vers le ballon au lieu de l'avoir tournée du côté opposé, comme elle était maintenant – ou, en second lieu, que la corde par laquelle j'étais accroché eût pendu par hasard du rebord supérieur, au lieu de passer par une crevasse du fond –, on concevra facilement que, dans ces deux hypothèses, il m'eût été impossible d'accomplir un pareil miracle – et les présentes révélations eussent été entièrement perdues pour la postérité. J'avais donc toutes les raisons de bénir le hasard ; mais, en somme, j'étais tellement stupéfié que je me sentais incapable de rien faire, et que je restai suspendu, pendant un quart d'heure peut-être, dans cette extraordinaire situation, sans tenter de nouveau le plus léger effort, perdu dans un singulier calme et dans une béatitude idiote. Mais cette disposition de mon être s'évanouit bien vite et fit place à un sentiment d'horreur, d'effroi, d'absolue désespérance et de destruction. En réalité, le sang si longtemps accumulé dans les vaisseaux de la tête et de la gorge, et qui avait jusque-là créé en moi un délire salutaire dont l'action suppléait à l'énergie, commençait maintenant à refluer et à reprendre son niveau ; et la clairvoyance qui me revenait, augmentant la perception du danger, ne servait qu'à me priver du sang-froid et du courage nécessaires pour l'affronter. Mais, par bonheur pour moi, cette faiblesse ne fut pas de longue durée. L'énergie du désespoir me revint à propos et, avec des cris et des efforts frénétiques, je m'élançai convulsivement et à plusieurs reprises par une secousse générale, jusqu'à ce qu'enfin, m'accrochant au bord si désiré avec des griffes plus serrées qu'un étau, je tortillai mon corps par-dessus et tombai la tête la première et tout pantelant dans le fond de la nacelle.

Ce ne fut qu'après un certain laps de temps que je fus assez maître de moi pour m'occuper de mon ballon. Mais alors je l'examinai avec attention et découvris, à ma grande joie, qu'il n'avait subi aucune avarie. Tous mes instruments étaient sains et saufs, et, très heureusement, je n'avais perdu ni lest ni provisions. À la vérité, je les avais si bien assujettis à leur place qu'un pareil accident était chose tout à fait improbable. Je regardai à ma montre, elle marquait six heures. Je continuais à monter rapidement, et le baromètre me donnait alors une hauteur de trois milles trois quarts. Juste au-dessous de moi apparaissait dans l'Océan un petit objet noir, d'une forme légèrement allongée, à peu près de la dimension d'un domino, et ressemblant fortement, à tous égards, à l'un de ces petits joujoux. Je dirigeai mon télescope sur lui, et je vis distinctement que c'était un vaisseau anglais de quatre-vingt-quatorze canons, tanguant lourdement dans la mer, au plus près du vent, et le cap à l'ouest-sud-ouest. À l'exception de ce navire, je ne vis rien que l'Océan et le ciel, et le soleil qui était levé depuis longtemps.

Il est grandement temps que j'explique à Vos Excellences l'objet de mon voyage. Vos Excellences se souviennent que ma situation déplorable à Rotterdam m'avait à la longue poussé à la résolution du suicide. Ce n'était pas cependant que j'eusse un dégoût positif de la vie elle-même, mais j'étais harassé, à n'en pouvoir plus, par les misères accidentelles de ma position. Dans cette disposition d'esprit, désirant vivre encore, et cependant fatigué de la vie, le traité que je lus à l'échoppe du bouquiniste, appuyé par l'opportune découverte de mon cousin de Nantes, ouvrit une ressource à mon imagination. Je pris enfin un parti décisif. Je résolus de partir, mais de vivre, de quitter le monde, mais de continuer mon existence ; bref, et pour couper court aux énigmes, je résolus, sans m'inquiéter du reste, de me frayer, si je pouvais, un passage *jusqu'à la Lune.*

Maintenant, pour qu'on ne me croie pas plus fou que je ne le suis, je vais exposer en détail, et le mieux que je pourrai, les considérations qui m'induisirent à croire qu'une entreprise de cette nature, quoique difficile sans doute et pleine de dangers, n'était pas absolument, pour un esprit audacieux, située au-delà des limites du possible.

La première chose à considérer était la distance positive de la Lune à la Terre. Or, la distance moyenne ou approximative entre les centres de ces deux planètes est de cinquante-neuf fois, plus une fraction, le rayon équatorial de la Terre, ou environ 237 000 milles. Je dis la distance moyenne ou approximative, mais il est facile de concevoir que, la forme de l'orbite lunaire étant une ellipse d'une excentricité qui n'est pas de moins de 0,05484 de son demi-grand axe, et le centre de la Terre occupant le foyer de cette ellipse, si je pouvais réussir d'une manière quelconque à rencontrer la Lune à son périgée, la distance ci-dessus évaluée se trouverait sensiblement diminuée. Mais, pour laisser de côté cette hypothèse, il était positif qu'en tout cas j'avais à déduire des 237 000 milles le rayon de la Terre, c'est-à-dire 4 000, et le rayon de la Lune, c'est-à-dire 1 080, en tout 5 080, et qu'il ne me resterait ainsi à franchir qu'une distance approximative de 231 920 milles. Cet espace, pensais-je, n'était pas vraiment extraordinaire. On a fait nombre de fois sur cette terre des voyages d'une vitesse de soixante milles par heure, et, en réalité, il y a tout lieu de croire qu'on arrivera à une plus grande vélocité ; mais, même en me contentant de la vitesse dont je parlais, il ne me faudrait pas plus de cent soixante et un jours pour atteindre la surface de la Lune.

Il y avait toutefois de nombreuses circonstances qui m'induisaient à croire que la vitesse approximative de mon voyage dépasserait de beaucoup celle de soixante milles à l'heure ; et, comme ces considérations produisirent sur moi une impression profonde, je les expliquerai plus amplement par la suite.

Le second point à examiner était d'une bien autre importance. D'après les indications fournies par le baromètre, nous savons que, lorsqu'on s'élève, au-dessus de la surface de la Terre à une hauteur de 1000 pieds, on laisse au-dessous de soi environ un trentième de la masse atmosphérique ; qu'à 10000 pieds nous arrivons à peu près à un tiers ; et qu'à 18000 pieds, ce qui est presque la hauteur du Cotopaxi, nous avons dépassé la moitié de la masse fluide, ou, en tout cas, la moitié de la partie pondérable de l'air qui enveloppe notre globe. On a aussi calculé qu'à une hauteur qui n'excède pas la centième partie du diamètre terrestre – c'est-à-dire 80 milles – la raréfaction devait être telle que la vie animale ne pouvait en aucune façon s'y maintenir ; et, de plus, que les moyens les plus subtils que nous ayons de constater la présence de l'atmosphère devenaient alors totalement insuffisants. Mais je ne manquai pas d'observer que ces derniers calculs étaient uniquement basés sur notre connaissance expérimentale des propriétés de l'air et des lois mécaniques qui régissent sa dilatation et sa compression dans ce qu'on peut appeler, comparativement parlant, la proximité immédiate de la Terre. Et, en même temps, on regarde comme chose positive qu'à une distance quelconque donnée, mais inaccessible, de sa surface, la vie animale est et doit être essentiellement incapable de modification. Maintenant, tout raisonnement de ce genre, et d'après de pareilles données, doit évidemment être purement analogique. La plus grande hauteur où l'homme soit jamais parvenu est de 25 000 pieds ; je parle de l'expédition aéronautique de MM. Gay-Lussac et Biot. C'est une hauteur assez médiocre, même quand on la compare aux 80 milles en question ; et je ne pouvais m'empêcher de penser que la question laissait une place au doute et une grande latitude aux conjectures.

Mais, en fait, en supposant une ascension opérée à une hauteur donnée quelconque, la quantité d'air pondérable traversée dans toute période ultérieure de l'ascension n'est nullement en proportion avec la hauteur additionnelle acquise, comme on peut le voir d'après ce qui a été énoncé précédemment, mais dans une raison constamment décroissante. Il est donc évident que, nous élevant aussi haut que possible, nous ne pouvons pas, littéralement parlant, arriver à une limite au-delà de laquelle l'atmosphère cesse absolument d'exister. Elle *doit exister*, concluais-je, quoiqu'elle *puisse*, il est vrai, exister à un état de raréfaction infinie.

D'un autre côté, je savais que les arguments ne manquent pas pour prouver qu'il existe une limite réelle et déterminée de l'atmosphère, au-delà de laquelle il n'y a absolument plus d'air respirable. Mais une circonstance a été omise par ceux qui opinent pour cette limite, qui semblait, non pas une réfutation péremptoire de leur doctrine, mais un point digne d'une sérieuse investigation. Comparons les intervalles entre les retours successifs de la comète d'Encke à son périhélie, en tenant compte de toutes les perturbations dues à l'attraction planétaire, et nous verrons que les périodes diminuent graduellement, c'est-à-dire que le grand axe de l'ellipse de la comète va toujours se raccourcissant dans une proportion lente, mais parfaitement régulière. Or, c'est précisément le cas qui doit avoir lieu, si nous supposons que la comète subisse une résistance par le fait d'*un milieu éthéré excessivement rare* qui pénètre les régions de son orbite. Car il est évident qu'un pareil milieu doit, en retardant la vitesse de la comète, accroître sa force centripète et affaiblir sa force centrifuge. En d'autres termes, l'attraction du Soleil deviendrait de plus en plus puissante, et la comète s'en rapprocherait davantage à chaque révolution. Véritablement, il n'y a pas d'autre moyen de se rendre compte de la variation en question.

Mais voici un autre fait : on observe que le diamètre réel de la partie nébuleuse de cette même comète se contracte rapidement à mesure qu'elle approche du Soleil, et se dilate avec la même rapidité quand elle repart vers son aphélie. N'avais-je pas quelque raison de supposer avec M. Valz que cette apparente condensation de volume prenait son origine dans la compression de ce milieu éthéré dont je parlais tout à l'heure, et dont la densité est en proportion de la proximité du Soleil ? Le phénomène qui affecte la forme lenticulaire et qu'on appelle la lumière zodiacale était aussi un point digne d'attention. Cette lumière si visible sous les tropiques, et qu'il est impossible de prendre pour une lumière météorique quelconque, s'élève obliquement de l'horizon et suit généralement la ligne de l'équateur du Soleil. Elle me semblait évidemment provenir d'une atmosphère rare qui s'étendrait depuis le Soleil jusque par-delà l'orbite de Vénus au moins, et même, selon moi, indéfiniment plus loin. Je ne pouvais pas supposer que ce milieu fût limité par la ligne du parcours de la comète, ou fût confiné dans le voisinage immédiat du Soleil. Il était si simple d'imaginer au contraire qu'il envahissait toutes les régions de notre système planétaire, condensé autour des planètes en ce que nous appelons atmosphère, et peut-être modifié chez quelques-unes par des circonstances purement géologiques, c'est-à-dire modifié ou varié dans ses proportions ou dans sa nature essentielle par les matières volatilisées émanant de leurs globes respectifs.

Ayant pris la question sous ce point de vue, je n'avais plus guère à hésiter. En supposant que dans mon passage je trouvasse une atmosphère *essentiellement* semblable à celle qui enveloppe la surface de la Terre, je réfléchis qu'au moyen du très ingénieux appareil de M. Grimm je pourrais facilement la condenser en suffisante quantité pour les besoins de la respiration. Voilà qui écartait le principal obstacle à un voyage à la Lune. J'avais donc dépensé quelque argent et beaucoup de peine pour adapter l'appareil au but que je me proposais, et j'avais pleine confiance dans son application, pourvu que je pusse accomplir le voyage dans un espace de temps suffisamment court. Ceci me ramène à la question de la vitesse possible.

Tout le monde sait que les ballons, dans la première période de leur ascension, s'élèvent avec une vélocité comparativement modérée. Or, la force d'ascension consiste uniquement dans la pesanteur de l'air ambiant relativement au gaz du ballon ; et, à première vue, il ne paraît pas du tout probable ni vraisemblable que le ballon, à mesure qu'il gagne en élévation et arrive successivement dans des couches atmosphériques d'une densité décroissante, puisse gagner en vitesse et accélérer sa vélocité primitive. D'un autre côté, je n'avais pas souvenir que, dans un compte rendu quelconque d'une expérience antérieure, l'on eût jamais constaté une diminution apparente dans la vitesse absolue de l'ascension, quoique tel eût pu être le cas, en raison de la fuite du gaz à travers un aérostat mal confectionné et généralement revêtu d'un vernis insuffisant, ou pour toute autre cause. Il me semblait donc que l'effet de cette déperdition pouvait seulement contre-balancer l'accélération acquise par le ballon à mesure qu'il s'éloignait du centre de gravitation. Or, je considérai que, pourvu que dans ma traversée je trouvasse *le milieu* que j'avais imaginé, et pourvu qu'il fût de même essence que ce que nous appelons l'air atmosphérique, il importait relativement assez peu que je le trouvasse à tel ou tel degré de raréfaction, c'est-à-dire relativement à ma force ascensionnelle ; car non seulement le gaz du ballon serait soumis à la même raréfaction (et, dans cette occurrence, je n'avais qu'à lâcher une quantité proportionnelle de gaz, suffisante pour prévenir une explosion), mais, par la nature de ses parties intégrantes, il devait, en tout cas, être toujours spécifiquement plus léger qu'un composé quelconque de pur azote et d'oxygène. Il y avait donc une chance – et même, en somme, une forte probabilité – *pour qu'à aucune période de mon ascension je n'arrivasse à un point où les différentes pesanteurs réunies de mon immense ballon, du gaz inconcevablement rare qu'il renfermait, de la nacelle et de son contenu, pussent égaler la pesanteur de la masse d'atmosphère ambiante déplacée* ; et l'on conçoit facilement que c'était là l'unique condition qui pût arrêter ma fuite ascensionnelle. Mais encore, si jamais j'atteignais ce point imaginaire, il me restait la faculté d'user de mon lest et d'autres poids montant à peu près à un total de 300 livres.

En même temps, la force centripète devait toujours décroître en raison du carré des distances, et ainsi je devais, avec une vélocité prodigieusement accélérée, arriver à la longue dans ces lointaines régions où la force d'attraction de la Lune serait substituée à celle de la Terre.

Il y avait une autre difficulté qui ne laissait pas de me causer quelque inquiétude. On a observé que dans les ascensions poussées à une hauteur considérable, outre la gêne de la respiration, on éprouvait dans la tête et dans tout le corps un immense malaise, souvent accompagné de saignements de nez et d'autres symptômes passablement alarmants, et qui devenait de plus en plus insupportable à mesure qu'on s'élevait[1]. C'était là une considération passablement effrayante. N'était-il pas probable que ces symptômes augmenteraient jusqu'à ce qu'ils se terminassent par la mort elle-même ? Après mûre réflexion, je conclus que non. Il fallait en chercher l'origine dans la disparition progressive de la pression atmosphérique, à laquelle est accoutumée la surface de notre corps, et dans la distension inévitable des vaisseaux sanguins superficiels, et non

1. Depuis la première publication de *Hans Pfaall*, j'apprends que M. Green, le célèbre aéronaute du ballon *le Nassau*, et d'autres expérimentateurs contestent à cet égard les assertions de M. de Humboldt, et parlent au contraire d'une incommodité toujours *décroissante*, ce qui s'accorde précisément avec la théorie présentée ici. (E.A.P.)

dans une désorganisation positive du système animal, comme dans le cas de difficulté de respiration, où la densité atmosphérique est chimiquement insuffisante pour la rénovation régulière du sang dans un ventricule du cœur. Excepté dans le cas où cette rénovation ferait défaut, je ne voyais pas de raison pour que la vie ne se maintînt pas, même dans le vide ; car l'expansion et la compression de la poitrine, qu'on appelle communément respiration, est une action purement musculaire ; elle est la cause et non l'effet de la respiration. En un mot, je concevais que, le corps s'habituant à l'absence de pression atmosphérique, ces sensations douloureuses devaient diminuer graduellement ; et, pour les supporter tant qu'elles dureraient, j'avais toute confiance dans la solidité de fer de ma constitution.

J'ai donc exposé quelques-unes des considérations – non pas toutes certainement – qui m'induisirent à former le projet d'un voyage à la Lune. Je vais maintenant, s'il plaît à Vos Excellences, vous exposer le résultat d'une tentative dont la conception paraît si audacieuse, et qui, dans tous les cas, n'a pas sa pareille dans les annales de l'humanité.

Ayant atteint la hauteur dont il a été parlé ci-dessus, c'est-à-dire trois milles trois quarts, je jetai hors de la nacelle une quantité de plumes, et je vis que je montais toujours avec une rapidité suffisante ; il n'y avait donc pas nécessité de jeter du lest. J'en fus très aise, car je désirais garder avec moi autant de lest que j'en pourrais porter, par la raison bien simple que je n'avais aucune donnée positive sur la puissance d'attraction et sur la densité atmosphérique. Je ne souffrais jusqu'à présent d'aucun malaise physique, je respirais avec une parfaite liberté et n'éprouvais aucune douleur dans la tête. La chatte était couchée fort solennellement sur mon habit que j'avais ôté, et regardait les pigeons avec un air de nonchaloir. Ces derniers, que j'avais attachés par la patte, pour les empêcher de s'envoler, étaient fort occupés à piquer quelques grains de riz éparpillés pour eux au fond de la nacelle.

À six heures vingt minutes, le baromètre donnait une élévation de 26400 pieds, ou cinq milles, à une fraction près. La perspective semblait sans bornes. Rien de plus facile d'ailleurs que de calculer à l'aide de la trigonométrie sphérique l'étendue de surface terrestre qu'embrassait mon regard. La surface convexe d'un segment de sphère est à la surface entière de la sphère comme le sinus verse du segment est au diamètre de la sphère. Or, dans mon cas, le sinus verse – c'est-à-dire l'épaisseur du segment situé au-dessous de moi – était à peu près égal à mon élévation, ou à l'élévation du point de vue au-dessus de la surface. La proportion de cinq milles à huit milles exprimerait donc l'étendue de la surface que j'embrassais, c'est-à-dire que j'apercevais la seize centième partie de la surface totale du globe. La mer apparaissait polie comme un miroir, bien qu'à l'aide du télescope je découvrisse qu'elle était dans un état de violente agitation. Le navire n'était plus visible, il avait sans doute dérivé vers l'est. Je commençai dès lors à ressentir par intervalles une forte douleur à la tête, bien que je continuasse à respirer à peu près librement. La chatte et les pigeons semblaient n'éprouver aucune incommodité.

À sept heures moins vingt, le ballon entra dans la région d'un grand et épais nuage qui me causa beaucoup d'ennui ; mon appareil condensateur en fut endommagé, et je fus trempé jusqu'aux os. C'est, à coup sûr, une singulière rencontre, car je n'aurais pas supposé qu'un nuage de cette nature pût se soutenir à une si grande élévation. Je pensai faire pour le mieux en jetant deux morceaux de lest de cinq livres chaque, ce qui me laissait encore cent soixante-cinq livres de lest. Grâce à cette opération, je traversai bien vite l'obstacle, et je m'aperçus immédiatement que j'avais gagné prodigieusement en vitesse. Quelques secondes après que j'eus quitté le nuage, un éclair éblouissant le traversa d'un bout à l'autre et l'incendia dans toute son étendue, lui donnant l'aspect d'une masse de charbon en ignition. Qu'on se rappelle que ceci se passait en plein jour. Aucune pensée ne pourrait rendre la sublimité d'un pareil phénomène se déployant dans les ténèbres de la nuit. L'enfer lui-même aurait trouvé son image exacte. Tel que je le vis, ce spectacle me fit dresser les cheveux. Cependant, je dardais au loin mon regard dans les abîmes béants ; je laissais mon imagination plonger et se promener sous d'étranges et immenses voûtes, dans des gouffres empourprés, dans les abîmes rouges et sinistres d'un feu effrayant et insondable. Je l'avais échappé belle. Si le ballon était resté une minute de plus dans le nuage – c'est-à-dire si l'incommodité dont je souffrais ne m'avait pas déterminé à jeter du lest –, ma destruction pouvait en être et en eût très probablement été la conséquence. De pareils dangers, quoiqu'on y fasse peu d'attention, sont les plus grands peut-être qu'on puisse courir en ballon. J'avais pendant ce temps atteint une hauteur assez grande pour n'avoir aucune inquiétude à ce sujet.

Je m'élevais alors très rapidement, et à sept heures le baromètre donnait une hauteur qui n'était pas moindre de neuf milles et demi. Je commençais à éprouver une grande difficulté de respiration. Ma tête aussi me faisait excessivement souffrir ; et, ayant senti depuis quelque temps de l'humidité sur mes joues, je découvris à la fin que c'était du sang qui suintait continuellement du tympan de mes oreilles. Mes yeux me donnaient aussi beaucoup d'inquiétude. En passant ma main dessus, il me sembla qu'ils étaient poussés hors de leurs orbites, et à un degré assez considérable ; et tous les objets contenus dans la nacelle et le ballon lui-même se présentaient à ma vision sous une forme monstrueuse et faussée. Ces symptômes dépassaient ceux auxquels je m'attendais, et me causaient quelque alarme. Dans cette conjoncture, très imprudemment et sans réflexion, je jetai hors de la nacelle trois morceaux de lest de cinq livres chaque. La vitesse dès lors accélérée de mon ascension m'emporta, trop rapidement et sans gradation suffisante, dans une couche d'atmosphère singulièrement raréfiée, ce qui faillit amener un résultat fatal pour mon expédition et pour moi-même. Je fus soudainement pris par un spasme qui dura plus de cinq minutes et, même quand il eut en partie cessé, il se trouva que je ne pouvais plus aspirer qu'à de longs intervalles et d'une manière convulsive, saignant copieusement pendant tout ce temps par le nez, par les oreilles, et même légèrement par les yeux. Les pigeons semblaient en proie à une excessive angoisse et se débattaient pour s'échapper, pendant que la chatte miaulait lamentablement, chancelant çà et là à travers la nacelle comme sous l'influence d'un poison.

Je découvris alors trop tard l'immense imprudence que j'avais commise en jetant du lest, et mon trouble devint extrême. Je n'attendais pas moins que la mort, et la mort dans quelques minutes. La souffrance physique

que j'éprouvais contribuait aussi à me rendre presque incapable d'un effort quelconque pour sauver ma vie. Il me restait à peine la faculté de réfléchir, et la violence de mon mal de tête semblait augmenter de minute en minute. Je m'aperçus alors que mes sens allaient bientôt m'abandonner tout à fait, et j'avais déjà empoigné une des cordes de la soupape, quand le souvenir du mauvais tour que j'avais joué aux trois créanciers, et la crainte des conséquences qui pouvaient m'accueillir à mon retour, m'effrayèrent et m'arrêtèrent pour le moment. Je me couchai au fond de la nacelle et m'efforçai de rassembler mes facultés. J'y réussis un peu, et je résolus de tenter l'expérience d'une saignée.

Mais, comme je n'avais pas de lancette, je fus obligé de procéder à cette opération tant bien que mal, et finalement j'y réussis en m'ouvrant une veine au bras gauche avec la lame de mon canif. Le sang avait à peine commencé à couler, que j'éprouvais un soulagement notable, et, lorsque j'en eus perdu à peu près la valeur d'une demi-cuvette de dimension ordinaire, les plus dangereux symptômes avaient pour la plupart entièrement disparu. Cependant, je ne jugeai pas prudent d'essayer de me remettre immédiatement sur mes pieds ; mais, ayant bandé mon bras du mieux que je pus, je restai immobile pendant un quart d'heure environ. Au bout de ce temps, je me levai et me sentis plus libre, plus dégagé de toute espèce de malaise que je ne l'avais été depuis une heure un quart.

Cependant la difficulté de respiration n'avait que fort peu diminué, et je pensai qu'il y aurait bientôt nécessité urgente à faire usage du condensateur. En même temps, je jetai les yeux sur ma chatte qui s'était commodément réinstallée sur mon habit, et, à ma grande surprise, je découvris qu'elle avait jugé à propos, pendant mon indisposition, de mettre au jour une ventrée de cinq petits chats. Certes, je ne m'attendais pas le moins du monde à ce supplément de passagers, mais, en somme, l'aventure me fit plaisir. Elle me fournissait l'occasion de vérifier une conjecture qui, plus qu'aucune autre, m'avait décidé à tenter cette ascension.

J'avais imaginé que l'*habitude* de la pression atmosphérique à la surface de la Terre était en grande partie la cause des douleurs qui attaquaient la vie animale à une certaine distance au-dessus de cette surface. Si les petits chats éprouvaient du malaise *au même degré que leur mère*, je devais considérer ma théorie comme fausse, mais je pouvais regarder le cas contraire comme une excellente confirmation de mon idée.

À huit heures, j'avais atteint une élévation de dix-sept milles. Ainsi il me parut évident que ma vitesse ascensionnelle non seulement augmentait, mais que cette augmentation eût été légèrement sensible, même dans le cas où je n'aurais pas jeté de lest, comme je l'avais fait. Les douleurs de tête et d'oreilles revenaient par intervalles avec violence et, de temps à autre, j'étais repris par mes saignements de nez ; mais, en somme, je souffrais beaucoup moins que je ne m'y étais attendu. Cependant, de minute en minute, ma respiration devenait plus difficile, et chaque inhalation était suivie d'un mouvement spasmodique de la poitrine des plus fatigants. Je déployai alors l'appareil condensateur, de manière à le faire fonctionner immédiatement.

L'aspect de la Terre, à cette période de mon ascension, était vraiment magnifique. À l'ouest, au nord et au sud, aussi loin que pénétrait mon regard, s'étendait une nappe illimitée de mer en apparence immobile, qui, de seconde en seconde, prenait une teinte bleue plus profonde. À une vaste distance vers l'est, s'allongeaient très distinctement les îles Britanniques, les côtes occidentales de la France et de l'Espagne, ainsi qu'une petite portion de la partie nord du continent africain. Il était impossible de découvrir une trace des édifices particuliers, et les plus orgueilleuses cités de l'humanité avaient absolument disparu de la surface de la Terre.

Ce qui m'étonna particulièrement dans l'aspect des choses situées au-dessous de moi, ce fut la concavité apparente de la surface du globe. Je m'attendais, assez sottement, à voir sa convexité réelle se manifester plus distinctement à proportion que je m'élèverais ; mais quelques secondes de réflexion me suffirent pour expliquer cette contradiction. Une ligne abaissée perpendiculairement sur la Terre du point où je me trouvais aurait formé la perpendiculaire d'un triangle rectangle dont la base se serait étendue de l'angle droit à l'horizon, et l'hypoténuse de l'horizon au point occupé par mon ballon. Mais l'élévation où j'étais placé n'était rien ou presque rien comparativement à l'étendue embrassée par mon regard ; en d'autres termes, la base et l'hypoténuse du triangle supposé étaient si longues, comparées à la perpendiculaire, qu'elles pouvaient être considérées comme deux lignes presque parallèles. De cette façon l'horizon de l'aéronaute lui apparaît toujours au niveau de sa nacelle. Mais, comme le point situé immédiatement au-dessous de lui, lui apparaît et est, en effet, à une immense distance, naturellement il lui paraît aussi à une immense distance au-dessous de l'horizon. De là l'impression de concavité ; et cette impression durera jusqu'à ce que l'élévation se trouve relativement à l'étendue de la perspective dans une proportion telle que le parallélisme apparent de la base et de l'hypoténuse disparaisse.

Cependant, comme les pigeons semblaient souffrir horriblement, je résolus de leur donner la liberté. Je déliai d'abord l'un d'eux, un superbe pigeon gris saumoné, et le plaçai sur le bord de la nacelle. Il semblait excessivement mal à son aise, regardait anxieusement autour de lui, battait des ailes, faisait entendre un roucoulement très accentué, mais ne pouvait pas se décider à s'élancer hors de la nacelle. À la fin, je le pris et le jetai à six yards environ du ballon. Cependant, bien loin de descendre, comme je m'y attendais, il fit des efforts véhéments pour rejoindre le ballon, poussant en même temps des cris très aigus et très perçants. Enfin, il réussit à rattraper sa première position sur le bord du panier ; mais à peine s'y était-il posé qu'il pencha sa tête sur sa gorge et tomba mort au fond de la nacelle. L'autre n'eut pas un sort aussi déplorable. Pour l'empêcher de suivre l'exemple de son camarade et d'effectuer un retour vers le ballon, je le précipitai vers la Terre de toute ma force, et vis avec plaisir qu'il continuait à descendre avec une grande vélocité, faisant usage de ses ailes très facilement et d'une manière parfaitement naturelle. En très peu de temps, il fut hors de vue, et je ne doute pas qu'il ne soit arrivé à bon port. Quant à la minette, qui semblait en grande partie remise de sa crise, elle se faisait maintenant un joyeux régal de l'oiseau mort, et finit par s'endormir avec toutes les apparences du contentement. Les petits chats étaient parfaitement vivants et ne manifestaient pas le plus léger symptôme de malaise.

À huit heures un quart, ne pouvant pas respirer plus longtemps sans une douleur intolérable, je commençai immédiatement à ajuster autour de la nacelle l'appareil attenant au condensateur. Cet appareil demande quelques explications, et Vos Excellences voudront bien se rappeler que mon but, en premier lieu, était de m'enfermer entièrement, moi et ma nacelle, et de me barricader contre l'atmosphère singulièrement raréfiée au sein de laquelle j'existais, et enfin d'introduire à l'intérieur, à l'aide de mon condensateur, une quantité de cette même atmosphère suffisamment condensée pour les besoins de la respiration.

Dans ce but, j'avais préparé un vaste sac de caoutchouc très flexible, très solide, absolument imperméable. La nacelle tout entière se trouvait en quelque sorte placée dans ce sac dont les dimensions avaient été calculées pour cet objet, c'est-à-dire qu'il passait sous le fond de la nacelle, s'étendait sur ses bords, et montait extérieurement le long des cordes jusqu'au cerceau où le filet était attaché. Ayant ainsi déployé le sac et fait hermétiquement la clôture de tous les côtés, il fallait maintenant assujettir le haut ou l'ouverture du sac en faisant passer le tissu de caoutchouc au-dessus du cerceau, en d'autres termes, entre le filet et le cerceau. Mais, si je détachais le filet du cerceau pour opérer ce passage, comment la nacelle pourrait-elle se soutenir ? Or, le filet n'était pas ajusté au cerceau d'une manière permanente, mais attaché par une série de brides mobiles ou de nœuds coulants. Je ne défis donc qu'un petit nombre de ces brides à la fois, laissant la nacelle suspendue par les autres. Ayant fait passer ce que je pus de la partie supérieure du sac, je rattachai les brides – non pas au cerceau, car l'interposition de l'enveloppe de caoutchouc rendait cela impossible –, mais à une série de gros boutons fixés à l'enveloppe elle-même, à trois pieds environ au-dessous de l'ouverture du sac, les intervalles des boutons correspondant aux intervalles des brides. Cela fait, je détachai du cerceau quelques autres brides, j'introduisis une nouvelle portion de l'enveloppe, et les brides dénouées furent à leur tour assujetties à leurs boutons respectifs. Par ce procédé, je pouvais faire passer toute la partie supérieure du sac entre le filet et le cerceau.

Il est évident que le cerceau devait dès lors tomber dans la nacelle, tout le poids de la nacelle et de son contenu n'étant plus supporté que par la force des boutons. À première vue, ce système pouvait ne pas offrir une garantie suffisante ; mais il n'y avait aucune raison de s'en défier, car non seulement les boutons étaient solides par eux-mêmes, mais, de plus, ils étaient si rapprochés, que chacun ne supportait en réalité qu'une très légère partie du poids total. La nacelle et son contenu auraient pesé trois fois plus, que je n'en aurais pas été inquiet le moins du monde. Je relevai alors le cerceau le long de l'enveloppe de caoutchouc et je l'étayai sur trois perches légères préparées pour cet objet. Cela avait pour but de tenir le sac convenablement distendu par le haut, et de maintenir la partie inférieure du filet dans la position voulue. Tout ce qui me restait à faire maintenant était de nouer l'ouverture du sac – ce que j'opérai facilement en rassemblant les plis du caoutchouc, et en les tordant étroitement ensemble au moyen d'une espèce de tourniquet à demeure.

Sur les côtés de l'enveloppe ainsi déployée autour de la nacelle, j'avais fait adapter trois carreaux de verre ronds, très épais, mais très clairs, au travers desquels je pouvais voir facilement autour de moi dans toutes les directions horizontales. Dans la partie du sac qui formait le fond était une quatrième fenêtre analogue, correspondant à une petite ouverture pratiquée dans le fond de la nacelle elle-même. Celle-ci me permettait de regarder perpendiculairement au-dessous de moi. Mais il m'avait été impossible d'ajuster une invention du même genre au-dessus de ma tête, en raison de la manière particulière dont j'étais obligé de fermer l'ouverture et des plis nombreux qui en résultaient ; j'avais donc renoncé à voir les objets situés dans mon zénith. Mais c'était là une chose de peu d'importance ; car, lors même que j'aurais pu placer une fenêtre au-dessus de moi, le ballon aurait fait obstacle à ma vue et m'aurait empêché d'en faire usage.

À un pied environ au-dessous d'une des fenêtres latérales était une ouverture circulaire de trois pouces de diamètre, avec un rebord de cuivre façonné intérieurement pour s'adapter à la spirale d'une vis. Dans ce rebord se vissait le large tube du condensateur, le corps de la machine étant naturellement placé dans la chambre de caoutchouc. En faisant le vide dans le corps de la machine, on attirait dans ce tube une masse d'atmosphère ambiante raréfiée, qui de là était déversée à l'état condensé et mêlée à l'air subtil déjà contenu dans la chambre. Cette opération, répétée plusieurs fois, remplissait à la longue la chambre d'une atmosphère suffisant aux besoins de la respiration. Mais, dans un espace aussi étroit que celui-ci, elle devait nécessairement, au bout d'un temps très court, se vicier et devenir impropre à la vie par son contact répété avec les poumons. Elle était alors rejetée par une petite soupape placée au fond de la nacelle, l'air dense se précipitant promptement dans l'atmosphère raréfiée. Pour éviter à un certain moment l'inconvénient d'un vide total dans la chambre, cette purification ne devait jamais être effectuée en une seule fois, mais graduellement, la soupape n'étant ouverte que pour quelques secondes, puis refermée, jusqu'à ce qu'un ou deux coups de pompe du condensateur eussent fourni de quoi remplacer l'atmosphère expulsée. Par amour des expériences, j'avais placé la chatte et ses petits chats dans un petit panier, et les avais suspendus en dehors de la nacelle par un bouton placé près du fond, tout auprès de la soupape, à travers laquelle je pouvais leur faire passer de la nourriture quand besoin était.

J'accomplis cette manœuvre avant de fermer l'ouverture de la chambre, et non sans quelque difficulté, car il me fallut, pour atteindre le dessous de la nacelle, me servir d'une des perches dont j'ai parlé, à laquelle était fixé un crochet. Aussitôt que l'air condensé eut pénétré dans la chambre, le cerceau et les perches devinrent inutiles : l'expansion de l'atmosphère incluse distendit puissamment le caoutchouc.

Quand j'eus fini tous ces arrangements et rempli la chambre d'air condensé, il était neuf heures moins dix. Pendant tout le temps qu'avaient duré ces opérations, j'avais horriblement souffert de la difficulté de respiration, et je me repentais amèrement de la négligence ou plutôt de l'incroyable imprudence dont je m'étais rendu coupable en remettant au dernier moment une affaire d'une si haute importance.

Mais enfin, lorsque j'eus fini, je commençai à recueillir, et promptement, les bénéfices de mon invention. Je respirai de nouveau avec une aisance et une liberté parfaites ; et vraiment, pourquoi n'en eût-il pas été ainsi ? Je fus aussi très agréablement surpris de me trouver en grande partie soulagé des vives douleurs qui m'avaient affligé jusqu'alors. Un léger mal de tête accompagné d'une sensation de plénitude ou de distension dans les poignets, les chevilles et la gorge, était à peu près tout ce dont j'avais à me plaindre maintenant. Ainsi, il était positif qu'une grande partie du malaise provenant de la disparition de la pression atmosphérique s'était absolument évanouie, et que presque toutes les douleurs que j'avais endurées pendant les deux dernières heures devaient être attribuées uniquement aux effets d'une respiration insuffisante.

À neuf heures moins vingt – c'est-à-dire peu de temps après avoir fermé l'ouverture de ma chambre –, le mercure avait atteint son extrême limite et était retombé dans la cuvette du baromètre, qui, comme je l'ai dit, était d'une vaste dimension. Il me donnait alors une hauteur de 132000 pieds ou de 25 milles, et conséquemment mon regard en ce moment n'embrassait pas moins de la 320e partie de la superficie totale de la Terre. À neuf heures, j'avais de nouveau perdu de vue la Terre dans l'est, mais pas avant de m'être aperçu que le ballon dérivait rapidement vers le nord-nord-ouest. L'Océan, au-dessous de moi, gardait toujours son apparence de concavité ; mais sa vue était souvent interceptée par des masses de nuées qui flottaient çà et là.

À neuf heures et demie, je recommençai l'expérience des plumes, j'en jetai une poignée à travers la soupape. Elles ne voltigèrent pas, comme je m'y attendais, mais tombèrent perpendiculairement, en masse, comme un boulet, et avec une telle vélocité, que je les perdis de vue en quelques secondes. Je ne savais d'abord que penser de cet extraordinaire phénomène ; je ne pouvais croire que ma vitesse ascensionnelle se fût si soudainement et si prodigieusement accélérée. Mais je réfléchis bientôt que l'atmosphère était maintenant trop raréfiée pour soutenir même des plumes – qu'elles tombaient réellement, ainsi qu'il m'avait semblé, avec une excessive rapidité – et que j'avais été simplement surpris par les vitesses combinées de leur chute et de mon ascension.

À dix heures, il se trouva que je n'avais plus grand-chose à faire et que rien ne réclamait mon attention immédiate. Mes affaires allaient donc comme sur des roulettes, et j'étais persuadé que le ballon montait avec une vitesse incessamment croissante, quoique je n'eusse plus aucun moyen d'apprécier cette progression de vitesse. Je n'éprouvais de peine ni de malaise d'aucune espèce ; je jouissais même d'un bien-être que je n'avais pas encore connu depuis mon départ de Rotterdam. Je m'occupais tantôt à vérifier l'état de tous mes instruments, tantôt à renouveler l'atmosphère de la chambre. Quant à ce dernier point, je résolus de m'en occuper à des intervalles réguliers de quarante minutes, plutôt pour garantir complètement ma santé que par une absolue nécessité. Cependant, je ne pouvais pas m'empêcher de faire des rêves et des conjectures. Ma pensée s'ébattait dans les étranges et chimériques régions de la Lune. Mon imagination, se sentant une bonne fois délivrée de toute entrave, errait à son gré parmi les merveilles multiformes d'une planète ténébreuse et changeante. Tantôt c'étaient des forêts chenues et vénérables, des précipices rocailleux et des cascades retentissantes s'écroulant dans des gouffres sans fond. Tantôt j'arrivais tout à coup dans de calmes solitudes inondées d'un soleil de midi, où ne s'introduisait jamais aucun vent du ciel, et où s'étalaient à perte de vue de vastes prairies de pavots et de longues fleurs élancées semblables à des lis, toutes silencieuses et immobiles pour l'éternité. Puis je voyageais longtemps, longtemps, et je pénétrais dans une contrée qui n'était tout entière qu'un lac ténébreux et vague, avec une frontière de nuages. Mais ces images n'étaient pas les seules qui prissent possession de mon cerveau. Parfois des horreurs d'une nature plus noire, plus effrayante, s'introduisaient dans mon esprit, et ébranlaient les dernières profondeurs de mon âme par la simple hypothèse de leur possibilité. Cependant, je ne pouvais permettre à ma pensée de s'appesantir trop longtemps sur ces dernières contemplations ; je pensais judicieusement que les dangers réels et palpables de mon voyage suffisaient largement pour absorber toute mon attention.

À cinq heures de l'après-midi, comme j'étais occupé à renouveler l'atmosphère de la chambre, je pris cette occasion pour observer la chatte et ses petits à travers la soupape. La chatte semblait de nouveau souffrir beaucoup, et je ne doutai pas qu'il ne fallût attribuer particulièrement son malaise à la difficulté de respirer ; mais mon expérience relativement aux petits avait eu un résultat des plus étranges. Naturellement je m'attendais à les voir manifester une sensation de peine, quoique à un degré moindre que leur mère, et cela eût été suffisant pour confirmer mon opinion touchant l'habitude de la pression atmosphérique. Mais je n'espérais pas les trouver, après un examen scrupuleux, jouissant d'une parfaite santé et ne laissant pas voir le plus léger signe de malaise. Je ne pouvais me rendre compte de cela qu'en élargissant ma théorie, et en supposant que l'atmosphère ambiante hautement raréfiée pouvait bien, contrairement à l'opinion que j'avais d'abord adoptée comme positive, n'être pas chimiquement insuffisante pour les fonctions vitales, et qu'une personne née dans un pareil milieu pourrait peut-être ne s'apercevoir d'aucune incommodité de respiration, tandis que, ramenée vers les couches plus denses avoisinant la Terre, elle souffrirait vraisemblablement des douleurs analogues à celles que j'avais endurées tout à l'heure. Ç'a été pour moi, depuis lors, l'occasion d'un profond regret, qu'un accident malheureux m'ait privé de ma petite famille de chats et m'ait enlevé le moyen d'approfondir cette question par une expérience continue. En passant ma main à travers la soupape avec une tasse pleine d'eau pour la vieille minette, la manche de ma chemise s'accrocha à la boucle qui supportait le panier, et du coup la détacha du bouton. Quand même tout le panier se fût absolument évaporé dans l'air, il n'aurait pas été escamoté à ma vue d'une manière plus abrupte et plus instantanée. Positivement, il ne s'écoula pas la dixième partie d'une seconde entre le moment où le panier se décrocha et celui où il disparut complètement avec tout ce qu'il contenait. Mes souhaits les plus heureux l'accompagnèrent vers la Terre, mais, naturellement, je n'espérais guère que la chatte ou ses petits survécussent pour raconter leur odyssée.

À six heures, je m'aperçus qu'une grande partie de la surface visible de la Terre, vers l'est, était plongée dans une ombre épaisse, qui s'avançait incessamment avec une grande rapidité ; enfin, à sept heures moins cinq, toute la surface visible fut enveloppée dans les ténèbres de la nuit. Ce ne fut toutefois que quelques instants plus tard que les rayons du soleil couchant cessèrent d'illuminer le ballon ; et, cette circonstance, à laquelle je m'attendais parfaitement, ne manqua pas de me causer un immense plaisir. Il était évident qu'au matin je contemplerais le corps lumineux à son lever plusieurs heures au moins avant les citoyens de Rotterdam, bien qu'ils fussent situés beaucoup plus loin que moi dans l'est, et qu'ainsi, de jour en jour, à mesure que je serais placé plus haut dans l'atmosphère, je jouirais de la lumière solaire pendant une période de plus en plus longue. Je résolus alors de rédiger un journal de mon voyage en comptant les jours de vingt-quatre heures consécutives, sans avoir égard aux intervalles de ténèbres.

À dix heures, sentant venir le sommeil, je résolus de me coucher pour le reste de la nuit ; mais ici se présenta une difficulté qui, quoique de nature à sauter aux yeux, avait échappé à mon attention jusqu'au dernier moment. Si je me mettais à dormir, comme j'en avais l'intention, comment renouveler l'air de la chambre pendant cet intervalle ? Respirer cette atmosphère plus d'une heure, au maximum, était une chose absolument impossible ; et, en supposant ce terme poussé jusqu'à une heure un quart, les plus déplorables conséquences pouvaient en résulter. Cette cruelle alternative ne me causa pas peu d'inquiétude ; et l'on croira à peine qu'après les dangers que j'avais essuyés je pris la chose tellement au sérieux que je désespérai d'accomplir mon dessein, et que finalement je me résignai à la nécessité d'une descente.

Mais cette hésitation ne fut que momentanée. Je réfléchis que l'homme est le plus parfait esclave de l'habitude, et que mille cas de la routine de son existence sont considérés comme essentiellement importants, qui ne sont tels que parce qu'il en fait des nécessités de routine. Il était positif que je ne pouvais pas ne pas dormir ; mais je pouvais facilement m'accoutumer à me réveiller sans inconvénient d'heure en heure durant tout le temps consacré à mon repos. Il ne me fallait pas plus de cinq minutes au plus pour renouveler complètement l'atmosphère ; et la seule difficulté réelle était d'inventer un procédé pour m'éveiller au moment nécessaire. Mais c'était là un problème dont la solution, je le confesse, ne me causait pas peu d'embarras.

J'avais certainement entendu parler de l'étudiant qui, pour s'empêcher de tomber de sommeil sur ses livres, tenait dans une main une boule de cuivre, dont la chute retentissante dans un bassin de même métal placé par terre, à côté de sa chaise, servait à le réveiller en sursaut, si quelquefois il se laissait aller à l'engourdissement. Mon cas, toutefois, était fort différent du sien et ne livrait pas de place à une pareille idée ; car je ne désirais pas rester éveillé, mais me réveiller à des intervalles réguliers. Enfin, j'imaginai l'expédient suivant qui, quelque simple qu'il paraisse, fut salué par moi, au moment de ma découverte, comme une invention absolument comparable à celle du télescope, des machines à vapeur et même de l'imprimerie.

Il est nécessaire de remarquer d'abord que le ballon, à la hauteur où j'étais parvenu, continuait à monter en ligne droite avec une régularité parfaite, et que la nacelle le suivait conséquemment sans éprouver la plus légère oscillation. Cette circonstance me favorisa grandement dans l'exécution du plan que j'avais adopté. Ma provision d'eau avait été embarquée dans des barils qui contenaient chacun cinq gallons et étaient solidement arrimés dans l'intérieur de la nacelle. Je détachai l'un de ces barils, et, prenant deux cordes, je les attachai étroitement au rebord d'osier, de manière qu'elles traversaient la nacelle, parallèlement, et à une distance d'un pied l'une de l'autre ; elles formaient ainsi une sorte de tablette, sur laquelle je plaçai le baril et l'assujettis dans une position horizontale.

À huit pouces environ au-dessous de ces cordes et à quatre pieds du fond de la nacelle, je fixai une autre tablette, mais faite d'une planche mince, la seule de cette nature qui fût à ma disposition. Sur cette dernière, et juste au-dessous d'un des bords du baril, je déposai une petite cruche de terre.

Je perçai alors un trou dans le fond du baril, au-dessus de la cruche, et j'y fichai une cheville de bois taillée en cône, ou en forme de bougie. J'enfonçai et je retirai cette cheville, plus ou moins, jusqu'à ce qu'elle s'adaptât, après plusieurs tâtonnements, juste assez pour que l'eau filtrant par le trou et tombant dans la cruche la remplît jusqu'au bord dans un intervalle de soixante minutes. Quant à ceci, il me fut facile de m'en assurer en peu de temps ; je n'eus qu'à observer jusqu'à quel point la cruche se remplissait dans un temps donné. Tout cela dûment arrangé, le reste se devine.

Mon lit était disposé sur le fond de la nacelle de manière que ma tête, quand j'étais couché, se trouvait immédiatement au-dessous de la gueule de la cruche. Il était évident qu'au bout d'une heure la cruche remplie devait déborder, et le trop-plein s'écouler par la gueule qui était un peu au-dessous du niveau du bord.

Il était également certain que l'eau tombant ainsi d'une hauteur de plus de quatre pieds ne pouvait pas ne pas tomber sur ma face, et que le résultat devait être un réveil instantané, quand même j'aurais dormi du plus profond sommeil.

Il était au moins onze heures quand j'eus fini toute cette installation, et je me mis immédiatement au lit, plein de confiance dans l'efficacité de mon invention. Et je ne fus pas désappointé dans mes espérances. De soixante en soixante minutes, je fus ponctuellement éveillé par mon fidèle chronomètre ; je vidais le contenu de la cruche par le trou de bonde du baril, je faisais fonctionner le condensateur, et je me remettais au lit. Ces interruptions régulières dans mon sommeil me causèrent même moins de fatigue que je ne m'y étais attendu ; et, quand enfin je me levai pour tout de bon, il était sept heures, et le soleil avait atteint déjà quelques degrés au-dessus de la ligne de mon horizon.

3 avril. – Je trouvai que mon ballon était arrivé à une immense hauteur, et que la convexité de la Terre se manifestait enfin d'une manière frappante. Au-dessous de moi, dans l'Océan, se montrait un semis de points noirs qui devaient être indubitablement des îles. Au-dessus de ma tête, le ciel était d'un noir de jais, et les étoiles visibles et scintillantes ; en réalité, elles m'avaient toujours apparu ainsi depuis le premier jour de mon ascension. Bien loin vers le nord, j'apercevais au bord de l'horizon une ligne ou une bande mince, blanche et excessivement brillante, et je supposai immédiatement que ce devait être la limite sud de la mer de glaces polaires. Ma curiosité fut grandement excitée, car j'avais l'espoir de m'avancer beaucoup plus vers le nord, et peut-être, à un certain moment, de me trouver directement au-dessus du Pôle lui-même. Je déplorai alors que l'énorme hauteur où j'étais placé m'empêchât d'en faire un examen aussi positif que je l'aurais désiré. Toutefois, il y avait encore quelques bonnes observations à faire.

Il ne m'arriva d'ailleurs rien d'extraordinaire durant cette journée. Mon appareil fonctionnait toujours très régulièrement, et le ballon montait toujours sans aucune vacillation apparente. Le froid était intense et m'obligeait de m'envelopper soigneusement d'un paletot. Quand les ténèbres couvrirent la Terre, je me mis au lit, quoique je dusse être pour plusieurs heures encore enveloppé de la lumière du plein jour. Mon horloge hydraulique accomplit ponctuellement son devoir, et je dormis profondément jusqu'au matin suivant, sauf les interruptions périodiques.

4 avril. – Je me suis levé en bonne santé et en joyeuse humeur, et j'ai été fort étonné du singulier changement survenu dans l'aspect de la mer. Elle avait perdu, en grande partie, la teinte de bleu profond qu'elle avait revêtue jusqu'à présent ; elle était d'un blanc grisâtre et d'un éclat qui éblouissait l'œil. La convexité de l'Océan était devenue si évidente que la masse entière de ses eaux lointaines semblait s'écrouler précipitamment dans l'abîme de l'horizon, et je me surpris prêtant l'oreille et cherchant les échos de la puissante cataracte.

Les îles n'étaient plus visibles, soit qu'elles eussent passé derrière l'horizon vers le sud-est, soit que mon élévation croissante les eût chassées au-delà de la portée de ma vue ; c'est ce qu'il m'est impossible de dire. Toutefois, j'inclinais vers cette dernière opinion. La bande de glaces, au nord, devenait de plus en plus apparente. Le froid avait beaucoup perdu de son intensité. Il ne m'arriva rien d'important, et je passai tout le jour à lire, car je n'avais pas oublié de faire une provision de livres.

5 avril. – J'ai contemplé le singulier phénomène du soleil levant pendant que presque toute la surface visible de la Terre restait enveloppée dans les ténèbres. Toutefois, la lumière commença à se répandre sur toutes choses, et je revis la ligne de glaces au nord. Elle était maintenant très distincte, et paraissait d'un ton plus foncé que les eaux de l'Océan. Évidemment, je m'en rapprochais, et avec une grande rapidité. Je m'imaginai que je distinguais encore une bande de terre vers l'est, et une autre vers l'ouest, mais il me fut impossible de m'en assurer. Température modérée. Rien d'important ne m'arriva ce jour-là. Je me mis au lit de fort bonne heure.

6 avril. – J'ai été fort surpris de trouver la bande de glaces à une distance assez modérée, et un immense champ de glaces s'étendant à l'horizon vers le nord. Il était évident que, si le ballon gardait sa direction actuelle, il devait arriver bientôt au-dessus de l'Océan boréal, et maintenant j'avais une forte espérance de voir le Pôle. Durant tout le jour, je continuai à me rapprocher des glaces.

Vers la nuit, les limites de mon horizon s'agrandirent très soudainement et très sensiblement, ce que je devais sans aucun doute à la forme de notre planète qui est celle d'un sphéroïde écrasé, et parce que j'arrivais au-dessus des régions aplaties qui avoisinent le cercle arctique. À la longue, quand les ténèbres m'envahirent, je me mis au lit dans une grande anxiété, tremblant de passer au-dessus de l'objet d'une si grande curiosité sans pouvoir l'observer à loisir.

7 avril. – Je me levai de bonne heure, et, à ma grande joie, je contemplai ce que je n'hésitai pas à considérer comme le Pôle lui-même. Il était là, sans aucun doute, et directement sous mes pieds ; mais, hélas ! j'étais maintenant placé à une si grande hauteur, que je ne pouvais rien distinguer avec netteté. En réalité, à en juger d'après la progression des chiffres indiquant mes diverses hauteurs à différents moments, depuis le 2 avril à six heures du matin jusqu'à neuf heures moins vingt de la même matinée (moment où le mercure retomba dans la cuvette du baromètre), il y avait vraisemblablement lieu de supposer que le ballon devait maintenant – 7 avril, quatre heures du matin – avoir atteint une hauteur qui était au moins de 7254 milles au-dessus du niveau de la mer. Cette élévation peut paraître énorme ; mais l'estime sur laquelle elle était basée donnait très probablement un résultat bien inférieur à la réalité. En tout cas, j'avais indubitablement sous les yeux la totalité du plus grand diamètre terrestre ; tout l'hémisphère Nord s'étendait au-dessous de moi comme une carte en projection orthographique ; et le grand cercle même de l'équateur formait la ligne frontière de mon horizon. Vos Excellences, toutefois, concevront facilement que les régions inexplorées jusqu'à présent et confinées dans les limites du cercle arctique, quoique situées directement au-dessous de moi, et conséquemment aperçues sans aucune apparence de raccourci, étaient trop rapetissées et placées à une trop grande distance du point d'observation pour admettre un examen quelque peu minutieux.

Néanmoins, ce que j'en voyais était d'une nature singulière et intéressante. Au nord de cette immense bordure dont j'ai parlé, et que l'on peut définir, sauf une légère restriction, la limite de l'exploration humaine dans ces régions, continue de s'étendre sans interruption ou presque sans interruption une nappe de glace. Dès son commencement, la surface de cette mer de glace s'affaisse sensiblement ; plus loin, elle est déprimée jusqu'à paraître plane, et finalement elle devient singulièrement concave, et se termine au Pôle lui-même en une cavité centrale circulaire dont les bords sont nettement définis, et dont le diamètre apparent sous-tendait alors, relativement à mon ballon, un angle de soixante-cinq secondes environ ; quant à la couleur, elle était obscure, variant d'intensité, toujours plus sombre qu'aucun point de l'hémisphère visible, et s'approfondissant quelquefois jusqu'au noir parfait. Au-delà, il était difficile de distinguer quelque chose. À midi, la circonférence de ce trou central avait sensiblement décru et, à sept heures de l'après-midi, je l'avais entièrement perdu de vue ; le ballon passait vers le bord ouest des glaces et filait rapidement dans la direction de l'équateur.

8 avril. – J'ai remarqué une sensible diminution dans le diamètre apparent de la Terre, sans parler d'une altération positive dans sa couleur et son aspect général. Toute la surface visible participait alors, à différents degrés, de la teinte jaune pâle, et dans certaines parties elle avait revêtu un éclat presque douloureux pour l'œil. Ma vue était singulièrement gênée par la densité de l'atmosphère et les amas de nuages qui avoisinaient cette surface ; c'est à peine si entre ces masses je pouvais de temps à autre apercevoir la planète. Depuis les dernières quarante-huit heures, ma vue avait été plus ou moins empêchée par ces obstacles ; mais mon élévation actuelle, qui était excessive, rapprochait et confondait ces masses flottantes de vapeur, et l'inconvénient devenait de plus en plus sensible à mesure que je montais. Néanmoins, je percevais facilement que le ballon planait maintenant au-dessus du groupe des Grands Lacs du Nord-Amérique et courait droit vers le sud, ce qui devait m'amener bientôt vers les tropiques.

Cette circonstance ne manqua pas de me causer la plus sensible satisfaction, et je la saluai comme un heureux présage de mon succès final. En réalité, la direction que j'avais prise jusqu'alors m'avait rempli d'inquiétude ; car il était évident que, si je l'avais suivie longtemps encore, je n'aurais jamais pu arriver à la Lune, dont l'orbite n'est inclinée sur l'écliptique que d'un petit angle de 5 degrés 8 minutes 48 secondes. Quelque étrange que cela puisse paraître, ce ne fut qu'à cette période tardive que je commençai à comprendre la grande faute que j'avais commise en n'effectuant pas mon départ de quelque point terrestre situé dans le plan de l'ellipse lunaire.

9 avril. – Aujourd'hui, le diamètre de la Terre est grandement diminué, et la surface prend d'heure en heure une teinte jaune plus prononcée. Le ballon a toujours filé droit vers le sud, et est arrivé à neuf heures de l'après-midi au-dessus de la côte nord du golfe du Mexique.

10 avril. – J'ai été soudainement tiré de mon sommeil vers cinq heures du matin par un grand bruit, un craquement terrible, dont je n'ai pu en aucune façon me rendre compte. Il a été de courte durée ; mais, tant qu'il a duré, il ne ressemblait à aucun bruit terrestre dont j'eusse gardé la sensation. Il est inutile de dire que je fus excessivement alarmé, car j'attribuai d'abord ce bruit à une déchirure du ballon. Cependant, j'examinai tout mon appareil avec une grande attention, et je n'y pus découvrir aucune avarie. J'ai passé la plus grande partie du jour à méditer sur un accident aussi extraordinaire, mais je n'ai absolument rien trouvé de satisfaisant. Je me suis mis au lit fort mécontent et dans un état d'agitation et d'anxiété excessives.

11 avril. – J'ai trouvé une diminution sensible dans le diamètre apparent de la Terre et un accroissement considérable, observable pour la première fois, dans celui de la Lune, qui n'était qu'à quelques jours de son plein. Ce fut alors pour moi un très long et très pénible labeur de condenser dans la chambre une quantité d'air atmosphérique suffisante pour l'entretien de la vie.

12 avril. – Un singulier changement a eu lieu dans la direction du ballon, qui, bien que je m'y attendisse parfaitement, m'a causé le plus sensible plaisir. Il était parvenu dans sa direction première au vingtième parallèle de latitude sud, et il a tourné brusquement vers l'est, à angle aigu, et a suivi cette route tout le jour, en se tenant à peu près, sinon absolument, dans le plan exact de l'ellipse lunaire. Ce qui était digne de remarque, c'est que ce changement de direction occasionnait une oscillation très sensible de la nacelle, – oscillation qui a duré plusieurs heures à un degré plus ou moins vif.

13 avril. – J'ai été de nouveau très alarmé par la répétition de ce grand bruit de craquement qui m'avait terrifié le 10. J'ai longtemps médité sur ce sujet, mais il m'a été impossible d'arriver à une conclusion satisfaisante. Grand décroissement dans le diamètre apparent de la Terre. Il ne sous-tendait plus, relativement au ballon, qu'un angle d'un peu plus de 25 degrés. Quant à la Lune, il m'était impossible de la voir, elle était presque dans mon zénith. Je marchais toujours dans le plan de l'ellipse, mais je faisais peu de progrès vers l'est.

14 avril. – Diminution excessivement rapide dans le diamètre de la Terre. Aujourd'hui, j'ai été fortement impressionné de l'idée que le ballon courait maintenant sur la ligne des apsides en remontant vers le périgée – en d'autres termes, qu'il suivait directement la route qui devait le conduire à la Lune dans cette partie de son orbite qui est la plus rapprochée de la Terre. La Lune était juste au-dessus de ma tête, et conséquemment cachée à ma vue. Toujours ce grand et long travail indispensable pour la condensation de l'atmosphère.

15 avril. – Je ne pouvais même plus distinguer nettement sur la planète les contours des continents et des mers. Vers midi, je fus frappé pour la troisième fois de ce bruit effrayant qui m'avait déjà si fort étonné. Cette fois-ci, cependant, il dura quelques moments et prit de l'intensité. À la longue, stupéfié, frappé de terreur, j'attendais anxieusement je ne sais quelle épouvantable destruction, lorsque la nacelle oscilla avec une violence excessive, et une masse de matière que je n'eus pas le temps de distinguer passa à côté du ballon, gigantesque et enflammée, retentissante et rugissante comme la voix de mille tonnerres. Quand mes terreurs et mon étonnement furent un peu diminués, je supposai naturellement que ce devait être quelque énorme fragment volcanique vomi par ce monde dont j'approchais si rapidement et, selon toute probabilité, un morceau de ces substances singulières qu'on ramasse quelquefois sur la Terre, et qu'on nomme aérolithes, faute d'une appellation plus précise.

16 avril. – Aujourd'hui, en regardant au-dessous de moi, aussi bien que je pouvais, par chacune des deux fenêtres latérales alternativement, j'aperçus, à ma grande satisfaction, une très petite portion du disque lunaire qui s'avançait, pour ainsi dire de tous les côtés, au-delà de la vaste circonférence de mon ballon. Mon agitation devint extrême, car maintenant je ne doutais guère que je n'atteignisse bientôt le but de mon périlleux voyage.

En vérité, le labeur qu'exigeait alors le condensateur s'était accru jusqu'à devenir obsédant, et ne laissait presque pas de répit à mes efforts. De sommeil, il n'en était, pour ainsi dire, plus question. Je devenais réellement malade, et tout mon être tremblait d'épuisement. La nature humaine ne pouvait pas supporter plus longtemps une pareille intensité dans la souffrance. Durant l'intervalle des ténèbres, bien court maintenant, une pierre météorique passa de nouveau dans mon voisinage, et la fréquence de ces phénomènes commença à me donner de fortes inquiétudes.

17 avril. – Cette matinée a fait époque dans mon voyage. On se rappellera que, le 13, la Terre sous-tendait relativement à moi un angle de 25 degrés. Le 14, cet angle avait fortement diminué ; le 15, j'observai une diminution encore plus rapide ; et, le 16, avant de me coucher, j'avais estimé que l'angle n'était plus que de 7 degrés et 15 minutes. Qu'on se figure donc quelle dut être ma stupéfaction, quand, en m'éveillant ce matin, 17, et sortant d'un sommeil court et troublé, je m'aperçus que la surface planétaire placée au-dessous de moi avait si inopinément et si effroyablement *augmenté* de volume que son diamètre apparent sous-tendait un angle qui ne mesurait pas moins de 39 degrés ! J'étais foudroyé ! Aucune parole ne peut donner une idée exacte de l'horreur extrême, absolue, et de la stupeur dont je fus saisi, possédé, écrasé. Mes genoux vacillèrent sous moi, mes dents claquèrent, mon poil se dressa sur ma tête. – Le ballon a donc fait explosion ? – Telles furent les premières idées qui se précipitèrent tumultueusement dans mon esprit. Positivement, le ballon a crevé ! – Je tombe, je tombe avec la plus impétueuse, la plus incomparable vitesse ! À en juger par l'immense espace déjà si rapidement parcouru, je dois rencontrer la surface de la Terre dans dix minutes au plus ; dans dix minutes, je serai précipité, anéanti !

Mais, à la longue, la réflexion vint à mon secours. Je fis une pause, je méditai ; et je commençai à douter. La chose était impossible. Je ne pouvais en aucune façon être descendu aussi rapidement. En outre, bien que je me rapprochasse évidemment de la surface située au-dessous de moi, ma vitesse réelle n'était nullement en rapport avec l'épouvantable vélocité que j'avais d'abord imaginée.

Cette considération calma efficacement la perturbation de mes idées, et je réussis finalement à envisager le phénomène sous son vrai point de vue. Il fallait que ma stupéfaction m'eût privé de l'exercice de mes sens pour que je n'eusse pas vu quelle immense différence il y avait entre l'aspect de cette surface placée au-dessous de moi et celui de ma planète natale. Cette dernière était donc au-dessus de ma tête et complètement cachée par le ballon, tandis que la Lune – la Lune elle-même dans toute sa gloire – s'étendait au-dessous de moi ; je l'avais sous mes pieds !

L'étonnement et la stupeur produits dans mon esprit par cet extraordinaire changement dans la situation des choses étaient peut-être, après tout, ce qu'il y avait de plus étonnant et de moins explicable dans mon aventure. Car ce *bouleversement*, en lui-même, était non seulement naturel et inévitable, mais depuis longtemps même je l'avais positivement prévu comme une circonstance toute simple, comme une conséquence qui devait se produire quand j'arriverais au point exact de mon parcours où l'attraction de la planète serait remplacée par l'attraction du satellite – ou, en termes plus précis, quand la gravitation du ballon vers la Terre serait moins puissante que sa gravitation vers la Lune.

Il est vrai que je sortais d'un profond sommeil, que tous mes sens étaient encore brouillés, quand je me trouvai soudainement en face d'un phénomène des plus surprenants – d'un phénomène que j'attendais, mais que je n'attendais pas en ce moment.

La révolution elle-même devait avoir eu lieu naturellement, de la façon la plus douce et la plus graduée, et il n'est pas le moins du monde certain que, lors même que j'eusse été éveillé au moment où elle s'opéra, j'eusse eu la conscience du sens dessus dessous – que j'eusse perçu un symptôme *intérieur* quelconque de l'inversion –, c'est-à-dire une incommodité, un dérangement quelconque, soit dans ma personne, soit dans mon appareil.

Il est presque inutile de dire qu'en revenant au sentiment juste de ma situation, et émergeant de la terreur qui avait absorbé toutes les facultés de mon âme, mon attention s'appliqua d'abord uniquement à la contemplation de l'aspect général de la Lune. Elle se développait au-dessous de moi comme une carte – et, quoique je jugeasse qu'elle était encore à une distance assez considérable, les aspérités de sa surface se dessinaient à mes yeux avec une netteté très singulière dont je ne pouvais absolument pas me rendre compte. L'absence complète d'océan, de mer, et même de tout lac et de toute rivière, me frappa, au premier coup d'œil, comme le signe le plus extraordinaire de sa condition géologique.

Cependant, chose étrange à dire, je voyais de vastes régions planes, d'un caractère positivement alluvial, quoique la plus grande partie de l'hémisphère visible fût couverte d'innombrables montagnes volcaniques en forme de cônes, et qui avaient plutôt l'aspect d'éminences façonnées par l'art que de saillies naturelles. La plus haute d'entre elles n'excédait pas trois milles trois quarts en élévation perpendiculaire – d'ailleurs, une carte des régions volcaniques des Campi Phlegræi donnerait à Vos Excellences une meilleure idée de leur surface générale que toute description, toujours insuffisante, que j'essayerais d'en faire. La plupart de ces montagnes étaient évidemment en état d'éruption, et me donnaient une idée terrible de leur furie et de leur puissance par les fulminations multipliées des pierres improprement dites météoriques, qui maintenant partaient d'en bas et filaient à côté du ballon avec une fréquence de plus en plus effrayante.

18 avril. – Aujourd'hui, j'ai trouvé un accroissement énorme dans le volume apparent de la Lune – et la vitesse évidemment accélérée de ma descente a commencé à me remplir d'alarmes. On se rappellera que dans le principe, quand je commençai à appliquer mes rêveries à la possibilité d'un passage vers la Lune, l'hypothèse d'une atmosphère ambiante dont la densité devait être proportionnée au volume de la planète avait pris une large part dans mes calculs ; et cela, en dépit de mainte théorie adverse, et même, je l'avoue, en dépit du préjugé universel contraire à l'existence d'une atmosphère lunaire quelconque. Mais, outre les idées que j'ai déjà émises relativement à la comète d'Encke et à la lumière zodiacale, ce qui me fortifiait dans mon opinion, c'étaient certaines observations de M. Schroeter, de Lilienthal. Il a observé la Lune, âgée de deux jours et demi, le soir, peu de temps après le coucher du soleil, avant que la partie obscure fût visible, et il continua à la surveiller jusqu'à ce que cette partie fût devenue visible. Les deux cornes semblaient s'affiler en une sorte de prolongement très aigu, dont l'extrémité était faiblement éclairée par les rayons solaires, alors qu'aucune partie de l'hémisphère obscur n'était visible. Peu de temps après, tout le bord sombre s'éclaira. Je pensai que ce prolongement des cornes au-delà du demi-cercle prenait sa cause dans la réfraction des rayons du Soleil par l'atmosphère de la Lune. Je calculai aussi que la hauteur de cette atmosphère (qui pouvait réfracter assez de lumière dans son hémisphère obscur pour produire un crépuscule plus lumineux que la lumière réfléchie par la Terre quand la Lune est environ à 32 degrés de sa conjonction), devait être de 1 356 pieds de roi ; d'après cela, je supposai que la plus grande hauteur capable de réfracter le rayon solaire était de 5 376 pieds. Mes idées sur ce sujet se trouvaient également confirmées par un passage du quatre-vingt-deuxième volume des *Transactions philosophiques*, dans lequel il est dit que, lors d'une occultation des satellites de Jupiter, le troisième disparut après avoir été indistinct pendant une ou deux secondes, et que le quatrième devint indiscernable en approchant du limbe[1].

1. Hévélius écrit qu'il a quelquefois observé dans des cieux parfaitement clairs, où des étoiles même de sixième et de septième

C'était sur la résistance, ou, plus exactement, sur le support d'une atmosphère existant à un état de densité hypothétique que j'avais absolument fondé mon espérance de descendre sain et sauf. Après tout, si j'avais fait une conjecture absurde, je n'avais rien de mieux à attendre, comme dénouement de mon aventure, que d'être pulvérisé contre la surface raboteuse du satellite. Et, en somme, j'avais toutes les raisons possibles d'avoir peur. La distance où j'étais de la Lune était comparativement insignifiante, tandis que le labeur exigé par le condensateur n'était pas du tout diminué, et que je ne découvrais aucun indice d'une densité croissante dans l'atmosphère.

19 avril. – Ce matin, à ma grande joie, vers neuf heures – me trouvant effroyablement près de la surface lunaire, et mes appréhensions étant excitées au dernier degré –, le piston du condensateur a donné des symptômes évidents d'une altération de l'atmosphère. À dix heures, j'avais des raisons de croire sa densité considérablement augmentée. À onze heures, l'appareil ne

grandeur brillaient visiblement, que – supposés la même hauteur de la Lune, la même élongation de la Terre, le même télescope, excellent, bien entendu – la Lune et ses taches ne nous apparaissent pas toujours aussi lumineuses. Ces circonstances données, il est évident que la cause du phénomène n'est ni dans notre atmosphère, ni dans le télescope, ni dans la Lune, ni dans l'œil de l'observateur, mais qu'elle doit être cherchée dans quelque chose (une atmosphère ?) existant autour de la Lune.

Cassini a constamment observé que Saturne, Jupiter et les étoiles fixes, au moment d'être occultés par la Lune, changeaient leur forme circulaire en une forme ovale ; et dans d'autres occultations il n'a saisi aucun changement de forme. On pourrait donc en inférer que, dans quelques cas, mais pas toujours, la Lune est enveloppée d'une matière dense où sont réfractés les rayons des étoiles. (E. A. P.)

réclamait plus qu'un travail très minime ; et, à midi, je me hasardai, non sans quelque hésitation, à desserrer le tourniquet, et, voyant qu'il n'y avait à cela aucun inconvénient, j'ouvris décidément la chambre de caoutchouc, et je déshabillai la nacelle. Ainsi que j'aurais dû m'y attendre, une violente migraine accompagnée de spasmes fut la conséquence immédiate d'une expérience si précipitée et si pleine de dangers. Mais, comme ces inconvénients et d'autres encore relatifs à la respiration n'étaient pas assez grands pour mettre ma vie en péril, je me résignai à les endurer de mon mieux, d'autant plus que j'avais tout lieu d'espérer qu'ils disparaîtraient progressivement, chaque minute me rapprochant des couches plus denses de l'atmosphère lunaire.

Toutefois, ce rapprochement s'opérait avec une impétuosité excessive, et bientôt il me fut démontré – certitude fort alarmante – que, bien que très probablement je ne me fusse pas trompé en comptant sur une atmosphère dont la densité devait être proportionnelle au volume du satellite, cependant j'avais eu bien tort de supposer que cette densité, même à la surface, serait suffisante pour supporter l'immense poids contenu dans la nacelle de mon ballon. Tel cependant *eût dû* être le cas, exactement comme à la surface de la Terre, si vous supposez, sur l'une et sur l'autre planète, la pesanteur réelle des corps en raison de la densité atmosphérique ; mais tel *n'était pas* le cas ; ma chute précipitée le démontrait suffisamment. Mais pourquoi ? C'est ce qui ne pouvait s'expliquer qu'en tenant compte de ces perturbations géologiques dont j'ai déjà posé l'hypothèse.

En tout cas, je touchais presque à la planète, et je tombais avec la plus terrible impétuosité. Aussi je ne perdis pas une minute ; je jetai par-dessus bord tout mon lest, puis mes barriques d'eau, puis mon appareil condensateur et mon sac de caoutchouc, et enfin tous les articles contenus dans la nacelle. Mais tout cela ne servit à rien. Je tombais toujours avec une horrible rapidité, et je n'étais pas à plus d'un demi-mille de la surface. Comme expédient suprême, je me débarrassai de mon paletot, de mon chapeau et de mes bottes ; je détachai du ballon la nacelle elle-même, qui n'était pas d'un poids médiocre ; et, m'accrochant alors au filet avec mes deux mains, j'eus à peine le temps d'observer que tout le pays, aussi loin que mon œil pouvait atteindre, était criblé d'habitations lilliputiennes, avant de tomber, comme une balle, au cœur même d'une cité d'un aspect fantastique et au beau milieu d'une multitude de vilain petit peuple, dont pas un individu ne prononça une syllabe ni ne se donna le moindre mal pour me prêter assistance. Ils se tenaient tous, les poings sur les hanches, comme un tas d'idiots, grimaçant d'une manière ridicule et me regardant de travers, moi et mon ballon. Je me détournai d'eux avec un superbe mépris ; et, levant mes regards vers la Terre que je venais de quitter, et dont je m'étais exilé pour toujours peut-être, je l'aperçus sous la forme d'un vaste et sombre bouclier de cuivre d'un diamètre de 2 degrés environ, fixe et immobile dans les cieux, et garni à l'un de ses bords d'un croissant d'or étincelant. On n'y pouvait découvrir aucune trace de mer ni de continent, et le tout était moucheté de taches variables et traversé par les zones tropicale et équatoriale, comme par des ceintures.

Ainsi, avec la permission de Vos Excellences, après une longue série d'angoisses, de dangers inouïs et de délivrances incomparables, j'étais enfin, dix-neuf jours après mon départ de Rotterdam, arrivé sain et sauf au terme d'un voyage, le plus extraordinaire, le plus important qui ait jamais été accompli, entrepris, ou même conçu par un citoyen quelconque de votre planète. Mais il me reste à raconter mes aventures. Car, en vérité, Vos Excellences concevront facilement qu'après une résidence de cinq ans sur une planète qui, déjà profondément intéressante par elle-même, l'est doublement encore par son intime parenté, en qualité de satellite, avec le monde habité par l'homme, je puisse entretenir avec le Collège national astronomique des correspondances secrètes d'une bien autre importance que les simples détails, si surprenants qu'ils soient, du voyage que j'ai effectué si heureusement.

Telle est, en somme, la question réelle. J'ai beaucoup, beaucoup de choses à dire, et ce serait pour moi un véritable plaisir de vous les communiquer. J'ai beaucoup à dire sur le climat de cette planète ; – sur ses étonnantes alternatives de froid et de chaud ; – sur cette clarté solaire qui dure quinze jours, implacable et brûlante, et sur cette température glaciale, plus que polaire, qui remplit l'autre quinzaine ; – sur une translation constante d'humidité qui s'opère par distillation, comme dans le vide, du point situé au-dessous du Soleil jusqu'à celui qui en est le plus éloigné ; – sur la race même des habitants, sur leurs mœurs, leurs coutumes, leurs institutions politiques ; sur leur organisme particulier, leur laideur, leur privation d'oreilles, appendices superflus dans une atmosphère si étrangement modifiée ; conséquemment, sur leur ignorance de l'usage et des propriétés du langage ; sur la singulière méthode de communication qui remplace la parole ;

– sur l'incompréhensible rapport qui unit chaque citoyen de la Lune à un citoyen du globe terrestre – rapport analogue et soumis à celui qui régit également les mouvements de la planète et du satellite, et par suite duquel les existences et les destinées des habitants de l'une sont enlacées aux existences et aux destinées des habitants de l'autre ; – et par-dessus tout, s'il plaît à Vos Excellences, par-dessus tout, sur les sombres et horribles mystères relégués dans les régions de l'autre hémisphère lunaire, régions qui, grâce à la concordance presque miraculeuse de la rotation du satellite sur son axe avec sa révolution sidérale autour de la Terre, n'ont jamais tourné vers nous, et, Dieu merci, ne s'exposeront jamais à la curiosité des télescopes humains.

Voici tout ce que je voudrais raconter – tout cela, et beaucoup plus encore. Mais, pour trancher la question, je réclame ma récompense. J'aspire à rentrer dans ma famille et mon chez-moi ; et, comme prix de toute communication ultérieure de ma part, en considération de la lumière que je puis, s'il me plaît, jeter sur plusieurs branches importantes des sciences physiques et métaphysiques, je sollicite, par l'entremise de votre honorable corps, le pardon du crime dont je me suis rendu coupable en mettant à mort mes créanciers lorsque je quittai Rotterdam. Tel est donc l'objet de la présente lettre. Le porteur, qui est un habitant de la Lune, que j'ai décidé à me servir de messager sur la Terre, et à qui j'ai donné des instructions suffisantes, attendra le bon plaisir de Vos Excellences, et me rapportera le pardon demandé, s'il y a moyen de l'obtenir.

J'ai l'honneur d'être de Vos Excellences le très humble serviteur,

HANS PFAALL

En finissant la lecture de ce très étrange document, le professeur Rudabub, dans l'excès de sa surprise, laissa, dit-on, tomber sa pipe par terre, et Mynheer Superbus Von Underduk, ayant ôté, essuyé et serré dans sa poche ses bésicles, s'oublia, lui et sa dignité, au point de pirouetter trois fois sur son talon, dans la quintessence de l'étonnement et de l'admiration.

On obtiendrait la grâce – cela ne pouvait pas faire l'ombre d'un doute. Du moins, il en fit le serment, le bon professeur Rudabub, il en fit le serment avec un parfait juron, et telle fut décidément l'opinion de l'illustre Von Underduk, qui prit le bras de son collègue et fit, sans prononcer une parole, la plus grande partie de la route vers son domicile pour délibérer sur les mesures urgentes. Cependant, arrivé à la porte de la maison du bourgmestre, le professeur s'avisa de suggérer que, le messager ayant jugé à propos de disparaître (terrifié sans doute jusqu'à la mort par la physionomie sauvage des habitants de Rotterdam), le pardon ne servirait pas à grand-chose, puisqu'il n'y avait qu'un homme de la Lune qui pût entreprendre un voyage aussi lointain.

En face d'une observation aussi sensée, le bourgmestre se rendit, et l'affaire n'eut pas d'autres suites. Cependant, il n'en fut pas de même des rumeurs et des conjectures. La lettre, ayant été publiée, donna naissance à une foule d'opinions et de cancans. Quelques-uns – des esprits par trop sages – poussèrent le ridicule jusqu'à discréditer l'affaire et à la présenter comme un pur *canard*. Mais je crois que le mot *canard* est, pour cette espèce de gens, un terme général qu'ils appliquent à toutes les matières qui passent leur intelligence. Je ne puis, quant à moi, comprendre sur quelle base ils ont fondé une pareille accusation. Voyons ce qu'ils disent :

Avant tout – que certains farceurs de Rotterdam ont de certaines antipathies spéciales contre certains bourgmestres et astronomes.

Secundo – qu'un petit nain bizarre, escamoteur de son métier, dont les deux oreilles avaient été, pour quelque méfait, coupées au ras de la tête, avait depuis quelques jours disparu de la ville de Bruges, qui est toute voisine.

Tertio – que les gazettes collées tout autour du petit ballon étaient des gazettes de Hollande, et conséquemment n'avaient pas pu être fabriquées dans la Lune. C'étaient des papiers sales, crasseux – très crasseux ; et Gluck, l'imprimeur, pouvait jurer sur sa bible qu'ils avaient été imprimés à Rotterdam.

Quarto – que Hans Pfaall lui-même, le vilain ivrogne, et les trois fainéants personnages qu'il appelle ses créanciers, avaient été vus ensemble, deux ou trois jours auparavant tout au plus, dans un cabaret mal famé des faubourgs, juste comme ils revenaient, avec de l'argent plein leurs poches, d'une expédition d'outre mer.

Et, en dernier lieu – que c'est une opinion généralement reçue, ou qui doit l'être, que le collège des Astronomes de la ville de Rotterdam – aussi bien que tous autres collèges astronomiques de toutes autres parties de l'univers, sans parler des collèges et des astronomes en général – n'est, pour n'en pas dire plus, ni meilleur, ni plus fort, ni plus éclairé qu'il n'est nécessaire.

Manuscrit trouvé dans une bouteille

Qui n'a plus qu'un moment à vivre
N'a plus rien à dissimuler.

Atys, QUINAULT

De mon pays et de ma famille, je n'ai pas grand-chose à dire. De mauvais procédés et l'accumulation des années m'ont rendu étranger à l'un et à l'autre. Mon patrimoine me fit bénéficier d'une éducation peu commune, et un tour contemplatif d'esprit me rendit apte à classer méthodiquement tout ce matériel d'instruction diligemment amassé par une étude précoce. Par-dessus tout, les ouvrages des philosophes allemands me procuraient de grandes délices ; cela ne venait pas d'une admiration malavisée pour leur éloquente folie, mais du plaisir que, grâce à mes habitudes d'analyse rigoureuse, j'avais à surprendre leurs erreurs. On m'a souvent reproché l'aridité de mon génie ; un manque d'imagination m'a été imputé comme un crime, et le pyrrhonisme de mes opinions a fait de moi, en tout temps, un homme fameux. En réalité, une forte appétence pour la philosophie physique a, je le crains, imprégné mon esprit d'un des défauts les plus communs de ce siècle – je veux dire de l'habitude de rapporter aux principes de cette science les circonstances même les moins susceptibles d'un pareil rapport. Par-dessus tout, personne n'était moins exposé que moi à se laisser entraîner hors de la sévère juridiction de la vérité par les feux follets de la superstition. J'ai jugé à propos de donner ce préambule, dans la crainte que l'incroyable récit que j'ai à faire ne soit considéré plutôt comme la frénésie d'une imagination indigeste que comme l'expérience positive d'un esprit pour lequel les rêveries de l'imagination ont été lettre morte et nullité.

Après plusieurs années dépensées dans un lointain voyage, je m'embarquai, en 18..., à Batavia, dans la riche et populeuse île de Java, pour une promenade dans l'archipel des îles de la Sonde. Je me mis en route comme passager, n'ayant pas d'autre mobile qu'une nerveuse instabilité qui me *hantait* comme un mauvais esprit.

Notre bâtiment était un bateau d'environ quatre cents tonneaux, doublé en cuivre et construit à Bombay, en teck de Malabar. Il était chargé de coton, de laine et d'huile des Laquedives. Nous avions aussi à bord du filin de cocotier, du sucre de palmier, de l'huile de beurre bouilli, des noix de coco et quelques caisses d'opium. L'arrimage avait été mal fait, et le navire conséquemment donnait de la bande.

Nous mîmes sous voiles avec un souffle de vent et, pendant plusieurs jours, nous restâmes le long de la côte orientale de Java, sans autre incident pour tromper la monotonie de notre route que la rencontre de quelques-uns des petits grabs de l'archipel où nous étions confinés.

Un soir, comme j'étais appuyé sur le bastingage de la dunette, j'observai un très singulier nuage, isolé, vers le nord-ouest. Il était remarquable autant par sa couleur que parce qu'il était le premier que nous eussions vu depuis notre départ de Batavia. Je le surveillai attentivement jusqu'au coucher du soleil ; alors, il se répandit tout d'un coup de l'est à l'ouest, cernant l'horizon d'une ceinture précise de vapeur, et apparaissant comme une longue ligne de côte très basse. Mon attention fut bientôt après attirée par l'aspect rouge et brun de la lune et le caractère particulier de la mer. Cette dernière subissait un changement rapide, et l'eau semblait plus transparente que d'habitude. Je pouvais distinctement voir le fond, et cependant, en jetant la sonde, je trouvai que nous étions sur quinze brasses. L'air était devenu intolérablement chaud et se chargeait d'exhalaisons spirales semblables à celles qui s'élèvent du fer chauffé. Avec la nuit, toute brise tomba, et nous fûmes pris par un calme plus complet qu'il n'est possible de le concevoir. La flamme d'une bougie brûlait à l'arrière sans le mouvement le moins sensible, et un long cheveu tenu entre l'index et le pouce tombait droit et sans la moindre oscillation. Néanmoins, comme le capitaine disait qu'il n'apercevait aucun symptôme de danger, et comme nous dérivions vers la terre par le travers, il commanda de carguer les voiles et de filer l'ancre. On ne mit point de vigie de quart, et l'équipage, qui se composait principalement de Malais, se coucha délibérément sur le pont. Je descendis dans la chambre – non sans le parfait pressentiment d'un malheur. En réalité, tous ces symptômes me donnaient à craindre un simoun. Je parlai de mes craintes au capitaine ; mais il ne fit pas attention à ce que je lui disais, et me quitta sans daigner me faire une réponse. Mon malaise, toutefois, m'empêcha de dormir, et, vers minuit, je montai sur le pont. Comme je mettais le pied sur la dernière marche du capot d'échelle, je fus effrayé par un profond bourdonnement semblable à celui que produit l'évolution rapide d'une roue de moulin, et, avant que j'eusse pu en vérifier la cause, je sentis que le navire tremblait dans son centre. Presque aussitôt, un coup de mer nous jeta sur le côté et, courant par-dessus nous, balaya tout le pont de l'avant à l'arrière.

L'extrême furie du coup de vent fit, en grande partie, le salut du navire. Quoiqu'il fût absolument engagé dans l'eau, comme ses mâts s'en étaient allés par-dessus bord, il se releva lentement une minute après, et, vacillant quelques instants sous l'immense pression de la tempête, finalement il se redressa.

Par quel miracle échappai-je à la mort, il m'est impossible de le dire. Étourdi par le choc de l'eau, je me trouvai pris, quand je revins à moi, entre l'étambot et le gouvernail. Ce fut à grand-peine que je me remis sur mes pieds, et, regardant vertigineusement autour de moi, je fus d'abord frappé de l'idée que nous étions sur des brisants, tant était effrayant, au-delà de toute imagination, le tourbillon de cette mer énorme et écumante dans laquelle nous étions engouffrés. Au bout de quelques instants, j'entendis la voix d'un vieux Suédois qui s'était embarqué avec nous au moment où nous quittions le port. Je le hélai de toute ma force, et il vint en chancelant me rejoindre à l'arrière. Nous reconnûmes bientôt que nous étions les seuls survivants du sinistre. Tout ce qui était sur le pont, nous exceptés, avait été balayé par-dessus bord ; le capitaine et les matelots avaient péri pendant leur sommeil, car les cabines avaient été inondées par la mer. Sans auxiliaires, nous ne pouvions pas espérer de faire grand-chose pour la sécurité du navire, et nos tentatives furent d'abord paralysées par la croyance où nous étions que nous allions sombrer d'un moment à l'autre. Notre câble avait cassé comme un fil d'emballage au premier souffle de l'ouragan ; sans cela, nous eussions été engloutis instantanément. Nous fuyions devant la mer avec une vélocité effrayante, et l'eau nous faisait des brèches visibles. La charpente de notre arrière était excessivement endommagée et, presque sous tous les rapports, nous avions essuyé de cruelles avaries ; mais, à notre grande joie, nous trouvâmes que les pompes n'étaient pas engorgées et que notre chargement n'avait pas été très dérangé.

La plus grande furie de la tempête était passée, et nous n'avions plus à craindre la violence du vent ; mais nous pensions avec terreur au cas de sa totale cessation, bien persuadés que, dans notre état d'avarie, nous ne pourrions pas résister à l'épouvantable houle qui s'ensuivrait ; mais cette très juste appréhension ne semblait pas si près de se vérifier. Pendant cinq nuits et cinq jours entiers, durant lesquels nous vécûmes de quelques morceaux de sucre de palmier tirés à grand-peine du gaillard d'avant, notre coque fila avec une vitesse incalculable devant des reprises de vent qui se succédaient rapidement, et qui, sans égaler la première violence du simoun, étaient cependant plus terribles qu'aucune tempête que j'eusse essuyée jusqu'alors. Pendant les quatre premiers jours, notre route, sauf de très légères variations, fut au sud-est quart de sud, et ainsi nous serions allés nous jeter sur la côte de la Nouvelle-Hollande.

Le cinquième jour, le froid devint extrême, quoique le vent eût tourné d'un point vers le nord. Le soleil se leva avec un éclat jaune et maladif, et se hissa à quelques degrés à peine au-dessus de l'horizon, sans projeter une lumière franche. Il n'y avait aucun nuage apparent, et cependant le vent fraîchissait, fraîchissait, et soufflait avec des accès de furie. Vers midi, ou à peu près, autant que nous en pûmes juger, notre attention fut attirée de nouveau par la physionomie du soleil. Il n'émettait pas de lumière, à proprement parler, mais une espèce de feu sombre et triste, sans réflexion, comme si tous les rayons étaient polarisés. Juste avant de se plonger dans la mer grossissante, son feu central disparut soudainement, comme s'il était brusquement éteint par une puissance inexplicable. Ce n'était plus qu'une roue pâle et couleur d'argent, quand il se précipita dans l'insondable Océan.

Nous attendîmes en vain l'arrivée du sixième jour – ce jour n'est pas encore arrivé pour moi – pour le Suédois il n'est jamais arrivé. Nous fûmes dès lors ensevelis dans des ténèbres de poix, si bien que nous n'aurions pas vu un objet à vingt pas du navire. Nous fûmes enveloppés d'une nuit éternelle que ne tempérait même pas l'éclat phosphorique de la mer auquel nous étions accoutumés sous les tropiques. Nous observâmes aussi que, quoique la tempête continuât à faire rage sans accalmie, nous ne découvrions plus aucune apparence de ce ressac et de ces moutons qui nous avaient accompagnés jusque-là. Autour de nous, tout n'était qu'horreur, épaisse obscurité, un noir désert d'ébène liquide. Une terreur superstitieuse s'infiltrait par degrés dans l'esprit du vieux Suédois, et mon âme, quant à moi, était plongée dans une muette stupéfaction. Nous avions abandonné tout soin du navire, comme chose plus qu'inutile, et nous attachant de notre mieux au tronçon du mât de misaine, nous promenions nos regards avec amertume sur l'immensité de l'Océan. Nous n'avions aucun moyen de calculer le temps, et nous ne pouvions former aucune conjecture sur notre situation. Nous étions néanmoins bien sûrs d'avoir été plus loin dans le sud qu'aucun des navigateurs précédents, et nous éprouvions un grand étonnement de ne pas rencontrer les obstacles ordinaires de glaces. Cependant, chaque minute menaçait d'être la dernière – chaque énorme vague se précipitait pour nous écraser. La houle surpassait tout ce que j'avais imaginé comme possible, et c'était un miracle de chaque instant que nous ne fussions pas engloutis. Mon camarade parlait de la légèreté de notre chargement, et me rappelait les excellentes qualités de notre bateau ; mais je ne pouvais m'empêcher d'éprouver l'absolu renoncement du désespoir, et je me préparais mélancoliquement à cette mort que rien, selon moi, ne pouvait différer au-delà d'une heure, puisque, à chaque nœud que filait le navire, la houle de cette mer noire et prodigieuse devenait plus lugubrement effrayante. Parfois, à une hauteur plus grande que celle de l'albatros, la respiration nous manquait, et d'autres fois nous étions pris de vertige en descendant avec une horrible vélocité dans un enfer liquide où l'air devenait stagnant, et où aucun son ne pouvait troubler les sommeils du kraken.

Nous étions au fond d'un de ces abîmes, quand un cri soudain de mon compagnon éclata sinistrement dans la nuit.

— Voyez ! voyez ! me criait-il dans les oreilles. Dieu tout-puissant ! Voyez ! voyez !

Comme il parlait, j'aperçus une lumière rouge, d'un éclat sombre et triste, qui flottait sur le versant du gouffre immense où nous étions ensevelis, et jetait à notre bord un reflet vacillant. En levant les yeux, je vis un spectacle qui glaça mon sang. À une hauteur terrifiante, juste au-dessus de nous et sur la crête même du précipice, planait un navire gigantesque, de quatre mille tonneaux peut-être. Quoique juché au sommet d'une vague qui avait bien cent fois sa hauteur, il paraissait d'une dimension beaucoup plus grande que celle d'aucun vaisseau de ligne ou de la Compagnie des Indes. Son énorme coque était d'un noir profond que ne tempérait aucun des ornements ordinaires d'un navire. Une simple rangée de canons s'allongeait de ses sabords ouverts et renvoyait, réfléchis par leurs surfaces polies, les feux d'innombrables fanaux de combat qui se balançaient dans le gréement. Mais ce qui nous inspira le plus d'horreur et d'étonnement, c'est qu'il marchait toutes voiles dehors, en dépit de cette mer surnaturelle et de cette tempête effrénée. D'abord, quand nous l'aperçûmes, nous ne pouvions voir que son avant, parce qu'il ne s'élevait que lentement du noir et horrible gouffre qu'il laissait derrière lui. Pendant un moment – moment d'intense terreur –, il fit une pause sur ce sommet vertigineux, comme dans l'enivrement de sa propre élévation, puis trembla, s'inclina, et enfin glissa sur la pente.

En ce moment, je ne sais quel sang-froid soudain maîtrisa mon esprit. Me rejetant autant que possible vers l'arrière, j'attendis sans trembler la catastrophe qui devait nous écraser. Notre propre navire, à la longue, ne luttait plus contre la mer et plongeait de l'avant. Le choc de la masse précipitée le frappa conséquemment dans cette partie de la charpente qui était déjà sous l'eau, et eut pour résultat inévitable de me lancer dans le gréement de l'étranger.

Comme je tombais, ce navire se souleva dans un temps d'arrêt, puis vira de bord ; et c'est, je présume, à la confusion qui s'ensuivit que je dus d'échapper à l'attention de l'équipage. Je n'eus pas grand-peine à me frayer un chemin, sans être vu, jusqu'à la principale écoutille, qui était en partie ouverte, et je trouvai bientôt une occasion propice pour me cacher dans la cale. Pourquoi fis-je ainsi ? je ne saurais trop le dire. Ce qui m'induisit à me cacher fut peut-être un sentiment vague de terreur qui s'était emparé tout d'abord de mon esprit à l'aspect des nouveaux navigateurs. Je ne me souciais pas de me confier à une race de gens qui, d'après le coup d'œil sommaire que j'avais jeté sur eux, m'avaient offert le caractère d'une indéfinissable étrangeté, et tant de motifs de doute et d'appréhension. C'est pourquoi je jugeai à propos de m'arranger une cachette dans la cale. J'enlevai une partie du faux bordage, de manière à me ménager une retraite commode entre les énormes membrures du navire.

J'avais à peine achevé ma besogne qu'un bruit de pas dans la cale me contraignit d'en faire usage. Un homme passa à côté de ma cachette d'un pas faible et mal assuré. Je ne pus pas voir son visage, mais j'eus le loisir d'observer son aspect général. Il y avait en lui tout le caractère de la faiblesse et de la caducité. Ses genoux vacillaient sous la charge des années, et tout son être en tremblait. Il se parlait à lui-même, marmottait d'une voix basse et cassée quelques mots d'une langue que je ne pus pas comprendre, et farfouillait dans un coin où l'on avait empilé des instruments d'un aspect étrange et des cartes marines délabrées. Ses manières étaient un singulier mélange de la maussaderie d'une seconde enfance et de la dignité solennelle d'un dieu. À la longue, il remonta sur le pont, et je ne le vis plus.

. . . .

Un sentiment pour lequel je ne trouve pas de mot a pris possession de mon âme – une sensation qui n'admet pas d'analyse, qui n'a pas sa traduction dans les lexiques du passé, et pour laquelle je crains que l'avenir lui-même ne trouve pas de clef. Pour un esprit constitué comme le mien, cette dernière considération est un vrai supplice. Jamais je ne pourrai, je sens que je ne pourrai jamais être édifié relativement à la nature de mes idées. Toutefois, il n'est pas étonnant que ces idées soient indéfinissables, puisqu'elles sont puisées à des sources si entièrement neuves. Un nouveau sentiment – une nouvelle entité – est ajouté à mon âme.

. . . .

Il y a bien longtemps que j'ai touché pour la première fois le pont de ce terrible navire, et les rayons de ma destinée vont, je crois, se concentrant et s'engloutissant dans un foyer. Incompréhensibles gens ! Enveloppés dans des méditations dont je ne puis deviner la nature, ils passent à côté de moi sans me remarquer. Me cacher est pure folie de ma part, car ce monde-là *ne veut pas voir*. Il n'y a qu'un instant, je passais juste sous les yeux du second ; peu de temps auparavant, je m'étais aventuré jusque dans la cabine du capitaine lui-même, et c'est là que je me suis procuré les moyens d'écrire ceci et tout ce qui précède. Je continuerai ce journal de temps en temps. Il est vrai que je ne puis trouver aucune occasion de le transmettre au monde ; pourtant, j'en veux faire l'essai. Au dernier moment j'enfermerai le manuscrit dans une bouteille, et je jetterai le tout à la mer.

. . . .

Un incident est survenu qui m'a de nouveau donné lieu à réfléchir. De pareilles choses sont-elles l'opération d'un hasard indiscipliné ? Je m'étais faufilé sur le pont et m'étais étendu, sans attirer l'attention de personne, sur un amas d'enfléchures et de vieilles voiles, dans le fond de la yole. Tout en rêvant à la singularité de ma destinée, je barbouillais, sans y penser, avec une brosse à goudron, les bords d'une bonnette soigneusement pliée et posée à côté de moi sur un baril. La bonnette est maintenant tendue sur ses bouts-dehors, et les touches irréfléchies de la brosse figurent le mot DÉCOUVERTE.

J'ai fait récemment plusieurs observations sur la structure du vaisseau. Quoique bien armé, ce n'est pas, je crois, un vaisseau de guerre. Son gréement, sa structure, tout son équipement, repoussent une supposition de cette nature. Ce qu'il n'est pas, je le perçois facilement ; mais ce qu'il est, je crains qu'il ne me soit impossible de le dire. Je ne sais comment cela se fait, mais, en examinant son étrange modèle et la singulière forme de ses espars, ses proportions colossales, cette prodigieuse collection de voiles, son avant sévèrement simple et son arrière d'un style suranné, il me semble parfois que la sensation d'objets qui ne me sont pas inconnus traverse mon esprit comme un éclair, et toujours à ces ombres flottantes de la mémoire est mêlé un inexplicable souvenir de vieilles légendes étrangères et de siècles très anciens.

. . . .

J'ai bien regardé la charpente du navire. Elle est faite de matériaux qui me sont inconnus. Il y a dans le bois un caractère qui me frappe, comme le rendant, ce me semble, impropre à l'usage auquel il a été destiné. Je veux parler de son extrême porosité, considérée indépendamment des dégâts faits par les vers, qui sont une conséquence de la navigation dans ces mers et de la pourriture résultant de la vieillesse. Peut-être trouvera-t-on mon observation quelque peu subtile, mais il me semble que ce bois aurait tout le caractère du chêne espagnol, si le chêne espagnol pouvait être dilaté par des moyens artificiels.

En relisant la phrase précédente, il me revient à l'esprit un curieux apophtegme d'un vieux loup de mer hollandais.

— Cela est positif, disait-il toujours quand on exprimait quelque doute sur sa véracité, comme il est positif qu'il y a une mer où le navire lui-même grossit comme le corps vivant d'un marin.

. . . .

Il y a environ une heure, je me suis senti la hardiesse de me glisser dans un groupe d'hommes de l'équipage. Ils n'ont pas eu l'air de faire attention à moi et, quoique je me tinsse juste au milieu d'eux, ils paraissaient n'avoir aucune conscience de ma présence. Comme celui que j'avais vu le premier dans la cale, ils portaient tous les signes d'une vieillesse chenue. Leurs genoux tremblaient de faiblesse ; leurs épaules étaient arquées par la décrépitude ; leur peau ratatinée frissonnait au vent ; leur voix était basse, chevrotante et cassée ; leurs yeux distillaient les larmes brillantes de la vieillesse, et leurs cheveux gris fuyaient terriblement dans la tempête. Autour d'eux, de chaque côté du pont, gisaient éparpillés des instruments mathématiques d'une structure très ancienne et tout à fait tombée en désuétude.

. . . .

J'ai parlé un peu plus haut d'une bonnette qu'on avait installée. Depuis ce moment, le navire, chassé par le vent, n'a pas discontinué sa terrible course droit au sud, chargé de toute sa toile disponible, depuis ses pommes de mâts jusqu'à ses bouts-dehors inférieurs, et plongeant ses bouts de vergues de perroquet dans le plus effrayant enfer liquide que jamais cervelle humaine ait pu concevoir. Je viens de quitter le pont, ne trouvant plus la place tenable ; cependant, l'équipage ne semble pas souffrir beaucoup. C'est pour moi le miracle des miracles qu'une si énorme masse ne soit pas engloutie tout de suite et pour toujours. Nous sommes condamnés, sans doute, à côtoyer éternellement le bord de l'éternité, sans jamais faire notre plongeon définitif dans le gouffre. Nous glissons avec la prestesse de l'hirondelle de mer sur des vagues mille fois plus effrayantes qu'aucune de celles que j'ai jamais vues ; et des ondes colossales élèvent leurs têtes au-dessus de nous comme des démons de l'abîme, mais comme des démons restreints aux simples menaces et auxquels il est défendu de détruire. Je suis porté à attribuer cette bonne chance perpétuelle à la seule cause naturelle qui puisse légitimer un pareil effet. Je suppose que le navire est soutenu par quelque fort courant ou remous sous-marin.

. . . .

J'ai vu le capitaine face à face, et dans sa propre cabine ; mais, comme je m'y attendais, il n'a fait aucune attention à moi. Bien qu'il n'y ait rien dans sa physionomie générale qui révèle, pour l'œil du premier venu, quelque chose de supérieur ou d'inférieur à l'homme, toutefois l'étonnement que j'éprouvai à son aspect se mêlait d'un sentiment de respect et de terreur irrésistible. Il est à peu près de ma taille, c'est-à-dire de cinq pieds huit pouces environ. Il est bien proportionné, bien pris dans son ensemble ; mais cette constitution n'annonce ni vigueur particulière, ni quoi que ce soit de remarquable. Mais c'est la singularité de l'expression qui règne sur sa face, c'est l'intense, terrible, saisissante évidence de la vieillesse, si entière, si absolue, qui crée dans mon esprit un sentiment, une sensation ineffable. Son front, quoique peu ridé, semble porter le sceau d'une myriade d'années. Ses cheveux gris sont des archives du passé et ses yeux, plus gris encore, sont des sibylles de l'avenir. Le plancher de sa cabine était encombré d'étranges in-folio à fermoirs de fer, d'instruments de science usés et d'anciennes cartes d'un style complètement oublié. Sa tête était appuyée sur ses mains, et d'un œil ardent et inquiet il dévorait un papier que je pris pour une commission, et qui, en tout cas, portait une signature royale. Il se parlait à lui-même – comme le premier matelot que j'avais aperçu dans la cale – et marmottait d'une voix basse et chagrine quelques syllabes d'une langue étrangère ; et, bien que je fusse tout à côté de lui, il me semblait que sa voix arrivait à mon oreille de la distance d'un mille.

. . . .

Le navire avec tout ce qu'il contient est imprégné de l'esprit des anciens âges. Les hommes de l'équipage glissent çà et là comme les ombres des siècles enterrés ; dans leurs yeux vit une pensée ardente et inquiète ; et, quand, sur mon chemin, leurs mains tombent dans la lumière effarée des fanaux, j'éprouve quelque chose que je n'ai jamais éprouvé jusqu'à présent, quoique toute ma vie j'aie eu la folie des antiquités, et que je me sois baigné dans l'ombre des colonnes ruinées de Balbek, de Tadmor et de Persépolis, tant qu'à la fin mon âme elle-même est devenue une ruine.

. . . .

Quand je regarde autour de moi, je suis honteux de mes premières terreurs. Si la tempête qui nous a poursuivis jusqu'à présent me fait trembler, ne devrais-je pas être frappé d'horreur devant cette bataille du vent et de l'Océan, dont les mots vulgaires : tourbillon et simoun, ne peuvent pas donner la moindre idée ? Le navire est littéralement enfermé dans les ténèbres d'une éternelle nuit et dans un chaos d'eau qui n'écume plus ; mais à une distance d'une lieue environ de chaque côté, nous pouvons apercevoir, indistinctement et par intervalles, de prodigieux remparts de glace qui montent vers le ciel désolé et ressemblent aux murailles de l'univers !

. . . .

Comme je l'avais pensé, le navire est évidemment dans un courant – si l'on peut proprement appeler ainsi une marée qui va mugissant et hurlant à travers les blancheurs de la glace, et fait entendre du côté du sud un tonnerre plus précipité que celui d'une cataracte tombant à pic.

. . . .

Concevoir l'horreur de mes sensations est, je crois, chose absolument impossible ; cependant, la curiosité de pénétrer les mystères de ces effroyables régions surplombe encore mon désespoir et suffit à me réconcilier avec le plus hideux aspect de la mort. Il est évident que nous nous précipitons vers quelque entraînante découverte – quelque incommunicable secret dont la connaissance implique la mort. Peut-être ce courant nous conduit-il au pôle Sud lui-même. Il faut avouer que cette supposition, si étrange en apparence, a toute probabilité pour elle.

. . . .

L'équipage se promène sur le pont d'un pas tremblant et inquiet ; mais il y a dans toutes les physionomies une expression qui ressemble plutôt à l'ardeur de l'espérance qu'à l'apathie du désespoir.

Cependant nous avons toujours le vent arrière et, comme nous portons une masse de toile, le navire s'enlève quelquefois en grand hors de la mer. Oh ! horreur sur horreur ! – la glace s'ouvre soudainement à droite et à gauche, et nous tournons vertigineusement dans d'immenses cercles concentriques, tout autour des bords d'un gigantesque amphithéâtre, dont les murs perdent leur sommet dans les ténèbres et l'espace. Mais il ne me reste que peu de temps pour rêver à ma destinée ! Les cercles se rétrécissent rapidement – nous plongeons follement dans l'étreinte du tourbillon et, à travers le mugissement, le beuglement et le détonnement de l'Océan et de la tempête, le navire tremble – oh ! Dieu ! – il se dérobe, il sombre[1] !

1. Le *Manuscrit trouvé dans une bouteille* fut publié pour la première fois en 1831, et ce ne fut que bien des années plus tard que j'eus connaissance des cartes Mercator, dans lesquelles on voit l'Océan se précipiter par quatre embouchures dans le gouffre polaire (au nord) et s'absorber dans les entrailles de la Terre ; le Pôle lui-même y est figuré par un rocher noir, s'élevant à une prodigieuse hauteur. (E.A.P.)

Une descente dans le Maelström

Les voies de Dieu, dans la nature comme dans l'ordre
de la Providence, ne sont point nos voies ;
et les types que nous concevons n'ont aucune
mesure commune avec la vastitude,
la profondeur et l'incompréhensibilité de ses œuvres,
qui contiennent en elles un abîme plus profond
que le puits de Démocrite.

Joseph Glanvill

Nous avions atteint le sommet du rocher le plus élevé. Le vieux homme, pendant quelques minutes, sembla trop épuisé pour parler.

— Il n'y a pas encore bien longtemps, dit-il à la fin, je vous aurais guidé par ici aussi bien que le plus jeune de mes fils. Mais, il y a trois ans, il m'est arrivé une aventure plus extraordinaire que n'en essuya jamais un être mortel, ou du moins telle que jamais homme n'y a survécu pour la raconter, et les six mortelles heures que j'ai endurées m'ont brisé le corps et l'âme. Vous me croyez très vieux, mais je ne le suis pas. Il a suffi du quart d'une journée pour blanchir ces cheveux noirs comme du jais, affaiblir mes membres et détendre mes nerfs au point de trembler après le moindre effort et d'être effrayé par une ombre. Savez-vous bien que je puis à peine, sans attraper le vertige, regarder par-dessus ce petit promontoire.

Le petit promontoire sur le bord duquel il s'était si négligemment jeté pour se reposer, de façon que la partie la plus pesante de son corps surplombait, et qu'il n'était garanti d'une chute que par le point d'appui que prenait son coude sur l'arête extrême et glissante – le petit promontoire s'élevait à quinze ou seize cents pieds environ d'un chaos de rochers situés au-dessous de nous –, immense précipice de granit luisant et noir. Pour rien au monde je n'aurais voulu me hasarder à six pieds du bord. Véritablement, j'étais si profondément agité par la situation périlleuse de mon compagnon que je me laissai tomber tout de mon long sur le sol, m'accrochant à quelques arbustes voisins, n'osant pas même lever les yeux vers le ciel. Je m'efforçais en vain de me débarrasser de l'idée que la fureur du vent mettait en danger la base même de la montagne. Il me fallut du temps pour me raisonner et trouver le courage de me mettre sur mon séant et de regarder au loin dans l'espace.

— Il vous faut prendre le dessus sur ces lubies-là, me dit le guide, car je vous ai amené ici pour vous faire voir à loisir le théâtre de l'événement dont je parlais tout à l'heure, et pour vous raconter toute l'histoire avec la scène même sous vos yeux.

« Nous sommes maintenant, reprit-il avec cette manière minutieuse qui le caractérisait, nous sommes maintenant sur la côte même de Norvège, au 68e degré de latitude, dans la grande province de Nortland et dans le lugubre district de Lofoden. La montagne dont nous occupons le sommet est Helseggen, la Nuageuse. Maintenant, levez-vous un peu ; accrochez-vous au gazon, si vous sentez venir le vertige – c'est cela – et regardez au-delà de cette ceinture de vapeurs qui nous cache la mer à nos pieds.

Je regardai vertigineusement, et je vis une vaste étendue de mer, dont la couleur d'encre me rappela tout d'abord le tableau du géographe Nubien et sa *Mer des Ténèbres*. C'était un panorama plus effroyablement désolé qu'il n'est donné à une imagination humaine de le concevoir. À droite et à gauche, aussi loin que l'œil pouvait atteindre, s'allongeaient, comme les remparts du monde, les lignes d'une falaise horriblement noire et surplombante, dont le caractère sombre était puissamment renforcé par le ressac qui montait jusque sur sa crête blanche et lugubre, hurlant et mugissant éternellement. Juste en face du promontoire sur le sommet duquel nous étions placés, à une distance de cinq ou six milles en mer, on apercevait une île qui avait l'air désert, ou plutôt on la devinait au moutonnement énorme des brisants dont elle était enveloppée. À deux milles environ plus près de la terre, se dressait un autre îlot plus petit, horriblement pierreux et stérile, et entouré de groupes interrompus de roches noires.

L'aspect de l'Océan, dans l'étendue comprise entre le rivage et l'île la plus éloignée, avait quelque chose d'extraordinaire. En ce moment même, il soufflait du côté de la terre une si forte brise qu'un brick, tout au large, était à la cape avec deux ris dans sa toile et que sa coque disparaissait quelquefois tout entière ; et pourtant il n'y avait rien qui ressemblât à une houle faite, mais seulement, et en dépit du vent, un clapotement d'eau, bref, vif et tracassé dans tous les sens – très peu d'écume, excepté dans le voisinage immédiat des rochers.

— L'île que vous voyez là-bas, reprit le vieux homme, est appelée par les Norvégiens Vurrgh. Celle qui est à moitié chemin est Moskoe. Celle qui est à un mille au nord est Ambaaren. Là-bas sont Islesen, Hotholm, Keildhelm, Suarven et Buckholm. Plus loin – entre Moskoe et Vurrgh –, Otterholm, Flimen, Sandflesen et Stockholm. Tels sont les vrais noms de ces endroits ; mais pourquoi ai-je jugé nécessaire de vous les nommer, je n'en sais rien, je n'y puis rien comprendre – pas plus que vous. Entendez-vous quelque chose ? Voyez-vous quelque changement sur l'eau ?

Nous étions depuis dix minutes environ au haut de Helseggen, où nous étions montés en partant de l'intérieur de Lofoden, de sorte que nous n'avions pu apercevoir la mer que lorsqu'elle nous avait apparu tout d'un coup du sommet le plus élevé. Pendant que le vieux homme parlait, j'eus la perception d'un bruit très fort et qui allait croissant, comme le mugissement d'un immense troupeau de buffles dans une prairie d'Amérique ; et, au moment même, je vis ce que les marins appellent le caractère *clapoteux* de la mer se changer rapidement en un courant qui se faisait vers l'est. Pendant que je regardais, ce courant prit une prodigieuse rapidité. Chaque instant ajoutait à sa vitesse, à son impétuosité déréglée. En cinq minutes, toute la mer, jusqu'à Vurrgh, fut fouettée par une indomptable furie ; mais c'était entre Moskoe et la côte que dominait principalement le vacarme. Là, le vaste lit des eaux, sillonné et couturé par mille courants contraires, éclatait soudainement en convulsions frénétiques – haletant, bouillonnant, sifflant, pirouettant en gigantesques et innombrables tourbillons, et tournoyant et se ruant tout entier vers l'est avec une rapidité qui ne se manifeste que dans des chutes d'eau précipitées.

Au bout de quelques minutes, le tableau subit un autre changement radical. La surface générale devint un peu plus unie et les tourbillons disparurent un à un, pendant que de prodigieuses bandes d'écume apparurent là où je n'en avais vu aucune jusqu'alors. Ces bandes, à la longue, s'étendirent à une grande distance et, se combinant entre elles, elles adoptèrent le mouvement giratoire des tourbillons apaisés et semblèrent former le germe d'un vortex plus vaste. Soudainement, très soudainement, celui-ci apparut et prit une existence distincte et définie, dans un cercle de plus d'un mille de diamètre. Le bord du tourbillon était marqué par une large ceinture d'écume lumineuse ; mais pas une parcelle ne glissait dans la gueule du terrible entonnoir, dont l'intérieur, aussi loin que l'œil pouvait y plonger, était fait d'un mur liquide, poli, brillant et d'un noir de jais, faisant avec l'horizon un angle de 45 degrés environ, tournant sur lui-même sous l'influence d'un mouvement étourdissant, et projetant dans les airs une voix effrayante, moitié cri, moitié rugissement, telle que la puissante cataracte du Niagara elle-même, dans ses convulsions, n'en a jamais envoyé de pareille vers le ciel.

La montagne tremblait dans sa base même, et le roc remuait. Je me jetai à plat ventre, et, dans un excès d'agitation nerveuse, je m'accrochai au maigre gazon.

— Ceci, dis-je enfin au vieillard, ne peut pas être autre chose que le grand tourbillon du Maelström.

— On l'appelle quelquefois ainsi, dit-il ; mais nous autres Norvégiens, nous le nommons le Moskoe-Strom, de l'île de Moskoe, qui est située à moitié chemin.

Les descriptions ordinaires de ce tourbillon ne m'avaient nullement préparé à ce que je voyais. Celle de Jonas Ramus, qui est peut-être plus détaillée qu'aucune, ne donne pas la plus légère idée de la magnificence et de l'horreur du tableau – ni de l'étrange et ravissante sensation de nouveauté qui confond le spectateur. Je ne sais pas précisément de quel point de vue ni à quelle heure l'a vu l'écrivain en question ; mais ce ne peut être ni du sommet de Helseggen, ni pendant une tempête. Il y a néanmoins quelques passages de sa description qui peuvent être cités pour les détails, quoiqu'ils soient très insuffisants pour donner une impression du spectacle.

« Entre Lofoden et Moskoe, dit-il, la profondeur de l'eau est de trente-six à quarante brasses ; mais, de l'autre côté, du côté de Ver (il veut dire Vurrgh), cette profondeur diminue au point qu'un navire ne pourrait y chercher un passage sans courir le danger de se déchirer sur les roches, ce qui peut arriver par le temps le plus calme. Quand vient la marée, le courant se jette dans l'espace compris entre Lofoden et Moskoe avec une tumultueuse rapidité ; mais le rugissement de son terrible reflux est à peine égalé par celui des plus hautes et des plus terribles cataractes ; le bruit se fait entendre à plusieurs lieues, et les tourbillons ou tournants creux sont d'une telle étendue et d'une telle profondeur, que, si un navire entre dans la région de son attraction, il est inévitablement absorbé et entraîné au fond, et, là, déchiré en morceaux contre les rochers ; et, quand le courant se relâche, les débris sont rejetés à la surface. Mais ces intervalles de tranquillité n'ont lieu qu'entre le reflux et le flux, par un temps calme, et ne durent qu'un quart d'heure ; puis la violence du courant revient graduellement.

« Quand il bouillonne le plus et quand sa force est accrue par une tempête, il est dangereux d'en approcher, même d'un mille norvégien. Des barques, des yachts, des navires ont été entraînés pour n'y avoir pas pris garde avant de se trouver à portée de son attraction. Il arrive assez fréquemment que des baleines viennent trop près du courant et sont maîtrisées par sa violence ; et il est impossible de décrire leurs mugissements et leurs beuglements dans leur inutile effort pour se dégager.

« Une fois, un ours, essayant de passer à la nage le détroit entre Lofoden et Moskoe, fut saisi par le courant et emporté au fond ; il rugissait si effroyablement qu'on l'entendait du rivage. De vastes troncs de pins et de sapins, engloutis par le courant, reparaissent brisés et déchirés, au point qu'on dirait qu'il leur a poussé des poils. Cela démontre clairement que le fond est fait de roches pointues sur lesquelles ils ont été roulés çà et là. Ce courant est réglé par le flux et le reflux de la mer, qui a constamment lieu de six en six heures. Dans l'année 1645, le dimanche de la Sexagésime, de fort grand matin, il se précipita avec un tel fracas et une telle impétuosité, que des pierres se détachaient des maisons de la côte… »

En ce qui concerne la profondeur de l'eau, je ne comprends pas comment on a pu s'en assurer dans la proximité immédiate du tourbillon. Les *quarante brasses* doivent avoir trait seulement aux parties du canal qui sont tout près du rivage, soit de Moskoe, soit de Lofoden. La profondeur au centre du Moskoe-Strom doit être incommensurablement plus grande, et il suffit, pour en acquérir la certitude, de jeter un coup d'œil oblique dans l'abîme du tourbillon, quand on est sur le sommet le plus élevé de Helseggen. En plongeant mon regard du haut de ce pic dans le Phlégéthon hurlant, je ne pouvais m'empêcher de sourire de la simplicité avec laquelle le bon Jonas Ramus raconte, comme choses difficiles à croire, ses anecdotes d'ours et de baleines ; car il me semblait que c'était chose évidente de soi que le plus grand vaisseau de ligne possible arrivant dans le rayon de cette mortelle attraction, devait y résister aussi peu qu'une plume à un coup de vent et disparaître tout en grand et tout d'un coup.

Les explications qu'on a données du phénomène – dont quelques-unes, je me le rappelle, me paraissaient suffisamment plausibles à la lecture – avaient maintenant un aspect très différent et très peu satisfaisant. L'explication généralement reçue est que, comme les trois petits tourbillons des îles Féroë, celui-ci « n'a pas d'autre cause que le choc des vagues montant et retombant, au flux et au reflux, le long d'un banc de roches qui endigue les eaux et les rejette en cataracte ; et qu'ainsi, plus la marée s'élève, plus la chute est profonde, et que le résultat naturel est un tourbillon ou vortex, dont la prodigieuse puissance de succion est suffisamment démontrée par de moindres exemples ». Tels sont les termes de l'*Encyclopédie britannique*. Kircher et d'autres imaginent qu'au milieu du canal du

Maelström est un abîme qui traverse le globe et aboutit dans quelque région très éloignée ; le golfe de Bothnie a même été désigné une fois un peu légèrement. Cette opinion assez puérile était celle à laquelle, pendant que je contemplais le lieu, mon imagination donnait le plus volontiers son assentiment ; et, comme j'en faisais part au guide, je fus assez surpris de l'entendre me dire que, bien que telle fût l'opinion presque générale des Norvégiens à ce sujet, ce n'était néanmoins pas la sienne. Quant à cette idée, il confessa qu'il était incapable de la comprendre, et je finis par être d'accord avec lui ; car, pour concluante qu'elle soit sur le papier, elle devient absolument inintelligible et absurde à côté du tonnerre de l'abîme.

— Maintenant que vous avez bien vu le tourbillon, me dit le vieil homme, si vous voulez que nous nous glissions derrière cette roche, sous le vent, de manière qu'elle amortisse le vacarme de l'eau, je vous conterai une histoire qui vous convaincra que je dois en savoir quelque chose, du Moskoe-Strom !

Je me plaçai comme il le désirait, et il commença :

— Moi et mes deux frères, nous possédions autrefois un semaque gréé en goélette, de soixante et dix tonneaux à peu près, avec lequel nous pêchions habituellement parmi les îles au-delà de Moskoe, près de Vurrgh. Tous les violents remous de mer donnent une bonne pêche, pourvu qu'on s'y prenne en temps opportun et qu'on ait le courage de tenter l'aventure ; mais, parmi tous les hommes de la côte de Lofoden, nous trois seuls, nous faisions notre métier ordinaire d'aller aux îles, comme je vous dis. Les pêcheries ordinaires sont beaucoup plus bas vers le sud. On y peut prendre du poisson à toute heure, sans courir grand risque, et naturellement ces endroits-là sont préférés ; mais les places de choix, par ici, entre les rochers, donnent non seulement le poisson de la plus belle qualité, mais aussi en bien plus grande abondance ; si bien que nous prenions souvent en un seul jour ce que les timides dans le métier n'auraient pas pu attraper tous ensemble en une semaine. En somme, nous faisions de cela une espèce de spéculation désespérée – le risque de la vie remplaçait le travail, et le courage tenait lieu de capital.

« Nous abritions notre semaque dans une anse à cinq milles sur la côte au-dessus de celle-ci ; et c'était notre habitude, par le beau temps, de profiter du répit de quinze minutes pour nous lancer à travers le canal principal du Moskoe-Strom, bien au-dessus du trou, et d'aller jeter l'ancre quelque part dans la proximité d'Otterholm ou de Sandflesen, où les remous ne sont pas aussi violents qu'ailleurs. Là, nous attendions ordinairement, pour lever l'ancre et retourner chez nous, à peu près jusqu'à l'heure de l'apaisement des eaux. Nous ne nous aventurions jamais dans cette expédition sans un bon vent largue pour aller et revenir – un vent dont nous pouvions être sûrs pour notre retour –, et nous nous sommes rarement trompés sur ce point. Deux fois, en six ans, nous avons été forcés de passer la nuit à l'ancre par suite d'un calme plat, ce qui est un cas bien rare dans ces parages ; et, une autre fois, nous sommes restés à terre près d'une semaine, affamés jusqu'à la mort, grâce à un coup de vent qui se mit à souffler peu de temps après notre arrivée et rendit le canal trop orageux pour songer à le traverser. Dans cette occasion, nous aurions été entraînés au large en dépit de tout (car les tourbillons nous ballottaient çà et là avec une telle violence qu'à la fin nous avions chassé sur notre ancre faussée), si nous n'avions dérivé dans un de ces innombrables courants qui se forment, ici aujourd'hui, et demain ailleurs, et qui nous conduisit sous le vent de Flimen, où, par bonheur, nous pûmes mouiller.

« Je ne vous dirai pas la vingtième partie des dangers que nous essuyâmes dans les pêcheries – c'est un mauvais parage, même par le beau temps –, mais nous trouvions toujours moyen de défier le Moskoe-Strom sans accident ; parfois pourtant le cœur me montait aux lèvres quand nous étions d'une minute en avance ou en retard sur l'accalmie. Quelquefois, le vent n'était pas aussi vif que nous l'espérions en mettant à la voile, et alors nous allions moins vite que nous ne l'aurions voulu, pendant que le courant rendait le semaque plus difficile à gouverner.

« Mon frère aîné avait un fils âgé de dix-huit ans, et j'avais pour mon compte deux grands garçons. Ils nous eussent été d'un grand secours dans de pareils cas, soit qu'ils eussent pris les avirons, soit qu'ils eussent pêché à l'arrière ; mais, vraiment, bien que nous consentissions à risquer notre vie, nous n'avions pas le cœur de laisser ces jeunesses affronter le danger ; car, tout bien considéré, c'était un horrible danger, c'est la pure vérité.

« Il y a maintenant trois ans moins quelques jours qu'arriva ce que je vais vous raconter. C'était le 10 juillet 18…, un jour que les gens de ce pays n'oublieront jamais, car ce fut un jour où souffla la plus horrible tempête qui soit jamais tombée de la calotte des cieux. Cependant, toute la matinée et même fort avant dans l'après-midi, nous avions eu une jolie brise bien faite du sud-ouest, le soleil était superbe, si bien que le plus vieux loup de mer n'aurait pas pu prévoir ce qui allait arriver.

« Nous étions passés tous les trois, mes deux frères et moi, à travers les îles à deux heures de l'après-midi environ, et nous eûmes bientôt chargé le semaque de fort beau poisson, qui – nous l'avions remarqué tous trois – était plus abondant ce jour-là que nous ne l'avions jamais vu. Il était juste sept heures *à ma montre* quand nous levâmes l'ancre pour retourner chez nous, de manière à faire le plus dangereux du Strom dans l'intervalle des eaux tranquilles, que nous savions avoir lieu à huit heures.

« Nous partîmes avec une bonne brise à tribord, et, pendant quelque temps, nous filâmes très rondement, sans songer le moins du monde au danger ; car, en réalité, nous ne voyions pas la moindre cause d'appréhension. Tout à coup nous fûmes masqués par une saute de vent qui venait de Helseggen. Cela était tout à fait extraordinaire – c'était une chose qui ne nous était jamais arrivée – et je commençais à être un peu inquiet, sans savoir exactement pourquoi. Nous fîmes arriver au vent, mais nous ne pûmes jamais fendre les remous, et j'étais sur le point de proposer de retourner au mouillage, quand, regardant à l'arrière, nous vîmes tout l'horizon enveloppé d'un nuage singulier, couleur de cuivre, qui montait avec la plus étonnante vélocité.

« En même temps, la brise qui nous avait pris en tête tomba, et, surpris alors par un calme plat, nous dérivâmes à la merci de tous les courants. Mais cet état de choses ne dura pas assez longtemps pour nous donner le temps d'y réfléchir. En moins d'une minute, la tempête était sur nous – une minute après, le ciel était entièrement chargé – et il devint soudainement si noir qu'avec les embruns qui nous sautaient aux yeux nous ne pouvions plus nous voir l'un l'autre à bord.

« Vouloir décrire un pareil coup de vent, ce serait folie. Le plus vieux marin de Norvège n'en a jamais essuyé de pareil. Nous avions amené toute la toile avant que le coup de vent nous surprît ; mais, dès la première rafale, nos deux mâts vinrent par-dessus bord, comme s'ils avaient été sciés par le pied – le grand mât emportant avec lui mon plus jeune frère qui s'y était accroché par prudence.

« Notre bateau était bien le plus léger joujou qui eût jamais glissé sur la mer. Il avait un pont effleuré avec une seule petite écoutille à l'avant, et nous avions toujours eu pour habitude de la fermer solidement en traversant le Strom, bonne précaution dans une mer clapoteuse. Mais, dans cette circonstance présente, nous aurions sombré du premier coup, car, pendant quelques instants, nous fûmes littéralement ensevelis sous l'eau. Comment mon frère aîné échappa-t-il à la mort ? je ne puis le dire, je n'ai jamais pu me l'expliquer. Pour ma part, à peine avais-je lâché la misaine, que je m'étais jeté sur le pont à plat ventre, les pieds contre l'étroit plat-bord de l'avant, et les mains accrochées à un boulon, auprès du pied du mât de misaine. Le pur instinct m'avait fait agir ainsi – c'était indubitablement ce que j'avais de mieux à faire –, car j'étais trop ahuri pour penser.

« Pendant quelques minutes, nous fûmes complètement inondés, comme je vous le disais, et, pendant tout ce temps, je retins ma respiration et me cramponnai à l'anneau. Quand je sentis que je ne pouvais pas rester ainsi plus longtemps sans être suffoqué, je me dressai sur mes genoux, tenant toujours bon avec mes mains, et je dégageai ma tête. Alors, notre petit bateau donna de lui-même une secousse, juste comme un chien qui sort de l'eau, et se leva en partie au-dessus de la mer. Je m'efforçais alors de secouer de mon mieux la stupeur qui m'avait envahi et de recouvrer suffisamment mes esprits pour voir ce qu'il y avait à faire, quand je sentis quelqu'un qui me saisissait le bras. C'était mon frère aîné, et mon cœur en sauta de joie, car je le croyais parti par-dessus bord ; mais, un moment après, toute cette joie se changea en horreur, quand, appliquant sa bouche à mon oreille, il vociféra ce simple mot : *Le Moskoe-Strom !*

« Personne ne saura jamais ce que furent en ce moment mes pensées. Je frissonnai de la tête aux pieds, comme pris du plus violent accès de fièvre. Je comprenais suffisamment ce qu'il entendait par ce seul mot – je savais bien ce qu'il voulait me faire entendre ! Avec le vent qui nous poussait maintenant, nous étions destinés au tourbillon du Strom, et rien ne pouvait nous sauver !

« Vous avez bien compris qu'en traversant le canal de Strom, nous faisions toujours notre route bien au-dessus du tourbillon, même par le temps le plus calme, et encore avions-nous bien soin d'attendre et d'épier le répit de la marée ; mais, maintenant, nous courions droit sur le gouffre lui-même, et avec une pareille tempête ! "À coup sûr, pensai-je, nous y serons juste au moment de l'accalmie, il y a là encore un petit espoir." Mais, une minute après, je me maudissais d'avoir été assez fou pour rêver d'une espérance quelconque. Je voyais parfaitement que nous étions condamnés, eussions-nous été un vaisseau de je ne sais combien de canons !

« En ce moment, la première fureur de la tempête était passée, ou peut-être ne la sentions-nous pas autant parce que nous fuyions devant ; mais, en tout cas, la mer, que le vent avait d'abord maîtrisée, plane et écumeuse, se dressait maintenant en véritables montagnes. Un changement singulier avait eu lieu aussi dans le ciel. Autour de nous, dans toutes les directions, il était toujours noir comme de la poix, mais presque au-dessus de nous il s'était fait une ouverture circulaire – un ciel clair – clair comme je ne l'ai jamais vu – d'un bleu brillant et foncé – et à travers ce trou resplendissait la pleine lune avec un éclat que je ne lui avais jamais connu. Elle éclairait toutes choses autour de nous avec la plus grande netteté – mais, grand Dieu ! quelle scène à éclairer !

« Je fis un ou deux efforts pour parler à mon frère ; mais le vacarme, sans que je pusse m'expliquer comment, était accru à un tel point que je ne pus lui faire entendre un seul mot, bien que je criasse dans son oreille de toute la force de mes poumons. Tout à coup il secoua la tête, devint pâle comme la mort, et leva un de ses doigts comme pour me dire : *Écoute !*

« D'abord, je ne compris pas ce qu'il voulait dire – mais bientôt une épouvantable pensée se fit jour en moi. Je tirai ma montre de mon gousset. Elle ne marchait pas. Je regardai le cadran au clair de la lune, et je fondis en larmes en la jetant au loin dans l'Océan. *Elle s'était arrêtée à sept heures ! Nous avions laissé passer le répit de la marée, et le tourbillon du Strom était dans sa pleine furie !*

« Quand un navire est bien construit, proprement équipé et pas trop chargé, les lames, par une grande brise, et quand il est au large, semblent toujours s'échapper de dessous sa quille – ce qui paraît très étrange à un homme de terre, et ce qu'on appelle, en langage de bord, chevaucher (*riding*). Cela allait bien, tant que nous grimpions lestement sur la houle ; mais, actuellement, une mer gigantesque venait nous prendre par notre arrière et nous enlevait avec elle – haut, haut –, comme pour nous pousser jusqu'au ciel. Je n'aurais jamais cru qu'une lame pût monter si haut. Puis nous descendions en faisant une courbe, une glissade, un plongeon, qui me donnait la nausée et le vertige, comme si je tombais en rêve du haut d'une immense montagne. Mais, du haut de la lame, j'avais jeté un rapide coup d'œil autour de moi – et ce seul coup d'œil avait suffi. Je vis exactement notre position en une seconde. Le tourbillon de Moskoe-Strom était à un quart de mille environ, droit devant nous, mais il ressemblait aussi peu au Moskoe-Strom de tous les jours que ce tourbillon que vous voyez maintenant ressemble à un remous de moulin. Si je n'avais pas su où nous étions et ce que nous avions à attendre, je n'aurais pas reconnu l'endroit. Tel que je le vis, je fermai involontairement les yeux d'horreur ; mes paupières se collèrent comme dans un spasme.

« Moins de deux minutes après, nous sentîmes tout à coup la vague s'apaiser, et nous fûmes enveloppés d'écume. Le bateau fit un brusque demi-tour par bâbord et partit dans cette nouvelle direction comme la foudre. Au même instant, le rugissement de l'eau se perdit dans une espèce de clameur aiguë – un son tel que vous pouvez le concevoir en imaginant les soupapes de plusieurs milliers de steamers lâchant à la fois leur vapeur. Nous étions alors dans la ceinture moutonneuse qui cercle toujours le tourbillon ; et je croyais naturellement qu'en une seconde nous allions plonger dans le gouffre, au fond duquel nous ne pouvions pas voir distinctement, en raison de la prodigieuse vélocité avec laquelle nous y étions entraînés. Le bateau ne semblait pas plonger dans l'eau, mais la raser, comme une bulle d'air qui voltige sur la surface de la lame. Nous avions le tourbillon à tribord, et à bâbord se dressait le vaste Océan que nous venions de quitter. Il s'élevait comme un mur gigantesque se tordant entre nous et l'horizon.

« Cela peut paraître étrange ; mais alors, quand nous fûmes dans la gueule même de l'abîme, je me sentis plus de sang-froid que quand nous en approchions. Ayant fait mon deuil de toute espérance, je fus délivré d'une grande partie de cette terreur qui m'avait d'abord écrasé. Je suppose que c'était le désespoir qui raidissait mes nerfs.

« Vous prendrez peut-être cela pour une fanfaronnade, mais ce que je vous dis est la vérité : je commençai à songer quelle magnifique chose c'était de mourir d'une pareille manière, et combien il était sot à moi de m'occuper d'un aussi vulgaire intérêt que ma conservation individuelle, en face d'une si prodigieuse manifestation de la puissance de Dieu. Je crois que je rougis de honte quand cette idée traversa mon esprit. Peu d'instants après, je fus possédé de la plus ardente curiosité relativement au tourbillon lui-même. Je sentis positivement le *désir* d'explorer ses profondeurs, même au prix du sacrifice que j'allais faire ;

mon principal chagrin était de penser que je ne pourrais jamais raconter à mes vieux camarades les mystères que j'allais connaître. C'étaient là, sans doute, de singulières pensées pour occuper l'esprit d'un homme dans une pareille extrémité, et j'ai souvent eu l'idée depuis lors que les évolutions du bateau autour du gouffre m'avaient un peu étourdi la tête.

« Il y eut une autre circonstance qui contribua à me rendre maître de moi-même ; ce fut la complète cessation du vent, qui ne pouvait plus nous atteindre dans notre situation actuelle : car, comme vous pouvez en juger par vous-même, la ceinture d'écume est considérablement au-dessous du niveau général de l'Océan, et ce dernier nous dominait maintenant comme la crête d'une haute et noire montagne. Si vous ne vous êtes jamais trouvé en mer par une grosse tempête, vous ne pouvez vous faire une idée du trouble d'esprit occasionné par l'action simultanée du vent et des embruns. Cela vous aveugle, vous étourdit, vous étrangle et vous ôte toute faculté d'action ou de réflexion. Mais nous étions maintenant grandement soulagés de tous ces embarras – comme ces misérables condamnés à mort, à qui on accorde dans leur prison quelques petites faveurs qu'on leur refusait tant que l'arrêt n'était pas prononcé.

« Combien de fois fîmes-nous le tour de cette ceinture, il m'est impossible de le dire. Nous courûmes tout autour, pendant une heure à peu près ; nous volions plutôt que nous ne flottions, et nous nous rapprochions toujours de plus en plus du centre du tourbillon, et toujours plus près, toujours plus près de son épouvantable arête intérieure.

« Pendant tout ce temps, je n'avais pas lâché le boulon. Mon frère était à l'arrière, se tenant à une petite barrique vide, solidement attachée sous l'échauguette, derrière l'habitacle ; c'était le seul objet du bord qui n'eût pas été balayé quand le coup de temps nous avait surpris.

« Comme nous approchions de la margelle de ce puits mouvant, il lâcha le baril et tâcha de saisir l'anneau, que, dans l'agonie de sa terreur, il s'efforçait d'arracher de mes mains, et qui n'était pas assez large pour nous donner sûrement prise à tous deux. Je n'ai jamais éprouvé de douleur plus profonde que quand je le vis tenter une pareille action – quoique je visse bien qu'alors il était insensé et que la pure frayeur en avait fait un fou furieux.

« Néanmoins, je ne cherchai pas à lui disputer la place. Je savais bien qu'il importait fort peu à qui appartiendrait l'anneau ; je lui laissai le boulon, et m'en allai au baril de l'arrière. Il n'y avait pas grande difficulté à opérer cette manœuvre ; car le semaque filait en rond avec assez d'aplomb et assez droit sur sa quille, poussé quelquefois çà et là par les immenses houles et les bouillonnements du tourbillon. À peine m'étais-je arrangé dans ma nouvelle position que nous donnâmes une violente embardée à tribord, et que nous piquâmes la tête la première dans l'abîme. Je murmurai une rapide prière à Dieu, et je pensai que tout était fini.

« Comme je subissais l'effet douloureusement nauséabond de la descente, je m'étais instinctivement cramponné au baril avec plus d'énergie, et j'avais fermé les yeux. Pendant quelque secondes, je n'osai pas les ouvrir – m'attendant à une destruction instantanée et m'étonnant de ne pas déjà en être aux angoisses suprêmes de l'immersion. Mais les secondes s'écoulaient ; je vivais encore. La sensation de chute avait cessé, et le mouvement du navire ressemblait beaucoup à ce qu'il était déjà, quand nous étions pris dans la ceinture d'écume, à l'exception que maintenant nous donnions davantage de la bande. Je repris courage et regardai une fois encore le tableau.

« Jamais je n'oublierai les sensations d'effroi, d'horreur et d'admiration que j'éprouvai en jetant les yeux autour de moi. Le bateau semblait suspendu comme par magie, à mi-chemin de sa chute, sur la surface intérieure d'un entonnoir d'une vaste circonférence, d'une profondeur prodigieuse, et dont les parois, admirablement polies, auraient pu être prises pour de l'ébène, sans l'éblouissante vélocité avec laquelle elles pirouettaient et l'étincelante et horrible clarté qu'elles répercutaient sous les rayons de la pleine lune, qui, de ce trou circulaire que j'ai déjà décrit, ruisselaient en un fleuve d'or et de splendeur le long des murs noirs et pénétraient jusque dans les plus intimes profondeurs de l'abîme.

« D'abord, j'étais trop troublé pour observer n'importe quoi avec quelque exactitude. L'explosion générale de cette magnificence terrifique était tout ce que je pouvais voir. Néanmoins, quand je revins un peu à moi, mon regard se dirigea instinctivement vers le fond. Dans cette direction, je pouvais plonger ma vue sans obstacle à cause de la situation de notre semaque qui était suspendu sur la surface inclinée du gouffre ; il courait toujours sur sa quille, c'est-à-dire que son pont formait un plan parallèle à celui de l'eau, qui faisait comme un talus incliné à plus de 45 degrés, de sorte que nous avions l'air de nous soutenir sur notre côté. Je ne pouvais m'empêcher de remarquer, toutefois, que je n'avais guère plus de peine à me retenir des mains et des pieds, dans cette situation, que si nous avions été sur un plan horizontal ; et cela tenait, je suppose, à la vélocité avec laquelle nous tournions.

« Les rayons de la lune semblaient chercher le fin fond de l'immense gouffre ; cependant, je ne pouvais rien distinguer nettement, à cause d'un épais brouillard qui enveloppait toutes choses, et sur lequel planait un magnifique arc-en-ciel, semblable à ce pont étroit et vacillant que les musulmans affirment être le seul passage entre le Temps et l'Éternité. Ce brouillard ou cette écume était sans doute occasionné par le conflit des grands murs de l'entonnoir, quand ils se rencontraient et se brisaient au fond ; quant au hurlement qui montait de ce brouillard vers le ciel, je n'essayerai pas de le décrire.

« Notre première glissade dans l'abîme, à partir de la ceinture d'écume, nous avait portés à une grande distance sur la pente ; mais postérieurement notre descente ne s'effectua pas aussi rapidement, à beaucoup près. Nous filions toujours, toujours circulairement, non plus avec un mouvement uniforme, mais avec des élans qui parfois ne nous projetaient qu'à une centaine de yards, et d'autres fois nous faisaient accomplir une évolution complète autour du tourbillon. À chaque tour, nous nous rapprochions du gouffre, lentement, il est vrai, mais d'une manière très sensible.

« Je regardai au large sur le vaste désert d'ébène qui nous portait, et je m'aperçus que notre barque n'était pas le seul objet qui fût tombé dans l'étreinte du tourbillon. Au-dessus et au-dessous de nous, on voyait des débris de navires, de gros morceaux de charpente, des troncs d'arbres, ainsi que bon nombre d'articles plus petits, tels que des pièces de mobilier, des malles brisées, des barils et des douves. J'ai déjà décrit la curiosité surnaturelle qui s'était substituée à mes primitives terreurs. Il me sembla qu'elle augmentait à mesure que je me rapprochais de mon épouvantable destinée. Je commençai alors à épier avec un étrange intérêt les nombreux objets qui flottaient en notre compagnie. Il *fallait* que j'eusse le délire, – car je trouvais même une sorte d'*amusement* à calculer les vitesses relatives de leur descente vers le tourbillon d'écume.

« – Ce sapin, me surpris-je une fois à dire, sera certainement la première chose qui fera le terrible plongeon et qui disparaîtra ; et je fus fort désappointé de voir qu'un bâtiment de commerce hollandais avait pris les devants et s'était engouffré le premier. À la longue, après avoir fait quelques conjectures de cette nature, et m'être toujours trompé, ce fait – le fait de mon invariable mécompte – me jeta dans un ordre de réflexions qui firent de nouveau trembler mes membres et battre mon cœur encore plus lourdement.

« Ce n'était pas une nouvelle terreur qui m'affectait ainsi, mais l'aube d'une espérance bien plus émouvante. Cette espérance surgissait en partie de la mémoire, en partie de l'observation présente. Je me rappelai l'immense variété d'épaves qui jonchaient la côte de Lofoden, et qui avaient toutes été absorbées et revomies par le Moskoe-Strom. Ces articles, pour la plus grande partie, étaient déchirés de la manière la plus extraordinaire – éraillés, écorchés, au point qu'ils avaient l'air d'être tout garnis de pointes et d'esquilles. Mais je me rappelais distinctement alors qu'il y en avait quelques-uns qui n'étaient pas défigurés du tout. Je ne pouvais maintenant me rendre compte de cette différence qu'en supposant que les fragments écorchés fussent les seuls qui eussent été complètement absorbés, les autres étant entrés dans le tourbillon à une période assez avancée de la marée, ou, après y être entrés, étant, pour une raison ou pour une autre, descendus assez lentement pour ne pas atteindre le fond avant le retour du flux ou du reflux, suivant le cas. Je concevais qu'il était possible, dans les deux cas, qu'ils eussent remonté, en tourbillonnant de nouveau jusqu'au niveau de l'Océan, sans subir le sort de ceux qui avaient été entraînés de meilleure heure ou absorbés plus rapidement.

« Je fis aussi trois observations importantes : la première, que – règle générale – plus les corps étaient gros, plus leur descente était rapide ; la seconde, que, deux masses étant données, d'une égale étendue, l'une sphérique et l'autre de n'importe quelle autre forme, la supériorité de vitesse dans la descente était pour la sphère ; la troisième, que, de deux masses d'un volume égal, l'une cylindrique et l'autre de n'importe quelle autre forme, le cylindre était absorbé le plus lentement.

« Depuis ma délivrance, j'ai eu à ce sujet quelques conversations avec un vieux maître d'école du district ; et c'est de lui que j'ai appris l'usage des mots cylindre et sphère. Il m'a expliqué – mais j'ai oublié l'explication – que ce que j'avais observé était la conséquence naturelle de la forme des débris flottants, et il m'a démontré comment un cylindre, tournant dans un tourbillon, présentait plus de résistance à sa succion et était attiré avec plus de difficulté qu'un corps d'une autre forme quelconque et d'un volume égal[1].

« Il y avait une circonstance saisissante qui donnait une grande force à ces observations, et me rendait anxieux de les vérifier : c'était qu'à chaque révolution nous passions devant un baril ou devant une vergue ou un mât de navire, et que la plupart de ces objets, nageant à notre niveau quand j'avais ouvert les yeux pour la première fois sur les merveilles du tourbillon, étaient maintenant situés bien au-dessus de nous et semblaient n'avoir guère bougé de leur position première.

« Je n'hésitai pas plus longtemps sur ce que j'avais à faire. Je résolus de m'attacher avec confiance à la barrique que je tenais toujours embrassée, de larguer le câble qui la retenait à la cage, et de me jeter avec elle à la mer. Je m'efforçai d'attirer par signes l'attention de mon frère sur les barils flottants auprès desquels nous passions, et je fis tout ce qui était en mon pouvoir pour lui faire comprendre ce que j'allais tenter. Je crus à la longue qu'il avait deviné mon dessein ; mais, qu'il l'eût ou ne l'eût pas saisi, il secoua la tête avec désespoir et refusa de quitter sa place près du boulon. Il m'était impossible de m'emparer de lui ; la conjoncture ne permettait pas de délai. Ainsi, avec une amère angoisse, je l'abandonnai à sa destinée ; je m'attachai moi-même à la barrique avec le câble qui l'amarrait à l'échauguette et, sans hésiter un moment de plus, je me précipitai avec dans la mer.

« Le résultat fut précisément ce que j'espérais. Comme c'est moi-même qui vous raconte cette histoire, comme vous voyez que j'ai échappé – et comme

1. Archimède, *De occidentibus in fluido*. (E.A.P.)

vous connaissez déjà le mode de salut que j'employai et pouvez dès lors prévoir tout ce que j'aurais de plus à vous dire –, j'abrégerai mon récit et j'irai droit à la conclusion.

« Il s'était écoulé une heure environ depuis que j'avais quitté le bord du semaque, quand, étant descendu à une vaste distance au-dessous de moi, il fit coup sur coup trois ou quatre tours précipités, et, emportant mon frère bien-aimé, piqua de l'avant décidément et pour toujours, dans le chaos d'écume. Le baril auquel j'étais attaché nageait presque à moitié chemin de la distance qui séparait le fond du gouffre de l'endroit où je m'étais précipité par-dessus bord, quand un grand changement eut lieu dans le caractère du tourbillon. La pente des parois du vaste entonnoir se fit de moins en moins escarpée. Les évolutions du tourbillon devinrent graduellement de moins en moins rapides. Peu à peu l'écume et l'arc-en-ciel disparurent, et le fond du gouffre sembla s'élever lentement.

« Le ciel était clair, le vent était tombé, et la pleine lune se couchait radieusement à l'ouest, quand je me retrouvai à la surface de l'Océan, juste en vue de la côte de Lofoden, et au-dessus de l'endroit où *était* naguère le tourbillon du Moskoe-Strom. C'était l'heure de l'accalmie – mais la mer se soulevait toujours en vagues énormes par suite de la tempête. Je fus porté violemment dans le canal du Strom et jeté en quelques minutes à la côte, parmi les pêcheries. Un bateau me repêcha – épuisé de fatigue ; et, maintenant que le danger avait disparu, le souvenir de ces horreurs m'avait rendu muet. Ceux qui me tirèrent à bord étaient mes vieux camarades de mer et mes compagnons de chaque jour, mais ils ne me reconnaissaient pas plus qu'ils n'auraient reconnu un voyageur revenu du monde des esprits. Mes cheveux, qui la veille étaient d'un noir de corbeau, étaient aussi blancs que vous les voyez maintenant. Ils dirent aussi que toute l'expression de ma physionomie était changée. Je leur contai mon histoire – ils ne voulurent pas y croire. Je vous la raconte, à vous, maintenant, et j'ose à peine espérer que vous y ajouterez plus de foi que les plaisants pêcheurs de Lofoden.

La Vérité sur le cas de M. Valdemar

Que le cas extraordinaire de M. Valdemar ait excité une discussion, il n'y a certes pas lieu de s'en étonner. C'eût été un miracle qu'il n'en fût pas ainsi – particulièrement dans de telles circonstances. Le désir de toutes les parties intéressées à tenir l'affaire secrète, au moins pour le présent ou en attendant l'opportunité d'une nouvelle investigation, et nos efforts pour y réussir ont laissé place à un récit tronqué ou exagéré qui s'est propagé dans le public, et qui, présentant l'affaire sous les couleurs les plus désagréablement fausses, est naturellement devenu la source d'un grand discrédit.

Il est maintenant devenu nécessaire que je donne *les faits*, autant du moins que je les comprends moi-même.

Succinctement les voici :

Mon attention, dans ces trois dernières années, avait été à plusieurs reprises attirée vers le magnétisme ; et, il y a environ neuf mois, cette pensée frappa presque soudainement mon esprit, que, dans la série des expériences faites jusqu'à présent, il y avait une très remarquable et très inexplicable lacune : – personne n'avait encore été magnétisé *in articulo mortis*. Restait à savoir, d'abord, si dans un pareil état existait chez le patient une réceptibilité quelconque de l'influx magnétique ; en second lieu, si, dans le cas de l'affirmative, elle était atténuée ou augmentée par la circonstance ; troisièmement, jusqu'à quel point et pour combien de temps les empiétements de la mort pouvaient être arrêtés par l'opération. Il y avait d'autres points à vérifier, mais ceux-ci excitaient le plus ma curiosité – particulièrement le dernier, à cause du caractère immensément grave de ses conséquences.

En cherchant autour de moi un sujet au moyen duquel je pusse éclaircir ces points, je fus amené à jeter les yeux sur mon ami, M. Ernest Valdemar, le compilateur bien connu de la *Bibliotheca forensica*, et auteur (sous le pseudonyme d'Issachar Marx) des traductions polonaises de *Wallenstein* et de *Gargantua*. M. Valdemar, qui résidait généralement à Harlem (New York) depuis l'année 1839, est ou était particulièrement remarquable par l'excessive maigreur de sa personne – ses membres inférieurs ressemblant beaucoup à ceux de John Randolph – et aussi par la blancheur de ses favoris qui faisait contraste avec sa chevelure noire, que chacun prenait conséquemment pour une perruque. Son tempérament était singulièrement nerveux et en faisait un excellent sujet pour les expériences magnétiques. Dans deux ou trois occasions, je l'avais amené à dormir sans grande difficulté ; mais je fus désappointé quant aux autres résultats que sa constitution particulière m'avait naturellement fait espérer. Sa volonté n'était jamais positivement ni entièrement soumise à mon influence, et relativement à la *clairvoyance* je ne réussis à faire avec lui rien sur quoi l'on pût faire fond. J'avais toujours attribué mon insuccès sur ces points au dérangement de sa santé. Quelques mois avant l'époque où je fis sa connaissance, les médecins l'avaient déclaré atteint d'une phtisie bien caractérisée. C'était à vrai dire sa coutume de parler de sa fin prochaine avec beaucoup de sang-froid, comme d'une chose qui ne pouvait être ni évitée ni regrettée.

Quand ces idées, que j'exprimais tout à l'heure, me vinrent pour la première fois, il était très naturel que je pensasse à M. Valdemar. Je connaissais trop bien la solide philosophie de l'homme pour redouter quelques scrupules de sa part, et il n'avait point de parents en Amérique qui pussent plausiblement intervenir. Je lui parlai franchement de la chose ; et, à ma grande surprise, il parut y prendre un intérêt très vif. Je dis à ma grande surprise, car, quoiqu'il eût toujours gracieusement livré sa personne à mes expériences, il n'avait jamais témoigné de sympathie pour mes études. Sa maladie était de celles qui admettent un calcul exact relativement à l'époque de leur *dénouement* ; et il fut finalement convenu entre nous qu'il m'enverrait chercher vingt-quatre heures avant le terme marqué par les médecins pour sa mort.

Il y a maintenant sept mois passés que je reçus de M. Valdemar le billet suivant :

« Mon cher P…,

« Vous pouvez aussi bien venir *maintenant*. D… et F… s'accordent à dire que je n'irai pas, demain, au-delà de minuit ; et je crois qu'ils ont calculé juste, ou bien peu s'en faut.

« VALDEMAR. »

Je recevais ce billet une demi-heure après qu'il m'était écrit, et, en quinze minutes au plus, j'étais dans la chambre du mourant. Je ne l'avais pas vu depuis dix jours, et je fus effrayé de la terrible altération que ce court intervalle avait produite en lui. Sa face était d'une couleur de plomb ; ses yeux étaient entièrement éteints, et l'amaigrissement était si remarquable que les pommettes avaient crevé la peau. L'expectoration était excessive ; le pouls à peine sensible. Il conservait néanmoins d'une manière fort singulière toutes ses facultés spirituelles et une certaine quantité de force physique. Il parlait distinctement, prenait sans aide quelques drogues palliatives et, quand j'entrai dans la chambre, il était occupé à écrire quelques notes sur un agenda. Il était soutenu dans son lit par des oreillers. Les docteurs D… et F… lui donnaient leurs soins.

Après avoir serré la main de Valdemar, je pris ces messieurs à part et j'obtins un compte rendu minutieux de l'état du malade. Le poumon gauche était depuis dix-huit mois dans un état semi-osseux ou cartilagineux, et conséquemment tout à fait impropre à toute fonction vitale. Le droit, dans sa partie supérieure, s'était aussi ossifié, sinon en totalité, du moins partiellement, pendant que la partie inférieure n'était plus qu'une masse de tubercules purulents, se pénétrant les uns les autres. Il existait plusieurs perforations profondes, et en un certain point il y avait adhérence permanente des côtes. Ces phénomènes du lobe droit étaient de date comparativement récente. L'ossification avait marché avec une rapidité très insolite – un mois auparavant on n'en découvrait encore aucun symptôme – et l'adhérence n'avait été remarquée que dans ces trois derniers jours. Indépendamment de la phtisie, on soupçonnait un anévrisme de l'aorte, mais sur ce point les symptômes d'ossification rendaient impossible tout diagnostic exact. L'opinion des deux médecins était que M. Valdemar mourrait le lendemain dimanche vers minuit. Nous étions au samedi, et il était sept heures du soir.

En quittant le chevet du moribond pour causer avec moi, les docteurs D… et F… lui avaient dit un suprême adieu. Ils n'avaient pas l'intention de revenir ; mais, à ma requête, ils consentirent à venir voir le patient vers dix heures de la nuit.

Quand ils furent partis, je causai librement avec M. Valdemar de sa mort prochaine, et plus particulièrement de l'expérience que nous nous étions proposée. Il se montra toujours plein de bon vouloir ; il témoigna même un vif désir de cette expérience et me pressa de commencer tout de suite. Deux domestiques, un homme et une femme, étaient là pour donner leurs soins ; mais je ne me sentis pas tout à fait libre de m'engager dans une tâche d'une telle gravité sans autres témoignages plus rassurants que ceux que pourraient produire ces gens-là en cas d'accident soudain. Je renvoyais donc l'opération à huit heures, quand l'arrivée d'un étudiant en médecine, avec lequel j'étais un peu lié, M. Théodore L…, me tira définitivement d'embarras. Primitivement j'avais résolu d'attendre les médecins ; mais je fus induit à commencer tout de suite, d'abord par les sollicitations de M. Valdemar, en second lieu par la conviction que je n'avais pas un instant à perdre, car il s'en allait évidemment.

M. L... fut assez bon pour accéder au désir que j'exprimai qu'il prît des notes de tout ce qui surviendrait ; et c'est d'après son procès-verbal que je décalque pour ainsi dire mon récit. Quand je n'ai pas condensé, j'ai copié mot pour mot.

Il était environ huit heures moins cinq, quand, prenant la main du patient, je le priai de confirmer à M. L..., aussi distinctement qu'il le pourrait, que c'était son formel désir, à lui Valdemar, que je fisse une expérience magnétique sur lui, dans de telles conditions.

Il répliqua faiblement, mais très distinctement : « Oui, je désire être magnétisé » ; ajoutant immédiatement après : « Je crains bien que vous n'ayez différé trop longtemps. »

Pendant qu'il parlait, j'avais commencé les passes que j'avais déjà reconnues les plus efficaces pour l'endormir. Il fut évidemment influencé par le premier mouvement de ma main qui traversa son front ; mais, quoique je déployasse toute ma puissance, aucun autre effet sensible ne se manifesta jusqu'à dix heures dix minutes, quand les médecins D... et F... arrivèrent au rendez-vous. Je leur expliquai en peu de mots mon dessein ; et, comme ils n'y faisaient aucune objection, disant que le patient était déjà dans sa période d'agonie, je continuai sans hésitation, changeant toutefois les passes latérales en passes longitudinales, et concentrant tout mon regard juste dans l'œil du moribond.

Pendant ce temps, son pouls devint imperceptible, et sa respiration obstruée et marquant un intervalle d'une demi-minute.

Cet état dura un quart d'heure, presque sans changement. À l'expiration de cette période, néanmoins, un soupir naturel, quoique horriblement profond, s'échappa du sein du moribond, et la respiration ronflante cessa, c'est-à-dire que son ronflement ne fut plus sensible ; les intervalles n'étaient pas diminués. Les extrémités du patient étaient d'un froid de glace.

À onze heures moins cinq minutes, j'aperçus des symptômes non équivoques de l'influence magnétique. Le vacillement vitreux de l'œil s'était changé en cette expression pénible de regard *en dedans* qui ne se voit jamais que dans les cas de somnambulisme, et à laquelle il est impossible de se méprendre ; avec quelques passes latérales rapides, je fis palpiter les paupières, comme quand le sommeil nous prend, et, en insistant un peu, je les fermai tout à fait. Ce n'était pas assez pour moi, et je continuai mes exercices vigoureusement et avec la plus intense projection de volonté, jusqu'à ce que j'eusse complètement paralysé les membres du dormeur, après les avoir placés dans une position en apparence commode. Les jambes étaient tout à fait allongées ; les bras à peu près étendus, et reposant sur le lit à une distance médiocre des reins. La tête était très légèrement élevée.

Quand j'eus fait tout cela, il était minuit sonné, et je priai ces messieurs d'examiner la situation de M. Valdemar. Après quelques expériences, ils reconnurent qu'il était dans un état de catalepsie magnétique extraordinairement parfaite. La curiosité des deux médecins était grandement excitée. Le docteur D… résolut tout à coup de passer toute la nuit auprès du patient, pendant que le docteur F… prit congé de nous en promettant de revenir au petit jour ; M. L… et les gardes-malades restèrent.

Nous laissâmes M. Valdemar absolument tranquille jusqu'à trois heures du matin ; alors, je m'approchai de lui et le trouvai exactement dans le même état que quand le docteur F… était parti, c'est-à-dire qu'il était étendu dans la même position ; que le pouls était imperceptible, la respiration douce, à peine sensible – excepté par l'application d'un miroir aux lèvres ; les yeux fermés naturellement, et les membres aussi rigides et aussi froids que du marbre. Toutefois, l'apparence générale n'était certainement pas celle de la mort.

En approchant de M. Valdemar, je fis une espèce de demi-effort pour déterminer son bras droit à suivre le mien dans les mouvements que je décrivais doucement çà et là au-dessus de sa personne. Autrefois, quand j'avais tenté ces expériences avec le patient, elles n'avaient jamais pleinement réussi, et assurément je n'espérais guère mieux réussir cette fois ; mais, à mon grand étonnement, son bras suivit très doucement, quoique les indiquant faiblement, toutes les directions que le mien lui assigna. Je me déterminai à essayer quelques mots de conversation.

— Monsieur Valdemar, dis-je, dormez-vous ?

Il ne répondit pas, mais j'aperçus un tremblement sur ses lèvres, et je fus obligé de répéter ma question une seconde et une troisième fois. À la troisième, tout son être fut agité d'un léger frémissement ; les paupières se soulevèrent d'elles-mêmes comme pour dévoiler une ligne blanche du globe ; les lèvres remuèrent paresseusement et laissèrent échapper ces mots dans un murmure à peine intelligible :

— Oui ; je dors maintenant. Ne m'éveillez pas !… Laissez-moi mourir ainsi !

Je tâtai les membres et les trouvai toujours aussi rigides. Le bras droit, comme tout à l'heure, obéissait à la direction de ma main. Je questionnai de nouveau le somnambule.

— Vous sentez-vous toujours mal à la poitrine, monsieur Valdemar ?

La réponse ne fut pas immédiate ; elle fut encore moins accentuée que la première :

— Mal ? – non – je meurs.

Je ne jugeai pas convenable de le tourmenter davantage pour le moment, et il ne se dit, il ne se fit rien de nouveau jusqu'à l'arrivée du docteur F…, qui précéda un peu le lever du soleil, et éprouva un étonnement sans bornes en trouvant le patient encore vivant. Après avoir tâté le pouls du somnambule et lui avoir appliqué un miroir sur les lèvres, il me pria de lui parler encore.

— Monsieur Valdemar, dormez-vous toujours ?

Comme précédemment, quelques minutes s'écoulèrent avant la réponse ; et, durant l'intervalle, le moribond sembla rallier toute son énergie pour parler. À ma question répétée pour la quatrième fois, il répondit très faiblement, presque inintelligiblement :

— Oui, toujours – je dors – je meurs.

C'était alors l'opinion, ou plutôt le désir des médecins, qu'on permît à M. Valdemar de rester sans être troublé dans cet état actuel de calme apparent, jusqu'à ce que la mort survînt ; et cela devait avoir lieu – on fut unanime là-dessus – dans un délai de cinq minutes. Je résolus cependant de lui parler encore une fois, et je répétai simplement ma question précédente.

Pendant que je parlais, il se fit un changement marqué dans la physionomie du somnambule. Les yeux roulèrent dans leurs orbites, lentement découverts par les paupières qui remontaient ; la peau prit un ton général cadavéreux, ressemblant moins à du parchemin qu'à du papier blanc ; et les deux taches hectiques circulaires, qui jusque-là étaient vigoureusement fixées dans le centre de chaque joue, *s'éteignirent* tout d'un coup. Je me sers de cette expression, parce que la soudaineté de leur disparition me fait penser à une bougie soufflée plutôt qu'à toute autre chose. La lèvre supérieure, en même temps, se tordit en remontant au dessus des dents que tout à l'heure elle couvrait entièrement, pendant que la mâchoire inférieure tombait avec une saccade qui put être entendue, laissant la bouche toute grande ouverte, et découvrant en plein la langue noire et boursouflée. Je présume que tous les témoins étaient familiarisés avec les horreurs d'un lit de mort ; mais l'aspect de M. Valdemar en ce moment était tellement hideux, hideux au-delà de toute conception, que ce fut une reculade générale loin de la région du lit.

Je sens maintenant que je suis arrivé à un point de mon récit où le lecteur révolté me refusera toute croyance. Cependant, mon devoir est de continuer.

Il n'y avait plus dans M. Valdemar le plus faible symptôme de vitalité ; et, concluant qu'il était mort, nous le laissions aux soins des gardes-malades, quand un fort mouvement de vibration se manifesta dans la langue. Cela dura pendant une minute peut-être. À l'expiration de cette période, des mâchoires distendues et immobiles jaillit une voix – une voix telle que ce serait folie d'essayer de la décrire. Il y a cependant deux ou trois épithètes qui pourraient lui être appliquées comme des à-peu-près : ainsi, je puis dire que le son était âpre, déchiré, caverneux ; mais le hideux total n'est pas définissable, par la raison que de pareils sons n'ont jamais hurlé dans l'oreille de l'humanité. Il y avait cependant deux particularités qui – je le pensai alors, et je le pense encore – peuvent être justement prises comme caractéristiques de l'intonation, et qui sont propres à donner quelque idée de son étrangeté extraterrestre. En premier lieu, la voix semblait parvenir à nos oreilles – aux miennes du moins – comme d'une très lointaine distance ou de quelque abîme souterrain. En second lieu, elle m'impressionna (je crains, en vérité, qu'il ne me soit impossible de me faire comprendre), de la même manière que les matières glutineuses ou gélatineuses affectent le sens du toucher.

J'ai parlé à la fois de son et de voix. Je veux dire que le son était d'une syllabisation distincte, et même terriblement, effroyablement distincte. M. Valdemar *parlait*, évidemment pour répondre à la question que je lui avais adressée quelques minutes auparavant. Je lui avais demandé, on s'en souvient, s'il dormait toujours. Il disait maintenant :

— Oui – non – *j'ai dormi* – et maintenant – maintenant, *je suis mort.*

Aucune des personnes présentes n'essaya de nier ni même de réprimer l'indescriptible, la frissonnante horreur que ces quelques mots ainsi prononcés étaient si bien faits pour créer. M. L..., l'étudiant, s'évanouit. Les gardes-malades s'enfuirent immédiatement de la chambre, et il fut impossible de les y ramener. Quant à mes propres impressions, je ne prétends pas les rendre intelligibles pour le lecteur. Pendant près d'une heure, nous nous occupâmes en silence (pas un mot ne fut prononcé) à rappeler M. L... à la vie. Quand il fut revenu à lui, nous reprîmes nos investigations sur l'état de M. Valdemar.

Il était resté à tous égards tel que je l'ai décrit en dernier lieu, à l'exception que le miroir ne donnait plus aucun vestige de respiration. Une tentative de saignée au bras resta sans succès. Je dois mentionner aussi que ce membre n'était plus soumis à ma volonté. Je m'efforçai en vain de lui faire suivre la direction de ma main. La seule indication réelle de l'influence magnétique se manifestait maintenant dans le mouvement vibratoire de la langue. Chaque fois que j'adressais une question à M. Valdemar, il semblait qu'il fît un effort pour répondre, mais que sa volition ne fût pas suffisamment durable. Aux questions faites par une autre personne que moi il paraissait absolument insensible – quoique j'eusse tenté de mettre chaque membre de la société en rapport magnétique avec lui. Je crois que j'ai maintenant relaté tout ce qui est nécessaire pour faire comprendre l'état du somnambule dans cette période. Nous nous procurâmes d'autres infirmiers, et, à dix heures, je sortis de la maison, en compagnie des deux médecins et de M. L…

Dans l'après-midi, nous revînmes tous voir le patient. Son état était absolument le même. Nous eûmes alors une discussion sur l'opportunité et la possibilité de l'éveiller ; mais nous fûmes bientôt d'accord en ceci qu'il n'en pouvait résulter aucune utilité. Il était évident que jusque-là la mort, ou ce que l'on définit habituellement par le mot *mort*, avait été arrêtée par l'opération magnétique. Il nous semblait clair à tous qu'éveiller M. Valdemar, c'eût été simplement assurer sa minute suprême, ou au moins accélérer sa désorganisation.

Depuis lors jusqu'à la fin de la semaine dernière – *un intervalle de sept mois à peu près* –, nous nous réunîmes journellement dans la maison de M. Valdemar, accompagnés de médecins et d'autres amis. Pendant tout ce temps, le somnambule resta *exactement* tel que je l'ai décrit. La surveillance des infirmiers était continuelle.

Ce fut vendredi dernier que nous résolûmes finalement de faire l'expérience du réveil, ou du moins d'essayer de l'éveiller ; et c'est le résultat, déplorable peut-être, de cette dernière tentative, qui a donné naissance à tant de discussions dans les cercles privés, à tant de bruits dans lesquels je ne puis m'empêcher de voir le résultat d'une crédulité populaire injustifiable.

Pour arracher M. Valdemar à la catalepsie magnétique, je fis usage des passes accoutumées. Pendant quelque temps, elles furent sans résultat. Le premier symptôme de retour à la vie fut un abaissement partiel de l'iris. Nous observâmes comme un fait très remarquable que cette descente de l'iris était accompagnée du flux très abondant d'une liqueur jaunâtre (de dessous les paupières) d'une odeur âcre et fortement désagréable.

On me suggéra alors d'essayer d'influencer le bras du patient, comme par le passé. J'essayai, je ne pus. Le docteur F… exprima le désir que je lui adressasse une question. Je le fis de la manière suivante :

— Monsieur Valdemar, pouvez-vous nous expliquer quels sont maintenant vos sensations ou vos désirs ?

Il y eut un retour immédiat des cercles hectiques sur les joues ; la langue trembla ou plutôt roula violemment dans la bouche (quoique les mâchoires et les lèvres demeurassent toujours immobiles), et à la longue la même horrible voix que j'ai décrite fit éruption :

— Pour l'amour de Dieu ! – vite ! – vite ! – faites-moi dormir – ou bien, vite ! éveillez-moi ! – vite ! *Je vous dis que je suis mort !*

J'étais totalement énervé, et pendant une minute je restai indécis sur ce que j'avais à faire. Je fis d'abord un effort pour calmer le patient ; mais, cette totale vacance de ma volonté ne me permettant pas d'y réussir, je fis l'inverse et m'efforçai aussi vivement que possible de le réveiller. Je vis bientôt que cette tentative aurait un plein succès – ou du moins je me figurai bientôt que mon succès serait complet –, et je suis sûr que chacun dans la chambre s'attendait au réveil du somnambule.

Quant à ce qui arriva en réalité, aucun être humain n'aurait jamais pu s'y attendre ; c'est au-delà de toute possibilité.

Comme je faisais rapidement les passes magnétiques à travers les cris de « Mort ! Mort ! » qui faisaient littéralement explosion sur la langue et non sur les lèvres du sujet, tout son corps, d'un seul coup – dans l'espace d'une minute, et même moins – se déroba, s'émietta, se *pourrit* absolument sous mes mains. Sur le lit, devant tous les témoins, gisait une masse dégoûtante et quasi liquide – une abominable putréfaction.

Révélation magnétique

Bien que les ténèbres du doute enveloppent encore toute la théorie positive du magnétisme, ses foudroyants effets sont maintenant presque universellement admis. Ceux qui doutent de ces effets sont de purs douteurs de profession, une impuissante et peu honorable caste. Ce serait absolument perdre son temps aujourd'hui que de s'amuser à prouver que l'homme, par un pur exercice de sa volonté, peut impressionner suffisamment son semblable pour le jeter dans une condition anormale, dont les phénomènes ressemblent littéralement à ceux de la mort, ou du moins leur ressemblent plus qu'aucun des phénomènes produits dans une condition normale connue ; que, tout le temps que dure cet état, la personne ainsi influencée n'emploie qu'avec effort, et conséquemment avec peu d'aptitude, les organes extérieurs des sens, et que néanmoins elle perçoit, avec une perspicacité singulièrement subtile et par un canal mystérieux, des objets situés au-delà de la portée des organes physiques ; que, de plus, ses facultés intellectuelles s'exaltent et se fortifient d'une manière prodigieuse ; que ses sympathies avec la personne qui agit sur elle sont profondes ; et que finalement sa *susceptibilité* des impressions magnétiques croît en proportion de leur fréquence, en même temps que les phénomènes particuliers obtenus s'étendent et se prononcent davantage et dans la même proportion. Je dis qu'il serait superflu de démontrer ces faits divers, où est contenue la loi générale du magnétisme, et qui en sont les traits principaux. Je n'infligerai donc pas aujourd'hui à mes lecteurs une démonstration aussi parfaitement oiseuse. Mon dessein, quant à présent, est en vérité d'une tout autre nature. Je sens le besoin, en dépit de tout un monde de préjugés, de raconter, sans commentaires, mais dans tous ses détails, un très remarquable dialogue qui eut lieu entre un somnambule et moi.

J'avais depuis longtemps l'habitude de magnétiser la personne en question, M. Vankirk, et la *susceptibilité* vive, l'exaltation du sens magnétique s'étaient déjà manifestées. Pendant plusieurs mois, M. Vankirk avait beaucoup souffert d'une phtisie avancée, dont les effets les plus cruels avaient été diminués par mes passes, et, dans la nuit du mercredi, 15 courant, je fus appelé à son chevet.

Le malade souffrait des douleurs vives dans la région du cœur et respirait avec une grande difficulté, ayant tous les symptômes ordinaires d'un asthme. Dans des spasmes semblables, il avait généralement trouvé du soulagement dans des applications de moutarde aux centres nerveux ; mais, ce soir-là, il y avait eu recours en vain.

Quand j'entrai dans sa chambre, il me salua d'un gracieux sourire, et, quoiqu'il fût en proie à des douleurs physiques aiguës, il me parut absolument calme quant au moral.

— Je vous ai envoyé chercher cette nuit, dit-il, non pas tant pour m'administrer un soulagement physique que pour me satisfaire relativement à de certaines impressions psychiques qui m'ont récemment causé beaucoup d'anxiété et de surprise. Je n'ai pas besoin de vous dire combien j'ai été sceptique jusqu'à présent sur le sujet de l'immortalité de l'âme. Je ne puis pas vous nier que, dans cette âme que j'allais niant, a toujours existé comme un demi-sentiment assez vague de sa propre existence. Mais ce demi-sentiment ne s'est jamais élevé à l'état de conviction. De tout cela ma raison n'avait rien à faire. Tous mes efforts pour établir là-dessus une enquête logique n'ont abouti qu'à me laisser plus sceptique qu'auparavant. Je me suis avisé d'étudier Cousin ; je l'ai étudié dans ses propres ouvrages aussi bien que dans ses échos européens et américains. J'ai eu entre les mains, par exemple, le *Charles Elwood* de M. Brownson. Je l'ai lu avec une profonde attention. Je l'ai trouvé logique d'un bout à l'autre ; mais les portions qui ne sont pas de la pure logique sont malheureusement les arguments primordiaux du héros incrédule du livre. Dans son résumé, il me parut évident que le raisonneur n'avait pas même réussi à se convaincre lui-même. La fin du livre a visiblement oublié le commencement, comme Trinculo son gouvernement. Bref je ne fus pas longtemps à m'apercevoir que, si l'homme doit être intellectuellement convaincu de sa propre immortalité, il ne le sera jamais par les pures abstractions qui ont été si longtemps la manie des moralistes anglais, français et allemands. Les abstractions peuvent être un amusement et une gymnastique, mais elles ne prennent pas possession de l'esprit. Tant que nous serons sur cette terre, la philosophie, j'en suis persuadé, nous sommera toujours en vain de considérer les qualités comme des êtres. La volonté peut consentir, mais l'âme, mais l'intellect, jamais.

« Je répète donc que j'ai seulement senti à moitié, et que je n'ai jamais cru intellectuellement. Mais, dernièrement, il y eut en moi un certain renforcement de sentiment, qui prit une intensité assez grande pour ressembler à un acquiescement de la raison, au point que je trouve fort difficile de distinguer entre les deux. Je crois avoir le droit d'attribuer simplement cet effet à l'influence magnétique. Je ne saurais expliquer ma pensée que par une hypothèse, à savoir que l'exaltation magnétique me rend apte à concevoir un système de raisonnement qui dans mon existence anormale me convainc, mais qui, par une complète analogie avec le phénomène magnétique, ne s'étend pas, excepté par son *effet*, jusqu'à mon existence normale. Dans l'état somnambulique, il y a simultanéité et contemporanéité entre le raisonnement et la conclusion, entre la cause et son effet. Dans mon état naturel, la cause s'évanouissant, l'effet seul subsiste, et encore peut-être fort affaibli.

« Ces considérations m'ont induit à penser que l'on pourrait tirer quelques bons résultats d'une série de questions bien dirigées, proposées à mon intelligence dans l'état magnétique. Vous avez souvent observé la profonde connaissance de soi-même manifestée par le somnambule et la vaste science qu'il déploie sur tous les points relatifs à l'état magnétique. De cette connaissance de soi-même on pourrait tirer des instructions suffisantes pour la rédaction rationnelle d'un catéchisme.

Naturellement, je consentis à faire cette expérience. Quelques passes plongèrent M. Vankirk dans le sommeil magnétique. Sa respiration devint immédiatement plus aisée, et il ne parut plus souffrir aucun malaise physique. La conversation suivante s'engagea. *V* dans le dialogue représentera le somnambule, et *P*, ce sera moi.

P. Êtes-vous endormi ?

V. Oui – non. Je voudrais bien dormir plus profondément.

P. *(après quelques nouvelles passes)*. Dormez-vous bien, maintenant ?

V. Oui.

P. Comment supposez-vous que finira votre maladie actuelle ?

V (après une longue hésitation et parlant comme avec effort). J'en mourrai.

P. Cette idée de mort vous afflige-t-elle ?

V *(avec vivacité)*. Non, non !

P. Cette perspective vous réjouit-elle ?

V. Si j'étais éveillé, j'aimerais mourir. Mais maintenant il n'y a pas lieu de le désirer. L'état magnétique est assez près de la mort pour me contenter.

P. Je voudrais bien une explication un peu plus nette, monsieur Vankirk.

V. Je le voudrais bien aussi ; mais cela demande plus d'effort que je ne me sens capable d'en faire. Vous ne me questionnez pas convenablement.

P. Alors, que faut-il vous demander ?

V. Il faut que vous commenciez par le commencement.

P. Le commencement ! Mais où est-il, le commencement ?

V. Vous savez bien que le commencement est DIEU. *(Ceci fut dit sur un ton bas, ondoyant, et avec tous les signes de la plus profonde vénération.)*

P. Qu'est-ce que Dieu ?

V (hésitant quelques minutes). Je ne puis pas le dire.

P. Dieu n'est-il pas un esprit ?

V. Quand j'étais éveillé, je savais ce que vous entendiez par esprit. Mais maintenant, cela ne me semble plus qu'un mot – tel, par exemple, que vérité, beauté – une qualité enfin.

P. Dieu n'est-il pas immatériel ?

V. Il n'y a pas d'immatérialité ; c'est un simple mot. Ce qui n'est pas matière n'est pas – à moins que les qualités ne soient des êtres.

P. Dieu est-il donc matériel ?

V. Non. *(Cette réponse m'abasourdit.)*

P. Alors qu'est-il ?

V. *(après une longue pause, et en marmottant)*. Je le vois – je le vois –, mais c'est une chose très difficile à dire. *(Autre pause également longue.)* Il n'est pas esprit, car il existe. Il n'est pas non plus matière, *comme vous l'entendez*. Mais il y a des *gradations* de matière dont l'homme n'a aucune connaissance, la plus dense entraînant la plus subtile, la plus subtile pénétrant la plus dense. L'atmosphère, par exemple, met en mouvement le principe électrique, pendant que le principe électrique pénètre l'atmosphère. Ces *gradations* de matière augmentent en raréfaction et en subtilité jusqu'à ce que nous arrivions à une matière *imparticulée* – sans molécules – indivisible – *une* ; et ici la loi d'impulsion et de pénétration est modifiée.

La matière suprême ou *imparticulée* non seulement pénètre les êtres, mais met tous les êtres en mouvement – et ainsi elle *est* tous les êtres en un, qui est elle-même. Cette matière est Dieu. Ce que les hommes cherchent à personnifier dans le mot *pensée*, c'est la matière en mouvement.

P. Les métaphysiciens maintiennent que toute action se réduit à mouvement et pensée, et que celle-ci est l'origine de celui-là.

V. Oui ; je vois maintenant la confusion d'idées. Le mouvement est l'action de l'esprit, non de la pensée. La matière imparticulée, ou Dieu à l'état de repos, est, autant que nous pouvons le concevoir, ce que les hommes appellent esprit. Et cette faculté d'automouvement – équivalente en effet à la volonté humaine – est dans la matière imparticulée le résultat de son unité et de son omnipotence ; comment, je ne le sais pas, et maintenant je vois clairement que je ne le saurai jamais ; mais la matière imparticulée, mise en mouvement par une loi ou une qualité contenue en elle, est pensante.

P. Ne pouvez-vous pas me donner une idée plus précise de ce que vous entendez par matière imparticulée ?

V. Les matières dont l'homme a connaissance échappent aux sens, à mesure que l'on monte l'échelle. Nous avons, par exemple, un métal, un morceau de bois, une goutte d'eau, l'atmosphère, un gaz, le calorique, l'électricité, l'éther lumineux. Maintenant, nous appelons toutes ces choses matière, et nous embrassons toute matière dans une définition générale ; mais, en dépit de tout ceci, il n'y a pas deux idées plus essentiellement distinctes que celle que nous attachons au métal et celle que nous attachons à l'éther lumineux.

Si nous prenons ce dernier, nous sentons une presque irrésistible tentation de le classer avec l'esprit ou avec le néant. La seule considération qui nous retient est notre conception de sa constitution atomique. Et encore, ici même, avons-nous besoin d'appeler à notre aide et de nous remémorer notre notion primitive de l'atome, c'est-à-dire de quelque chose possédant dans une infinie exiguïté la solidité, la tangibilité, la pesanteur. Supprimons l'idée de la constitution atomique, et il nous sera impossible de considérer l'éther comme une entité, ou au moins comme une matière. Faute d'un meilleur mot, nous pourrions l'appeler esprit. Maintenant, montons d'un degré au-delà de l'éther lumineux, concevons une matière qui soit à l'éther, quant à la raréfaction, ce que l'éther est au métal, et nous arrivons enfin, en dépit de tous les dogmes de l'école, à une masse unique – à une matière imparticulée. Car, bien que nous puissions admettre une infinie petitesse dans les atomes eux-mêmes, supposer une infinie petitesse dans les espaces qui les séparent est une absurdité. Il y aura un point, il y aura un degré de raréfaction, où, si les atomes sont en nombre suffisant, les espaces s'évanouiront, et où la masse sera absolument une. Mais la considération de la constitution atomique étant maintenant mise de côté, la nature de cette masse glisse inévitablement dans notre conception de l'esprit. Il est clair, toutefois, qu'elle est tout aussi *matière* qu'auparavant. Le vrai est qu'il est aussi impossible de concevoir l'esprit que d'imaginer ce qui n'est pas. Quand nous nous flattons d'avoir enfin trouvé cette conception, nous avons simplement donné le change à notre intelligence par la considération de la matière infiniment raréfiée.

P. Il me semble qu'il y a une insurmontable objection à cette idée de cohésion absolue – et c'est la très faible résistance subie par les corps célestes dans leurs révolutions à travers l'espace – résistance qui existe à un degré quelconque, cela est aujourd'hui démontré, mais à un degré si faible, qu'elle a échappé à la sagacité de Newton lui-même. Nous savons que la résistance des corps est surtout en raison de leur densité. L'absolue cohésion est l'absolue densité ; là où il n'y a pas d'intervalles, il ne peut pas y avoir de passage. Un éther absolument dense constituerait un obstacle plus efficace à la marche d'une planète qu'un éther de diamant ou de fer.

V. Vous m'avez fait cette objection avec une aisance qui est à peu près en raison de son apparente irréfutabilité. Une étoile marche ; qu'importe que l'étoile passe à travers l'éther ou l'éther à travers elle ? Il n'y a pas d'erreur astronomique plus inexplicable que celle qui concilie le retard connu des comètes avec l'idée de leur passage à travers l'éther ; car, quelque raréfié qu'on suppose l'éther, il fera toujours obstacle à toute révolution sidérale, dans une période singulièrement plus courte que ne l'ont admis tous ces astronomes qui se sont appliqués à glisser sournoisement sur un point qu'ils jugeaient insoluble. Le retard réel est d'ailleurs à peu près égal à celui qui peut résulter du frottement de l'éther dans son passage incessant à travers l'astre. La force de retard est donc double, d'abord momentanée et complète en elle-même, et en second lieu infiniment croissante.

P. Mais dans tout cela, dans cette identification de la pure matière avec Dieu, n'y a-t-il rien d'irrespectueux ? *(Je fus forcé de répéter cette question pour que le somnambule pût complètement saisir ma pensée.)*

V. Pouvez-vous dire pourquoi la matière est moins respectée que l'esprit ? Mais vous oubliez que la matière dont je parle est, à tous égards et surtout relativement à ses hautes propriétés, la véritable *intelligence* ou *esprit* des écoles et en même temps la matière de ces mêmes écoles. Dieu, avec tous les pouvoirs attribués à l'esprit, n'est que la perfection de la matière.

P. Vous affirmez donc que la matière imparticulée en mouvement est pensée ?

V. En général, ce mouvement est la pensée universelle de l'esprit universel ; cette pensée crée. Toutes les choses créées ne sont que les pensées de Dieu.

P. Vous dites : en général.

V. Oui, l'esprit universel est Dieu ; pour les nouvelles individualités, la *matière* est nécessaire.

P. Mais vous parlez maintenant d'esprit et de matière comme les métaphysiciens.

V. Oui, pour éviter la confusion. Quand je dis esprit, j'entends la matière imparticulée ou suprême ; sous le nom de matière, je comprends toutes les autres espèces.

P. Vous disiez : pour les nouvelles individualités la matière est nécessaire.

V. Oui, car l'esprit existant incorporellement, c'est Dieu. Pour créer des êtres individuels pensants, il était nécessaire d'incarner des portions de l'esprit divin. C'est ainsi que l'homme est individualisé ; dépouillé du vêtement corporel, il serait Dieu. Maintenant, le mouvement spécial des portions incarnées de la matière imparticulée, c'est la pensée de l'homme, comme le mouvement de l'ensemble est celle de Dieu.

P. Vous dites que, dépouillé de son corps, l'homme sera Dieu ?

V. *(Après quelque hésitation).* Je n'ai pas pu dire cela, c'est une absurdité.

P. *(Consultant mes notes).* Vous avez affirmé que, dépouillé du vêtement corporel, l'homme serait Dieu.

V. Et cela est vrai. L'homme ainsi dégagé serait Dieu, il serait désindividualisé ; mais il ne peut être ainsi dépouillé – du moins il ne le sera jamais ; autrement, il nous faudrait concevoir une action de Dieu revenant sur elle-même, une action futile et sans but. L'homme est une créature ; les créatures sont les pensées de Dieu, et c'est la nature d'une pensée d'être irrévocable.

P. Je ne comprends pas. Vous dites que l'homme ne pourra jamais rejeter son corps.

V. Je dis qu'il ne sera jamais sans corps.

P. Expliquez-vous.

V. Il y a deux corps : le rudimentaire et le complet, correspondant aux deux conditions de la chenille et du papillon. Ce que nous appelons mort n'est que la métamorphose douloureuse ; notre incarnation actuelle est progressive, préparatoire, temporaire ; notre incarnation future est parfaite, finale, immortelle. La vie finale est le but suprême.

P. Mais nous avons une notion palpable de la métamorphose de la chenille.

V. Nous, certainement, mais non la chenille. La matière dont notre corps rudimentaire est composé est à la portée des organes de ce même corps, ou, plus distinctement, nos organes rudimentaires sont appropriés à la matière dont est fait le corps rudimentaire, mais non à celle dont le corps suprême est composé. Le corps ultérieur ou suprême échappe donc à nos sens rudimentaires, et nous percevons seulement la coquille qui tombe en dépérissant et se détache de la forme intérieure, et non la forme intime elle-même ; mais cette forme intérieure, aussi bien que la coquille, est appréciable pour ceux qui ont déjà opéré la conquête de la vie ultérieure.

P. Vous avez dit souvent que l'état magnétique ressemblait singulièrement à la mort. Comment cela ?

V. Quand je dis qu'il ressemble à la mort, j'entends qu'il ressemble à la vie ultérieure, car, lorsque je suis magnétisé, les sens de ma vie rudimentaire sont en vacance, et je perçois les choses extérieures directement, sans organes, par un agent qui sera à mon service dans la vie ultérieure ou inorganique.

P. Inorganique ?

V. Oui. Les organes sont des mécanismes par lesquels l'individu est mis en rapport sensible avec certaines catégories et formes de la matière, à l'exclusion des autres catégories et des autres formes. Les organes de l'homme sont appropriés à sa condition rudimentaire, et à elle seule. Sa condition ultérieure, étant inorganique, est propre à une compréhension infinie de toutes choses, une seule exceptée – qui est la nature de la volonté de Dieu, c'est-à-dire le mouvement de la matière imparticulée. Vous aurez une idée distincte du corps définitif en le concevant tout cervelle ; il n'est pas cela, mais une conception de cette nature vous rapprochera de l'idée de sa constitution réelle. Un corps lumineux communique une vibration à l'éther chargé de transmettre la lumière ; cette vibration en engendre de semblables dans la rétine, lesquelles en communiquent de semblables au nerf optique ; le nerf les traduit au cerveau, et le cerveau à la matière imparticulée qui le pénètre ; le mouvement de cette dernière est la pensée, et sa première vibration, c'était la perception. Tel est le mode par lequel l'esprit de la vie rudimentaire communique avec le monde extérieur, et ce monde extérieur est, dans la vie rudimentaire, limité par l'idiosyncrasie des organes. Mais, dans la vie ultérieure, inorganique, le monde extérieur communique avec le corps entier – qui est d'une substance ayant quelque affinité avec le cerveau, comme je vous l'ai dit –, sans autre intervention que celle d'un éther infiniment plus subtil que l'éther lumineux ; et le corps tout entier vibre à l'unisson avec cet éther et met en mouvement la matière imparticulée dont il est pénétré. C'est donc à l'absence d'organes idiosyncrasiques qu'il faut attribuer la perception quasi illimitée de la vie ultérieure. Les organes sont des cages nécessaires où sont enfermés les êtres rudimentaires jusqu'à ce qu'ils soient garnis de toutes leurs plumes.

P. Vous parlez d'êtres rudimentaires, y a-t-il d'autres êtres rudimentaires pensants que l'homme ?

V. L'incalculable agglomération de matière subtile dans les nébuleuses, les planètes, les soleils et autres corps qui ne sont ni nébuleuses, ni soleils, ni planètes, a pour unique destination de servir d'aliment aux organes idiosyncrasiques d'une infinité d'êtres rudimentaires ; mais, sans cette nécessité de la vie rudimentaire, acheminement à la vie définitive, de pareils mondes n'auraient pas existé ; chacun de ces mondes est occupé par une variété distincte de créatures organiques, rudimentaires, pensantes ; dans toutes, les organes varient avec les caractères généraux de l'habitacle. À la mort ou métamorphose, ces créatures, jouissant de la vie ultérieure, de l'immortalité, et connaissant tous les secrets, excepté l'*unique*, opèrent tous leurs actes et se meuvent dans tous les sens par un pur effet de leur volonté ; elles habitent non plus les étoiles qui nous paraissent les seuls mondes palpables, et pour la commodité desquelles nous croyons stupidement que l'espace a été créé, mais l'espace lui-même, cet infini dont l'immensité véritablement substantielle absorbe les étoiles comme des ombres et pour l'œil des anges les efface comme des non-entités.

P. Vous dites que, sans la *nécessité* de la vie rudimentaire, les astres n'auraient pas été créés. Mais pourquoi cette nécessité ?

V. Dans la vie inorganique, aussi bien que généralement dans la matière inorganique, il n'y a rien qui puisse contredire l'action d'une loi simple, unique, qui est la Volition divine. La vie et la matière organiques – complexes, substantielles et gouvernées par une loi multiple – ont été constituées dans le but de créer un empêchement.

P. Mais encore, où était la nécessité de créer cet empêchement ?

V. Le résultat de la loi inviolée est perfection, justice, bonheur négatif. Le résultat de la loi violée est imperfection, injustice, douleur positive. Grâce aux empêchements apportés par le nombre, la complexité ou la substantialité des lois de la vie et de la matière organiques, la violation de la loi devient jusqu'à un certain point praticable. Ainsi la douleur, qui est impossible dans la vie inorganique, est possible dans l'organique.

P. Mais en vue de quel résultat satisfaisant la possibilité de la douleur a-t-elle été créée ?

V. Toutes choses sont bonnes ou mauvaises par comparaison. Une suffisante analyse démontrera que le plaisir, dans tous les cas, n'est que le contraste de la peine. Le plaisir positif est une pure idée. Pour être heureux jusqu'à un certain point, il faut que nous ayons souffert jusqu'au même point. Ne jamais souffrir serait équivalent à n'avoir jamais été heureux. Mais il est démontré que dans la vie inorganique la peine ne peut pas exister ; de là la nécessité de la peine dans la vie organique. La douleur de la vie primitive sur la terre est la seule base, la seule garantie du bonheur dans la vie ultérieure, dans le ciel.

P. Mais encore il y a une de vos expressions que je ne puis absolument pas comprendre : l'immensité véritablement *substantielle* de l'infini.

V. C'est probablement parce que vous n'avez pas une notion suffisamment générique de l'expression *substance* elle-même. Nous ne devons pas la considérer comme une qualité, mais comme un sentiment ; c'est la perception, dans les êtres pensants, de l'appropriation de la matière à leur organisation. Il y a bien des choses sur la Terre qui seraient néant pour les habitants de Vénus, bien des choses visibles et tangibles dans Vénus, dont nous sommes incompétents à apprécier l'existence. Mais, pour les êtres inorganiques – pour les anges –, la totalité de la matière imparticulée est substance, c'est-à-dire que, pour eux, la totalité de ce que nous appelons espace est la plus véritable substantialité. Cependant, les astres, pris au point de vue matériel, échappent au sens angélique dans la même proportion que la matière imparticulée, prise au point de vue immatériel, échappé aux sens organiques.

Comme le somnambule, d'une voix faible, prononçait ces derniers mots, j'observai dans sa physionomie une singulière expression qui m'alarma un peu et me décida à le réveiller immédiatement. Je ne l'eus pas plus tôt fait, qu'il tomba en arrière sur son oreiller et expira, avec un brillant sourire qui illuminait tous ses traits. Je remarquai que moins d'une minute après son corps avait l'immuable rigidité de la pierre ; son front était d'un froid de glace, tel sans doute je l'eusse trouvé après une longue pression de la main d'Azraël. Le somnambule, pendant la dernière partie de son discours, m'avait-il donc parlé du fond de la région des ombres ?

Souvenirs de M. Auguste Bedloe

Vers la fin de l'année 1827, pendant que je demeurais près de Charlottesville, dans la Virginie, je fis par hasard la connaissance de M. Auguste Bedloe. Ce jeune gentleman était remarquable à tous égards et excitait en moi une curiosité et un intérêt profonds. Je jugeai impossible de me rendre compte de son être tant physique que moral. Je ne pus obtenir sur sa famille aucun renseignement positif. D'où venait-il ? je ne le sus jamais bien. Même relativement à son âge, quoique je l'aie appelé un jeune gentleman, il y avait quelque chose qui m'intriguait au suprême degré. Certainement il semblait jeune, et même il affectait de parler de sa jeunesse ; cependant, il y avait des moments où je n'aurais guère hésité à le supposer âgé d'une centaine d'années. Mais c'était surtout son extérieur qui avait un aspect tout à fait particulier. Il était singulièrement grand et mince – se voûtant beaucoup – les membres excessivement longs et émaciés – le front large et bas – une complexion absolument exsangue – sa bouche, large et flexible, et ses dents, quoique saines, plus irrégulières que je n'en vis jamais dans aucune bouche humaine. L'expression de son sourire, toutefois, n'était nullement désagréable, comme on pourrait le supposer ; mais elle n'avait aucune espèce de nuance. C'était une profonde mélancolie, une tristesse sans phases et sans intermittences. Ses yeux étaient d'une largeur anormale et ronds comme ceux d'un chat. Les pupilles elles-mêmes subissaient une contraction et une dilatation proportionnelles à l'accroissement et à la diminution de la lumière, exactement comme on l'a observé dans les races félines. Dans les moments d'excitation, les prunelles devenaient brillantes à un degré presque inconcevable et semblaient émettre des rayons lumineux d'un éclat non réfléchi, mais intérieur, comme fait un flambeau ou le soleil ; toutefois, dans leur condition habituelle, elles étaient tellement ternes, inertes et nuageuses, qu'elles faisaient penser aux yeux d'un corps enterré depuis longtemps.

Ces particularités personnelles semblaient lui causer beaucoup d'ennui, et il y faisait continuellement allusion dans un style semi-explicatif, semi-justificatif, qui, la première fois que je l'entendis, m'impressionna très péniblement. Toutefois, je m'y accoutumai bientôt, et mon déplaisir se dissipa. Il semblait avoir l'intention d'insinuer, plutôt que d'affirmer positivement, que physiquement il n'avait pas toujours été ce qu'il était ; qu'une longue série d'attaques névralgiques l'avait réduit d'une condition de beauté personnelle non commune à celle que je voyais. Depuis plusieurs années, il recevait les soins d'un médecin nommé Templeton – un vieux gentleman âgé de soixante et dix ans, peut-être –, qu'il avait pour la première fois rencontré à Saratoga, et des soins duquel il tira dans ce temps, ou crut tirer un grand secours. Le résultat fut que Bedloe, qui était riche, fit un arrangement avec le docteur Templeton, par lequel ce dernier, en échange d'une généreuse rémunération annuelle, consentit à consacrer exclusivement son temps et son expérience médicale à soulager le malade.

Le docteur Templeton avait voyagé dans les jours de sa jeunesse, et était devenu à Paris un des sectaires les plus ardents des doctrines de Mesmer. C'était uniquement par le moyen des remèdes magnétiques qu'il avait réussi à soulager les douleurs aiguës de son malade ; et ce succès avait très naturellement inspiré à ce dernier une certaine confiance dans les opinions qui servaient de base à ces remèdes. D'ailleurs, le docteur, comme tous les enthousiastes, avait travaillé de son mieux à faire de son pupille un parfait prosélyte, et finalement il réussit si bien qu'il décida le patient à se soumettre à de nombreuses expériences. Fréquemment répétées, elles amenèrent un résultat qui, depuis longtemps, est devenu assez commun pour n'attirer que peu ou point l'attention, mais qui, à l'époque dont je parle, s'était très rarement manifesté en Amérique. Je veux dire qu'entre le docteur Templeton et Bedloe s'était établi peu à peu un rapport magnétique très distinct et très fortement accentué. Je n'ai pas toutefois l'intention d'affirmer que ce rapport s'étendît au-delà des limites de la puissance somnifère ; mais cette puissance elle-même avait atteint une grande intensité. À la première tentative faite pour produire le sommeil magnétique, le disciple de Mesmer échoua complètement. À la cinquième ou sixième, il ne réussit que très imparfaitement, et après des efforts opiniâtres. Ce fut seulement à la douzième que le triomphe fut complet.

Après celle-là, la volonté du patient succomba rapidement sous celle du médecin, si bien que, lorsque je fis pour la première fois leur connaissance, le sommeil arrivait presque instantanément par un pur acte de volition de l'opérateur, même quand le malade n'avait pas conscience de sa présence. C'est seulement maintenant, en l'an 1845, quand de semblables miracles ont été journellement attestés par des milliers d'hommes, que je me hasarde à citer cette apparente impossibilité comme un fait positif.

Le tempérament de Bedloe était au plus haut degré sensitif, excitable, enthousiaste. Son imagination, singulièrement vigoureuse et créatrice, tirait sans doute une force additionnelle de l'usage habituel de l'opium, qu'il consommait en grande quantité, et sans lequel l'existence lui eût été impossible. C'était son habitude d'en prendre une bonne dose immédiatement après son déjeuner, chaque matin – ou plutôt immédiatement après une tasse de fort café, car il ne mangeait rien dans l'avant-midi –, et alors il partait seul, ou seulement accompagné d'un chien, pour une longue promenade à travers la chaîne de sauvages et lugubres hauteurs qui courent à l'ouest et au sud de Charlottesville, et qui sont décorées ici du nom de *Ragged Mountains*[1].

Par un jour sombre, chaud et brumeux, vers la fin de novembre, et durant l'étrange interrègne de saisons que nous appelons en Amérique l'été indien, M. Bedloe partit, suivant son habitude, pour les montagnes. Le jour s'écoula, et il ne revint pas.

1. *Ragged Mountains* : Montagnes déchirées ; une branche des montagnes Bleues, *Blue Ridge*, partie orientale des Alleghanys. (C.B.)

Vers huit heures du soir, étant sérieusement alarmés par cette absence prolongée, nous allions nous mettre à sa recherche, quand il reparut inopinément, ni mieux ni plus mal portant, et plus animé que de coutume. Le récit qu'il fit de son expédition et des événements qui l'avaient retenu fut en vérité des plus singuliers :

— Vous vous rappelez, dit-il, qu'il était environ neuf heures du matin quand je quittai Charlottesville. Je dirigeai immédiatement mes pas vers la montagne et, vers dix heures, j'entrai dans une gorge qui était entièrement nouvelle pour moi. Je suivis toutes les sinuosités de cette passe avec beaucoup d'intérêt. Le théâtre qui se présentait de tous côtés, quoique ne méritant peut-être pas l'appellation de sublime, portait en soi un caractère indescriptible, et pour moi délicieux, de lugubre désolation. La solitude semblait absolument vierge. Je ne pouvais m'empêcher de croire que les gazons verts et les roches grises que je foulais n'avaient jamais été foulés par un pied humain. L'entrée du ravin est si complètement cachée, et de fait inaccessible, excepté à travers une série d'accidents, qu'il n'était pas du tout impossible que je fusse en vérité le premier aventurier, le premier et le seul qui eût jamais pénétré ces solitudes.

« L'épais et singulier brouillard ou fumée qui distingue l'été indien, et qui s'étendait alors pesamment sur tous les objets, approfondissait sans doute les impressions vagues que ces objets créaient en moi. Cette brume poétique était si dense que je ne pouvais jamais voir au-delà d'une douzaine de yards de ma route. Ce chemin était excessivement sinueux et, comme il était impossible de voir le soleil, j'avais perdu toute idée de la direction dans laquelle je marchais. Cependant, l'opium avait produit son effet accoutumé, qui est de revêtir tout le monde extérieur d'une intensité d'intérêt. Dans le tremblement d'une feuille, dans la couleur d'un brin d'herbe, dans la forme d'un trèfle, dans le bourdonnement d'une abeille, dans l'éclat d'une goutte de rosée, dans le soupir du vent, dans les vagues odeurs qui venaient de la forêt se produisait tout un monde d'inspirations, une procession magnifique et bigarrée de pensées désordonnées et rhapsodiques.

« Tout occupé par ces rêveries, je marchai plusieurs heures, durant lesquelles le brouillard s'épaissit autour de moi à un degré tel que je fus réduit à chercher mon chemin à tâtons. Et alors un indéfinissable malaise s'empara de moi – une espèce d'irritation nerveuse et de tremblement. Je craignais d'avancer, de peur d'être précipité dans quelque abîme. Je me souvins aussi d'étranges histoires sur ces *Ragged Mountains*, et de races d'hommes bizarres et sauvages qui habitaient leurs bois et leurs cavernes. Mille pensées vagues me pressaient et me déconcertaient – pensées que leur vague rendait encore plus douloureuses. Tout à coup mon attention fut arrêtée par un fort battement de tambour.

« Ma stupéfaction, naturellement, fut extrême. Un tambour, dans ces montagnes, était chose inconnue. Je n'aurais pas été plus surpris par le son de la trompette de l'Archange. Mais une nouvelle et bien plus extraordinaire cause d'intérêt et de perplexité se manifesta. J'entendais s'approcher un bruissement sauvage, un cliquetis, comme d'un trousseau de grosses clefs, et à l'instant même un homme à moitié nu, au visage basané, passa devant moi en poussant un cri aigu. Il passa si près de ma personne que je sentis le chaud de son haleine sur ma figure. Il tenait dans sa main un instrument composé d'une série d'anneaux de fer et les secouait vigoureusement en courant. À peine avait-il disparu dans le brouillard, que, haletante derrière lui, la gueule ouverte et les yeux étincelants, s'élança une énorme bête. Je ne pouvais pas me méprendre sur son espèce : c'était une hyène.

« La vue de ce monstre soulagea plutôt qu'elle n'augmenta mes terreurs – car j'étais bien sûr maintenant que je rêvais, et je m'efforçai, je m'excitai moi-même à réveiller ma conscience. Je marchai délibérément et lestement en avant. Je me frottai les yeux. Je criai très haut. Je me pinçai les membres. Une petite source s'étant présentée à ma vue, je m'y arrêtai, et je m'y lavai les mains, la tête et le cou. Je crus sentir se dissiper les sensations équivoques qui m'avaient tourmenté jusque-là. Il me parut, quand je me relevai, que j'étais un nouvel homme, et je poursuivis fermement et complaisamment ma route inconnue.

« À la longue, tout à fait épuisé par l'exercice et par la lourdeur oppressive de l'atmosphère, je m'assis sous un arbre. En ce moment parut un faible rayon de soleil, et l'ombre des feuilles de l'arbre tomba sur le gazon, légèrement mais suffisamment définie. Pendant quelques minutes, je fixai cette ombre avec étonnement. Sa forme me comblait de stupeur. Je levai les yeux. L'arbre était un palmier.

« Je me levai précipitamment et dans un état d'agitation terrible – car l'idée que je rêvais n'était plus désormais suffisante. Je vis – je sentis que j'avais le parfait gouvernement de mes sens, et ces sens apportaient maintenant à mon âme un monde de sensations nouvelles et singulières. La chaleur devint tout d'un coup intolérable. Une étrange odeur chargeait la brise. Un murmure profond et continuel, comme celui qui s'élève d'une rivière abondante, mais coulant régulièrement, vint à mes oreilles, entremêlé du bourdonnement particulier d'une multitude de voix humaines.

« Pendant que j'écoutais, avec un étonnement qu'il est bien inutile de vous décrire, un fort et bref coup de vent enleva, comme une baguette de magicien, le brouillard qui chargeait la terre.

« Je me trouvai au pied d'une haute montagne dominant une vaste plaine, à travers laquelle coulait une majestueuse rivière. Au bord de cette rivière s'élevait une ville d'un aspect oriental, telle que nous en voyons dans *Les Mille et une Nuits*, mais d'un caractère encore plus singulier qu'aucune de celles qui y sont décrites. De ma position, qui était bien au-dessus du niveau de la ville, je pouvais apercevoir tous ses recoins et tous ses angles, comme s'ils eussent été dessinés sur une carte. Les rues paraissaient innombrables et se croisaient irrégulièrement dans toutes les directions, mais ressemblaient moins à des rues qu'à de longues allées contournées, et fourmillaient littéralement d'habitants. Les maisons étaient étrangement pittoresques. De chaque côté, c'était une véritable débauche de balcons, de vérandas, de minarets, de niches et de tourelles fantastiquement découpées. Les bazars abondaient ; les plus riches marchandises s'y déployaient avec une variété et une profusion infinie : soies, mousselines, la plus éblouissante coutellerie, diamants et bijoux des plus magnifiques. À côté de ces choses, on voyait de tous côtés des pavillons, des palanquins, des litières où se trouvaient de magnifiques dames sévèrement voilées, des éléphants fastueusement caparaçonnés, des idoles grotesquement taillées, des tambours, des bannières et des gongs, des lances, des casse-tête dorés et argentés. Et parmi la foule, la clameur, la mêlée et la confusion générales, parmi un million d'hommes noirs et jaunes, en turban et en robe, avec la barbe flottante, circulait une multitude innombrable de bœufs saintement enrubannés, pendant que des légions de singes malpropres et sacrés grimpaient, jacassant et piaillant, après les corniches des mosquées, ou se suspendaient aux minarets et aux tourelles. Des rues fourmillantes aux quais de la rivière descendaient d'innombrables escaliers qui conduisaient à des bains, pendant que la rivière elle-même semblait avec peine se frayer un passage à travers les vastes flottes de bâtiments surchargés qui tourmentaient sa surface en tous sens. Au-delà des murs de la ville s'élevaient fréquemment, en groupes majestueux, le palmier et le cocotier, avec d'autres arbres d'un grand âge, gigantesques et solennels ; et çà et là on pouvait apercevoir un champ de riz, la hutte de chaume d'un paysan, une citerne, un temple isolé, un camp de gypsies, ou une gracieuse fille solitaire prenant sa route, avec une cruche sur sa tête, vers les bords de la magnifique rivière.

« Maintenant, sans doute, vous direz que je rêvais ; mais nullement. Ce que je voyais – ce que j'entendais – ce que je sentais – ce que je pensais n'avait rien en soi de l'idiosyncrasie non méconnaissable du rêve. Tout se tenait logiquement et faisait corps. D'abord, doutant si j'étais réellement éveillé, je me soumis à une série d'épreuves qui me convainquirent bien vite que je l'étais réellement. Or, quand quelqu'un rêve, et que dans son rêve il soupçonne qu'il rêve, le soupçon ne manque jamais de se confirmer et le dormeur est presque immédiatement réveillé. Ainsi, Novalis ne se trompe pas en disant que *nous sommes près de nous réveiller quand nous rêvons que nous rêvons*. Si la vision s'était offerte à moi telle que je l'eusse soupçonnée d'être un rêve, alors elle eût pu être purement un rêve ; mais, se présentant comme je l'ai dit, et suspectée et vérifiée comme elle le fut, je suis forcé de la classer parmi d'autres phénomènes.

— En cela, je n'affirme pas que vous ayez tort, remarqua le docteur Templeton. Mais poursuivez. Vous vous levâtes, et vous descendîtes dans la cité.

— Je me levai, continua Bedloe regardant le docteur avec un air de profond étonnement ; je me levai, comme vous dîtes, et descendis dans la cité. Sur ma route, je tombai au milieu d'une immense populace qui encombrait chaque avenue, se dirigeant toute dans le même sens, et montrant dans son action la plus violente animation. Très soudainement, et sous je ne sais quelle pression inconcevable, je me sentis profondément pénétré d'un intérêt personnel dans ce qui allait arriver. Je croyais sentir que j'avais un rôle important à jouer, sans comprendre exactement quel il était. Contre la foule qui m'environnait j'éprouvai toutefois un profond sentiment d'animosité. Je m'arrachai du milieu de cette cohue, et rapidement, par un chemin circulaire, j'arrivai à la ville, et j'y entrai. Elle était en proie au tumulte et à la plus violente discorde. Un petit détachement d'hommes ajustés moitié à l'indienne, moitié à l'européenne, et commandés par des gentlemen qui portaient un uniforme en partie anglais, soutenait un combat très inégal contre la populace fourmillante des avenues. Je rejoignis cette faible troupe, je me saisis des armes d'un officier tué, et je frappai au hasard avec la férocité nerveuse du désespoir. Nous fûmes bientôt écrasés par le nombre et contraints de chercher un refuge dans une espèce de kiosque. Nous nous y barricadâmes, et nous fûmes pour le moment en sûreté. Par une meurtrière, près du sommet du kiosque, j'aperçus une vaste foule dans une agitation furieuse, entourant et assaillant un beau palais qui dominait la rivière. Alors, par une fenêtre supérieure du palais, descendit un personnage d'une apparence efféminée, au moyen d'une corde faite avec les turbans de ses domestiques. Un bateau était tout près, dans lequel il s'échappa vers le bord opposé de la rivière.

« Et alors un nouvel objet prit possession de mon âme. J'adressai à mes compagnons quelques paroles précipitées, mais énergiques, et, ayant réussi à en rallier quelques-uns à mon dessein, je fis une sortie furieuse hors du kiosque. Nous nous précipitâmes sur la foule qui l'assiégeait. Ils s'enfuirent d'abord devant nous. Ils se rallièrent, combattirent comme des enragés, et firent une nouvelle retraite. Cependant, nous avions été emportés loin du kiosque, et nous étions perdus et embarrassés dans des rues étroites, étouffées par de hautes maisons, dans le fond desquelles le soleil n'avait jamais envoyé sa lumière. La populace se pressait impétueusement sur nous, nous harcelait avec ses lances, et nous accablait de ses volées de flèches. Ces dernières étaient remarquables et ressemblaient en quelque sorte au kriss tortillé des Malais – imitant le mouvement d'un serpent qui rampe – longues et noires, avec une pointe empoisonnée. L'une d'elles me frappa à la tempe droite. Je pirouettai, je tombai.

Un mal instantané et terrible s'empara de moi. Je m'agitai – je m'efforçai de respirer – je mourus.

— Vous ne vous obstinerez plus sans doute, dis-je en souriant, à croire que toute votre aventure n'est pas un rêve ? Êtes-vous décidé à soutenir que vous êtes mort ?

Quand j'eus prononcé ces mots, je m'attendais à quelque heureuse saillie de Bedloe, en manière de réplique ; mais, à mon grand étonnement, il hésita, trembla, devint terriblement pâle, et garda le silence. Je levai les yeux sur Templeton. Il se tenait droit et roide sur sa chaise – ses dents claquaient, et ses yeux s'élançaient de leurs orbites.

— Continuez, dit-il enfin à Bedloe d'une voix rauque.

— Pendant quelques minutes, poursuivit ce dernier, ma seule impression – ma seule sensation – fut celle de la nuit et du non-être, avec la conscience de la mort. À la longue, il me sembla qu'une secousse violente et soudaine comme l'électricité traversait mon âme. Avec cette secousse vint le sens de l'élasticité et de la lumière. Quant à cette dernière, je la sentis, je ne la vis pas. En un instant, il me sembla que je m'élevais de terre ; mais je ne possédais pas ma présence corporelle, visible, audible ou palpable. La foule s'était retirée. Le tumulte avait cessé. La ville était comparativement calme. Au-dessous de moi gisait mon corps, avec la flèche dans ma tempe, toute la tête grandement enflée et défigurée. Mais toutes ces choses, je les sentis – je ne les vis pas. Je ne pris d'intérêt à rien. Et même le cadavre me semblait un objet avec lequel je n'avais rien de commun. Je n'avais aucune volonté, mais il me sembla que j'étais mis en mouvement et que je m'envolais légèrement hors de l'enceinte de la ville par le même circuit que j'avais pris pour y entrer. Quand j'eus atteint, dans la montagne, l'endroit du ravin où j'avais rencontré l'hyène, j'éprouvai de nouveau un choc comme celui d'une pile galvanique ; le sentiment de la pesanteur, celui de substance, rentrèrent en moi. Je redevins moi-même, mon propre individu, et je dirigeai vivement mes pas vers mon logis ; mais le passé n'avait pas perdu l'énergie vivante de la réalité, et maintenant encore je ne puis contraindre mon intelligence, même pour une minute, à considérer tout cela comme un songe.

— Ce n'en était pas un, dit Templeton, avec un air de profonde solennité ; mais il serait difficile de dire quel autre terme définirait le mieux le cas en question. Supposons que l'âme de l'homme moderne est sur le bord de quelques prodigieuses découvertes psychiques. Contentons-nous de cette hypothèse. Quant au reste, j'ai quelques éclaircissements à donner. Voici une peinture à l'aquarelle que je vous aurais déjà montrée si un indéfinissable sentiment d'horreur ne m'en avait pas empêché jusqu'à présent.

Nous regardâmes la peinture qu'il nous présentait. Je n'y vis aucun caractère bien extraordinaire ; mais son effet sur Bedloe fut prodigieux. À peine l'eut-il regardée qu'il faillit s'évanouir. Et cependant, ce n'était qu'un portrait à la miniature, un portrait merveilleusement fini, à vrai dire, de sa propre physionomie si originale. Du moins, telle fut ma pensée en la regardant.

— Vous apercevez la date de la peinture, dit Templeton ; elle est là, à peine visible, dans ce coin – 1780. C'est dans cette année que cette peinture fut faite. C'est le portrait d'un ami défunt – un

M. Oldeb –, à qui je m'attachai très vivement à Calcutta, durant l'administration de Warren Hastings. Je n'avais alors que vingt ans. Quand je vous vis pour la première fois, monsieur Bedloe, à Saratoga, ce fut la miraculeuse similitude qui existait entre vous et le portrait qui me détermina à vous aborder, à rechercher votre amitié et à amener ces arrangements qui firent de moi votre compagnon perpétuel. En agissant ainsi, j'étais poussé en partie, et peut-être principalement, par les souvenirs pleins de regrets du défunt, mais d'une autre part aussi par une curiosité inquiète à votre endroit, et qui n'était pas dénuée d'une certaine terreur.

« Dans votre récit de la vision qui s'est présentée à vous dans les montagnes, vous avez décrit, avec le plus minutieux détail, la ville indienne de Bénarès, sur la Rivière-Sainte. Les rassemblements, les combats, le massacre, c'étaient les épisodes réels de l'insurrection de Cheyte-Sing, qui eut lieu en 1780, alors que Hastings courut les plus grands dangers pour sa vie. L'homme qui s'est échappé par la corde faite de turbans, c'était Cheyte-Sing lui-même. La troupe du kiosque était composée de cipayes et d'officiers anglais, Hastings à leur tête. Je faisais partie de cette troupe, et je fis tous mes efforts pour empêcher cette imprudente et fatale sortie de l'officier qui tomba dans la bagarre sous la flèche empoisonnée d'un Bengali. Cet officier était mon plus cher ami. C'était Oldeb. Vous verrez par ce manuscrit – ici le narrateur produisit un livre de notes, dans lequel quelques pages paraissaient d'une date toute fraîche – que, pendant que vous *pensiez* ces choses au milieu de la montagne, j'étais occupé ici, à la maison, à les *décrire* sur le papier.

Une semaine environ après cette conversation, l'article suivant parut dans un journal de Charlottesville :

« C'est pour nous un devoir douloureux d'annoncer la mort de M. Auguste Bedlo, un gentleman que ses manières charmantes et ses nombreuses vertus avaient depuis longtemps rendu cher aux citoyens de Charlottesville.

« M. B., depuis quelques années, souffrait d'une névralgie qui avait souvent menacé d'aboutir fatalement ; mais elle ne peut être regardée que comme la cause indirecte de sa mort. La cause immédiate fut d'un caractère singulier et spécial. Dans une excursion qu'il fit dans les *Ragged Mountains*, il y a quelques jours, il contracta un léger rhume avec de la fièvre, qui fut suivi d'un grand mouvement du sang à la tête. Pour le soulager, le docteur Templeton eut recours à la saignée locale. Des sangsues furent appliquées aux tempes. Dans un délai effroyablement court, le malade mourut, et l'on s'aperçut que, dans le bocal qui contenait les sangsues, avait été introduite par hasard une de ces sangsues vermiculaires venimeuses qui se rencontrent çà et là dans les étangs circonvoisins. Cette bête se fixa d'elle-même sur une petite artère de la tempe droite. Son extrême ressemblance avec la sangsue médicinale fit que la méprise fut découverte trop tard.

« *N.-B.* – La sangsue venimeuse de Charlottesville peut toujours se distinguer de la sangsue médicinale par sa noirceur, et spécialement par ses tortillements, ou mouvements vermiculaires, qui ressemblent beaucoup à ceux d'un serpent. »

Je me trouvais avec l'éditeur du journal en question, et nous causions de ce singulier accident, quand il me vint à l'idée de lui demander pourquoi l'on avait imprimé le nom du défunt avec l'orthographe : *Bedlo*.

— Je présume, dis-je, que vous avez quelque autorité pour l'orthographier ainsi ; j'ai toujours cru que le nom devait s'écrire avec un *e* à la fin.

— Autorité ? non, répliqua-t-il. C'est une simple erreur du typographe. Le nom est Bedloe avec un *e* ; c'est connu de tout le monde, et je ne l'ai jamais vu écrit autrement.

— Il peut donc se faire, murmurai-je en moi-même, comme je tournai sur mes talons, qu'une vérité soit plus étrange que toutes les fictions ; car qu'est-ce que Bedlo sans *e*, si ce n'est Oldeb retourné ? Et cet homme me dit que c'est une faute typographique !

Morella

Lui-même, par lui-même,
avec lui-même, homogène éternel.

Platon

Ce que j'éprouvais relativement à mon amie Morella était une profonde mais très singulière affection. Ayant fait sa connaissance par hasard, il y a nombre d'années, mon âme, dès notre première rencontre, brûla de feux qu'elle n'avait jamais connus – mais ces feux n'étaient point ceux d'Éros, et ce fut pour mon esprit un amer tourment que la conviction croissante que je ne pourrais jamais définir leur caractère insolite, ni régulariser leur intensité errante. Cependant, nous nous convînmes, et la destinée nous fit nous unir à l'autel. Jamais je ne parlai de passion, jamais je ne songeai à l'amour. Néanmoins, elle fuyait la société, et, s'attachant à moi seul, elle me rendit heureux. Être étonné, c'est un bonheur – et rêver, n'est-ce pas un bonheur aussi ?

L'érudition de Morella était profonde. Comme, j'espère le montrer, ses talents n'étaient pas d'un ordre secondaire ; la puissance de son esprit était gigantesque. Je le sentis, et, dans mainte occasion, je devins son écolier. Toutefois, je m'aperçus bientôt que Morella, en raison de son éducation faite à Presbourg, étalait devant moi bon nombre de ces écrits mystiques qui sont généralement considérés comme l'écume de la première littérature allemande. Ces livres, pour des raisons que je ne pouvais concevoir, faisaient son étude constante et favorite ; et, si avec le temps ils devinrent aussi la mienne, il ne faut attribuer cela qu'à la simple mais très efficace influence de l'habitude et de l'exemple.

En toutes ces choses, si je ne me trompe, ma raison n'avait presque rien à faire. Mes convictions, ou je ne me connais plus moi-même, n'étaient en aucune façon basées sur l'idéal, et on n'aurait pu découvrir, à moins que je ne m'abuse grandement, aucune teinture du mysticisme de mes lectures, soit dans mes actions, soit dans mes pensées. Persuadé de cela, je m'abandonnai aveuglément à la direction de ma femme, et j'entrai avec un cœur imperturbé dans le labyrinthe de ses études. Et alors – quand, me plongeant dans des pages maudites, je sentais un esprit maudit qui s'allumait en moi –, Morella venait, posant sa main froide sur la mienne et ramassant dans les cendres d'une philosophie morte quelques graves et singulières paroles qui, par leur sens bizarre, s'incrustaient dans ma mémoire. Et alors, pendant des heures, je m'étendais rêveur à son côté, et je me plongeais dans la musique de sa voix, jusqu'à ce que cette mélodie à la longue s'infectât de terreur – et une ombre tombait sur mon âme, et je devenais pâle, et je frissonnais intérieurement à ces sons trop extraterrestres. Et ainsi, la jouissance s'évanouissait soudainement dans l'horreur, et l'idéal du beau devenait l'idéal de la hideur, comme la vallée de Hinnom est devenue la Géhenne.

Il est inutile d'établir le caractère exact des problèmes qui, jaillissant des volumes dont j'ai parlé, furent pendant longtemps presque le seul objet de conversation entre Morella et moi. Les gens instruits dans ce que l'on peut appeler la morale théologique les concevront facilement, et ceux qui sont illettrés n'y comprendraient que peu de chose en tout cas. L'étrange panthéisme de Fichte, la palingénésie modifiée des pythagoriciens et, par-dessus tout, la doctrine de l'*identité* telle qu'elle est présentée par Schelling, étaient généralement les points de discussion qui offraient le plus de charmes à l'imaginative Morella. Cette identité, dite personnelle, M. Locke, je crois, la fait judicieusement consister dans la permanence de l'être rationnel. En tant que par personne nous entendons une essence pensante, douée de raison, et en tant qu'il existe une conscience qui accompagne toujours la pensée, c'est elle – cette conscience – qui nous fait tous être ce que nous appelons *nous-même*, nous distinguant ainsi des autres êtres pensants, et nous donnant notre identité personnelle. Mais le *principium individuationis*, la notion de cette identité *qui, à la mort, est, ou n'est pas perdue à jamais*, fut pour moi, en tout temps, un problème du plus intense intérêt, non seulement à cause de la nature inquiétante et embarrassante de ses conséquences, mais aussi à cause de la façon singulière et agitée dont en parlait Morella.

Mais, en vérité, le temps était maintenant arrivé où le mystère de la nature de ma femme m'oppressait comme un charme. Je ne pouvais plus supporter l'attouchement de ses doigts pâles, ni le timbre profond de sa parole musicale, ni l'éclat de ses yeux mélancoliques. Et elle savait tout cela, mais ne m'en faisait aucun reproche ; elle semblait avoir conscience de ma faiblesse ou de ma folie, et, tout en souriant, elle appelait cela la Destinée. Elle semblait aussi avoir conscience de la cause, à moi inconnue, de l'altération graduelle de mon amitié ; mais elle ne me donnait aucune explication et ne faisait aucune allusion à la nature de cette cause. Morella toutefois n'était qu'une femme, et elle dépérissait journellement. À la longue, une tache pourpre se fixa immuablement sur sa joue, et les veines bleues de son front pâle devinrent proéminentes. Et ma nature se fondait parfois en pitié ; mais, un moment après, je rencontrais l'éclair de ses yeux chargés de pensées, et alors mon âme se trouvait mal et éprouvait le vertige de celui dont le regard a plongé dans quelque lugubre et insondable abîme.

Dirai-je que j'aspirais, avec un désir intense et dévorant, au moment de la mort de Morella ? Cela fut ainsi ; mais le fragile esprit se cramponna à son habitacle d'argile pendant bien des jours, bien des semaines et bien des mois fastidieux, si bien qu'à la fin mes nerfs torturés remportèrent la victoire sur ma raison ; et je devins furieux de tous ces retards, et avec un cœur de démon je maudis les jours, et les heures, et les minutes amères qui semblaient s'allonger et s'allonger sans cesse, à mesure que sa noble vie déclinait, comme les ombres dans l'agonie du jour.

Mais, un soir d'automne, comme l'air dormait immobile dans le ciel, Morella m'appela à son chevet. Il y avait un voile de brume sur toute la terre, et un chaud embrasement sur les eaux et, à voir les splendeurs d'octobre dans le feuillage de la forêt, on eût dit qu'un bel arc-en-ciel s'était laissé choir du firmament.

— Voici le jour des jours, dit-elle quand j'approchai, le plus beau des jours pour vivre ou pour mourir. C'est un beau jour pour les fils de la terre et de la vie – ah ! plus beau encore pour les filles du ciel et de la mort !

Je baisai son front, et elle continua :

— Je vais mourir, cependant je vivrai.

— Morella !

— Ils n'ont jamais été, ces jours où il t'aurait été permis de m'aimer ; mais celle que, dans la vie, tu abhorras, dans la mort tu l'adoreras.

— Morella !

— Je répète que je vais mourir. Mais en moi est un gage de cette affection – ah ! quelle mince affection ! – que vous avez éprouvée pour moi, Morella. Et, quand mon esprit partira, l'enfant vivra – ton enfant, mon enfant à moi, Morella. Mais tes jours seront des jours pleins de chagrin, de ce chagrin qui est la plus durable des impressions, comme le cyprès est le plus vivace des arbres ; car les heures de ton bonheur sont passées, et la joie ne se cueille pas deux fois dans une vie, comme les roses de Pæstum deux fois dans une année. Tu ne joueras plus avec le temps le jeu de l'homme de Téos ; le myrte et la vigne te seront choses inconnues, et partout sur la terre tu porteras avec toi ton suaire, comme le musulman de La Mecque.

— Morella ! m'écriai-je, Morella ! comment sais-tu cela ?

Mais elle retourna son visage sur l'oreiller ; un léger tremblement courut sur ses membres, elle mourut, et je n'entendis plus sa voix.

Cependant, comme elle l'avait prédit, son enfant – auquel en mourant elle avait donné naissance, et qui ne respira qu'après que la mère eut cessé de respirer –, son enfant, une fille, vécut. Et elle grandit étrangement en taille et en intelligence, et devint la parfaite ressemblance de celle qui était partie, et je l'aimai d'un plus fervent amour que je ne me serais cru capable d'en éprouver pour aucune habitante de la terre.

Mais, avant qu'il fût longtemps, le ciel de cette pure affection s'assombrit, et la mélancolie, et l'horreur, et l'angoisse y défilèrent en nuages. J'ai dit que l'enfant grandit étrangement en taille et en intelligence. Étrange, en vérité, fut le rapide accroissement de sa nature corporelle – mais terribles, oh ! terribles furent les tumultueuses pensées qui s'amoncelèrent sur moi, pendant que je surveillais le développement de son être intellectuel. Pouvait-il en être autrement, quand je découvrais chaque jour dans les conceptions de l'enfant la puissance adulte et les facultés de la femme ? quand les leçons de l'expérience tombaient des lèvres de l'enfance ? quand je voyais à chaque instant la sagesse et les passions de la maturité jaillir de cet œil noir et méditatif ? Quand, dis-je, tout cela frappa mes sens épouvantés, quand il fut impossible à mon âme de se le dissimuler plus longtemps, à mes facultés frissonnantes de repousser cette certitude, y a-t-il lieu de s'étonner que des soupçons d'une nature terrible et inquiétante se soient glissés dans mon esprit, ou que mes pensées se soient reportées avec horreur vers les contes étranges et les pénétrantes théories de la défunte Morella ? J'arrachai à la curiosité du monde un être que la destinée me commandait d'adorer, et, dans la rigoureuse retraite de mon intérieur, je veillai avec une anxiété mortelle sur tout ce qui concernait la créature aimée.

Et comme les années se déroulaient, et comme chaque jour je contemplais son saint, son doux, son éloquent visage, et comme j'étudiais ses formes mûrissantes, chaque jour je découvrais de nouveaux points de ressemblance entre l'enfant et sa mère, la mélancolique et la morte. Et, d'instant en instant, ces ombres de ressemblance s'épaississaient, toujours plus pleines, plus définies, plus inquiétantes et plus affreusement terribles dans leur aspect. Car, que son sourire ressemblât au sourire de sa mère, je pouvais l'admettre ; mais cette ressemblance était une *identité* qui me donnait le frisson ; que ses yeux ressemblassent à ceux de Morella, je devais le supporter ; mais aussi ils pénétraient trop souvent dans les profondeurs de mon âme avec l'étrange et intense pensée de Morella elle-même. Et dans le contour de son front élevé, et dans les boucles de sa chevelure soyeuse, et dans ses doigts pâles qui s'y plongeaient d'*habitude*, et dans le timbre grave et musical de sa parole, et, par-dessus tout – oh ! par-dessus tout –, dans les phrases et les expressions de la morte sur les lèvres de l'aimée, de la vivante, je trouvais un aliment pour une horrible pensée dévorante – pour un ver qui ne voulait pas mourir.

Ainsi passèrent deux lustres de sa vie, et toujours ma fille restait sans nom sur la terre. *Mon enfant* et *mon amour* étaient les appellations habituellement dictées par l'affection paternelle, et la sévère reclusion de son existence s'opposait à toute autre relation. Le nom de Morella était mort avec elle. De la mère, je n'avais jamais parlé à la fille – il m'était impossible d'en parler. En réalité, durant la brève période de son existence, cette dernière n'avait reçu aucune impression du monde extérieur, excepté celles qui avaient pu lui être fournies dans les étroites limites de sa retraite.

À la longue, cependant, la cérémonie du baptême s'offrit à mon esprit, dans cet état d'énervation et d'agitation, comme l'heureuse délivrance des terreurs de ma destinée. Et, aux fonts baptismaux, j'hésitai sur le choix d'un nom. Et une foule d'épithètes de sagesse et de beauté, de noms tirés des temps anciens et modernes, de mon pays et des pays étrangers, vint se presser sur mes lèvres, et une multitude d'appellations charmantes de noblesse, de bonheur et de bonté.

Qui m'inspira donc alors d'agiter le souvenir de la morte enterrée ? Quel démon me poussa à soupirer un son dont le simple souvenir faisait toujours refluer mon sang par torrents des tempes au cœur ? Quel méchant esprit parla du fond des abîmes de mon âme, quand, sous ces voûtes obscures et dans le silence de la nuit, je chuchotai dans l'oreille du saint homme les syllabes « Morella » ? Quel être, plus que démon, convulsa les traits de mon enfant et les couvrit des teintes de la mort, quand, tressaillant à ce nom à peine perceptible, elle tourna ses yeux limpides du sol vers le ciel, et, tombant prosternée sur les dalles noires de notre caveau de famille, répondit : *Me voilà !*

Ces simples mots tombèrent distincts, froidement, tranquillement distincts, dans mon oreille et, de là, comme du plomb fondu, roulèrent en sifflant dans ma cervelle. Les années, les années peuvent passer, mais le souvenir de cet instant, jamais ! Ah ! les fleurs et la vigne n'étaient pas choses inconnues pour moi ; mais l'aconit et le cyprès m'ombragèrent nuit et jour. Et je perdis tout sentiment du temps et des lieux, et les étoiles de ma destinée disparurent du ciel, et dès lors la terre devint ténébreuse, et toutes les figures terrestres passèrent près de moi comme des ombres voltigeantes, et parmi elles je n'en voyais qu'une – Morella ! Les vents du firmament ne soupiraient qu'un son à mes oreilles, et le clapotement de la mer murmurait incessamment : « Morella ! » Mais elle mourut, et, de mes propres mains je la portai à sa tombe, et je ris d'un amer et long rire, quand, dans le caveau où je déposai la seconde, je ne découvris aucune trace de la première – Morella.

Ligeia

Et il y a là-dedans la volonté, qui ne meurt pas. Qui donc connaît les mystères de la volonté, ainsi que sa vigueur ? Car Dieu n'est qu'une grande volonté pénétrant toutes choses par l'intensité qui lui est propre. L'homme ne cède aux anges et ne se rend entièrement à la mort que par l'infirmité de sa pauvre volonté.

Joseph Glanvill

Je ne puis pas me rappeler, sur mon âme, comment, quand, ni même où je fis pour la première fois connaissance avec lady Ligeia. De longues années se sont écoulées depuis lors, et une grande souffrance a affaibli ma mémoire. Ou peut-être ne puis-je plus *maintenant* me rappeler ces points, parce qu'en vérité le caractère de ma bien-aimée, sa rare instruction, son genre de beauté, si singulier et si placide, et la pénétrante et subjuguante éloquence de sa profonde parole musicale, ont fait leur chemin dans mon cœur d'une manière si patiente, si constante, si furtive, que je n'y ai pas pris garde et n'en ai pas eu conscience.

Cependant, je crois que je la rencontrai pour la première fois, et plusieurs fois depuis lors, dans une vaste et antique ville délabrée sur les bords du Rhin. Quant à sa famille, très certainement elle m'en a parlé. Qu'elle fût d'une date excessivement ancienne, je n'en fais aucun doute. – Ligeia ! Ligeia ! – Plongé dans des études qui par leur nature sont plus propres que toute autre à amortir les impressions du monde extérieur, il me suffit de ce mot si doux – Ligeia ! – pour ramener devant les yeux de ma pensée l'image de celle qui n'est plus. Et maintenant, pendant que j'écris, il me revient, comme une lueur, que je n'ai *jamais su* le nom de famille de celle qui fut mon amie et ma fiancée, qui devint mon compagnon d'études, et enfin l'épouse de mon cœur. Était-ce par suite de quelque injonction folâtre de ma Ligeia, était-ce une preuve de la force de mon affection, que je ne pris aucun renseignement sur ce point ? Ou plutôt était-ce un caprice à moi, une offrande bizarre et romantique sur l'autel du culte le plus passionné ? Je ne me rappelle le fait que confusément ; faut-il donc s'étonner si j'ai entièrement oublié les circonstances qui lui donnèrent naissance ou qui l'accompagnèrent ? Et, en vérité, si jamais l'esprit de roman, si jamais la pâle *Ashtophet* de l'idolâtre Égypte, aux ailes ténébreuses, ont présidé, comme on dit, aux mariages de sinistre augure, très sûrement ils ont présidé au mien.

Il est néanmoins un sujet très cher sur lequel ma mémoire n'est pas en défaut. C'est la *personne* de Ligeia. Elle était d'une grande taille, un peu mince, et même dans les derniers jours très amaigrie.

J'essayerais en vain de dépeindre la majesté, l'aisance tranquille de sa démarche, et l'incompréhensible légèreté, l'élasticité de son pas ; elle venait et s'en allait comme une ombre. Je ne m'apercevais jamais de son entrée dans mon cabinet de travail que par la chère musique de sa voix douce et profonde, quand elle posait sa main de marbre sur mon épaule. Quant à la beauté de la figure, aucune femme ne l'a jamais égalée. C'était l'éclat d'un rêve d'opium, une vision aérienne et ravissante, plus étrangement céleste que les rêveries qui voltigent dans les âmes assoupies des filles de Délos. Cependant, ses traits n'étaient pas jetés dans ce moule régulier qu'on nous a faussement enseigné à révérer dans les ouvrages classiques du paganisme. « Il n'y a pas de beauté exquise, dit lord Verulam, parlant avec justesse de toutes les formes et de tous les genres de beauté, sans une certaine *étrangeté* dans les proportions. » Toutefois, bien que je visse que les traits de Ligeia n'étaient pas d'une régularité classique, quoique je sentisse que sa beauté était véritablement *exquise* et fortement pénétrée de cette *étrangeté*, je me suis efforcé en vain de découvrir cette irrégularité et de poursuivre jusqu'en son gîte ma perception de l'étrange. J'examinais le contour du front haut et pâle, un front irréprochable – combien ce mot est froid appliqué à une majesté aussi divine ! –, la peau rivalisant avec le plus pur ivoire, la largeur imposante, le calme, la gracieuse proéminence des régions au-dessus des tempes, et puis cette chevelure d'un noir de corbeau, lustrée, luxuriante, naturellement bouclée et démontrant toute la force de l'expression homérique : *chevelure d'hyacinthe*. Je considérais les lignes délicates du nez, et nulle autre part que dans les gracieux médaillons hébraïques je n'avais contemplé une semblable perfection ; c'était ce même jet, cette même surface unie et superbe, cette même tendance presque imperceptible à l'aquilin, ces mêmes narines harmonieusement arrondies et révélant un esprit libre. Je regardais la charmante bouche : c'était là qu'était le triomphe de toutes les choses célestes ; le tour glorieux de la lèvre supérieure, un peu courte, l'air doucement, voluptueusement reposé de l'inférieure, les fossettes qui se jouaient et la couleur qui parlait, les dents, réfléchissant comme une espèce d'éclair chaque rayon de la lumière bénie qui tombait sur elles dans ses sourires sereins et placides, mais toujours radieux et triomphants. J'analysais la forme du menton et, là aussi, je trouvais la grâce dans la largeur, la douceur et la majesté, la plénitude et la spiritualité grecques, ce contour que le dieu Apollon ne révéla qu'en rêve à Cléomènes, fils de Cléomènes d'Athènes ; et puis je regardais dans les grands yeux de Ligeia.

Pour les yeux, je ne trouve pas de modèles dans la plus lointaine Antiquité. Peut-être bien était-ce dans les yeux de ma bien-aimée que se cachait le mystère dont parle lord Verulam : ils étaient, je crois, plus grands que les yeux ordinaires de l'humanité ; mieux fendus que les plus beaux yeux de gazelle de la tribu de la vallée de Nourjahad ; mais ce n'était que par intervalles des moments d'excessive animation, que cette particularité devenait singulièrement frappante. Dans ces moments-là, sa beauté était – du moins, elle apparaissait telle à ma pensée enflammée – la beauté de la fabuleuse houri des Turcs. Les prunelles étaient du noir le plus brillant et surplombées par des cils de jais très longs ; ses sourcils, d'un dessin légèrement irrégulier, avaient la même couleur ; toutefois, l'*étrangeté* que je trouvais dans les yeux était indépendante de leur forme, de leur couleur et de leur éclat, et devait décidément être attribuée à l'*expression*. Ah ! mot qui n'a pas de sens ! un pur son ! vaste latitude où se retranche toute notre ignorance du spirituel ! L'expression des yeux de Ligeia !... Combien de longues heures ai-je médité dessus ! combien de fois, durant toute une nuit d'été, me suis-je efforcé de les sonder ! Qu'était donc ce je-ne-sais-quoi, ce quelque chose plus profond que le puits de Démocrite, qui gisait au fond des pupilles de ma bien-aimée ? Qu'était cela ?... J'étais possédé de la passion de le découvrir. Ces yeux ! ces larges, ces brillantes, ces divines prunelles ! elles étaient devenues pour moi les étoiles jumelles de Léda, et moi, j'étais pour elles le plus fervent des astrologues.

Il n'y a pas de cas parmi les nombreuses et incompréhensibles anomalies de la science psychologique qui soit plus excitant que celui – négligé, je crois, dans les écoles – où, dans nos efforts pour ramener dans notre mémoire une chose oubliée depuis longtemps, nous nous trouvons *sur le bord même* du souvenir, sans pouvoir toutefois nous souvenir. Et ainsi que de fois, dans mon ardente analyse des yeux de Ligeia, ai-je senti s'approcher la complète connaissance de leur expression ! Je l'ai sentie s'approcher, mais elle n'est pas devenue tout à fait mienne, et à la longue elle a disparu entièrement ! Et étrange, oh ! le plus étrange des mystères ! j'ai trouvé dans les objets les plus communs du monde une série d'analogies pour cette expression. Je veux dire qu'après l'époque où la beauté de Ligeia passa dans mon esprit et s'y installa comme dans un reliquaire, je puisai dans plusieurs êtres du monde matériel une sensation analogue à celle qui se répandait sur moi, en moi, sous l'influence de ses larges et lumineuses prunelles. Cependant, je n'en suis pas moins incapable de définir ce sentiment, de l'analyser, ou même d'en avoir une perception nette. Je l'ai reconnu quelquefois, je le répète, à l'aspect d'une vigne rapidement grandie, dans la contemplation d'une phalène, d'un papillon, d'une chrysalide, d'un courant d'eau précipité. Je l'ai trouvé dans l'Océan, dans la chute d'un météore ; je l'ai senti dans les regards de quelques personnes extraordinairement âgées. Il y a dans le ciel une ou deux étoiles, plus particulièrement une étoile de sixième grandeur, double et changeante, qu'on trouvera près de la grande étoile de la Lyre, qui, vues au télescope, m'ont donné un sentiment analogue. Je m'en suis senti rempli par certains sons d'instruments à cordes, et quelquefois aussi par des passages de mes lectures. Parmi d'innombrables exemples, je me rappelle fort bien quelque chose dans un volume de Joseph Glanvill, qui, peut-être simplement à cause de sa bizarrerie – qui sait ? –, m'a toujours inspiré le même sentiment : « Et il y a là dedans la volonté qui ne meurt pas. Qui donc connaît les mystères de la volonté, ainsi que sa vigueur ? Car Dieu n'est qu'une grande volonté pénétrant toutes choses par l'intensité qui lui est propre. L'homme ne cède aux anges et ne se rend entièrement à la mort que par l'infirmité de sa pauvre volonté. »

Par la suite des temps et par des réflexions subséquentes, je suis parvenu à déterminer un certain rapport éloigné entre ce passage du philosophe anglais et une partie du caractère de Ligeia. Une *intensité* singulière dans la pensée, dans l'action, dans la parole, était peut-être en elle le résultat ou au moins l'indice de cette gigantesque puissance de volition qui, durant nos longues relations, eût pu donner d'autres et plus positives preuves de son existence. De toutes les femmes que j'ai connues, elle, la toujours placide Ligeia, à l'extérieur si calme, était la proie la plus déchirée par les tumultueux vautours de la cruelle passion. Et je ne pouvais évaluer cette passion que par la miraculeuse expansion de ces yeux qui me ravissaient et m'effrayaient en même temps, par la mélodie presque magique, la modulation, la netteté et la placidité de sa voix profonde, et par la sauvage énergie des étranges paroles qu'elle prononçait habituellement, et dont l'effet était doublé par le contraste de son débit.

J'ai parlé de l'instruction de Ligeia ; elle était immense, telle que jamais je n'en vis de pareille dans une femme. Elle connaissait à fond les langues classiques et, aussi loin que s'étendaient mes propres connaissances dans les langues modernes de l'Europe, je ne l'ai jamais prise en faute. Véritablement, sur n'importe quel thème de l'érudition académique si vantée, si admirée, uniquement à cause qu'elle est plus abstruse, ai-je jamais trouvé Ligeia en faute ? Combien ce trait unique de la nature de ma femme, seulement dans cette dernière période, avait frappé, subjugué mon attention ! J'ai dit que son instruction dépassait celle d'aucune femme que j'eusse connue, mais où est l'homme qui a traversé avec succès tout le vaste champ des sciences morales, physiques et mathématiques ? Je ne vis pas alors ce que maintenant je perçois clairement, que les connaissances de Ligeia étaient gigantesques, étourdissantes ; cependant, j'avais une conscience suffisante de son infinie supériorité pour me résigner, avec la confiance d'un écolier, à me laisser guider par elle à travers le monde chaotique des investigations métaphysiques dont je m'occupais avec ardeur dans les premières années de notre mariage. Avec quel vaste triomphe, avec quelles vives délices, avec quelle espérance éthéréenne sentais-je – ma Ligeia penchée sur moi au milieu d'études si peu frayées, si peu connues – s'élargir par degrés cette admirable perspective, cette longue avenue, splendide et vierge, par laquelle je devais enfin arriver au terme d'une sagesse trop précieuse et trop divine pour n'être pas interdite !

Aussi, avec quelle poignante douleur ne vis-je pas, au bout de quelques années, mes espérances si bien fondées prendre leur vol et s'enfuir ! Sans Ligeia, je n'étais qu'un enfant tâtonnant dans la nuit. Sa présence, ses leçons pouvaient seules éclairer d'une lumière vivante les mystères du transcendantalisme dans lesquels nous nous étions plongés. Privée du lustre rayonnant de ses yeux, toute cette littérature, ailée et dorée naguère, devenait maussade, saturnienne et lourde comme le plomb. Et maintenant, ces beaux yeux éclairaient de plus en plus rarement les pages que je déchiffrais. Ligeia tomba malade. Les étranges yeux flamboyèrent avec un éclat trop splendide ; les pâles doigts prirent la couleur de la mort, la couleur de la cire transparente ; les veines bleues de son grand front palpitèrent impétueusement au courant de la plus douce émotion : je vis qu'il lui fallait mourir, et je luttai désespérément en esprit avec l'affreux Azraël.

Et les efforts de cette femme passionnée furent, à mon grand étonnement, encore plus énergiques que les miens. Il y avait certes dans sa sérieuse nature de quoi me faire croire que pour elle la mort viendrait sans son monde de terreurs. Mais il n'en fut pas ainsi ; les mots sont impuissants pour donner une idée de la férocité de résistance qu'elle déploya dans sa lutte avec l'Ombre. Je gémissais d'angoisse à ce lamentable spectacle. J'aurais voulu la calmer, j'aurais voulu la raisonner ; mais dans l'intensité de son sauvage désir de vivre – de vivre, de *rien* que vivre –, toute consolation et toutes raisons eussent été le comble de la folie. Cependant, jusqu'au dernier moment, au milieu des tortures et des convulsions de son sauvage esprit, l'apparente placidité de sa conduite ne se démentit pas. Sa voix devenait plus douce, devenait plus profonde – mais je ne voulais pas m'appesantir sur le sens bizarre de ces mots prononcés avec tant de calme. Ma cervelle tournait quand je prêtais l'oreille en extase à cette mélodie surhumaine, à ces ambitions et à ces aspirations que l'humanité n'avait jamais connues jusqu'alors.

Qu'elle m'aimât, je n'en pouvais douter, et il m'était aisé de deviner que, dans une poitrine telle que la sienne, l'amour ne devait pas régner comme une passion ordinaire. Mais, dans la mort seulement, je compris toute la force et toute l'étendue de son affection. Pendant de longues heures, ma main dans la sienne, elle épanchait devant moi le trop-plein d'un cœur dont le dévouement plus que passionné montait jusqu'à l'idolâtrie. Comment avais-je mérité la béatitude d'entendre de pareils aveux ? Comment avais-je mérité d'être damné à ce point que ma bien-aimée me fût enlevée à l'heure où elle m'en octroyait la jouissance ? Mais il ne m'est pas permis de m'étendre sur ce sujet. Je dirai seulement que dans l'abandonnement plus que féminin de Ligeia à un amour, hélas ! non mérité, accordé tout à fait gratuitement, je reconnus enfin le principe de son ardent, de son sauvage regret de cette vie qui fuyait maintenant si rapidement. C'est cette ardeur désordonnée, cette véhémence dans son désir de vie – et de *rien* que la vie – que je n'ai pas la puissance de décrire ; les mots me manqueraient pour l'exprimer.

Juste au milieu de la nuit pendant laquelle elle mourut, elle m'appela avec autorité auprès d'elle et me fit répéter certains vers composés par elle peu de jours auparavant. Je lui obéis. Ces vers, les voici :

Voyez ! C'est nuit de gala
Depuis ces dernières années désolées !
Une multitude d'anges, ailés, ornés
De voiles, et noyés dans les larmes,
Est assise dans un théâtre, pour voir
Un drame d'espérance et de craintes,
Pendant que l'orchestre soupire par intervalles
La musique des sphères.

Des mimes, faits à l'image du Dieu très haut,
Marmottent et marmonnent tout bas
Et voltigent de côté et d'autre ;
Pauvres poupées qui vont et viennent
Au commandement de vastes êtres sans forme
Qui transportent la scène çà et là,
Secouant de leurs ailes de condor
L'invisible Malheur !

Ce drame bigarré ! oh ! à coup sûr,
Il ne sera pas oublié,

Avec son Fantôme éternellement pourchassé
Par une foule qui ne peut pas le saisir,
À travers un cercle qui toujours retourne
Sur lui-même, exactement au même point !
Et beaucoup de Folie, et encore plus de Péché
Et d'Horreur font l'âme de l'intrigue !

Mais voyez à travers la cohue des mimes,
Une forme rampante fait sont entrée !
Une chose rouge de sang qui vient en se tordant
De la partie solitaire de la scène !
Elle se tord ! elle se tord ! – Avec des angoisses
[mortelles
Les mimes deviennent sa pâture,
Et les séraphins sanglotent en voyant les dents du ver
Mâcher des caillots de sang humain.

Toutes les lumières s'éteignent – toutes, toutes !
Et sur chaque forme frissonnante,
Le rideau, vaste drap mortuaire,
Descend avec la violence d'une tempête
— Et les anges, tous pâles et blêmes,
Se levant et se dévoilant, affirment
Que ce drame est une tragédie qui s'appelle l'Homme,
Et dont le héros est le ver conquérant.

— Ô Dieu ! cria presque Ligeia, se dressant sur ses pieds et étendant ses bras vers le ciel dans un mouvement spasmodique, comme je finissais de réciter ces vers, ô Dieu ! ô Père céleste ! ces choses s'accompliront-elles irrémissiblement ? Ce conquérant ne sera-t-il jamais vaincu ? Ne sommes-nous pas une partie et une parcelle de Toi ? Qui donc connaît les mystères de la volonté ainsi que sa vigueur ? L'homme ne cède aux anges et ne se rend *entièrement à la mort* que par l'infirmité de sa pauvre volonté.

Et alors, comme épuisée par l'émotion, elle laissa retomber ses bras blancs, et retourna solennellement à son lit de mort. Et, comme elle soupirait ses derniers soupirs, il s'y mêla sur ses lèvres comme un murmure indistinct. Je tendis l'oreille, et je reconnus de nouveau la conclusion du passage de Glanvill : *L'homme ne cède aux anges et ne se rend entièrement à la mort que par l'infirmité de sa pauvre volonté.*

Elle mourut ; et moi, anéanti, pulvérisé par la douleur, je ne pus pas supporter plus longtemps l'affreuse désolation de ma demeure dans cette sombre cité délabrée au bord du Rhin. Je ne manquais pas de ce que le monde appelle la fortune. Ligeia m'en avait apporté plus, beaucoup plus que n'en comporte la destinée ordinaire des mortels. Aussi, après quelques mois perdus dans un vagabondage fastidieux et sans but, je me jetai dans une espèce de retraite dont je fis l'acquisition – une abbaye dont je ne veux pas dire le nom –, dans une des parties les plus incultes et les moins fréquentées de la belle Angleterre. La sombre et triste grandeur du bâtiment, l'aspect presque sauvage du domaine, les mélancoliques et vénérables souvenirs qui s'y rattachaient étaient à l'unisson du sentiment de complet abandon qui m'avait exilé dans cette lointaine et solitaire région. Cependant, tout en laissant à l'extérieur de l'abbaye son caractère primitif presque intact et le verdoyant délabrement qui tapissait ses murs, je me mis avec une perversité enfantine, et peut-être avec une faible espérance de distraire mes chagrins, à déployer au-dedans des magnificences plus que royales. Je m'étais, depuis l'enfance, pénétré d'un grand goût pour ces folies, et maintenant elles me revenaient comme un radotage de la douleur. Hélas ! je sens qu'on aurait pu découvrir un commencement de folie dans ces splendides et fantastiques draperies, dans ces solennelles sculptures égyptiennes, dans ces corniches et ces ameublements bizarres, dans les extravagantes arabesques de ces tapis tout fleuris d'or ! J'étais devenu un esclave de l'opium, il me tenait dans ses liens, et tous mes travaux et mes plans avaient pris la couleur de mes rêves. Mais je ne m'arrêterai pas au détail de ces absurdités. Je parlerai seulement de cette chambre, maudite à jamais, où dans un moment d'aliénation mentale je conduisis à l'autel et pris pour épouse – après l'inoubliable Ligeia ! – lady Rowena Trevanion de Tremaine, à la blonde chevelure et aux yeux bleus.

Il n'est pas un détail d'architecture ou de la décoration de cette chambre nuptiale qui ne soit maintenant présent à mes yeux. Où donc la hautaine famille de la fiancée avait-elle l'esprit, quand, mue par la soif de l'or, elle permit à une fille si tendrement chérie de passer le seuil d'un appartement décoré de cette étrange façon ? J'ai dit que je me rappelais minutieusement les détails de cette chambre, bien que ma triste mémoire perde souvent des choses d'une rare importance ; et pourtant il n'y avait pas dans ce luxe fantastique de système ou d'harmonie qui pût s'imposer au souvenir.

La chambre faisait partie d'une haute tour de cette abbaye, fortifiée comme un château ; elle était d'une forme pentagone et d'une grande dimension. Tout le côté sud du pentagone était occupé par une fenêtre unique, faite d'une immense glace de Venise, d'un seul morceau et d'une couleur sombre, de sorte que les rayons du soleil ou de la lune qui la traversaient jetaient sur les objets intérieurs une lumière sinistre. Au-dessus de cette énorme fenêtre se prolongeait le treillis d'une vieille vigne qui grimpait sur les murs massifs de la tour. Le plafond, de chêne presque noir, était excessivement élevé, façonné en voûte et curieusement sillonné d'ornements des plus bizarres et des plus fantastiques, d'un style semi-gothique, semi-druidique. Au fond de cette voûte mélancolique, au centre même, était suspendue, par une seule chaîne d'or faite de longs anneaux, une vaste lampe de même métal en forme d'encensoir, conçue dans le goût sarrasin et brodée de perforations capricieuses, à travers lesquelles on voyait courir et se tortiller avec la vitalité d'un serpent les lueurs continues d'un feu versicolore.

Quelques rares ottomanes et des candélabres d'une forme orientale occupaient différents endroits, et le lit aussi – le lit nuptial – était dans le style indien, bas, sculpté en bois d'ébène massif, et surmonté d'un baldaquin qui avait l'air d'un drap mortuaire. À chacun des angles de la chambre se dressait un gigantesque sarcophage de granit noir, tiré des tombes des rois en face de Louqsor, avec son antique couvercle chargé de sculptures immémoriales. Mais c'était dans la tenture de l'appartement, hélas ! qu'éclatait la fantaisie capitale. Les murs, prodigieusement hauts – au-delà même de toute proportion –, étaient tendus du haut jusqu'en bas d'une tapisserie lourde et d'apparence massive qui tombait par vastes nappes, tapisserie faite avec la même matière qui avait été employée pour le tapis du parquet, les ottomanes, le lit d'ébène, le baldaquin du lit et les somptueux rideaux qui cachaient en partie la fenêtre. Cette matière était un tissu d'or des plus riches, tacheté, par intervalles irréguliers, de figures arabesques, d'un pied de diamètre environ, qui enlevaient sur le fond leurs dessins d'un noir de jais. Mais ces figures ne participaient du caractère arabesque que quand on les examinait à un seul point de vue. Par un procédé aujourd'hui fort commun, et dont on retrouve la trace dans la plus lointaine Antiquité, elles étaient faites de manière à changer d'aspect. Pour une personne qui entrait dans la chambre, elles avaient l'air de simples monstruosités ; mais, à mesure qu'on avançait, ce caractère disparaissait graduellement, et, pas à pas, le visiteur changeant de place se voyait entouré d'une procession continue de formes affreuses, comme celles qui sont nées de la superstition du Nord, ou celles qui se dressent dans les sommeils coupables des moines. L'effet fantasmagorique était grandement accru par l'introduction artificielle d'un fort courant d'air continu derrière la tenture, – qui donnait au tout une hideuse et inquiétante animation.

Telle était la demeure, telle était la chambre nuptiale où je passai avec la dame de Tremaine les heures impies du premier mois de notre mariage – et je les passai sans trop d'inquiétude.

Que ma femme redoutât mon humeur farouche, qu'elle m'évitât, qu'elle ne m'aimât que très médiocrement – je ne pouvais pas me le dissimuler ; mais cela me faisait presque plaisir. Je la haïssais d'une haine qui appartient moins à l'homme qu'au démon. Ma mémoire se retournait – oh ! avec quelle intensité de regret ! – vers Ligeia, l'aimée, l'auguste, la belle, la morte. Je faisais des orgies de souvenirs ; je me délectais dans sa pureté, dans sa sagesse, dans sa haute nature éthéréenne, dans son amour passionné, idolâtrique. Maintenant, mon esprit brûlait pleinement et largement d'une flamme plus ardente que n'avait été la sienne. Dans l'enthousiasme de mes rêves opiacés – car j'étais habituellement sous l'empire du poison –, je criais son nom à haute voix durant le silence de la nuit, et, le jour, dans les retraites ombreuses des vallées, comme si, par l'énergie sauvage, la passion solennelle, l'ardeur dévorante de ma passion pour la défunte je pouvais la ressusciter dans les sentiers de cette vie qu'elle avait abandonnés ; pour *toujours* ? était-ce vraiment *possible* ?

Au commencement du second mois de notre mariage, lady Rowena fut attaquée d'un mal soudain dont elle ne se releva que lentement. La fièvre qui la consumait rendait ses nuits pénibles, et, dans l'inquiétude d'un demi-sommeil, elle parlait de sons et de mouvements qui se produisaient çà et là dans la chambre de la tour, et que je ne pouvais vraiment attribuer qu'au dérangement de ses idées ou peut-être aux influences fantasmagoriques de la chambre. À la longue, elle entra en convalescence, et finalement elle se rétablit.

Toutefois, il ne s'était écoulé qu'un laps de temps fort court quand une nouvelle attaque plus violente la rejeta sur son lit de douleur, et, depuis cet accès, sa constitution, qui avait toujours été faible, ne put jamais se relever complètement. Sa maladie montra, dès cette époque, un caractère alarmant et des rechutes plus alarmantes encore, qui défiaient toute la science et tous les efforts de ses médecins. À mesure qu'augmentait ce mal chronique qui, dès lors sans doute, s'était trop bien emparé de sa constitution pour en être arraché par des mains humaines, je ne pouvais m'empêcher de remarquer une irritation nerveuse croissante dans son tempérament et une excitabilité telle que les causes les plus vulgaires lui étaient des sujets de peur. Elle parla encore, et plus souvent alors, avec plus d'opiniâtreté, des bruits – des légers bruits – et des mouvements insolites dans les rideaux, dont elle avait, disait-elle, déjà souffert.

Une nuit – vers la fin de septembre –, elle attira mon attention sur ce sujet désolant avec une énergie plus vive que de coutume. Elle venait justement de se réveiller d'un sommeil agité, et j'avais épié, avec un sentiment moitié d'anxiété, moitié de vague terreur, le jeu de sa physionomie amaigrie. J'étais assis au chevet du lit d'ébène, sur un des divans indiens. Elle se dressa à moitié, et me parla à voix basse, dans un chuchotement anxieux, de sons qu'elle venait d'entendre, mais que je ne pouvais pas entendre, de mouvements qu'elle venait d'apercevoir, mais que je ne pouvais apercevoir. Le vent courait activement derrière les tapisseries, et je m'appliquai à lui démontrer – ce que, je le confesse, je ne pouvais pas croire entièrement – que ces soupirs à peine articulés et ces changements presque insensibles dans les figures du mur n'étaient que les effets naturels du courant d'air habituel. Mais une pâleur mortelle qui inonda sa face me prouva que mes efforts pour la rassurer seraient inutiles. Elle semblait s'évanouir, et je n'avais pas de domestiques à ma portée. Je me souvins de l'endroit où avait été déposé un flacon de vin léger ordonné par les médecins, et je traversai vivement la chambre pour me le procurer. Mais, comme je passais sous la lumière de la lampe, deux circonstances d'une nature saisissante attirèrent mon attention. J'avais senti que quelque chose de palpable, quoique invisible, avait frôlé légèrement ma personne, et je vis sur le tapis d'or, au centre même du riche rayonnement projeté par l'encensoir, une ombre – une ombre faible, indéfinie, d'un aspect angélique –, telle qu'on peut se figurer l'ombre d'une Ombre. Mais, comme j'étais en proie à une dose exagérée d'opium, je ne fis que peu d'attention à ces choses, et je n'en parlai point à Rowena.

Je trouvai le vin, je traversai de nouveau la chambre, et je remplis un verre que je portai aux lèvres de ma femme défaillante. Cependant, elle était un peu remise, et elle prit le verre elle-même, pendant que je me laissais tomber sur l'ottomane, les yeux fixés sur sa personne.

Ce fut alors que j'entendis distinctement un léger bruit de pas sur le tapis et près du lit ; et, une seconde après, comme Rowena allait porter le vin à ses lèvres, je vis – je puis l'avoir rêvé –, je vis tomber dans le verre, comme de quelque source invisible suspendue dans l'atmosphère de la chambre, trois ou quatre grosses gouttes d'un fluide brillant et couleur de rubis. Si je le vis, Rowena ne le vit pas. Elle avala le vin sans hésitation, et je me gardai bien de lui parler d'une circonstance que je devais, après tout, regarder comme la suggestion d'une imagination surexcitée, et dont tout – les terreurs de ma femme, l'opium et l'heure – augmentait l'activité morbide.

Cependant, je ne puis pas me dissimuler qu'immédiatement après la chute des gouttes rouges, un rapide changement – en mal – s'opéra dans la maladie de ma femme ; si bien que, la troisième nuit, les mains de ses serviteurs la préparaient pour la tombe, et que j'étais assis seul, son corps enveloppé dans le suaire, dans cette chambre fantastique qui avait reçu la jeune épouse. D'étranges visions, engendrées par l'opium, voltigeaient autour de moi comme des ombres. Je promenais un œil inquiet sur les sarcophages, dans les coins de la chambre, sur les figures mobiles de la tenture et sur les lueurs vermiculaires et changeantes de la lampe du plafond. Mes yeux tombèrent alors – comme je cherchais à me rappeler les circonstances d'une nuit précédente – sur le même point du cercle lumineux, là où j'avais vu les traces légères d'une ombre. Mais elle n'y était plus ; et, respirant avec plus de liberté, je tournai mes regards vers la pâle et rigide figure allongée sur le lit. Alors, je sentis fondre sur moi mille souvenirs de Ligeia, je sentis refluer vers mon cœur, avec la tumultueuse violence d'une marée, toute cette ineffable douleur que j'avais sentie quand je l'avais vue, *elle* aussi, dans son suaire. La nuit avançait, et toujours – le cœur plein des pensées les plus amères dont *elle* était l'objet, *elle*, mon unique, mon suprême amour –, je restais les yeux fixés sur le corps de Rowena.

Il pouvait bien être minuit, peut-être plus tôt, peut-être plus tard, car je n'avais pas pris garde au temps, quand un sanglot, très bas, très léger, mais très distinct, me tira en sursaut de ma rêverie. Je *sentis* qu'il venait du lit d'ébène – du lit de mort. Je tendis l'oreille, dans une angoisse de terreur superstitieuse, mais le bruit ne se répéta pas. Je forçai mes yeux à découvrir un mouvement quelconque dans le corps, mais je n'en aperçus pas le moindre. Cependant, il était impossible que je me fusse trompé. J'avais entendu le bruit, faible à la vérité, et mon esprit était bien éveillé en moi. Je maintins résolument et opiniâtrement mon attention clouée au cadavre. Quelques minutes s'écoulèrent sans aucun incident qui pût jeter un peu de jour sur ce mystère. À la longue, il devint évident qu'une coloration légère, très faible, à peine sensible, était montée aux joues et avait filtré le long des petites veines déprimées des paupières. Sous la pression d'une horreur et d'une terreur inexplicables, pour lesquelles le langage de l'humanité n'a pas d'expression suffisamment énergique, je sentis les pulsations de mon cœur s'arrêter et mes membres se roidir sur place.

Cependant, le sentiment du devoir me rendit finalement mon sang-froid. Je ne pouvais pas douter plus longtemps que nous n'eussions fait prématurément nos apprêts funèbres – Rowena vivait encore. Il était nécessaire de pratiquer immédiatement quelques tentatives ; mais la tour était tout à fait séparée de la partie de l'abbaye habitée par les domestiques – il n'y en avait aucun à portée de la voix, je n'avais aucun moyen de les appeler à mon aide, à moins de quitter la chambre pendant quelques minutes et, quant à cela, je ne pouvais m'y hasarder. Je m'efforçai donc de rappeler à moi seul et de fixer l'âme voltigeante. Mais, au bout d'un laps de temps très court, il y eut une rechute évidente ; la couleur disparut de la joue et de la paupière, laissant une pâleur plus que marmoréenne ; les lèvres se serrèrent doublement et se recroquevillèrent dans l'expression spectrale de la mort ; une froideur et une viscosité répulsives se répandirent rapidement sur toute la surface du corps, et la complète rigidité cadavérique survint immédiatement. Je retombai en frissonnant sur le lit de repos d'où j'avais été arraché si soudainement, et je m'abandonnai de nouveau à mes rêves, à mes contemplations passionnées de Ligeia.

Une heure s'écoula ainsi, quand – était-ce, grand Dieu ! possible ? – j'eus de nouveau la perception d'un bruit vague qui partait de la région du lit. J'écoutai, au comble de l'horreur. Le son se fit entendre de nouveau, c'était un soupir. Je me précipitai vers le corps, je vis – je vis distinctement un tremblement sur les lèvres. Une minute après, elles se relâchaient, découvrant une ligne brillante de dents de nacre. La stupéfaction lutta alors dans mon esprit avec la profonde terreur qui jusque-là l'avait dominé. Je sentis que ma vue s'obscurcissait, que ma raison s'enfuyait ; et ce ne fut que par un violent effort que je trouvai à la longue le courage de me roidir à la tâche que le devoir m'imposait de nouveau. Il y avait maintenant une carnation imparfaite sur le front, la joue et la gorge ; une chaleur sensible pénétrait tout le corps ; et même une légère pulsation remuait imperceptiblement la région du cœur.

Ma femme *vivait* ; et, avec un redoublement d'ardeur, je me mis en devoir de la ressusciter. Je frictionnai et je bassinai les tempes et les mains, et j'usai de tous les procédés que l'expérience et de nombreuses lectures médicales pouvaient me suggérer. Mais ce fut en vain. Soudainement, la couleur disparut, la pulsation cessa, l'expression de mort revint aux lèvres, et, un instant après, tout le corps reprenait sa froideur de glace, son ton livide, sa rigidité complète, son contour amorti, et toute la hideuse caractéristique de ce qui a habité la tombe pendant plusieurs jours.

Et puis je retombai dans mes rêves de Ligeia, et de nouveau – s'étonnera-t-on que je frissonne en écrivant ces lignes ? –, *de nouveau* un sanglot étouffé vint à mon oreille de la région du lit d'ébène. Mais à quoi bon détailler minutieusement les ineffables horreurs de cette nuit ? Raconterai-je combien de fois, coup sur coup, presque jusqu'au petit jour, se répéta ce hideux drame de ressuscitation ; que chaque effrayante rechute se changeait en une mort plus rigide et plus irrémédiable ; que chaque nouvelle agonie ressemblait à une lutte contre quelque invisible adversaire, et que chaque lutte était suivie de je ne sais quelle étrange altération dans la physionomie du corps ? Je me hâte d'en finir.

La plus grande partie de la terrible nuit était passée, et celle qui était morte remua de nouveau – et, cette fois-ci, plus énergiquement que jamais quoique se réveillant d'une mort plus effrayante et plus irréparable. J'avais depuis longtemps cessé tout effort et tout mouvement, et je restais cloué sur l'ottomane, désespérément englouti dans un tourbillon d'émotions violentes, dont la moins terrible peut-être, la moins dévorante, était un suprême effroi. Le corps, je le répète, remuait, et maintenant plus activement qu'il n'avait fait jusque-là. Les couleurs de la vie montaient à la face avec une énergie singulière, les membres se relâchaient et, sauf que les paupières restaient toujours lourdement fermées, et que les bandeaux et les draperies funèbres communiquaient encore à la figure leur caractère sépulcral, j'aurais rêvé que Rowena avait entièrement secoué les chaînes de la Mort. Mais si, dès lors, je n'acceptai pas entièrement cette idée, je ne pus pas douter plus longtemps, quand, se levant du lit, et vacillant, d'un pas faible, les yeux fermés, à la manière d'une personne égarée dans un rêve, l'être qui était enveloppé du suaire s'avança audacieusement et palpablement dans le milieu de la chambre.

Je ne tremblai pas, je ne bougeai pas, car une foule de pensées inexprimables, causées par l'air, la stature, l'allure du fantôme, se ruèrent à l'improviste dans mon cerveau, et me paralysèrent – me pétrifièrent. Je ne bougeais pas, je contemplais l'apparition. C'était dans mes pensées un désordre fou, un tumulte inapaisable. Était-ce bien la *vivante* Rowena que j'avais en face de moi ? *cela* pouvait-il être vraiment Rowena – lady Rowena Trevanion de Tremaine, à la chevelure blonde, aux yeux bleus ? Pourquoi, oui, *pourquoi* en doutais-je ? Le lourd bandeau oppressait la bouche – pourquoi donc cela n'eût-il pas été la bouche respirante de la dame de Tremaine ? Et les joues ? – oui, c'étaient bien là les roses du midi de sa vie ; oui, ce pouvaient être les belles joues de la vivante lady de Tremaine. Et le menton, avec les fossettes de la santé, ne pouvait-il pas être le sien ? Mais *avait-elle donc grandi depuis sa maladie ?* Quel inexprimable délire s'empara de moi à cette idée ! D'un bond, j'étais à ses pieds ! Elle se retira à mon contact, et elle dégagea sa tête de l'horrible suaire qui l'enveloppait ; et alors déborda dans l'atmosphère fouettée de la chambre une masse énorme de longs cheveux désordonnés ; *ils étaient plus noirs que les ailes de minuit, l'heure au plumage de corbeau !* Et alors je vis la figure qui se tenait devant moi ouvrir lentement, lentement *les yeux.*

— Enfin, les voilà donc ! criai-je d'une voix retentissante ; pourrais-je jamais m'y tromper ? Voilà bien les yeux adorablement fendus, les yeux noirs, les yeux étranges de mon amour perdu, de lady – de LADY LIGEIA !

Metzengerstein

Pestis eram vivus – moriens tua mors ero.

Martin Luther

L'horreur et la fatalité se sont donné carrière dans tous les siècles. À quoi bon mettre une date à l'histoire que j'ai à raconter ? Qu'il me suffise de dire qu'à l'époque dont je parle existait dans le centre de la Hongrie une croyance secrète, mais bien établie, aux doctrines de la métempsycose. De ces doctrines elles-mêmes, de leur fausseté ou de leur probabilité, je ne dirai rien. J'affirme, toutefois, qu'une bonne partie de notre crédulité *vient* – comme dit La Bruyère, qui attribue tout notre malheur à cette cause unique – *de ne pouvoir être seuls*[1].

1. Mercier, dans *L'An deux mil quatre cent quarante*, soutient sérieusement les doctrines de la métempsycose, et J. d'Israéli dit qu'*il n'y a pas de système aussi simple et qui répugne moins à l'intelligence.* Le colonel Ethan Allen, le *Green Mountain Boa*, passe aussi pour avoir été un sérieux métempsycosiste. (E.A.P.)
La citation est en fait de Pascal et non de La Bruyère. (N.d.É.)

Mais il y avait quelques points dans la superstition hongroise qui tendaient fortement à l'absurde. Les Hongrois différaient très essentiellement de leurs autorités d'Orient. Par exemple, *l'âme*, à ce qu'ils croyaient – je cite les termes d'un subtil et intelligent Parisien –, *ne demeure qu'une seule fois dans un corps sensible. Ainsi, un cheval, un chien, un homme même, ne sont que la ressemblance illusoire de ces êtres*[1].

Les familles Berlifitzing et Metzengerstein avaient été en discorde pendant des siècles. Jamais on ne vit deux maisons aussi illustres réciproquement aigries par une inimitié aussi mortelle. Cette haine pouvait tirer son origine des paroles d'une ancienne prophétie : *Un grand nom tombera d'une chute terrible, quand, comme le cavalier sur son cheval, la mortalité de Metzengerstein triomphera de l'immortalité de Berlifitzing.*

Certes, les termes n'avaient que peu ou point de sens. Mais des causes plus vulgaires ont donné naissance – et cela, sans remonter bien haut – à des conséquences également grosses d'événements. En outre, les deux maisons, qui étaient voisines, avaient longtemps exercé une influence rivale dans les affaires d'un gouvernement tumultueux. De plus, des voisins aussi rapprochés sont rarement amis ; et, du haut de leurs terrasses massives, les habitants du château Berlifitzing pouvaient plonger leurs regards dans les fenêtres mêmes du palais Metzengerstein. Enfin, le

1. J'ignore quel est l'auteur de ce texte bizarre et obscur ; cependant, je me suis permis de le rectifier légèrement, en l'adaptant au sens moral du récit. Poe cite quelquefois de mémoire et incorrectement. Le sens, après tout, me semble se rapprocher de l'opinion attribuée au père Kircher – que les animaux sont des Esprits enfermés. (C. B.)

déploiement d'une magnificence plus que féodale était peu fait pour calmer les sentiments irritables des Berlifitzing, moins anciens et moins riches. Y a-t-il donc lieu de s'étonner que les termes de cette prédiction, bien que tout à fait saugrenus, aient si bien créé et entretenu la discorde entre deux familles déjà prédisposées aux querelles par toutes les instigations d'une jalousie héréditaire ? La prophétie semblait impliquer – si elle impliquait quelque chose – un triomphe final du côté de la maison déjà plus puissante, et naturellement vivait dans la mémoire de la plus faible et de la moins influente, et la remplissait d'une aigre animosité.

Wilhelm, comte Berlifitzing, bien qu'il fût d'une haute origine, n'était, à l'époque de ce récit, qu'un vieux radoteur infirme, et n'avait rien de remarquable, si ce n'est une antipathie invétérée et folle contre la famille de son rival, et une passion si vive pour les chevaux et la chasse, que rien, ni ses infirmités physiques, ni son grand âge, ni l'affaiblissement de son esprit, ne pouvait l'empêcher de prendre journellement sa part des dangers de cet exercice. De l'autre côté, Frédérick, baron Metzengerstein, n'était pas encore majeur. Son père, le ministre G..., était mort jeune. Sa mère, Mme Marie, le suivit bientôt. Frédérick était à cette époque dans sa dix-huitième année. Dans une ville, dix-huit ans ne sont pas une longue période de temps ; mais dans une solitude, dans une aussi magnifique solitude que cette vieille seigneurie, le pendule vibre avec une plus profonde et plus significative solennité.

Par suite de certaines circonstances résultant de l'administration de son père, le jeune baron, aussitôt après la mort de celui-ci, entra en possession de ses vastes domaines. Rarement on avait vu un noble de Hongrie posséder un tel patrimoine. Ses châteaux étaient innombrables. Le plus splendide et le plus vaste était le palais Metzengerstein. La ligne frontière de ses domaines n'avait jamais été clairement définie ; mais son parc principal embrassait un circuit de cinquante milles.

L'avènement d'un propriétaire si jeune, et d'un caractère si bien connu, à une fortune si incomparable laissait peu de place aux conjectures relativement à sa ligne probable de conduite. Et, en vérité, dans l'espace de trois jours, la conduite de l'héritier fit pâlir le renom d'Hérode et dépassa magnifiquement les espérances de ses plus enthousiastes admirateurs. De honteuses débauches, de flagrantes perfidies, des atrocités inouïes firent bientôt comprendre à ses vassaux tremblants que rien – ni soumission servile de leur part, ni scrupules de conscience de la sienne – ne leur garantirait désormais de sécurité contre les griffes sans remords de ce petit Caligula. Vers la nuit du quatrième jour, on s'aperçut que le feu avait pris aux écuries du château Berlifitzing, et l'opinion unanime du voisinage ajouta le crime d'incendie à la liste déjà horrible des délits et des atrocités du baron.

Quant au jeune gentilhomme, pendant le tumulte occasionné par cet accident, il se tenait, en apparence plongé dans une méditation, au haut du palais de famille des Metzengerstein, dans un vaste appartement solitaire. La tenture de tapisserie, riche, quoique fanée, qui pendait mélancoliquement aux murs, représentait les figures fantastiques et majestueuses de mille ancêtres illustres. Ici des prêtres richement vêtus d'hermine, des dignitaires pontificaux, siégeaient familièrement avec l'autocrate et le souverain, opposaient leur veto aux caprices d'un roi temporel, ou contenaient avec le *fiat* de la toute-puissance papale le sceptre rebelle du Grand Ennemi, prince des ténèbres. Là, les sombres et grandes figures des princes Metzengerstein – leurs musculeux chevaux de guerre piétinant sur les cadavres des ennemis tombés – ébranlaient les nerfs les plus fermes par leur forte expression ; et ici, à leur tour, voluptueuses et blanches comme des cygnes, les images des dames des anciens jours flottaient au loin dans les méandres d'une danse fantastique aux accents d'une mélodie imaginaire.

Mais, pendant que le baron prêtait l'oreille ou affectait de prêter l'oreille au vacarme toujours croissant des écuries de Berlifitzing – et peut-être méditait quelque trait nouveau, quelque trait décidé d'audace –, ses yeux se tournèrent machinalement vers l'image d'un cheval énorme, d'une couleur hors nature, et représenté dans la tapisserie comme appartenant à un ancêtre sarrasin de la famille de son rival. Le cheval se tenait sur le premier plan du tableau – immobile comme une statue –, pendant qu'un peu plus loin, derrière lui, son cavalier déconfit mourait sous le poignard d'un Metzengerstein.

Sur la lèvre de Frédérick surgit une expression diabolique, comme s'il s'apercevait de la direction que son regard avait prise involontairement. Cependant, il ne détourna pas les yeux. Bien loin de là, il ne pouvait d'aucune façon avoir raison de l'anxiété accablante qui semblait tomber sur ses sens comme un drap mortuaire. Il conciliait difficilement ses sensations incohérentes comme celles des rêves avec la certitude d'être éveillé. Plus il contemplait, plus absorbant devenait le charme, plus il lui paraissait impossible d'arracher son regard à la fascination de cette tapisserie. Mais le tumulte du dehors devenant soudainement plus violent, il fit enfin un effort, comme à regret, et tourna son attention vers une explosion de lumière rouge, projetée en plein des écuries enflammées sur les fenêtres de l'appartement.

L'action toutefois ne fut que momentanée ; son regard retourna machinalement au mur. À son grand étonnement, la tête du gigantesque coursier – chose horrible ! – avait pendant ce temps changé de position. Le cou de l'animal, d'abord incliné comme par la compassion vers le corps terrassé de son seigneur, était maintenant étendu, roide et dans toute sa longueur, dans la direction du baron. Les yeux, tout à l'heure invisibles, contenaient maintenant une expression énergique et humaine, et ils brillaient d'un rouge ardent et extraordinaire ; et les lèvres distendues de ce cheval à la physionomie enragée laissaient pleinement apercevoir ses dents sépulcrales et dégoûtantes.

Stupéfié par la terreur, le jeune seigneur gagna la porte en chancelant. Comme il l'ouvrait, un éclat de lumière rouge jaillit au loin dans la salle, qui dessina nettement son reflet sur la tapisserie frissonnante ; et, comme le baron hésitait un instant sur le seuil, il tressaillit en voyant que ce reflet prenait la position exacte et remplissait précisément le contour de l'implacable et triomphant meurtrier du Berlifitzing sarrasin.

Pour alléger ses esprits affaissés, le baron Frédérick chercha précipitamment le plein air. À la porte principale du palais, il rencontra trois écuyers. Ceux-ci, avec beaucoup de difficulté et au péril de leur vie, comprimaient les bonds convulsifs d'un cheval gigantesque couleur de feu.

— À qui est ce cheval ? Où l'avez-vous trouvé ? demanda le jeune homme d'une voix querelleuse et rauque, reconnaissant immédiatement que le mystérieux coursier de la tapisserie était le parfait pendant du furieux animal qu'il avait devant lui.

— C'est votre propriété, monseigneur, répliqua l'un des écuyers, du moins il n'est réclamé par aucun autre propriétaire. Nous l'avons pris comme il s'échappait, tout fumant et écumant de rage, des écuries brûlantes du château Berlifitzing. Supposant qu'il appartenait au haras des chevaux étrangers du vieux comte, nous l'avons ramené comme épave. Mais les domestiques désavouent tout droit sur la bête ; ce qui est étrange, puisqu'il porte des traces évidentes du feu, qui prouvent qu'il l'a échappé belle.

— Les lettres W. V. B. sont également marquées au fer très distinctement sur son front, interrompit un second écuyer ; je supposais donc qu'elles étaient les initiales de Wilhelm von Berlifitzing, mais tout le monde au château affirme positivement n'avoir aucune connaissance du cheval.

— Extrêmement singulier ! dit le jeune baron, avec un air rêveur et comme n'ayant aucune conscience du sens de ses paroles. C'est, comme vous dites, un remarquable cheval, un prodigieux cheval ! bien qu'il soit, comme vous le remarquez avec justesse, d'un caractère ombrageux et intraitable ; allons ! qu'il soit à moi, je le veux bien, ajouta-t-il après une pause ; peut-être un cavalier tel que Frédérick de Metzengerstein pourra-t-il dompter le diable même des écuries de Berlifitzing.

— Vous vous trompez, monseigneur ; le cheval, comme nous vous l'avons dit, je crois, n'appartient pas aux écuries du comte. Si tel eût été le cas, nous connaissons trop bien notre devoir pour l'amener en présence d'une noble personne de votre famille.

— C'est vrai ! observa le baron sèchement.

Et, à ce moment, un jeune valet de chambre arriva du palais, le teint échauffé et à pas précipités. Il chuchota à l'oreille de son maître l'histoire de la disparition soudaine d'un morceau de la tapisserie, dans une chambre qu'il désigna, entrant alors dans des détails d'un caractère minutieux et circonstancié ; mais, comme tout cela fut communiqué d'une voix très basse, pas un mot ne transpira qui pût satisfaire la curiosité excitée des écuyers.

Le jeune Frédérick, pendant l'entretien, semblait agité d'émotions variées. Néanmoins, il recouvra bientôt son calme, et une expression de méchanceté décidée était déjà fixée sur sa physionomie, quand il donna des ordres péremptoires pour que l'appartement en question fût immédiatement condamné et la clef remise entre ses mains propres.

— Avez-vous appris la mort déplorable de Berlifitzing, le vieux chasseur ? dit au baron un de ses vassaux, après le départ du page, pendant que l'énorme coursier que le gentilhomme venait d'adopter comme sien s'élançait et bondissait avec une furie redoublée à travers la longue avenue qui s'étendait du palais aux écuries de Metzengerstein.

— Non, dit le baron se tournant brusquement vers celui qui parlait ; mort ! dis-tu ?

— C'est la pure vérité, monseigneur ; et je présume que, pour un seigneur de votre nom, ce n'est pas un renseignement trop désagréable.

Un rapide sourire jaillit sur la physionomie du baron.

— Comment est-il mort ?

— Dans ses efforts imprudents pour sauver la partie préférée de son haras de chasse, il a péri misérablement dans les flammes.

— En... vé... ri... té... ! exclama le baron, comme impressionné lentement et graduellement par quelque évidence mystérieuse.

— En vérité, répéta le vassal.

— Horrible ! dit le jeune homme avec beaucoup de calme.

Et il rentra tranquillement dans le palais.

À partir de cette époque, une altération marquée eut lieu dans la conduite extérieure du jeune débauché, baron Frédérick von Metzengerstein. Véritablement, sa conduite désappointait toutes les espérances et déroutait les intrigues de plus d'une mère. Ses habitudes et ses manières tranchèrent de plus en plus et, moins que jamais, n'offrirent d'analogie sympathique quelconque avec celle de l'aristocratie du voisinage. On ne le voyait jamais au-delà des limites de son propre domaine, et, dans le vaste monde social, il était absolument sans compagnon – à moins que ce grand cheval impétueux, hors nature, couleur de feu, qu'il monta continuellement à partir de cette époque, n'eût en réalité quelque droit mystérieux au titre d'ami.

Néanmoins, de nombreuses invitations de la part du voisinage lui arrivaient périodiquement. « Le baron honorera-t-il notre fête de sa présence ? » – « Le baron se joindra-t-il à nous pour une chasse au sanglier ? » – « Metzengerstein ne chasse pas » – « Metzengerstein n'ira pas » –, telles étaient ses hautaines et laconiques réponses.

Ces insultes répétées ne pouvaient pas être endurées par une noblesse impérieuse. De telles invitations devinrent moins cordiales, moins fréquentes ; avec le temps elles cessèrent tout à fait. On entendit la veuve de l'infortuné comte Berlifitzing exprimer le vœu « que le baron fût au logis quand il désirerait n'y pas être, puisqu'il dédaignait la compagnie de ses égaux ; et qu'il fût à cheval quand il voudrait n'y pas être, puisqu'il leur préférait la société d'un cheval ». Ceci à coup sûr n'était que l'explosion niaise d'une pique héréditaire et prouvait que nos paroles deviennent singulièrement absurdes quand nous voulons leur donner une forme extraordinairement énergique.

Les gens charitables, néanmoins, attribuaient le changement de manières du jeune gentilhomme au chagrin naturel d'un fils privé prématurément de ses parents – oubliant toutefois son atroce et insouciante conduite durant les jours qui suivirent immédiatement cette perte. Il y en eut quelques-uns qui accusèrent simplement en lui une idée exagérée de son importance et de sa dignité. D'autres, à leur tour (et parmi ceux-là peut être cité le médecin de la famille), parlèrent sans hésiter d'une mélancolie morbide et d'un mal héréditaire ; cependant, des insinuations plus ténébreuses, d'une nature plus équivoque, couraient parmi la multitude.

En réalité, l'attachement pervers du baron pour sa monture de récente acquisition – attachement qui semblait prendre une nouvelle force dans chaque nouvel exemple que l'animal donnait de ses féroces et démoniaques inclinations – devint à la longue, aux yeux de tous les gens raisonnables, une tendresse horrible et contre nature. Dans l'éblouissement du midi, – aux heures profondes de la nuit, malade ou bien portant, dans le calme ou dans la tempête, le jeune Metzengerstein semblait cloué à la selle du cheval colossal dont les intraitables audaces s'accordaient si bien avec son propre caractère.

Il y avait, de plus, des circonstances qui, rapprochées des événements récents, donnaient un caractère surnaturel et monstrueux à la manie du cavalier et aux capacités de la bête. L'espace qu'elle franchissait d'un seul saut avait été soigneusement mesuré, et se trouva dépasser d'une différence stupéfiante les conjectures les plus larges et les plus exagérées. Le baron, en outre, ne se servait pour l'animal d'aucun *nom* particulier, quoique tous les chevaux de son haras fussent distingués par des appellations caractéristiques. Ce cheval-ci avait son écurie à une certaine distance des autres ; et, quant au pansement et à tout le service nécessaire, nul, excepté le propriétaire en personne, ne s'était risqué à remplir ces fonctions, ni même à entrer dans l'enclos où s'élevait son écurie particulière. On observa aussi que, quoique les trois palefreniers qui s'étaient emparés du coursier, quand il fuyait l'incendie de Berlifitzing, eussent réussi à arrêter sa course à l'aide d'une chaîne à nœud coulant, cependant aucun des trois ne pouvait affirmer avec certitude que, durant cette dangereuse lutte, ou à aucun moment depuis lors, il eût jamais posé la main sur le corps de la bête. Des preuves d'intelligence particulière dans la conduite d'un noble cheval plein d'ardeur ne suffiraient certainement pas à exciter une attention déraisonnable ; mais il y avait ici certaines circonstances qui eussent violenté les esprits les plus sceptiques et les plus flegmatiques ; et l'on disait que parfois l'animal avait fait reculer d'horreur la foule curieuse devant la profonde et frappante signification de sa marque, que parfois le jeune Metzengerstein était devenu pâle et s'était dérobé devant l'expression soudaine de son œil sérieux et quasi humain.

Parmi toute la domesticité du baron, il ne se trouva néanmoins personne pour douter de la ferveur extraordinaire d'affection qu'excitaient dans le jeune gentilhomme les qualités brillantes de son cheval ; personne, excepté du moins un insignifiant petit page malvenu, dont on rencontrait partout l'offusquante laideur, et dont les opinions avaient aussi peu d'importance qu'il est possible. Il avait l'effronterie d'affirmer – si toutefois ses idées valent la peine d'être mentionnées – que son maître ne s'était jamais mis en selle sans un inexplicable et presque imperceptible frisson, et qu'au retour de chacune de ses longues et habituelles promenades une expression de triomphante méchanceté faussait tous les muscles de sa face.

Pendant une nuit de tempête, Metzengerstein, sortant d'un lourd sommeil, descendit comme un maniaque de sa chambre et, montant à cheval en toute hâte, s'élança en bondissant à travers le labyrinthe de la forêt.

Un événement aussi commun ne pouvait pas attirer particulièrement l'attention ; mais son retour fut attendu avec une intense anxiété par tous ses domestiques, quand, après quelques heures d'absence, les prodigieux et magnifiques bâtiments du palais Metzengerstein se mirent à craqueter et à trembler jusque dans leurs fondements, sous l'action d'un feu immense et immaîtrisable – une masse épaisse et livide.

Comme les flammes, quand on les aperçut pour la première fois, avaient déjà fait un si terrible progrès que tous les efforts pour sauver une portion quelconque des bâtiments eussent été évidemment inutiles, toute la population du voisinage se tenait paresseusement à l'entour, dans une stupéfaction silencieuse, sinon apathique. Mais un objet terrible et nouveau fixa bientôt l'attention de la multitude, et démontra combien est plus intense l'intérêt excité dans les sentiments d'une foule par la contemplation d'une agonie humaine que celui qui est créé par les plus effrayants spectacles de la matière inanimée.

Sur la longue avenue de vieux chênes qui commençait à la forêt et aboutissait à l'entrée principale du palais Metzengerstein, un coursier, portant un cavalier décoiffé et en désordre, se faisait voir bondissant avec une impétuosité qui défiait le démon de la tempête lui-même.

Le cavalier n'était évidemment pas le maître de cette course effrénée. L'angoisse de sa physionomie, les efforts convulsifs de tout son être, rendaient témoignage d'une lutte surhumaine ; mais aucun son, excepté un cri unique, ne s'échappa de ses lèvres lacérées, qu'il mordait d'outre en outre dans l'intensité de sa terreur. En un instant, le choc des sabots retentit avec un bruit aigu et perçant, plus haut que le mugissement des flammes et le glapissement du vent ; un instant encore, et, franchissant d'un seul bond la grande porte et le fossé, le coursier s'élança sur les escaliers branlants du palais et disparut avec son cavalier dans le tourbillon de ce feu chaotique.

La furie de la tempête s'apaisa tout à coup et un calme absolu prit solennellement sa place. Une flamme blanche enveloppait toujours le bâtiment comme un suaire et, ruisselant au loin dans l'atmosphère tranquille, dardait une lumière d'un éclat surnaturel, pendant qu'un nuage de fumée s'abattait pesamment sur les bâtiments sous la forme distincte d'un gigantesque cheval.

Le Mystère de Marie Roget[1]

Pour faire suite au *Double assassinat dans la rue Morgue*

Il y a des séries idéales d'événements qui courent parallèlement avec les réelles. Les hommes et les circonstances, en général, modifient le train idéal des événements, en sorte qu'il semble imparfait ; et leurs conséquences aussi sont également imparfaites. C'est ainsi qu'il en fut de la Réformation ; au lieu du protestantisme est arrivé le luthérianisme.

Novalis

1. Lors de la publication originale de *Marie Roget*, les notes placées au bas des pages auraient été considérées comme superflues. Mais plusieurs années se sont écoulées depuis le drame sur lequel ce conte est basé, et il nous a paru bon de les ajouter ici,

Il y a peu de personnes, même parmi les penseurs les plus calmes, qui n'aient été quelquefois envahies par une vague mais saisissante demi-croyance au surnaturel, en face de certaines *coïncidences* d'un caractère en apparence si merveilleux, que l'esprit se sentait incapable de les admettre comme pures coïncidences. De pareils sentiments (car les demi-croyances dont je parle n'ont jamais la parfaite énergie de la *pensée*), de pareils sentiments ne peuvent être que difficilement comprimés ; à moins qu'on n'en réfère à la science de la chance, ou, selon l'appellation technique, au calcul des probabilités. Or, ce calcul est, dans son essence, purement mathématique ; et nous avons ainsi l'anomalie de la science la plus rigoureusement exacte

avec quelques mots d'explication relativement au dessein général. Une jeune fille, Mary Cecilia Rogers, fut assassinée dans les environs de New York ; et, bien que sa mort eût excité un intérêt intense et persistant, le mystère dont elle était enveloppée n'était pas encore résolu à l'époque où ce morceau fut écrit et publié (novembre 1842). Ici, sous le prétexte de raconter la destinée d'une grisette parisienne, l'auteur a tracé minutieusement les faits essentiels, en même temps que ceux non essentiels et simplement parallèles, du meurtre réel de Mary Rogers. Ainsi tout argument fondé sur la fiction est applicable à la vérité ; et la recherche de la vérité est le but.

Le Mystère de Marie Roget fut composé loin du théâtre du crime, et sans autres moyens d'investigation que les journaux que l'auteur put se procurer. Ainsi fut-il privé de beaucoup de documents dont il aurait profité s'il avait été dans le pays et s'il avait inspecté les localités. Il n'est pas inutile de rappeler, toutefois, que les aveux de *deux* personnes (dont l'une est la Madame Deluc du roman), faits à différentes époques et longtemps après cette publication, ont pleinement confirmé, non seulement la conclusion générale, mais aussi *tous* les principaux détails hypothétiques sur lesquels cette conclusion avait été basée.

appliquée à l'ombre et à la spiritualité de ce qu'il y a de plus impalpable dans le monde de la spéculation.

Les détails extraordinaires que je suis invité à publier forment, comme on le verra, quant à la succession des époques, la première branche d'une série de *coïncidences* à peine imaginables, dont tous les lecteurs retrouveront la branche secondaire ou finale dans l'assassinat récent de Mary Cecilia Rogers, à New York.

Lorsque, dans un article intitulé *Double assassinat dans la rue Morgue*, je m'appliquai, il y a un an à peu près, à dépeindre quelques traits saillants du caractère spirituel de mon ami le chevalier C. Auguste Dupin, il ne me vint pas à l'idée que j'aurais jamais à reprendre le même sujet. Je n'avais pas d'autre but que la peinture de ce caractère, et ce but se trouvait parfaitement atteint à travers la série bizarre de circonstances faites pour mettre en lumière l'idiosyncrasie de Dupin. J'aurais pu ajouter d'autres exemples, mais je n'aurais rien prouvé de plus. Toutefois, des événements récents, ont, dans leur surprenante évolution, éveillé brusquement dans ma mémoire quelques détails de surcroît, qui garderont ainsi, je présume, quelque air d'une confession arrachée. Après avoir appris tout ce qui ne m'a été raconté que récemment, il serait vraiment étrange que je gardasse le silence sur ce que j'ai entendu et vu il y a déjà longtemps.

Après la conclusion de la tragédie impliquée dans la mort de Mme l'Espanaye et de sa fille, le chevalier Dupin congédia l'affaire de son esprit, et retomba dans ses vieilles habitudes de sombre rêverie. Très porté, en tout temps, vers l'abstraction, son caractère l'y rejeta bien vite ; et, continuant à occuper notre appartement dans le faubourg Saint-Germain, nous abandonnâmes aux vents tout souci de l'avenir, et nous nous assoupîmes tranquillement dans le présent, brodant de nos rêves la trame fastidieuse du monde environnant.

Mais ces rêves ne furent pas sans interruption. On devine facilement que le rôle joué par mon ami dans le drame de la rue Morgue n'avait pas manqué de faire impression sur l'esprit de la police parisienne. Parmi ses agents, le nom de Dupin était devenu un mot familier. Le caractère simple des inductions par lesquelles il avait débrouillé le mystère n'ayant jamais été expliqué au préfet, ni à aucun autre individu, moi excepté, il n'est pas surprenant que l'affaire ait été regardée comme approchant du miracle, ou que les facultés analytiques du chevalier lui aient acquis le crédit merveilleux de l'intuition. Sa franchise l'aurait sans doute poussé à désabuser tout questionneur d'une pareille erreur ; mais son indolence fut cause qu'un sujet dont l'intérêt avait cessé pour lui depuis longtemps ne fut pas agité de nouveau. Il arriva ainsi que Dupin devint le fanal vers lequel se tournèrent les yeux de la police, et, en mainte circonstance, des efforts furent faits auprès de lui par la Préfecture pour s'attacher ses talents. L'un des cas les plus remarquables fut l'assassinat d'une jeune fille nommée Marie Roget.

Cet événement eut lieu deux ans environ après l'horreur de la rue Morgue. Marie, dont le nom de baptême et le nom de famille frapperont sans doute l'attention par leur ressemblance avec ceux d'une jeune et infortunée marchande de cigares, était la fille unique de la veuve Estelle Roget. Le père était mort pendant l'enfance de la fille, et, depuis l'époque de son décès jusqu'à dix-huit mois avant l'assassinat qui fait le sujet de notre récit, la mère et la fille avaient toujours demeuré ensemble dans la rue Pavée-Saint-André[1], Mme Roget y tenant une pension bourgeoise, avec l'aide de Marie. Les choses allèrent ainsi jusqu'à ce que celle-ci eût atteint sa vingt-deuxième année, quand sa grande beauté attira l'attention d'un parfumeur qui occupait l'une des boutiques du rez-de-chaussée du Palais-Royal, et dont la clientèle était surtout faite des hardis aventuriers qui infestent le voisinage. M. Le Blanc[2] se doutait bien des avantages qu'il pourrait tirer de la présence de la belle Marie dans son établissement de parfumerie ; et ses propositions furent acceptées vivement par la jeune fille, bien qu'elles soulevassent chez Mme Roget quelque chose de plus que de l'hésitation.

Les espérances du boutiquier se réalisèrent, et les charmes de la brillante grisette donnèrent bientôt la vogue à ses salons. Elle tenait son emploi depuis un an environ, quand ses admirateurs furent jetés dans la désolation par sa disparition soudaine de la boutique. M. Le Blanc fut dans l'impossibilité de rendre compte de son absence, et Mme Roget devint folle d'inquiétude et de terreur. Les journaux s'emparèrent immédiatement de la question, et la police était sur le point de faire une investigation sérieuse, quand un beau matin, après l'espace d'une semaine, Marie, en bonne santé, mais avec un air légèrement attristé, reparut, comme d'habitude, à son comptoir de parfumerie. Toute enquête, excepté celle d'un caractère privé, fut immédiatement arrêtée. M. Le Blanc professait une

1. Nassau Street.
2. Anderson.

parfaite ignorance, comme précédemment. Marie et Mme Roget répondirent à toutes les questions qu'elle avait passé la dernière semaine dans la maison d'un parent, à la campagne. Ainsi l'affaire tomba, et fut généralement oubliée ; car la jeune fille, dans le but ostensible de se soustraire à l'impertinence de la curiosité, fit bientôt un adieu définitif au parfumeur, et alla chercher un abri dans la résidence de sa mère, rue Pavée-Saint-André.

Il y avait à peu près cinq mois qu'elle était rentrée à la maison, lorsque ses amis furent alarmés par une soudaine et nouvelle disparition. Trois jours s'écoulèrent sans qu'on entendît parler d'elle. Le quatrième jour, on découvrit son corps flottant sur la Seine[1] près de la berge qui fait face au quartier de la rue Saint-André, à un endroit peu distant des environs peu fréquentés de la barrière du Roule[2].

L'atrocité du meurtre (car il fut tout d'abord évident qu'un meurtre avait été commis), la jeunesse et la beauté de la victime, et, par-dessus tout, sa notoriété antérieure, tout conspirait pour produire une intense excitation dans les esprits des sensibles Parisiens. Je ne me souviens pas d'un cas semblable ayant produit un effet aussi vif et aussi général. Pendant quelques semaines, les graves questions politiques du jour furent elles-mêmes noyées dans la discussion de cet unique et absorbant sujet. Le préfet fit des efforts inaccoutumés ; et toutes les forces de la police parisienne furent, jusqu'à leur maximum, mises en réquisition.

1. L'Hudson.
2. Weehawken.

Quand le cadavre fut découvert, on était bien loin de supposer que le meurtrier pût échapper, plus d'un temps très bref, aux recherches qui furent immédiatement ordonnées. Ce ne fut qu'à l'expiration d'une semaine qu'on jugea nécessaire d'offrir une récompense ; et même cette récompense fut limitée alors à la somme de mille francs. Toutefois, l'investigation continuait avec vigueur, sinon avec discernement, et de nombreux individus furent interrogés, mais sans résultat ; cependant, l'absence totale de fil conducteur dans ce mystère ne faisait qu'accroître l'excitation populaire. À la fin du dixième jour, on pensa qu'il était opportun de doubler la somme primitivement proposée ; et peu à peu, la seconde semaine s'étant écoulée sans amener aucune découverte, et les préventions que Paris a toujours nourries contre la police s'étant exhalées en plusieurs émeutes sérieuses, le préfet prit sur lui d'offrir la somme de vingt mille francs « pour la dénonciation de l'assassin », ou, si plusieurs personnes se trouvaient impliquées dans l'affaire, « pour la dénonciation de chacun des assassins[1] ». Dans la proclamation qui annonçait cette récompense, une pleine amnistie était promise à tout complice qui déposerait spontanément contre son complice ; et à la déclaration officielle, partout où elle était affichée, s'ajoutait un placard privé, émanant d'un comité de citoyens, qui

1. Aux amateurs de la stricte vérité locale, je ferai observer, relativement à ce passage et à d'autres qui suivent, ainsi qu'à plusieurs de *Double assassinat dans la rue Morgue*, que l'auteur raconte les choses à l'américaine, et que l'aventure n'est que très superficiellement déguisée ; mais que des mœurs parisiennes imaginaires n'infirment pas la valeur de l'analyse, pas plus qu'un plan de Paris imaginaire. – C. B.

offrait dix mille francs, en plus de la somme proposée par la Préfecture. La récompense entière ne montait pas à moins de trente mille francs ; ce qui peut être regardé comme une somme extraordinaire, si l'on considère l'humble condition de la petite et la fréquence, dans les grandes villes, des atrocités telles que celle en question.

Personne ne doutait maintenant que le mystère de cet assassinat ne fut immédiatement élucidé. Mais, quoique, dans un ou deux cas, des arrestations eussent eu lieu qui semblaient promettre un éclaircissement, on ne put rien découvrir qui incriminât les personnes suspectées, et elles furent aussitôt relâchées. Si bizarre que cela puisse paraître, trois semaines écoulées depuis la découverte du cadavre, trois semaines s'étaient déjà écoulées sans jeter aucune lumière sur la question, et cependant la plus faible rumeur des événements qui agitaient si violemment l'esprit public n'était pas encore arrivée à nos oreilles. Dupin et moi, voués à des recherches qui avaient absorbé toute notre attention depuis près d'un mois, nous n'avions, ni l'un ni l'autre, mis le pied dehors ; nous n'avions reçu aucune visite, et à peine avions-nous jeté un coup d'œil sur les principaux articles politiques d'un des journaux quotidiens. La première nouvelle du meurtre nous fut apportée par G… en personne[1]. Il vint nous voir le 13 juillet 18.., au commencement de l'après-midi, et resta avec nous assez tard après la nuit tombée. Il était vivement blessé de l'insuccès de ses efforts pour

1. Voir *Double assassinat dans la rue Morgue* et *La Lettre volée*. Il est évident que Poe a pensé à M. Gisquet, qui d'ailleurs ne se serait guère reconnu dans le personnage G. – G. B.

dépister les assassins. Sa réputation, disait-il avec un air essentiellement parisien, était en jeu ; son honneur même, engagé dans la partie. L'œil du public, d'ailleurs, était fixé sur lui, et il n'était pas de sacrifice qu'il ne fût vraiment disposé à faire pour l'éclaircissement de ce mystère. Il termina son discours, passablement drôle, par un compliment relatif à ce qu'il lui plut d'appeler le *tact* de Dupin, et fit à celui-ci une proposition directe, certainement fort généreuse, dont je n'ai pas le droit de révéler ici la valeur précise, mais qui n'a pas de rapports avec l'objet propre de mon récit.

Mon ami repoussa le compliment du mieux qu'il put, mais il accepta tout de suite la proposition, bien que les avantages en fussent absolument conditionnels. Ce point étant établi, le préfet se répandit tout d'abord en explications de ses propres idées, les entremêlant de longs commentaires sur les dépositions, desquelles nous n'étions pas encore en possession. Il discourait longuement, et même, sans aucun doute, doctement, lorsque je hasardai à l'aventure une observation sur la nuit qui s'avançait et amenait le sommeil. Dupin, fermement assis dans son fauteuil accoutumé, était l'incarnation de l'attention respectueuse. Il avait gardé ses lunettes durant toute l'entrevue ; et, en jetant de temps à autre un coup d'œil sous leurs vitres vertes, je m'étais convaincu que, pour silencieux qu'il eût été, son sommeil n'en avait pas été moins profond pendant les sept ou huit dernières lourdes heures qui précédèrent le départ du préfet.

Dans la matinée suivante, je me procurai, à la Préfecture, un rapport complet de toutes les dépositions obtenues jusqu'alors, et, à différents bureaux de journaux, un exemplaire de chacun des numéros dans lesquels, depuis l'origine jusqu'au dernier moment, avait paru un document quelconque, intéressant, relatif à cette triste affaire. Débarrassée de ce qui était positivement marqué de fausseté, cette masse de renseignements se réduisait à ceci :

Marie Roget avait quitté la maison de sa mère, rue Pavée-Saint-André, le dimanche 22 juin 18.., à neuf heures du matin environ. En sortant, elle avait fait part à M. Jacques Saint-Eustache[1] et à lui seul, de son intention de passer la journée chez une tante, à elle, qui demeurait rue des Drômes. La rue des Drômes est un passage court et étroit, mais très populeux, qui n'est pas loin des bords de la rivière et qui est situé à une distance de deux milles, dans la ligne supposée directe, de la pension bourgeoise de Mme Roget. Saint-Eustache était le prétendant avoué de Marie, et logeait dans ladite pension, où il prenait également ses repas. Il devait aller chercher sa fiancée à la brune et la ramener à la maison. Mais, dans l'après-midi, il survint une grosse pluie ; et, supposant qu'elle resterait toute la nuit chez sa tante (comme elle avait fait dans des circonstances semblables), il ne jugea pas nécessaire de tenir sa promesse. Comme la nuit s'avançait, on entendit Mme Roget (qui était vieille et infirme) exprimer la crainte « de ne plus jamais revoir Marie » ; mais dans le moment on attacha peu d'attention à ce propos.

Le lundi, il fut vérifié que la jeune fille n'était pas allée à la rue des Drômes ; et, quand le jour se fut écoulé sans apporter de ses nouvelles, une recherche

1. Payne.

tardive fut organisée sur différents points de la ville et des environs. Ce ne fut cependant que le quatrième jour depuis l'époque de sa disparition qu'on apprit enfin quelque chose d'important la concernant. Ce jour-là (mercredi 25 juin), un M. Beauvais[1], qui avec un ami cherchait les traces de Marie près de la barrière du Roule, sur la rive de la Seine opposée à la rue Pavée-Saint-André, fut informé qu'un corps venait d'être ramené au rivage par quelques pêcheurs, qui l'avaient trouvé flottant sur le fleuve. En voyant le corps, Beauvais, après quelque hésitation, certifia que c'était celui de la jeune parfumeuse. Son ami le reconnut plus promptement.

Le visage était arrosé de sang noir, qui jaillissait en partie de la bouche. Il n'y avait pas d'écume, comme on en voit dans le cas des personnes simplement noyées. Pas de décoloration dans le tissu cellulaire. Autour de la gorge se montraient des meurtrissures et des impressions de doigts. Les bras étaient repliés sur la poitrine et roidis. La main droite crispée, la gauche à moitié ouverte. Le poignet gauche était marqué de deux excoriations circulaires, provenant apparemment de cordes ou d'une corde ayant fait plus d'un tour. Une partie du poignet droit était aussi très éraillée, ainsi que le dos dans toute son étendue, mais particulièrement aux omoplates. Pour amener le corps sur le rivage, les pêcheurs l'avaient attaché à une corde ; mais ce n'était pas là ce qui avait produit les excoriations en question. La chair du cou était très enflée. Il n'y avait pas de coupures apparentes ni de meurtrissures semblant le résultat de coups. On

1. Crommelin.

découvrit un morceau de lacet si étroitement serré autour du cou qu'on ne pouvait d'abord l'apercevoir ; il était complètement enfoui dans la chair, et assujetti par un nœud caché juste sous l'oreille gauche. Cela seul aurait suffi pour produire la mort. Le rapport des médecins garantissait fermement le caractère vertueux de la défunte. Elle avait été vaincue, disaient-ils, par la force brutale. Le cadavre de Marie, quand il fut trouvé, était dans une condition telle, qu'il ne pouvait y avoir, de la part de ses amis, aucune difficulté à le reconnaître.

La toilette était déchirée et d'ailleurs en grand désordre. Dans le vêtement extérieur, une bande, large d'environ un pied, avait été déchirée de bas en haut, depuis l'ourlet jusqu'à la taille, mais non pas arrachée. Elle était roulée trois fois autour de la taille et assujettie dans le dos par une sorte de nœud très solidement fait. Le vêtement, immédiatement au-dessous de la robe, était de mousseline fine ; et on en avait arraché une bande large de dix-huit pouces, arraché complètement, mais très régulièrement et avec une grande netteté. On trouva cette bande autour du cou, adapté d'une manière lâche et assujettie avec un nœud serré. Par-dessus cette bande de mousseline et le morceau de lacet, étaient attachées les brides d'un chapeau, avec le chapeau pendant. Le nœud qui liait les brides n'était pas un nœud comme le font les femmes, mais un nœud coulant, à la manière des matelots.

Le corps, après qu'il fut reconnu, ne fut pas, comme c'est l'usage, transporté à la morgue (cette formalité étant maintenant superflue), mais enterré à la hâte non loin de l'endroit du rivage où il avait été recueilli. Grâce aux efforts de Beauvais, l'affaire fut soigneusement assoupie, autant du moins qu'il fut possible ; et quelques jours s'écoulèrent avant qu'il en résultât aucune émotion publique. À la fin, cependant, un journal hebdomadaire[1] ramassa la question ; le cadavre fut exhumé, et une enquête nouvelle ordonnée ; mais il n'en résulta rien de plus que ce qui avait déjà été observé. Toutefois, les vêtements furent alors présentés à la mère et aux amis de la défunte, qui les reconnurent parfaitement pour ceux portés par la jeune fille quand elle avait quitté la maison.

Cependant, l'excitation publique croissait d'heure en heure. Plusieurs individus furent arrêtés et relâchés. Saint-Eustache en particulier parut suspect, et il ne sut pas d'abord donner un compte rendu intelligible de l'emploi qu'il avait fait du dimanche, dans la matinée duquel Marie avait quitté la maison. Plus tard cependant, il présenta à M. G... des *affidavit* qui expliquaient d'une manière satisfaisante l'usage qu'il avait fait de chaque heure de la journée en question. Comme le temps s'écoulait sans amener aucune découverte, mille rumeurs contradictoires furent mises en circulation, et les journalistes purent lâcher la bride à leurs *inspirations*. Parmi toutes ces hypothèses, une attira particulièrement l'attention ; ce fut celle qui admettait que Marie Roget était encore vivante, et que le cadavre découvert dans la Seine était celui de quelque autre infortunée. Il me paraît utile de soumettre au lecteur quelques-uns des passages relatifs à cette insinuation. Ces passages sont

1. *The New York Mercury.*

tirés textuellement de *L'Étoile*[1] journal dirigé généralement avec une grande habileté.

« Mlle Roget est sortie de la maison de sa mère dimanche matin, 22 juin 18.., avec l'intention exprimée d'aller voir sa tante, ou quelque autre parent, rue des Drômes. Depuis cette heure-là, on ne trouve personne qui l'ait vue. On n'a d'elle aucune trace, aucunes nouvelles.........
Aucune personne quelconque ne s'est présentée, déclarant l'avoir vue ce jour-là, après qu'elle eut quitté le seuil de la maison de sa mère......
Or, quoique nous n'ayons aucune preuve indiquant que Marie Roget était encore de ce monde, dimanche 22 juin, après neuf heures, nous avons la preuve que jusqu'à cette heure elle était vivante. Mercredi, à midi, un corps de femme a été découvert flottant sur la rive de la barrière du Roule. Même en supposant que Marie Roget ait été jetée dans la rivière trois heures après qu'elle est sortie de la maison de sa mère, cela ne ferait que trois jours écoulés depuis l'instant de son départ, – trois jours tout juste. Mais il est absurde d'imaginer que le meurtre, si toutefois elle a été victime d'un meurtre, ait pu être consommé assez rapidement pour permettre aux meurtriers de jeter le corps à la rivière avant le milieu de la nuit. Ceux qui se rendent coupables de si horribles crimes préfèrent les ténèbres à la lumière........
Ainsi nous voyons que, si le corps trouvé dans la rivière était celui de Marie Roget, il n'aurait pas pu rester dans l'eau plus de deux jours et demi, ou trois au maximum. L'expérience prouve que les corps

1. *The New York Brother Jonathan*, édité par H. Hastings Weld, Esquire.

noyés, ou jetés à l'eau immédiatement après une mort violente, ont besoin d'un temps comme de six à dix jours pour qu'une décomposition suffisante les ramène à la surface des eaux. Un cadavre sur lequel on tire le canon, et qui s'élève avant que l'immersion ait duré au moins cinq ou six jours, ne manque pas de replonger, si on l'abandonne à lui-même. Maintenant, nous le demandons, qu'est-ce qui a pu, dans le cas présent, déranger le cours ordinaire de la nature ?....
Si le corps, dans son état endommagé, avait été gardé sur le rivage jusqu'à mardi soir, on trouverait sur ce rivage quelque trace des meurtriers. Il est aussi fort douteux que le corps ait pu revenir sitôt à la surface, même en admettant qu'il ait été jeté à l'eau deux jours après la mort. Et enfin, il est excessivement improbable que les malfaiteurs qui ont commis un meurtre tel que celui qui est supposé, aient jeté le corps à l'eau sans un poids pour l'entraîner, quand il était si facile de prendre cette précaution. »

L'éditeur du journal s'applique ensuite à démontrer que le corps doit être resté dans l'eau *non pas simplement trois jours, mais au moins cinq fois trois jours*, parce qu'il était si décomposé, que Beauvais a eu beaucoup de peine à le reconnaître. Ce dernier point, toutefois, était complètement faux. Je continue la citation :

« Quels sont donc les faits sur lesquels M. Beauvais s'appuie pour dire qu'il ne doute pas que le corps soit celui de Marie Roget ? Il a déchiré la manche de la robe et a trouvé, dit-il, des marques qui lui ont prouvé l'identité. Le public a supposé généralement que ces marques devaient consister en une espèce de cicatrice. Il a passé sa main sur le bras, et y a trouvé du *poil* – quelque chose, ce nous semble, d'aussi peu particulier qu'on puisse se le figurer, d'aussi peu concluant que de trouver un bras dans une manche. M. Beauvais n'est pas rentré à la maison cette nuit-là, mais il a envoyé un mot à Mme Roget, à sept heures, mercredi soir, pour lui dire que l'enquête, relative à sa fille, marchait toujours. Même en admettant que Mme Roget, à cause de son âge et de sa douleur, fût incapable de se rendre sur les lieux (ce qui, en vérité, est accorder beaucoup), à coup sûr, il se serait trouvé quelqu'un qui aurait jugé que cela valait bien la peine d'y aller et de suivre l'investigation, si toutefois ils avaient pensé que c'était bien le corps de Marie. Personne n'est venu. On n'a rien dit ni rien entendu dire de la chose, dans la rue Pavée-Saint-André, qui soit parvenu même aux locataires de ladite maison. M. Saint-Eustache, l'amoureux et le futur de Marie, qui avait pris pension chez sa mère, dépose qu'il n'a entendu parler de la découverte du corps de sa promise que le matin suivant, quand M. Beauvais lui-même est entré dans sa chambre et lui en a parlé. Qu'une nouvelle aussi capitale que celle-là ait été reçue si tranquillement, il y a de quoi nous étonner. »

Le journal s'efforce ainsi de suggérer l'idée d'une certaine apathie dans les parents et les amis de Marie, laquelle apathie serait absurde si l'on suppose qu'ils crussent que le corps trouvé était vraiment le sien. *L'Étoile* cherche, en somme, à insinuer que Marie, avec la connivence de ses amis, s'est absentée de la ville pour des raisons qui compromettent sa vertu ; et que ces mêmes amis, ayant découvert sur la Seine un corps ressemblant un peu à celui de la jeune fille, ont profité de l'occasion pour répandre dans le public la nouvelle de sa mort. Mais *L'Étoile* y a mis beaucoup trop de précipitation. Il a été clairement prouvé qu'aucune apathie de ce genre n'a existé ; que la vieille dame était excessivement faible, et si agitée, qu'il lui eût été impossible de s'occuper de quoi que ce soit ; que Saint-Eustache, bien loin de recevoir la nouvelle froidement, était devenu fou de douleur et avait donné de tels signes de frénésie, que M. Beauvais avait cru devoir charger un de ses amis et parents de le surveiller et de l'empêcher d'assister à l'examen qui devait suivre l'exhumation. En outre, bien que *L'Étoile* affirme que le corps a été réenterré aux frais de l'État, qu'une offre avantageuse de sépulture particulière a été absolument repoussée par la famille, et qu'aucun membre de la famille n'assistait à la cérémonie, bien que *L'Étoile*, dis-je, affirme tout cela pour corroborer l'impression qu'elle cherche à produire, *tout cela* a été victorieusement réfuté. Dans un des numéros suivants du même journal, on fit un effort pour jeter des soupçons sur Beauvais lui-même. L'éditeur dit :

« Un changement vient de s'opérer dans la question. On nous raconte que, dans une certaine occasion, pendant qu'une dame B. était chez Mme Roget, M. Beauvais, qui sortait, lui dit qu'un gendarme allait venir, et qu'elle, Mme B., eût soin de ne rien dire au gendarme jusqu'à ce qu'il fût de retour et qu'elle lui laissât, à lui, tout le soin de l'affaire…

Dans la situation présente, il semble que M. Beauvais porte tout le secret de la question enfermé dans sa tête. Il est impossible d'avancer d'un pas sans

M. Beauvais ; de quelque côté que vous tourniez, vous vous heurtez à lui..........
Pour une raison quelconque, il a décidé que personne, excepté lui, ne pourrait se mêler de l'enquête, et il a jeté les parents à l'écart d'une manière fort incongrue, s'il faut en croire leurs récriminations. Il a paru très préoccupé de l'idée d'empêcher les parents de voir le cadavre. »

Le fait qui suit sembla donner quelque couleur de vraisemblance aux soupçons portés ainsi sur Beauvais. Quelqu'un qui était venu lui rendre visite à son bureau, quelques jours avant la disparition de la jeune fille et pendant l'absence dudit Beauvais, avait observé une rose plantée dans le trou de la serrure, et le mot *Marie* écrit sur une ardoise fixée à la portée de la main.

L'impression générale, autant du moins qu'il nous fut possible de l'extraire des papiers publics, était que Marie avait été la victime d'une bande de misérables furieux, qui l'avaient transportée sur la rivière, maltraitée et assassinée. Cependant, une feuille d'une vaste influence, *Le Commercial*[1], combattit très vivement cette idée populaire. J'extrais un ou deux passages de ses colonnes :

« Nous sommes persuadés que l'enquête a jusqu'à présent suivi une fausse piste, tant du moins qu'elle a été dirigée vers la barrière du Roule. Il est impossible qu'une jeune femme, connue, comme était Marie, de plusieurs milliers de personnes, ait pu passer trois bornes sans rencontrer quelqu'un à qui son visage fût familier ; et quiconque l'aurait vue s'en serait souvenu, car elle inspirait de l'intérêt à tous ceux qui la

1. New York, *Journal of Commerce*.

connaissaient. Elle est sortie juste au moment où les rues sont pleines de monde..........
Il est impossible qu'elle soit allée à la barrière du Roule ou à la rue des Drômes sans avoir été reconnue par une douzaine de personnes ; aucune déposition cependant n'affirme qu'on l'ait vue ailleurs que sur le seuil de la maison de sa mère, et il n'y a même aucune preuve qu'elle en soit sortie du tout, excepté le témoignage concernant *l'intention exprimée par elle*. Un morceau de sa robe était déchiré, serré autour d'elle et noué ; c'est ainsi que le corps a pu être porté comme un paquet. Si le meurtre avait été commis à la barrière du Roule, il n'aurait pas été nécessaire de prendre de telles dispositions. Ce fait, que le corps a été trouvé flottant près de la barrière, n'est pas une preuve relativement au lieu d'où il a été jeté dans l'eau...
Un morceau d'un des jupons de l'infortunée jeune fille, long de deux pieds et large d'un pied, avait été arraché, serré autour de son cou et noué derrière sa tête, probablement pour empêcher ses cris. Cela a été fait par des drôles qui n'avaient même pas un mouchoir de poche. »

Un jour ou deux avant que le préfet vînt nous rendre visite, la police avait obtenu un renseignement assez important qui semblait détruire l'argumentation du *Commercial*, au moins dans sa partie principale. Deux petits garçons, fils d'une dame Deluc, vagabondant dans les bois, près de la barrière du Roule, avaient pénétré par hasard dans un épais fourré, où se trouvaient trois ou quatre grosses pierres, formant une espèce de siège, avec dossier et tabouret. Sur la pierre supérieure gisait un jupon blanc ; sur la seconde une écharpe de soie. On y trouva aussi une ombrelle, des gants et un mouchoir de poche. Le mouchoir portait le nom « Marie Roget ». Des lambeaux de vêtements furent découverts sur les ronces environnantes. Le sol était piétiné, les buissons étaient enfoncés ; il y avait là toutes les traces d'une lutte. Entre le fourré et la rivière, on découvrit que les palissades étaient abattues, et la terre gardait la trace d'un lourd fardeau qu'on y avait traîné. Une feuille hebdomadaire, *Le Soleil*[1], donnait sur cette découverte les commentaires suivants, commentaires qui n'étaient que l'écho des sentiments de toute la presse parisienne :

« Les objets sont évidemment restés là pendant au moins trois ou quatre semaines ; ils étaient complètement moisis par l'action de la pluie, et collés ensemble par la moisissure. Tout autour, le gazon avait poussé et même les dominaient partiellement. La soie de l'ombrelle était solide ; mais les branches étaient fermées, et la partie supérieure, là où l'étoffe était double et rempliée, étant toute pénétrée de moisissure et pourrie, se déchira aussitôt qu'on l'ouvrit...

Les fragments de vêtements accrochés aux buissons étaient larges de trois pouces environ et longs de six. L'un était un morceau de l'ourlet de la robe, qui avait été raccommodé, l'autre, un morceau du jupon, mais non pas l'ourlet. Ils ressemblaient à des bandes arrachées et étaient suspendus au buisson d'épines, à un pied de terre environ.........

Il n'y a donc pas lieu de douter que le théâtre de cet abominable outrage n'ait été enfin découvert. »

1. Philadelphie, *Saturday Evening Post*, édité par C. I. Peterson, Esquire.

Aussitôt après cette découverte, un nouveau témoin parut. Mme Deluc raconta qu'elle tenait une auberge au bord de la route, non loin de la berge de la rivière opposée à la barrière du Roule. Les environs sont solitaires – très solitaires. C'est là, le dimanche, le rendez-vous ordinaire des mauvais sujets de la ville, qui traversent la rivière en canot. Vers trois heures environ, dans l'après-midi du dimanche en question, une jeune fille était arrivée à l'auberge, accompagnée par un jeune homme au teint brun. Ils y étaient restés tous deux pendant quelque temps. Après leur départ, ils firent route vers quelque bois épais du voisinage. L'attention de Mme Deluc fut attirée par la toilette que portait la jeune fille, à cause de sa ressemblance avec celle d'une de ses parentes défunte. Elle remarqua particulièrement une écharpe. Aussitôt après le départ du couple, une bande de *mécréants* parut, qui firent un tapage affreux, burent et mangèrent sans payer, suivirent la même route que le jeune homme et la jeune fille, revinrent à l'auberge à la brune, puis repassèrent la rivière en grande hâte.

Ce fut peu après la tombée de la nuit, dans la même soirée, que Mme Deluc, ainsi que son fils aîné, entendit des cris de femme dans le voisinage de l'auberge. Les cris furent violents, mais ne durèrent pas très longtemps. Mme Deluc reconnut non seulement l'écharpe trouvée dans le fourré, mais aussi la robe qui habillait le cadavre. Un conducteur d'omnibus, Valence[1] déposa également alors qu'il avait vu Marie Roget traverser la Seine en bateau, dans ce dimanche en question, en compagnie d'un jeune homme d'une figure brune. Lui,

1. Adam.

Valence, connaissait Marie et ne pouvait pas se tromper sur son identité. Les objets trouvés dans le bosquet furent parfaitement reconnus par les parents de Marie.

Cette masse de dépositions et d'informations que je récoltais ainsi dans les journaux, à la demande de Dupin, comprenait encore un point – mais c'était un point de la plus haute importance. Il paraît qu'immédiatement après la découverte des objets ci-dessus indiqués on trouva, dans le voisinage du lieu que l'on croyait maintenant avoir été le théâtre du crime, le corps inanimé ou presque inanimé de Saint-Eustache, le fiancé de Marie. Une fiole vide portant l'étiquette « laudanum » était auprès de lui. Son haleine accusait le poison. Il mourut sans prononcer une parole. On trouva sur lui une lettre racontant brièvement son amour pour Marie et son dessein arrêté de suicide.

— Je ne crois pas avoir besoin de vous dire, dit Dupin, comme il achevait la lecture de mes notes, que c'est là un cas beaucoup plus compliqué que celui de la rue Morgue, duquel il diffère en un point très important. C'est là un exemple de crime atroce, mais *ordinaire*. Nous n'y trouvons rien de particulièrement *outré*. Observez, je vous prie, que c'est la raison pour laquelle le mystère a paru simple ; quoique ce soit justement la même raison qui aurait dû le faire considérer comme plus difficile à résoudre. C'est pourquoi on a d'abord jugé superflu d'offrir une récompense. Les mirmidons de G...... étaient assez forts pour comprendre comment et pourquoi une telle atrocité pouvait avoir été commise. Leur imagination pouvait se figurer un mode – plusieurs modes –, un motif – plusieurs motifs ; et parce qu'il n'était pas impossible que l'un de ces nombreux modes et motifs fût l'unique réel, ils ont considéré comme démontré que le réel devait être un de ceux-là. Mais l'aisance avec laquelle ils avaient conçu ces idées diverses, et même le caractère plausible dont chacune était revêtue, auraient dû être pris pour des indices de la difficulté plutôt que de la facilité attachée à l'explication de l'énigme. Je vous ai déjà fait observer que c'est par des saillies au-dessus du plan ordinaire des choses que la raison doit trouver sa voie, ou jamais, dans sa recherche de la vérité, et que, dans des cas tels que celui-là, l'important n'est pas tant de se dire : « Quels sont les faits qui se présentent ? » que de se dire : « Quels sont les faits qui se présentent, qui ne se sont jamais présentés auparavant ? » Dans les investigations faites chez Mme l'Espanaye[1], les agents de G... furent découragés et confondus par cette *étrangeté* même qui eût été, pour une intelligence bien faite, le plus sûr présage de succès ; et cette même intelligence eût été plongée dans le désespoir par le caractère ordinaire de tous les faits qui s'offrent à l'examen dans le cas de la jeune parfumeuse et qui n'ont encore rien révélé de positif, si ce n'est la présomption des fonctionnaires de la Préfecture. Dans le cas de Mme l'Espanaye et de sa fille, dès le commencement de notre investigation, il n'y avait pour nous aucun doute qu'un meurtre avait été commis. L'idée de suicide se trouvait tout d'abord exclue. Dans le cas présent, nous avons également à éliminer toute idée de suicide. Le corps trouvé à la barrière du Roule a été trouvé dans des circonstances qui ne nous permettent aucune hésitation sur ce point important.

1. Voir *Double assassinat dans la rue Morgue*.

Mais on a insinué que le cadavre trouvé n'est pas celui de la Marie Roget dont l'assassin ou les assassins sont à découvrir, pour la découverte desquels une récompense est offerte, et qui sont l'unique objet de notre traité avec le préfet. Vous et moi, nous connaissons assez bien ce gentleman. Nous ne devons pas trop nous fier à lui. Soit que, prenant le corps trouvé pour point de départ, et suivant la piste d'un assassin, nous découvrions que ce corps est celui d'une autre personne que Marie ; soit que, prenant pour point de départ la Marie encore vivante, nous la retrouvions non assassinée – dans les deux cas, nous perdons notre peine, puisque c'est avec M. G...... que nous avons affaire. Donc, pour notre propre but, si ce n'est pour le but de la justice, il est indispensable que notre premier pas soit la constatation de l'identité du cadavre avec la Marie Roget disparue.

» Les arguments de *L'Étoile* ont trouvé crédit dans le public ; et le journal lui-même est convaincu de leur importance, ainsi qu'il résulte de la manière dont il commence un de ses articles sur le sujet en question : « Quelques-uns des journaux du matin, – dit-il – parlent de l'article *concluant* de *L'Étoile* dans son numéro de lundi. » Pour moi, cet article ne me paraît guère concluant que relativement au zèle du rédacteur. Nous devons ne pas oublier qu'en général le but de nos feuilles publiques est de créer une sensation, de faire du piquant plutôt que de favoriser la cause de la vérité. Ce dernier but n'est poursuivi que quand il semble coïncider avec le premier. Le journal qui s'accorde avec l'opinion ordinaire (quelque bien fondée que soit d'ailleurs cette opinion) n'obtient pas de crédit parmi la foule. La masse du peuple considère comme profond celui-là seul qui émet des *contradictions piquantes* de l'idée générale. En logique aussi bien qu'en littérature, c'est l'épigramme qui est le genre le plus immédiatement et le plus universellement apprécié. Dans les deux cas, c'est le genre le plus bas selon l'ordre du mérite.

» Je veux dire que c'est le caractère mêlé d'épigramme et de mélodrame de cette idée – que Marie Roget est encore vivante – qui l'a suggérée à *L'Étoile*, plutôt qu'aucun véritable caractère plausible, et qui lui a assuré un accueil favorable auprès du public. Examinons les points principaux de l'argumentation de ce journal, et prenons bien garde à l'incohérence avec laquelle elle se produit dès le principe.

» L'écrivain vise d'abord à nous prouver, par la brièveté de l'intervalle compris entre la disparition de Marie et la découverte du corps flottant, que ce corps ne peut pas être celui de Marie. Réduire cet intervalle à la dimension la plus petite possible devient tout d'abord chose capitale pour l'argumentateur. Dans la recherche inconsidérée de ce but, il se précipite tout d'abord dans la pure supposition. "C'est une folie, – dit-il, – de supposer que le meurtre, si un meurtre a été commis sur cette personne, ait pu être consommé assez vite pour permettre aux meurtriers de jeter le corps dans la rivière avant minuit." Nous demandons tout de suite, et très naturellement, *pourquoi*. Pourquoi est-ce une folie de supposer que le meurtre a été commis *cinq minutes* après que la jeune fille a quitté le domicile de sa mère ? Pourquoi est-ce une folie de supposer que le meurtre a été commis à un moment quelconque de la journée ? Il s'est commis des assassinats à toutes les heures. Mais, que le meurtre ait eu lieu à un moment quelconque entre neuf heures du matin, dimanche, et minuit moins un quart, il serait toujours resté bien assez de temps pour *jeter le cadavre dans la rivière avant minuit*. Cette supposition se réduit donc à cela : que le meurtre n'a pas été commis le dimanche ; et, si nous permettons à *L'Étoile* de supposer cela, nous pouvons lui accorder toutes les libertés possibles. On peut imaginer que le paragraphe commençant par “C'est une folie de supposer que le meurtre, etc.”, quoiqu'il ait été imprimé sous cette forme par *L'Étoile*, avait été réellement conçu dans le cerveau du rédacteur sous cette autre forme : “C'est une folie de supposer que le meurtre, si un meurtre a été commis sur cette personne, ait pu être consommé assez vite pour permettre aux meurtriers de jeter le corps dans la rivière avant minuit ; c'est une folie, disons-nous, de supposer cela, et en même temps de supposer (comme nous voulons bien le supposer) que le corps n'a été jeté à l'eau que *passé minuit*”, opinion passablement mal déduite, mais qui n'est pas aussi complètement déraisonnable que celle imprimée.

» Si j'avais eu simplement pour but – continua Dupin – de réfuter ce passage de l'argumentation de *L'Étoile*, j'aurais pu tout aussi bien le laisser où il est. Mais ce n'est pas de *L'Étoile* que nous avons affaire, mais bien de la vérité. La phrase en question, dans le cas actuel, n'a qu'un sens, et ce sens, je l'ai nettement établi ; mais il est essentiel que nous pénétrions derrière les mots pour chercher une idée que ces mots donnent évidemment à entendre, sans l'exprimer positivement. Le dessein du journaliste était de dire qu'il était improbable, à quelque moment de la journée ou de la nuit de dimanche, que le meurtre eût été commis, que les assassins se fussent hasardés à porter le corps à la rivière avant minuit. C'est justement là que gît la supposition dont je me plains. On suppose que le meurtre a été commis à un tel endroit et dans de telles circonstances, qu'il est devenu nécessaire de *porter le corps* à la rivière. Or, l'assassinat pourrait avoir eu lieu sur le bord de la rivière, ou sur la rivière même ; et ainsi le largage du corps à l'eau, auquel on a eu recours à n'importe quel moment du jour ou de la nuit, se serait présenté comme le mode d'action le plus immédiat, le plus sous la main. Vous comprenez que je ne suggère ici rien qui me paraisse plus probable ou qui coïncide avec ma propre opinion. Jusqu'à présent, je n'ai pas en vue les *éléments* mêmes de la cause. Je désire simplement vous mettre en garde contre le ton général des *suggestions* de *L'Étoile* et appeler votre attention sur le caractère de *parti pris* qui s'y manifeste tout d'abord.

» Ayant ainsi prescrit une limite accommodée à ses idées préconçues, ayant supposé que, si ce corps était celui de Marie, il n'aurait pu rester dans l'eau que pendant un laps de temps très court, le journal en vient à dire : "L'expérience prouve que les corps noyés, ou jetés à l'eau immédiatement après une mort violente, ont besoin d'un temps comme de six à dix jours pour qu'une décomposition suffisante les ramène à la surface des eaux. Un cadavre sur lequel on tire le canon, et qui s'élève avant que l'immersion ait duré au moins cinq ou six jours, ne manque pas de replonger, si on l'abandonne à lui-même."

» Ces assertions ont été acceptées tacitement par tous les journaux de Paris, à l'exception du *Moniteur*[1]. Cette dernière feuille s'efforce de combattre la partie du paragraphe qui a trait seulement aux *corps des noyés*, en citant cinq ou six cas dans lesquels les corps de personnes notoirement noyées ont été trouvés flottants après un laps de temps moindre que celui fixé par *L'Étoile*. Mais il y a quelque chose d'excessivement anti-philosophique dans cette tentative que fait *Le Moniteur*, de repousser l'affirmation générale de *L'Étoile* par une citation de cas particuliers militant contre cette affirmation. Quand même il eût été possible d'alléguer cinquante cas, au lieu de cinq, de cadavres trouvés à la surface des eaux au bout de deux ou trois jours, ces cinquante exemples auraient pu être légitimement considérés comme de pures exceptions à la règle de *L'Étoile*, jusqu'à ce que la règle elle-même fût définitivement réfutée. Cette règle admise (et *Le Moniteur* ne la nie pas, il insiste seulement sur les exceptions), l'argumentation de *L'Étoile* reste en possession de toute sa force ; car cette argumentation ne prétend pas impliquer plus qu'une question de *probabilité* relativement à un corps pouvant s'élever à la surface en moins de trois jours ; et cette probabilité sera en faveur de *L'Étoile* jusqu'à ce que les exemples, si puérilement allégués, soient en nombre suffisant pour constituer une règle contraire.

» Vous comprenez tout de suite que toute argumentation de ce genre doit être dirigée contre la règle elle-même, et, dans ce but, nous devons faire l'analyse raisonnée de la règle. Or, le corps humain n'est,

1. *The New York Commercial Advertiser*, édité par Col. Stone.

en général, ni beaucoup plus léger ni beaucoup plus lourd que l'eau de la Seine ; c'est-à-dire que la pesanteur spécifique du corps humain, dans sa condition naturelle, est à peu près égale au volume d'eau douce qu'il déplace. Les corps des individus gras et charnus, avec de petits os, et généralement des femmes, sont plus légers que ceux des individus maigres, à gros os, et généralement des hommes ; et la pesanteur spécifique de l'eau d'une rivière est quelque peu influencée par la présence du flux de la mer. Mais, en faisant abstraction de la marée, on peut affirmer que très peu de corps humains seront submergés, même dans l'eau douce, *spontanément*, par leur propre nature. Presque tous, tombant dans une rivière, seront aptes à flotter, s'ils laissent s'établir un équilibre convenable entre la pesanteur spécifique de l'eau et leur pesanteur propre, c'est-à-dire s'ils se laissent submerger tout entiers, en exceptant le moins de parties possible. La meilleure position pour celui qui ne sait pas nager est la position verticale de l'homme qui marche sur la terre, la tête complètement renversée et submergée, la bouche et les marines restant seules au-dessus du niveau de l'eau. Dans de telles conditions, nous pourrons tous flotter sans difficulté et sans effort. Il est évident, toutefois, que les pesanteurs du corps et du volume d'eau déplacé sont alors très rigoureusement balancées, et qu'un rien suffira pour donner à l'un ou à l'autre la prépondérance. Un bras, par exemple, élevé au-dessus de l'eau, et conséquemment privé de son support, est un poids additionnel suffisant pour faire plonger toute la tête, tandis que le secours accidentel du plus petit morceau de bois nous permettra de lever suffisamment la tête pour regarder autour de nous.

Or, dans les efforts d'une personne qui n'a pas la pratique de la natation, les bras se jettent invariablement en l'air, et il y a en même temps obstination à conserver à la tête sa position verticale ordinaire. Le résultat est l'immersion de la bouche et des narines, et, par suite des efforts pour respirer sous l'eau, l'introduction de l'eau dans les poumons. L'estomac en absorbe aussi une grande quantité, et tout le corps s'appesantit de toute la différence de pesanteur entre l'air qui primitivement distendait ces cavités et le liquide qui les remplit maintenant. C'est une règle générale, que cette différence suffit pour faire plonger le corps ; mais elle ne suffit pas dans le cas des individus qui ont de petits os et une quantité anormale de matière flasque et graisseuse. Ceux-là flottent même après qu'ils sont noyés.

» Le cadavre, que nous supposerons au fond de la rivière, y restera jusqu'à ce que, d'une manière quelconque, sa pesanteur spécifique devienne de nouveau moindre que celle du volume d'eau qu'il déplace. Cet effet est amené soit par la décomposition, soit autrement. La décomposition a pour résultat la génération du gaz qui distend tous les tissus cellulaires et donne aux cadavres cet aspect bouffi qui est si horrible à voir. Quand cette distension est arrivée à ce point que le volume du corps est sensiblement accru sans un accroissement correspondant de matière solide ou de poids, sa pesanteur spécifique devient moindre que celle de l'eau déplacée, et il fait immédiatement son apparition à la surface. Mais la décomposition peut être modifiée par d'innombrables circonstances ; elle peut être hâtée ou retardée par d'innombrables agents ; par la chaleur ou le froid de la saison, par exemple ; par l'imprégnation minérale ou la pureté de l'eau : par sa plus ou moins grande profondeur ; par le courant ou la stagnation plus ou moins marqués ; et puis par le tempérament originel du corps, selon qu'il était déjà infecté ou pur de maladie avant la mort. Ainsi il est évident que nous ne pouvons, avec exactitude, fixer une époque où le corps devra s'élever par suite de la décomposition. Dans de certaines conditions, ce résultat peut être amené en une heure ; dans d'autres, il peut ne pas avoir lieu du tout. Il y a des infusions chimiques qui peuvent préserver à tout jamais de corruption tout le système animal, par exemple le bichlorure de mercure. Mais, à part la décomposition, il peut y avoir et il y a ordinairement une génération de gaz dans l'estomac, par la fermentation acétique de la matière végétale (ou par d'autres causes dans d'autres cavités), suffisante pour créer une distension qui ramène le corps à la surface de l'eau. L'effet produit par le coup de canon est un effet de simple vibration. Il peut dégager le corps du limon ou de la vase molle où il est enseveli, lui permettant ainsi de s'élever, quand d'autres agents l'y ont déjà préparé ; ou bien il peut vaincre l'adhérence de quelques parties putréfiées du système cellulaire, et faciliter la distension des cavités sous l'influence du gaz. Ayant ainsi devant nous toute la philosophie du sujet, nous pouvons vérifier les assertions de *L'Étoile*. "L'expérience prouve – dit cette feuille – que les corps noyés, ou jetés à l'eau immédiatement après une mort violente, ont besoin d'un temps comme de six à dix jours, pour qu'une décomposition suffisante les ramène à la surface des eaux. Un cadavre sur lequel on tire le canon, et qui s'élève avant que l'immersion ait duré au moins cinq ou six jours, ne manque pas de replonger si on l'abandonne à lui-même."

» Tout le paragraphe nous apparaît maintenant comme un tissu d'inconséquences et d'incohérences. L'expérience *ne montre pas toujours* que les corps des noyés *ont besoin* de cinq ou six jours pour qu'une décomposition suffisante leur permette de revenir à la surface. La science et l'expérience réunies prouvent que l'époque de leur réapparition est et doit être nécessairement indéterminée. En outre, si un corps est ramené à la surface de l'eau par un coup de canon, il *ne replongera pas de nouveau, même abandonné à lui-même*, toutes les fois que la décomposition sera arrivée au degré nécessaire pour permettre le dégagement des gaz engendrés. Mais je désire appeler votre attention sur la distinction faite entre les corps des noyés et les corps des personnes jetées à l'eau immédiatement après une mort violente. Quoique le rédacteur admette cette distinction, cependant il enferme les deux cas dans la même catégorie. J'ai montré comment le corps d'un homme qui se noie acquiert une pesanteur spécifique plus considérable que le volume d'eau déplacé, et j'ai prouvé qu'il ne s'enfoncerait pas du tout, sans les mouvements par lesquels il jette ses bras au-dessus de l'eau, et les efforts de respiration qu'il fait sous l'eau, qui permettent au liquide de prendre la place de l'air dans les poumons. Mais ces mouvements et ces efforts n'auront pas lieu dans un corps *jeté à l'eau immédiatement après une mort violente*. Ainsi, dans ce dernier cas, *la règle générale est que le corps ne doit pas du tout s'enfoncer*, – fait que *L'Étoile* ignore évidemment. Quand la décomposition est arrivée à un point très avancé, quand la chair a, en grande partie, quitté les os, alors seulement, mais pas avant, nous voyons le corps disparaître sous l'eau.

» Et maintenant que penserons-nous de ce raisonnement, que le cadavre trouvé ne peut pas être celui de Marie Roget, parce que ce cadavre a été trouvé flottant après un laps de trois jours seulement ? Si elle a été noyée, elle a pu ne pas s'enfoncer, étant une femme ; si elle s'est enfoncée, elle a pu reparaître au bout de vingt-quatre heures, ou même moins. Mais personne ne suppose qu'elle a été noyée ; et, étant morte avant d'être jetée à la rivière, elle aurait flotté et aurait pu être retrouvée à n'importe quelle époque postérieure.

» "Mais, – dit *L'Étoile* – si le corps est resté sur le rivage dans son état de détérioration jusqu'à la nuit de mardi, on a dû trouver sur ce rivage quelque trace des meurtriers." Ici il est difficile de saisir tout d'abord l'intention du raisonneur. Il cherche à prévenir ce qu'il imagine pouvoir être une objection à sa théorie – à savoir que le corps, étant resté deux jours sur le rivage, a dû subir une décomposition rapide, *plus* rapide que s'il avait été plongé dans l'eau. Il suppose que, si tel a été le cas, le corps aurait pu reparaître à la surface le mercredi, et pense que, dans ces conditions-là seulement, il aurait pu reparaître. Il est donc très pressé de prouver que le corps *n'est pas resté* sur le rivage ; car, dans ce cas, *on aurait trouvé sur ce rivage quelque trace des meurtriers*. Je présume que cette conséquence vous fera sourire. Vous ne pouvez pas comprendre comme le séjour *plus ou moins long* du corps sur le rivage aurait pu *multiplier les traces* des assassins. Ni moi non plus.

» Le journal continue : “Et enfin, il est excessivement improbable que les malfaiteurs qui ont commis un meurtre tel que celui qui est supposé, aient jeté le corps à l'eau sans un poids pour l'entraîner, quand il était si facile de prendre cette précaution.”

» Observez ici la risible confusion d'idées ! Personne, pas même *L'Étoile*, ne conteste qu'un meurtre a été commis sur le corps trouvé. Les traces de violence sont trop évidentes. Le but de notre raisonneur est simplement de montrer que ce corps n'est pas celui de Marie. Il désire prouver que Marie n'est pas assassinée, – mais non pas que ce cadavre n'est pas celui d'une personne assassinée. Cependant, son observation ne prouve que ce dernier point. Voilà un corps auquel aucun poids n'avait été attaché. Des assassins, le jetant à l'eau, n'auraient pas manqué d'y attacher un poids. Donc, il n'a pas été jeté par des assassins. Voilà tout ce qui est prouvé, si quelque chose peut l'être. La question d'identité n'est même pas abordée, et *L'Étoile* est très en peine pour contredire maintenant ce qu'elle admettait tout à l'heure. “Nous sommes parfaitement convaincus – dit-elle – que le cadavre trouvé est celui d'une femme assassinée.”

» Et ce n'est pas le seul cas, même dans cette partie de son sujet, où notre raisonneur raisonne, sans s'en apercevoir, contre lui-même. Son but évident, je l'ai déjà dit, est de réduire, autant que possible, l'intervalle de temps compris entre la disparition de Marie et la découverte du corps. Cependant, nous le voyons insister sur ce point, que personne n'a vu la jeune fille depuis le moment où elle a quitté la maison de sa mère. “Nous n'avons – dit-il – aucune déposition prouvant que Marie Roget fût encore sur la terre des vivants passé neuf heures, dimanche 22 juin.”

» Comme son raisonnement est évidemment entaché de parti pris, il aurait mieux fait d'abandonner ce côté de la question ; car, si l'on trouvait quelqu'un qui eût vu Marie, soit lundi, soit mardi, l'intervalle en question serait très réduit, et, d'après sa manière de raisonner, la probabilité que ce corps puisse être celui de la grisette se trouverait diminuée d'autant. Il est toutefois amusant d'observer que *L'Étoile* insiste là-dessus avec la ferme conviction qu'elle va renforcer son argumentation générale.

» Maintenant examinez de nouveau cette partie de l'argumentation qui a trait à la reconnaissance du corps par Beauvais. Relativement au *poil* sur le bras, *L'Étoile* montre évidemment de la mauvaise foi. M. Beauvais, n'étant pas un idiot, n'aurait jamais, pour constater l'identité d'un corps, argué simplement *de poil sur le bras*. Il n'y a pas de bras sans poil. La *généralité* des expressions de *L'Étoile* est une simple perversion des phrases du témoin. Il a dû nécessairement parler de quelque *particularité* dans ce poil ; particularité dans la couleur, la quantité, la longueur ou la place.

» Le journal dit : “Son pied était petit” ; il y a des milliers de petits pieds. Sa jarretière n'est pas du tout une preuve, non plus que son soulier ; car les jarretières et les souliers se vendent par ballots. On peut en dire autant des fleurs de son chapeau. Un fait sur lequel M. Beauvais insiste fortement est que l'agrafe de la jarretière avait été reculée pour rendre celle-ci plus étroite. Cela ne prouve rien ; car la plupart des femmes emportent chez elles une paire de jarretières et les accommodent à la grosseur de leurs jambes plutôt que de les essayer dans la boutique où elles les achètent.

» Ici il est difficile de supposer le raisonneur dans son bon sens. Si M. Beauvais, à la recherche du corps de Marie, a découvert un cadavre ressemblant, par les proportions générales et l'aspect, à la jeune fille disparue, il a pu légitimement croire (même en laissant de côté la question de l'habillement) qu'il avait abouti au but de sa recherche. Si, outre ce point de proportions générales et de contour, il a trouvé sur le bras une apparence velue déjà observée sur le bras de Marie vivante, son opinion a pu être justement renforcée, et a dû l'être en proportion de la particularité ou du caractère insolite de cette marque velue. Si, le pied de Marie étant petit, les pieds du cadavre se trouvent également petits, la probabilité que ce cadavre est celui de Marie doit croître dans une proportion, non pas simplement arithmétique, mais singulièrement géométrique ou accumulative. Ajoutez à tout cela des souliers tels qu'on lui en avait vu porter le jour de sa disparition, et, bien que les souliers *se vendent par ballots*, vous sentirez la probabilité s'augmenter jusqu'à confiner à la certitude. Ce qui, par soi-même, ne serait pas un signe d'identité, devient, par sa position corroborative, la preuve la plus sûre. Accordez-nous, enfin, les fleurs du chapeau correspondant à celles que portait la jeune fille perdue, et nous n'avons plus rien à désirer. *Une seule* de ces fleurs, et nous n'avons plus rien à désirer ; – mais que dirons-nous donc, si nous en avons deux, ou trois, ou plus encore ? Chaque unité successive est un témoignage multiple – une preuve non pas *ajoutée* à la preuve précédente, mais *multipliée* par cent ou par mille. Nous découvrons maintenant sur la défunte des jarretières semblables à celles dont usait la personne vivante ; en vérité, il y a presque folie à continuer l'enquête. Mais il se trouve que ces jarretières sont resserrées par le reculement de l'agrafe, juste comme Marie avait fait pour les siennes, peu de temps avant de quitter la maison. Douter encore, c'est démence ou hypocrisie. Ce que *L'Étoile* dit relativement à ce raccourcissement qui doit, selon elle, être considéré comme un cas journalier, ne prouve pas autre chose que son opiniâtreté dans l'erreur. La nature élastique d'une jarretière à agrafe suffit pour démontrer le caractère *exceptionnel* de ce raccourcissement. Ce qui est fait pour bien s'ajuster ne doit avoir besoin d'un perfectionnement que dans des cas rares. Ce doit avoir été par suite d'un accident, dans le sens le plus strict, que ces jarretières de Marie ont eu besoin du raccourcissement en question. Elles seules auraient largement suffi pour établir son identité. Mais l'important n'est pas que le cadavre ait les jarretières de la jeune fille perdue, ou ses souliers, ou son chapeau, ou les fleurs de son chapeau, ou ses pieds, ou son aspect et ses proportions générales ; l'important est que le cadavre a chacune de ces choses, et les a *toutes collectivement.* S'il était prouvé que *L'Étoile* a *réellement*, dans de pareilles circonstances, conçu un doute, il n'y aurait, pour son cas, aucun besoin d'une commission de *lunatico inquirendo*. Elle a cru faire preuve de sagacité en se faisant l'écho des bavardages des hommes de loi, qui, pour la plupart, se contentent de se faire eux-mêmes l'écho des préceptes rectangulaires des cours criminelles. Je vous ferai observer, en passant, que beaucoup de ce qu'une cour refuse d'admettre comme preuve est pour l'intelligence ce qu'il y a de meilleur en fait de preuves. Car, se guidant d'après les principes généraux en matière de preuves, les principes reconnus et inscrits dans les livres, la cour répugne à dévier vers les raisons particulières. Et cet attachement opiniâtre au principe, avec ce dédain rigoureux pour l'exception contradictoire, est un moyen sûr d'atteindre, dans une longue suite de temps, le *maximum* de vérité auquel il est permis d'atteindre ; la pratique, *en masse*, est donc philosophique ; mais il n'est pas moins certain qu'elle engendre de grandes erreurs dans des cas spéciaux[1].

» Quant aux insinuations dirigées contre Beauvais, vous n'aurez qu'à souffler dessus pour les dissiper. Vous avez déjà pénétré le véritable caractère de ce gentleman. C'est un officieux, avec un esprit très tourné au romanesque et peu de jugement. Tout homme ainsi constitué sera facilement porté, dans un cas d'émotion *réelle*, à se conduire de manière à se rendre suspect aux yeux des personnes trop subtiles ou enclines à la malveillance. M. Beauvais, comme il résulte de vos notes, a eu quelques entrevues personnelles avec l'éditeur de *L'Étoile*, et il l'a choqué en osant exprimer cette opinion, que, nonobstant la

1. Une théorie basée sur les qualités d'un objet ne peut pas avoir le développement total demandé par tous les objets auxquels elle doit s'appliquer ; et celui qui arrange des faits par rapport à leurs causes perd la faculté de les estimer selon leurs résultats. Ainsi la jurisprudence de toutes les nations montre que la loi, quand elle devient une science ou un système, cesse d'être la justice. Les erreurs, dans lesquelles une dévotion aveugle aux principes de classification a jeté le droit commun, sont faciles à vérifier si l'on veut observer combien de fois la puissance législative a été obligée d'intervenir pour rétablir l'esprit d'équité qui avait disparu de ses formules. – LANDOR.

théorie de l'éditeur, le cadavre était positivement celui de Marie. "Il persiste – dit le journal – à affirmer que le corps est celui de Marie, mais il ne peut pas ajouter une circonstance à celles que nous avons déjà commentées, pour faire partager aux autres cette croyance." Or, sans revenir sur ce point, qu'il eût été impossible, *pour faire partager aux autres cette croyance*, de fournir une preuve plus forte que celles déjà connues, observons ceci : c'est qu'il est facile de concevoir un homme parfaitement convaincu, dans un cas de cette espèce, et cependant incapable de produire une seule raison pour convaincre une seconde personne. Rien n'est plus vague que les impressions relatives à l'identité d'un individu. Chaque homme reconnaît son voisin, et pourtant il y a bien peu de cas où le premier venu sera tout prêt à donner une raison de cette *reconnaissance*. L'éditeur de *L'Étoile* n'a donc pas le droit d'être choqué de la croyance non raisonnée de M. Beauvais.

» Les circonstances suspectes dont il est enveloppé cadrent bien mieux avec mon hypothèse d'un caractère officieux, tatillon et romanesque, qu'avec l'insinuation du journaliste relative à sa culpabilité. L'interprétation plus charitable étant adoptée, nous n'avons plus aucune peine à expliquer la rose dans le trou de la serrure ; le mot *Marie* sur l'ardoise ; le fait d'*écarter les parents mâles* ; *sa répugnance à leur laisser voir le corps* ; la recommandation faite à Mme B. de ne pas causer avec le gendarme jusqu'à ce qu'il fût de retour, lui, Beauvais ; et enfin cette résolution apparente *de ne permettre à personne autre que lui-même de se mêler de l'enquête*. Il me semble incontestable que Beauvais était un des adorateurs de Marie ; qu'elle a fait la coquette avec lui ; et qu'il aspirait à faire croire qu'il jouissait de sa confiance et de son intimité complète. Je ne dirai rien de plus sur ce point ; et comme l'évidence repousse complètement l'assertion de *L'Étoile* relativement à cette *apathie* dont il accuse la mère et les autres parents, apathie qui est inconciliable avec cette supposition qu'ils croient à l'identité du corps de la jeune parfumeuse, nous procéderons maintenant comme si la question d'identité était établie à notre parfaite satisfaction.

— Et que pensez-vous – demandai-je alors – des opinions du *Commercial* ?

— Que, par leur nature, elles sont beaucoup plus dignes d'attention qu'aucune de celles qui ont été lancées sur le même sujet. Les déductions des prémisses sont philosophiques et subtiles ; mais ces prémisses, en deux points au moins, sont basées sur une observation imparfaite. *Le Commercial* veut faire entendre que Marie a été prise par une bande de vils coquins non loin de la porte de la maison de sa mère. "Il est impossible – dit-il – qu'une jeune femme connue, comme était Marie, de plusieurs milliers de personnes, ait pu passer trois bornes sans rencontrer quelqu'un à qui son visage fût familier..." C'est là l'idée d'un homme résidant depuis longtemps dans Paris – d'un homme public – dont les allées et les venues dans la ville ont été presque toujours limitées au voisinage des administrations publiques. Il sait que *lui*, il va rarement à une douzaine de bornes au-delà de son propre bureau sans être reconnu et accosté. Et, mesurant l'étendue de la connaissance qu'il a des autres et que les autres ont de lui-même, il compare sa notoriété avec celle de la parfumeuse, ne trouve pas grande différence entre les deux, et arrive tout de suite à cette conclusion qu'elle devait être, dans ses courses, aussi exposée à être reconnue que lui dans les siennes. Cette conclusion ne pourrait être légitime que si ses courses, à elle, avaient été de la même nature invariable et méthodique, et confinées dans la même espèce de région que ses courses, à lui. Il va et vient, à des intervalles réguliers, dans une périphérie bornée, remplie d'individus que leurs occupations, analogues aux siennes, poussent naturellement à s'intéresser à lui et à observer sa personne. Mais les courses de Marie peuvent être, en général, supposées d'une nature vagabonde. Dans le cas particulier qui nous occupe, on doit considérer comme très probable qu'elle a suivi une ligne s'écartant plus qu'à l'ordinaire de ses chemins accoutumés. Le parallèle que nous avons supposé exister dans l'esprit du *Commercial* ne serait soutenable que dans le cas des deux individus traversant toute la ville. Dans ce cas, s'il est accordé que les relations personnelles soient égales, les chances aussi seront égales pour qu'ils rencontrent un nombre égal de connaissances. Pour ma part, je tiens qu'il est, non seulement possible, mais infiniment probable que Marie a suivi, à n'importe quelle heure, une quelconque des nombreuses routes conduisant de sa résidence à celle de sa tante, sans rencontrer un seul individu qu'elle connût ou de qui elle fût connue. Pour bien juger cette question, pour la juger dans son vrai jour, il nous faut bien penser à l'immense disproportion qui existe entre les connaissances personnelles de l'individu le plus répandu de Paris et la population de Paris tout entière.

» Mais, quelque force que paraisse garder encore l'insinuation du *Commercial*, elle sera bien diminuée, si nous prenons en considération *l'heure* à laquelle la jeune fille est sortie. "C'est – dit *Le Commercial* – au moment où les rues sont pleines de monde, qu'elle est sortie de chez elle." Mais pas du tout ! Il était neuf heures du matin. Or, à neuf heures du matin, toute la semaine, *excepté le dimanche*, les rues de la ville sont, il est vrai, remplies de foule. À neuf heures, le dimanche, tout le monde est généralement chez soi, *s'apprêtant pour aller à l'église*. Il n'est pas d'homme un peu observateur qui n'ait remarqué l'air particulièrement désert de la ville de huit heures à dix heures, chaque dimanche matin. Entre dix et onze, les rues sont pleines de foule, mais jamais à une heure aussi matinale que celle désignée.

» Il y a un autre point où il semble que l'esprit d'observation ait fait défaut au *Commercial*. "Un morceau – dit-il – d'un des jupons de l'infortunée jeune fille, de deux pieds de long et d'un pied de large, avait été arraché, serré autour de son cou et noué derrière sa tête, probablement pour empêcher ses cris. Cela a été fait par des drôles qui n'avaient pas même un mouchoir de poche." Cette idée est fondée ou ne l'est pas, c'est ce que nous essayerons plus tard d'examiner ; mais, par ces mots : *des drôles qui n'ont pas un mouchoir de poche*, l'éditeur veut désigner la classe de brigands la plus vile. Cependant, ceux-là sont justement l'espèce de gens qui ont toujours des mouchoirs, même quand ils manquent de chemise. Vous avez eu occasion d'observer combien, depuis ces dernières années, le mouchoir de poche est devenu indispensable pour le parfait coquin.

— Et que devons-nous penser – demandai-je – de l'article du *Soleil* ?

— Que c'est grand dommage que son rédacteur ne soit pas né perroquet, auquel cas il eût été le plus illustre perroquet de sa race. Il a simplement répété des fragments des opinions individuelles déjà exprimées, qu'il a ramassés, avec une louable industrie, dans tel ou tel autre journal. "Les objets – dit-il – sont *évidemment* restés là pendant trois ou quatre semaines au moins, et *l'on ne peut pas* douter que le théâtre de cet effroyable crime n'ait été enfin découvert." Les faits énoncés ici de nouveau par *Le Soleil* ne suffisent pas du tout pour écarter mes propres doutes sur ce sujet, et nous aurons à les examiner plus particulièrement dans leurs rapports avec une autre partie de la question.

» À présent, il faut nous occuper d'autres investigations. Vous n'avez pas manqué d'observer une extrême négligence dans l'examen du cadavre. À coup sûr, la question d'identité a été facilement résolue, ou devait l'être ; mais il y avait d'autres points à vérifier. Le corps avait-il été, de façon quelconque, *dépouillé* ? La défunte avait-elle sur elle quelques articles de bijouterie quand elle a quitté la maison ? Si elle en avait, les a-t-on retrouvés sur le corps ? Ce sont des questions importantes, absolument négligées par l'enquête, et il y en a d'autres d'une valeur égale qui n'ont aucunement attiré l'attention. Nous tâcherons de nous satisfaire par une enquête personnelle. La cause de Saint-Eustache a besoin d'être examinée de nouveau. Je n'ai pas de soupçons contre cet individu ; mais procédons méthodiquement. Nous vérifierons scrupuleusement la validité des attestations relatives aux lieux où on l'a vu le dimanche. Ces sortes de témoignages écrits sont souvent des moyens de mystification. Si nous n'y trouvons rien à redire, nous mettrons

Saint-Eustache hors de cause. Son suicide, bien qu'il soit propre à corroborer les soupçons, au cas où on trouverait une supercherie dans les *affidavit*, n'est pas, s'il n'y a aucune supercherie, une circonstance inexplicable, ou qui doive nous faire dévier de la ligne de l'analyse ordinaire.

» Dans la marche que je vous propose maintenant, nous écarterons les points intérieurs du drame et nous concentrerons notre attention sur son contour extérieur. Dans des investigations du genre de celle-ci, on commet assez fréquemment cette erreur, de limiter l'enquête aux faits immédiats et de mépriser absolument les faits collatéraux ou accessoires. C'est la détestable routine des cours criminelles de confiner l'instruction et la discussion dans le domaine du relatif apparent. Cependant, l'expérience a prouvé, et une vraie philosophie prouvera toujours qu'une vaste partie de la vérité, la plus considérable peut-être, jaillit des éléments en apparence étrangers à la question. C'est par l'esprit, si ce n'est précisément par la lettre de ce principe, que la science moderne est parvenue *à calculer sur l'imprévu*. Mais peut-être ne me comprenez-vous pas ? L'histoire de la science humaine nous montre d'une manière si continue que c'est aux faits collatéraux, fortuits, accidentels, que nous devons nos plus nombreuses et nos plus précieuses découvertes, qu'il est devenu finalement nécessaire, dans tout aperçu des progrès à venir, de faire une part non seulement très large, mais la plus large possible aux inventions qui naîtront du hasard, et qui sont tout à fait en dehors des prévisions ordinaires. Il n'est plus philosophique désormais de baser sur ce qui a été une vision de ce qui doit être. L'*accident* doit être admis comme partie de la fondation. Nous faisons du hasard la matière d'un calcul rigoureux. Nous soumettons l'inattendu et l'inconcevable aux formules mathématiques des écoles.

» C'est, je le répète, un fait positif que la meilleure partie de la vérité est née de l'accessoire, de l'indirect ; et c'est simplement en me conformant au principe impliqué dans ce fait, que je voudrais, dans le cas présent, détourner l'instruction du terrain battu et infructueux de l'événement même pour la porter vers les circonstances contemporaines dont il est entouré. Pendant que vous vérifierez la validité des *affidavit*, j'examinerai les journaux d'une manière plus générale que vous n'avez fait. Jusqu'ici, nous n'avons fait que reconnaître le champ de l'investigation ; mais il serait vraiment étrange qu'un examen compréhensif des feuilles publiques, tel que je veux le faire, ne nous apportât pas quelques petits renseignements qui serviraient à donner une direction nouvelle à l'instruction.

Conformément à l'idée de Dupin, je me mis à vérifier scrupuleusement les *affidavit*. Le résultat de mon examen fut une ferme conviction de leur validité et conséquemment de l'innocence de Saint-Eustache. En même temps, mon ami s'appliquait, avec une minutie qui me paraissait absolument superflue, à examiner les collections des divers journaux. Au bout d'une semaine, il mit sous mes yeux les extraits suivants : “Il y a trois ans et demi environ, une émotion semblable fut causée par la disparition de la même Marie Roget, de la parfumerie de M. Le Blanc, au Palais-Royal. Cependant, au bout d'une semaine, elle reparut à son comptoir ordinaire, l'air aussi bien portant que possible, sauf une légère pâleur qui ne lui était pas habituelle. Sa mère et M. Le Blanc déclarèrent qu'elle était allée simplement rendre visite à quelque ami à la campagne, et l'affaire fut promptement assoupie. Nous présumons que son absence actuelle est une frasque de même nature, et qu'à l'expiration d'une semaine ou d'un mois nous la verrons revenir parmi nous. » *Journal du soir* – lundi, 23 juin[1].

« Un journal du soir, dans son numéro d'hier, rappelle une première disparition mystérieuse de Mlle Roget. C'est chose connue que, pendant son absence d'une semaine de la parfumerie Le Blanc, elle était en compagnie d'un jeune officier de marine, noté pour ses goûts de débauche. Une brouille, à ce qu'on suppose, la poussa providentiellement à revenir chez elle. Nous savons le nom du Lothario en question, qui est actuellement en congé à Paris ; mais, pour des raisons qui sautent aux yeux, nous nous abstenons de le publier. » – *Le Mercure* – mardi matin, 24 juin[2].

« Un attentat du caractère le plus odieux a été commis aux environs de cette ville dans la journée d'avant-hier. Un gentleman, avec sa femme et sa fille, à la tombée de la nuit, a loué, pour traverser la rivière, les services de six jeunes gens qui manœuvraient un bateau çà et là, près de la berge de la Seine. Arrivés à la rive opposée, les trois passagers mirent pied à terre, et ils s'étaient éloignés déjà du bateau jusqu'à le perdre de vue, quand la jeune fille s'aperçut qu'elle y avait laissé son ombrelle. Elle revint pour la chercher, fut saisie par cette bande d'hommes, transportée sur

1. *New York Express.*
2. *New York Herald.*

le fleuve, bâillonnée, affreusement maltraitée, et finalement déposée sur un point de la rive peu distant de celui où elle était primitivement montée dans le bateau avec ses parents. Les misérables ont échappé pour le moment à la police ; mais elle est sur leur piste, et quelques-uns d'entre eux seront prochainement arrêtés. » – *Journal du matin* – 25 juin[1].

« Nous avons reçu une ou deux communications qui ont pour objet d'imputer à Mennais[2] le crime odieux commis récemment ; mais, comme ce gentleman a été pleinement disculpé par une enquête judiciaire, et comme les arguments de nos correspondants semblent marqués de plus de zèle que de sagacité, nous ne jugeons pas convenable de les publier. » – *Journal du matin* – 28 juin[3].

« Nous avons reçu plusieurs communications assez énergiquement écrites, qui semblent venir de sources diverses et qui poussent à accepter, comme chose certaine, que l'infortunée Marie Roget a été victime d'une de ces nombreuses bandes de coquins qui infestent, le dimanche, les environs de la ville. Notre propre opinion est décidément en faveur de cette hypothèse. Nous tâcherons prochainement d'exposer ici quelques-uns de ces arguments. » – *Journal du soir* – mardi, 31 juin[4].

« Lundi, un des bateliers attachés au service du fisc a vu sur la Seine un bateau vide s'en allant avec le

1. *New York Courier and Inquirer.*

2. Mennais était un des individus primitivement soupçonnés et arrêtés ; plus tard, il avait été relâché par suite du manque total de preuves.

3. *New York Courier and Inquirer.*

4. *New York Evening Post.*

courant. Les voiles étaient déposées au fond du bateau. Le batelier le remorqua jusqu'au bureau de la navigation. Le matin suivant, ce bateau avait été détaché et avait disparu sans qu'aucun des employés s'en fût aperçu. Le gouvernail est resté au bureau de la navigation. » – *La Diligence* – jeudi, 26 juin[1].

En lisant ces différents extraits, non seulement il me sembla qu'ils étaient étrangers à la question, mais je ne pouvais concevoir aucun moyen de les y rattacher. J'attendais une explication quelconque de Dupin.

— Il n'entre pas actuellement dans mon intention – dit-il – de m'appesantir sur le premier et le second de ces extraits. Je les ai copiés principalement pour vous montrer l'extrême négligence des agents de la police, qui, si j'en dois croire le préfet, ne se sont pas inquiétés le moins du monde de l'officier de marine auquel il est fait allusion. Cependant, il y aurait de la folie à affirmer que nous n'avons pas le droit de supposer une connexion entre la première et la seconde disparition de Marie. Admettons que la première fuite ait eu pour résultat une brouille entre les deux amants et le retour de la jeune fille trahie. Nous pouvons considérer un second enlèvement (si nous savons qu'un second enlèvement a eu lieu) comme indice de nouvelles tentatives de la part du traître, plutôt que comme résultat de nouvelles propositions de la part d'un second individu ; nous pouvons regarder cette deuxième fuite plutôt comme le *raccommodage* du vieil amour que comme le commencement d'un nouveau. Ou celui qui s'est déjà enfui une fois avec Marie

1. *New York Standar.*

lui aura proposé une évasion nouvelle, ou Marie, à qui des propositions d'enlèvement ont été faites par un individu, en aura agréé de la part d'un autre ; mais il y a dix chances contre une pour la première de ces suppositions ! Et, ici, permettez-moi d'attirer votre attention sur ce fait, que le temps écoulé entre le premier enlèvement connu et le second supposé ne dépasse que de peu de mois la durée ordinaire des croisières de nos vaisseaux de guerre. L'amant a-t-il été interrompu dans sa première infamie par la nécessité de reprendre la mer, et a-t-il saisi le premier moment de son retour pour renouveler les viles tentatives non absolument accomplies jusque-là, ou du moins non absolument accomplies *par lui* ? Sur toutes ces choses, nous ne savons rien.

» Vous direz peut-être que, dans le second cas, l'enlèvement que nous imaginons n'a pas eu lieu. Certainement non ; mais pouvons-nous affirmer qu'il n'y a pas eu une tentative manquée ? En dehors de Saint-Eustache et peut-être de Beauvais, nous ne trouvons pas d'amants de Marie, reconnus, déclarés, honorables. Il n'a été parlé d'aucun autre. Quel est donc l'amant secret dont les parents (au moins pour la plupart) n'ont jamais entendu parler, mais que Marie rencontre le dimanche matin, et qui est entré si profondément dans sa confiance, qu'elle n'hésite pas à rester avec lui, jusqu'à ce que les ombres du soir descendent, dans les bosquets solitaires de la barrière du Roule ? Quel est, dis-je, cet amant secret dont la plupart, au moins, des parents, n'ont jamais entendu parler ? Et que signifient ces singulières paroles de Mme Roget, le matin du départ de Marie : “Je crains de ne plus jamais revoir Marie” ?

» Mais, si nous ne pouvons pas supposer que Mme Roget ait eu connaissance du projet de fuite, ne pouvons-nous pas au moins imaginer que ce projet ait été conçu par la fille ? En quittant la maison, elle a donné à entendre qu'elle allait rendre visite à sa tante, rue des Drômes, et Saint-Eustache a été chargé de venir la chercher à la tombée de la nuit. Or, au premier coup d'œil, ce fait milite fortement contre ma suggestion ; mais réfléchissons un peu. Qu'elle ait positivement rencontré quelque compagnon, qu'elle ait traversé avec lui la rivière et qu'elle soit arrivée à la barrière du Roule à une heure assez avancée, approchant trois heures de l'après-midi, cela est connu. Mais, en consentant à accompagner ainsi cet individu (*dans un dessein quelconque, connu ou inconnu de sa mère*), elle a dû penser à l'intention qu'elle avait exprimée en quittant la maison, ainsi qu'à la surprise et aux soupçons qui s'élèveraient dans le cœur de son fiancé, Saint-Eustache, quand, venant la chercher à l'heure marquée, rue des Drômes, il apprendrait qu'elle n'y était pas venue, et quand, de plus, retournant à la pension avec ce renseignement alarmant, il s'apercevrait de son absence prolongée de la maison. Elle a dû, dis-je, penser à tout cela. Elle a dû prévoir le chagrin de Saint-Eustache, les soupçons de tous ses amis. Il se peut qu'elle n'ait pas eu le courage de revenir pour braver les soupçons ; mais les soupçons n'étaient plus qu'une question d'une importance insignifiante pour elle, si nous supposons qu'elle avait l'intention de *ne pas* revenir.

» Nous pouvons imaginer qu'elle a raisonné ainsi : “J'ai rendez-vous avec une certaine personne dans un but de fuite, ou pour certains autres projets connus de moi seule. Il faut écarter toute chance d'être surpris ; il faut que nous ayons suffisamment de temps pour déjouer toute poursuite ; je donnerai à entendre que je vais rendre visite à ma tante et passer la journée chez elle, rue des Drômes. Je dirai à Saint-Eustache de ne venir me chercher qu'à la nuit ; de cette façon, mon absence de la maison, prolongée autant que possible, sans exciter de soupçons ni d'inquiétude, pourra s'expliquer, et je gagnerai plus de temps que par tout autre moyen. Si je prie Saint-Eustache de venir me chercher à la brune, il ne viendra certainement pas auparavant ; mais, si je néglige tout à fait de le prier de venir, le temps consacré à ma fuite sera diminué, puisque l'on s'attendra à me voir revenir de bonne heure, et que mon absence excitera plus tôt l'inquiétude. Or, s'il pouvait entrer dans mon dessein de revenir, si je n'avais en vue qu'une simple promenade avec la personne en question, il ne serait pas de bonne politique de prier Saint-Eustache de venir me chercher ; car, en arrivant, il s'apercevrait à coup sûr que je me suis jouée de lui, chose que je pourrais lui cacher à jamais en quittant la maison sans lui notifier mon intention, en revenant avant la nuit et en racontant alors que je suis allée visiter ma tante, rue des Drômes. Mais, comme mon projet est de ne *jamais* revenir – du moins avant quelques semaines ou avant que j'aie réussi à cacher certaines choses –, la nécessité de gagner du temps est le seul point dont j'aie à m'inquiéter."

» Vous avez observé, dans vos notes, que l'opinion générale, relativement à cette triste affaire, est et a été, dès le principe, que la jeune fille a été victime d'une bande de brigands. Or, l'opinion populaire, dans de certaines conditions, n'est pas faite pour être dédaignée. Quand elle se lève d'elle-même, quand elle se manifeste d'une manière strictement spontanée, nous devons la considérer comme un phénomène analogue à cette *intuition* qui est l'idiosyncrase de l'homme de génie. Dans quatre-vingt dix-neuf cas sur cent, je m'en tiendrais à ses décisions. Mais il est très important que nous ne découvrions pas de traces palpables *d'une suggestion extérieure*. L'opinion doit être rigoureusement la *pensée personnelle* du public ; et il est souvent très difficile de saisir cette distinction et de la maintenir. Dans le cas présent, il me semble, à moi, que cette *opinion publique*, relative à *une bande*, a été inspirée par l'événement parallèle et accessoire raconté dans le troisième de mes extraits. Tout Paris est excité par la découverte du cadavre de Marie, une fille jeune, belle et célèbre. Ce cadavre est trouvé portant des marques de violence et flottant sur la rivière. Mais il est maintenant avéré qu'à l'époque même ou vers l'époque où l'on suppose que la jeune fille a été assassinée, un attentat analogue à celui enduré par la défunte, quoique moins énorme, a été consommé par une bande de jeunes drôles, sur une autre jeune fille. Est-il surprenant que le premier attentat connu ait influencé le jugement populaire relativement à l'autre encore obscur ? Ce jugement attendait une direction, et l'attentat connu semblait l'indiquer avec tant d'opportunité ! Marie, elle aussi, a été trouvée dans la rivière ; et c'est sur cette même rivière que l'attentat connu a été consommé. La connexion des deux événements avait en elle quelque chose de si palpable, que c'eût été un miracle que le populaire *oubliât* de l'apprécier et de la saisir. Mais, en fait, l'un des deux attentats, connu pour avoir été accompli de telle façon, est un indice, s'il en fut jamais, que l'autre attentat, commis à une époque presque coïncidente, *n'a pas* été accompli *de la même façon.* En vérité, on pourrait regarder comme une merveille que, pendant qu'une bande de scélérats consommait, en un lieu donné, un attentat inouï, il se soit trouvé une autre bande semblable, dans la même localité, dans la même ville, dans les mêmes circonstances, occupée, avec les mêmes moyens et les mêmes procédés, à commettre un crime d'un caractère exactement semblable et précisément à la même époque ! Et à quoi, je vous prie, l'opinion *accidentellement suggérée* du populaire nous pousserait-elle à croire, si ce n'est à cette merveilleuse série de coïncidences ?

» Avant d'aller plus loin, considérons le théâtre supposé de l'assassinat dans le fourré de la barrière du Roule. Ce bosquet, très épais, il est vrai, se trouve dans l'extrême voisinage d'une route publique. Dedans, nous dit-on, se trouvent trois ou quatre larges pierres, formant une espèce de siège, avec dossier et tabouret. Sur la pierre supérieure on a découvert un jupon blanc ; sur la seconde, une écharpe de soie. Une ombrelle, des gants et un mouchoir de poche ont été également trouvés. Le mouchoir portait le nom : *Marie Roget.* Des fragments de robe étaient attachés aux ronces environnantes. La terre était piétinée, les buissons enfoncés, et il y avait là toutes les traces d'une lutte violente.

» Malgré l'acclamation dont la presse a salué la découverte de ce fourré, et l'unanimité avec laquelle on a supposé qu'il représentait le théâtre précis du crime, il faut admettre qu'il y avait plus d'une bonne raison pour en douter. Si le *véritable* théâtre avait été, comme l'insinue *Le Commercial*, dans le voisinage de la rue Pavée-Saint-André, les auteurs du crime, que nous supposerons demeurant encore à Paris, auraient naturellement été frappés de terreur par l'attention publique, si vivement poussée dans la vraie voie ; et tout esprit d'une certaine classe aurait senti tout de suite la nécessité de faire une tentative quelconque pour distraire cette attention. Ainsi, le fourré de la barrière du Roule ayant déjà attiré les soupçons, l'idée de placer les objets en question là où ils ont été trouvés a pu être inspirée très naturellement. Il n'y a pas de preuve réelle, quoi qu'en dise *Le Soleil*, que les objets retrouvés soient restés dans le fourré plus d'un très petit nombre de jours ; pendant qu'il est plus que présumable qu'ils n'auraient pas pu rester là, sans attirer l'attention, durant les vingt jours écoulés entre le dimanche fatal et l'après-midi dans laquelle ils ont été découverts par les petits garçons. "Ils étaient complétements *moisis* par l'action de la pluie – dit *Le Soleil*, tirant cette opinion de journaux qui ont parlé avant lui – et collés ensemble par la *moisissure*. Le gazon avait poussé tout autour et même les recouvrait partiellement. La soie de l'ombrelle était solide ; mais les branches en avaient été refermées ; la partie supérieure, là où l'étoffe était double et rempliée, étant toute *moisie* et pourrie par l'humidité, se déchira aussitôt qu'on l'ouvrit." Relativement au gazon, *ayant poussé tout autour et même recouvrant* les objets *partiellement*, il est évident que le fait ne peut avoir été constaté que d'après les dires résultant eux-mêmes des souvenirs des deux petits garçons ; car ces enfants enlevèrent les objets et les portèrent à la maison avant qu'ils eussent été vus par une troisième personne. Mais le gazon croît, particulièrement dans une température chaude et humide (comme celle qui régnait à l'époque du meurtre), d'une hauteur de deux ou trois pouces en un jour. Une ombrelle posée sur un terrain récemment gazonné peut, en une seule semaine être complètement cachée par l'herbe soudainement grandie. Et quant à cette *moisissure*, sur laquelle l'éditeur du *Soleil* insiste si opiniâtrement qu'il n'emploie pas le mot moins de trois fois dans le très court paragraphe cité, ignore-t-il réellement la nature de cette *moisissure* ? Faut-il lui apprendre que c'est une de ces nombreuses classes de *fungus*, dont le caractère le plus ordinaire est de croître et de mourir en vingt-quatre heures ?

» Ainsi nous voyons, au premier coup d'œil, que ce qui avait été si pompeusement allégué pour soutenir cette idée, *que les objets étaient restés dans le bosquet pendant trois ou quatre semaines au moins*, est absolument nul, en tant que preuve quelconque de ce fait. D'autre part, il est excessivement difficile de croire que ces objets aient pu rester dans le fourré en question pendant plus d'une semaine, pendant un intervalle plus long que celui d'un dimanche à l'autre. Ceux qui connaissent un peu les alentours de Paris savent l'extrême difficulté d'y trouver la *retraite*, excepté à une grande distance des faubourgs. Un recoin inexploré ou même rarement visité, dans ces bois et ces bosquets, est une chose insupposable. Qu'un véritable amant quelconque de la nature, condamné par son devoir à la poussière et à la chaleur de cette grande métropole, essaye, même pendant les jours ouvrables, d'étancher sa soif de solitude parmi ces décors de beauté naturelle et champêtre qui nous entourent. Avant qu'il ait pu faire deux pas, il sentira l'enchantement naissant rompu par la voix ou l'irruption personnelle de quelque goujat ou d'une bande de drôles en ribote. Il cherchera le silence sous les ombrages les plus épais, mais toujours en vain. C'est précisément dans ces coins-là qu'abonde la crapule ; ce sont là les temples les plus profanés. Le cœur navré de dégoût, le promeneur retournera en hâte vers Paris, comme vers un cloaque d'impureté moins grossière et conséquemment moins odieuse. Mais, si les environs de la ville sont ainsi infestés pendant les jours de la semaine, combien plus encore le sont-ils le dimanche ! C'est surtout alors que, délivré des liens du travail ou privé des occasions ordinaires favorables au crime, le goujat de la ville se répand vers les environs, non par amour de la nature champêtre, qu'il méprise de tout son cœur, mais pour échapper aux gênes et aux conventions sociales. Ce n'est pas l'air frais et les arbres verts qu'il désire, mais l'absolue *licence* de la campagne. Là, dans l'auberge, au bord de la route, ou sous l'ombrage des bois, n'étant plus contenu par d'autres regards que ceux de ses dignes compagnons, il se livre aux excès furieux d'une gaieté mensongère, fille de la liberté et du rhum. Je n'avance rien de plus que ce qui sautera aux yeux de tout observateur impartial, quand je répète que le fait de ces objets restant non découverts pendant une période plus longue que d'un dimanche à l'autre, dans un bosquet quelconque des environs de Paris, doit être considéré presque comme un miracle.

» Mais les motifs ne nous manquent pas qui nous font soupçonner que les objets ont été placés dans ce fourré dans le but de détourner l'attention du véritable théâtre du crime. Et d'abord, permettez-moi de vous

morceau de l'ourlet de la robe, qui avait été raccommodé... *Ils ressemblaient à des bandes arrachées...*" Ici, sans s'en apercevoir, *Le Soleil* a employé une phrase excessivement suspecte. Les fragments, tels qu'il nous les décrit, *ressemblent à des bandes arrachées*, mais à dessein et par la main. C'est un accident des plus rares, qu'un morceau d'un vêtement tel que celui en question puisse être *arraché entièrement* par l'action *d'une épine*. Par la nature même du tissu, une épine ou un clou qui s'y accroche le déchire rectangulairement – le divise par deux fentes longitudinales, faisant angle droit, et se rencontrant au sommet par où l'épine est entrée –, mais il est presque impossible de comprendre que le morceau soit complètement arraché. Je n'ai jamais vu cela, ni vous non plus. Pour arracher un morceau d'un tissu, il faut, dans presque tous les cas, deux forces distinctes, agissant en sens différents. Si l'étoffe présente deux bords, – si, par exemple, c'est un mouchoir – et si l'on désire en arracher une bande, alors, seulement alors, une force unique suffira. Mais, dans le cas actuel, il est question d'une robe, qui ne présente qu'un seul côté. Quant à arracher un morceau du milieu, lequel n'offre aucun côté, ce serait miracle que plusieurs épines le pussent faire, et *une seule* ne le pourrait. Mais, même quand le tissu présente un côté, il faudra deux épines, agissant, l'une dans les deux directions distinctes, et l'autre dans une seule. Et encore faut-il supposer que le bord n'est pas ourlé. S'il est ourlé, la chose devient presque impossible. Nous avons vu quels grands et nombreux obstacles empêchent que des morceaux soient arrachés par la simple action des épines ; cependant, on vous invite à croire que non seulement un morceau, mais plusieurs morceaux ont été arrachés de cette manière ! Et *l'un de ces morceaux était l'ourlet de la robe* ! Un autre morceau était *une partie de la jupe, mais non pas l'ourlet* – c'est-à-dire qu'il avait été complètement arraché, par l'action des épines, du milieu et non du bord de la jupe ! Voilà, dis-je, des choses auxquelles il est bien pardonnable de ne pas croire ; cependant, prises collectivement, elles forment un motif moins plausible de suspicion que cette unique circonstance si surprenante, à savoir que les objets aient pu être laissés dans ce bosquet par des *meurtriers* qui avaient eu la précaution d'emporter le cadavre. Toutefois, vous n'avez pas saisi exactement ma pensée, si vous croyez que mon dessein soit de *nier* que ce bosquet ait été le théâtre de l'attentat. Qu'il soit arrivé là quelque chose de grave, c'est possible ; plus vraisemblablement un malheur, chez Mme Deluc. Mais, en somme, c'est un point d'importance secondaire. Nous avons promis de tâcher de découvrir, non pas le lieu, mais les auteurs du meurtre. Tous les arguments que j'ai allégués, malgré toute la minutie que j'y ai mise, n'avaient pour but que de vous prouver, d'abord, la sottise des assertions si positives et si impétueuses du *Soleil*, ensuite et principalement, de vous amener, par la route la plus naturelle, à une autre idée de doute – à examiner si cet assassinat a été ou n'a pas pas été l'œuvre d'une *bande*.

» J'attaquerai cette question par une simple allusion aux détails révoltants donnés par le chirurgien interrogé dans l'enquête. Il me suffira de dire que ses conclusions publiées, relativement au nombre des prétendus goujats, ont été justement ridiculisées, comme fausses et complètement dénuées de base, par tous les anatomistes honorables de Paris. Je ne dis pas que la chose *n'ait pas pu*, matériellement, arriver comme il le dit ; mais je ne vois pas de raisons suffisantes pour sa conclusion – n'y en avait-il pas beaucoup pour une autre ?

» Réfléchissons maintenant sur *les traces d'une lutte*, et demandons ce qu'on prétend nous prouver par ces traces. La présence d'une bande ? Mais ne prouvent-elles pas plutôt l'absence d'une bande ? Quelle espèce de *lutte* – quelle lutte assez violente et assez longue pour laisser des traces dans tous les sens – pouvons-nous imaginer entre une faible fille sans défense et la bande de brigands qu'on suppose ? Quelques rudes bras l'empoignant silencieusement, c'en était fait d'elle. La victime aurait été absolument passive et à leur discrétion. Vous observerez ici que nos arguments contre le bosquet, adopté comme théâtre de l'attentat, ne s'y appliquent principalement que comme au théâtre d'un attentat commis par *plus d'un seul individu*. Si nous ne supposons *qu'un seul* homme acharné au viol, alors, et seulement ainsi, nous pourrons comprendre une lutte d'une nature assez violente et assez opiniâtre pour laisser des traces aussi visibles.

» Autre chose encore. J'ai déjà noté les soupçons naissant de ce fait, que les objets en question aient pu même demeurer dans le bosquet où on les a découverts. Il semble presque impossible que ces preuves de crime aient été laissées accidentellement là où on les a trouvées. On a eu assez de présence d'esprit (cela est supposé) pour emporter le cadavre ; et cependant une preuve plus concluante que ce cadavre même (dont les traits auraient pu être rapidement altérés par la corruption) reste, impudemment étalée sur le théâtre de l'attentat. Je fais allusion au mouchoir de poche, portant *le nom* de la défunte. Si c'est là un accident, ce n'est pas un accident du fait *d'une bande*. Nous ne pouvons nous l'expliquer que de la part d'un individu. Examinons. C'est un individu qui a commis le meurtre. Le voilà seul avec le spectre de la défunte. Il est épouvanté par ce qui gît immobile devant lui. La fureur de sa passion a disparu, et il y a maintenant dans son cœur une large place pour l'horreur naturelle de la chose faite. Son cœur n'a rien de cette assurance qu'inspire inévitablement la présence de plusieurs. Il est *seul* avec la morte. Il tremble, il est effaré. Cependant, il y a nécessité de mettre ce cadavre quelque part. Il le porte à la rivière, mais il laisse derrière lui les autres traces du crime ; car il lui est difficile, pour ne pas dire impossible, d'emporter tout cela en une seule fois, et il lui sera loisible de revenir pour reprendre ce qu'il a laissé. Mais, dans son laborieux voyage vers la rivière, les craintes redoublent en lui. Les bruits de la vie environnent son chemin. Une douzaine de fois il entend ou croit entendre le pas d'un espion. Les lumières mêmes de la ville l'effrayent. À la fin cependant, après de longues et fréquentes pauses pleines d'une profonde angoisse, il atteint les bords de la rivière, et se débarrasse de son sinistre fardeau, au moyen d'un bateau peut-être. Mais, *maintenant*, quel trésor au monde, quelle menace de châtiment, auraient puissance pour contraindre ce meurtrier solitaire à revenir par sa fatigante et périlleuse route, vers le terrible bosquet plein de souvenirs glaçants ? Il ne revient pas, il laisse les conséquences suivre leur cours. Il voudrait revenir qu'*il ne le pourrait pas* ! Sa seule pensée, c'est de fuir immédiatement. Il tourne le dos *pour toujours* à ces bosquets pleins d'épouvante, et se sauve comme menacé par le courroux du ciel.

» Mais si nous supposions une bande d'individus ? Leur nombre leur aurait inspiré de l'audace, si, en vérité, l'audace a jamais pu manquer au cœur d'un fieffé gredin ; et c'est de fieffés gredins seulement qu'on suppose une bande composée. Leur nombre, dis-je, les aurait préservés de cette terreur irraisonnée et de cet effarement qui, selon mon hypothèse, ont paralysé l'individu isolé. Admettons, si vous voulez, la possibilité d'une étourderie chez un, deux ou trois d'entre eux ; le quatrième aurait réparé cette négligence. Ils n'auraient rien laissé derrière eux ; car leur nombre leur aurait permis de *tout* emporter à la fois. Ils n'auraient pas eu besoin de *revenir*.

» Examinez maintenant cette circonstance, que, dans le vêtement du dessus du cadavre trouvé, *une bande, large environ d'un pied, avait été déchirée de bas en haut, depuis l'ourlet jusqu'à la taille, mais non pas arrachée. Elle était roulée trois fois autour de la taille et assujettie dans le dos par une sorte de nœud.* Cela a été fait dans le but évident de fournir *une prise* pour porter le corps. Or, une *troupe* d'hommes aurait-elle jamais songé à recourir à un pareil expédient ? À trois ou quatre hommes les membres du cadavre auraient fourni une prise non seulement suffisante, mais la plus commode possible. C'est bien l'invention d'un seul individu, et cela nous ramène à ce fait : *Entre le fourré et la rivière, on a découvert que les palissades étaient abattues, et la terre gardait la trace d'un lourd fardeau qu'on y avait traîné !* Mais une *troupe* d'hommes aurait-elle pris la peine superflue d'abattre une palissade pour traîner un cadavre à travers, puisqu'ils auraient pu, en le soulevant, le faire passer facilement par-dessus ? Une *troupe* d'hommes se serait-elle même avisée de *traîner* un cadavre, à moins que ce ne fût pour laisser des traces évidentes de cette traînée ?

» Et ici il nous faut revenir à une observation du *Commercial*, sur laquelle je me suis déjà un peu arrêté. Ce journal dit : "Un morceau d'un des jupons de l'infortunée jeune fille avait été arraché, serré autour de son cou, et noué derrière la tête, probablement pour empêcher ses cris. Cela a été fait par des drôles qui n'avaient même pas un mouchoir de poche."

» J'ai déjà suggéré qu'un parfait coquin n'était jamais *sans* un mouchoir de poche. Mais ce n'est pas sur ce fait que je veux spécialement attirer l'attention. Ce n'est pas faute d'un mouchoir, ni pour le but supposé par *Le Commercial* que cette bande a été employée ; ce qui le prouve, c'est le mouchoir de poche laissé dans le bosquet ; et ce qui montre que le but n'était pas *d'empêcher les cris*, c'est que cette bande a été employée de préférence à ce qui aurait beaucoup mieux satisfait au but supposé. Mais l'instruction, parlant de la bande en question, dit *qu'elle a été trouvée autour du cou, adaptée d'un manière assez lâche et assujettie par un nœud serré*. Ces termes sont passablement vagues, mais diffèrent matériellement de ceux du *Commercial*. La bande était large de dix-huit pouces, et devait, repliée et roulée longitudinalement, former une espèce de cordage assez fort, quoique fait de mousseline. Voici ma conclusion. Le meurtrier solitaire ayant porté le cadavre jusqu'à une certaine distance (du bosquet ou d'un autre lieu) au moyen de la bande *nouée* autour de la taille, a trouvé que le poids, en se servant de ce procédé, excédait ses forces. Il s'est résolu à traîner le fardeau ; il y a des traces qui prouvent que le fardeau a été traîné. Pour ce dessein, il devenait nécessaire d'attacher quelque chose comme une corde à l'une des extrémités. C'était autour du cou qu'il était préférable de l'attacher, la tête devant servir à l'empêcher de glisser. Et alors le meurtrier a évidemment pensé à se servir de la bande roulée autour des reins. Il l'aurait sans doute employée, si ce n'eût été l'enroulement de cette bande autour du corps, le *nœud* gênant par lequel elle était assujettie, et la réflexion qu'il fit qu'elle n'avait pas été *complètement arrachée* du vêtement. Il était plus facile de détacher une nouvelle bande du jupon. Il l'a arrachée, l'a nouée autour du cou, et a ainsi traîné sa victime jusqu'au bord de la rivière. Que cette bande, dont le mérite était d'être immédiatement à portée de sa main, mais qui ne répondait qu'imparfaitement à son dessein, ait été employée telle quelle, cela démontre que la nécessité de s'en servir est survenue dans des circonstances où il n'y avait plus moyen de ravoir le mouchoir – c'est-à-dire, comme nous l'avons supposé, après avoir quitté le bosquet (si toutefois c'était le bosquet), et sur le chemin entre le bosquet et la rivière.

» Mais, direz-vous, la déposition de Mme Deluc désigne spécialement une *troupe* de drôles, dans le voisinage du bosquet, à l'heure ou vers l'heure du meurtre. Je l'accorde. Je croirais même qu'il y avait bien une *douzaine* de ces troupes, telle que celle décrite par Mme Deluc, à l'heure ou *vers* l'heure de cette tragédie. Mais la troupe qui a attiré sur elle l'animadversion marquée de Mme Deluc, encore que la déposition de celle-ci ait été passablement tardive et soit très suspecte, est *la seule* troupe désignée par cette honnête et scrupuleuse vieille dame comme ayant mangé ses gâteaux et avalé son eau-de-vie sans se donner la peine de payer. *Et hinc illæ iræ ?*

» Mais quels sont les termes précis de la déposition de Mme Deluc ? “Une bande de mécréants parut, qui firent un tapage affreux, burent et mangèrent sans payer, suivirent la même route que le jeune homme et la jeune fille, revinrent à l'auberge *à la brune*, puis repassèrent la rivière en grande hâte.”

» Or, cette *grande hâte* a pu paraître beaucoup *plus grande* aux yeux de Mme Deluc, qui rêvait, avec douleur et inquiétude, à sa bière et à ses gâteaux violés – bière et gâteaux pour lesquels elle a pu nourrir, jusqu'au dernier moment, une faible espérance de compensation. Autrement, puisqu'il se faisait tard, pourquoi aurait-elle attaché de l'importance à *cette hâte* ? Il n'y a certes pas lieu de s'étonner de ce qu'une bande, même de coquins, veuille s'en retourner *en hâte*, quand elle a une large rivière à traverser dans de petits bateaux, quand l'orage menace et quand la nuit approche.

» Je dis *approche* ; car la nuit n'était *pas encore arrivée*. Ce ne fut *qu'à la brune* que la précipitation indécente de ces *mécréants* offensa les chastes yeux de Mme Deluc. Mais on nous dit que c'est le même soir que Mme Deluc, ainsi que son fils aîné, *entendit des cris de femme dans le voisinage de l'auberge*. Et par quels termes Mme Deluc désigne-t-elle le moment de la soirée où elle a entendu ces cris ? Ce fut, dit-elle, *peu après la tombée de la nuit.* Mais, *peu après la tombée de la nuit*, c'est au moins *la nuit*, et le mot *à la brune* représente encore le jour. Ainsi il est suffisamment clair que la bande a quitté la barrière du Roule avant les cris entendus par hasard (?) par Mme Deluc. Et quoique, dans les nombreux comptes rendus de l'instruction, ces deux expressions distinctes soient invariablement citées comme je les cite moi-même dans cette conversation avec vous, aucune feuille publique, non plus qu'aucun des mirmidons de la police n'a, jusqu'à présent, remarqué l'énorme contradiction qu'elles impliquent.

» Je n'ai plus qu'un seul argument à ajouter contre *la fameuse bande* ; mais c'est un argument dont le poids est, pour mon intelligence du moins, absolument irrésistible. Dans le cas d'une belle récompense et d'une grâce plénière offertes à tout témoin dénonciateur de ses complices, on ne peut pas supposer un instant qu'un membre quelconque d'une bande de vils coquins, ou d'une association d'hommes quelconque, n'aurait pas, depuis longtemps déjà, trahi ses complices. Chaque individu dans une pareille bande n'est pas encore si avide de la récompense, ni si désireux d'échapper, que *terrifié par l'idée d'une trahison possible.* Il trahit vivement et tout de suite, *pour n'être pas trahi lui-même.* Que le secret n'ait pas été divulgué, c'est la meilleure des preuves, en somme, que c'est un secret. Les horreurs de cette ténébreuse affaire ne sont connues que d'*un* ou deux êtres humains et de Dieu.

» Ramassons maintenant les faits, mesquins, il est vrai, mais positifs, de notre longue analyse. Nous sommes arrivés à la conviction, soit d'un fatal accident sous le toit de Mme Deluc, soit d'un meurtre accompli, dans le bosquet de la barrière du Roule, par un amant, ou au moins par un camarade intime et secret de la défunte. Ce camarade a le teint basané. Ce teint, le nœud savant de la ceinture et le nœud coulant des brides du chapeau, désignent un homme de mer. Sa camaraderie avec la défunte, jeune fille un peu légère, il est vrai, mais non pas abjecte, le dénonce comme un homme supérieur par le grade à un simple matelot. Or, les communications urgentes, fort bien écrites, envoyées aux journaux, servent à fortifier grandement notre hypothèse. Le fait d'une escapade antérieure, révélé par *Le Mercure*, nous pousse à fondre en un même individu ce marin et cet officier de l'armée de mer, déjà connu pour avoir induit en faute la malheureuse.

» Et ici, très opportunément, se présente une autre considération, celle relative à l'absence prolongée de cet individu au teint sombre. Insistons sur ce teint d'homme, sombre et basané ; ce n'est pas un teint légèrement basané que celui qui a pu constituer le *seul point* de souvenir commun à Valence et à Mme Deluc. Mais pourquoi cet homme est-il absent ? A-t-il été assassiné par la bande ? S'il en est ainsi, pourquoi ne trouve-t-on que les *traces* de la jeune fille ? Le théâtre des deux assassinats doit être supposé identique. Et lui, où est son cadavre ? Les assassins auraient très probablement fait disparaître les deux de la même manière. Non, on peut affirmer que l'homme est vivant, et que ce qui l'empêche de se faire connaître, c'est la crainte d'être accusé du meurtre. Ce n'est que maintenant, à cette époque tardive, que nous pouvons supposer cette considération agissant fortement sur lui – puisqu'un témoin affirme l'avoir vu avec Marie –, mais cette crainte n'aurait eu aucune influence à l'époque du meurtre. Le premier mouvement d'un homme innocent eût été d'annoncer l'attentat et d'aider à retrouver les malfaiteurs. L'intérêt bien entendu conseillait cela. Il a été vu avec la jeune fille ; il a traversé la rivière avec elle dans un bac découvert. La dénonciation des assassins aurait apparu, même à un idiot, comme le plus sûr, comme le seul moyen d'échapper lui-même aux soupçons. Nous ne pouvons pas le supposer, dans cette nuit fatale du dimanche, à la fois innocent et non instruit de l'attentat commis. Cependant, ce ne serait que dans ces circonstances impossibles que nous pourrions comprendre qu'il eût manqué, lui vivant, au devoir de dénoncer les assassins.

» Et quels moyens possédons-nous d'arriver à la vérité ? Nous verrons ces moyens se multiplier et devenir plus distincts à mesure que nous avancerons. Passons au crible cette vieille histoire d'une première fuite. Prenons connaissance de l'histoire entière de cet officier, ainsi que des circonstances actuelles où il est placé et des lieux où il se trouvait à l'époque précise du meurtre. Comparons soigneusement entre elles les diverses communications envoyées au journal du soir, ayant pour but d'incriminer une *bande*. Ceci fait, comparons ces communications, pour le style et l'écriture, avec celles envoyées au journal du matin, à une époque précédente, et insistant si fortement sur la culpabilité de Mennais. Tout cela fini, comparons encore ces communications avec l'écriture connue de l'officier. Essayons d'obtenir, par un interrogatoire plus minutieux de Mme Deluc et de ses enfants, ainsi que de Valence, le conducteur d'omnibus, quelque chose de plus précis sur l'apparence physique et les allures de *l'homme au teint sombre.* Des questions, habilement dirigées, tireront, à coup sûr, de quelqu'un de ces témoins des renseignements sur ce point particulier (ou sur d'autres), – renseignements que les témoins eux-mêmes possèdent peut-être sans le savoir. Et puis alors, suivons la trace de ce *bateau* recueilli par le batelier dans la matinée du lundi 23 juin, et qui a disparu du bureau de navigation, à l'insu de l'officier de service, et *sans son gouvernail*, à une époque précédant la découverte du cadavre. Avec du soin, avec une persévérance convenable, nous suivrons infailliblement ce bateau ; car non seulement le batelier qui l'a arrêté peut en constater l'identité, mais *on a le gouvernail sous la main.* Il n'est pas possible que qui que ce soit ait, de gaieté de cœur et sans aucune recherche, abandonné le gouvernail d'un bateau à voiles. Il n'y a pas eu d'*avertissement public* relativement à la découverte de ce bateau. Il a été silencieusement amené au bureau de navigation, et silencieusement il est parti. Mais comment *se fait-il* que le propriétaire ou le locataire de ce bateau ait pu, *sans annonce publique*, à une époque aussi rapprochée que mardi matin, être informé du lieu où était amarré le bateau saisi lundi, à moins que nous ne le supposions en rapports quelconques avec *la Marine*, rapports personnels et permanents, impliquant la connaissance des plus petits intérêts et des petites nouvelles locales ?

» En parlant de l'assassin solitaire traînant son fardeau vers le rivage, j'ai déjà insinué qu'il avait dû se procurer un *bateau*. Nous comprenons maintenant que Marie Roget a dû être jetée d'un bateau. La chose, très naturellement, s'est passée ainsi. Le cadavre n'a pas dû être confié aux eaux basses de la rive. Les marques particulières, trouvées sur le dos et les épaules de la victime, dénoncent les membrures d'un fond de bateau. Que ce corps ait été trouvé sans un poids, cela ne fait que corroborer notre idée. S'il avait été jeté de la rive, on y aurait évidemment attaché un poids. Seulement nous pouvons expliquer l'absence de ce poids, en supposant que le meurtrier n'a pas pris la précaution de s'en procurer un avant de pousser au large. Quand il a été au moment de confier le cadavre à la rivière, il a dû, incontestablement, s'apercevoir de son étourderie ; mais il n'avait pas sous la main de quoi y remédier. Il a mieux aimé tout risquer que de retourner à la rive maudite. Une fois délivré de son funèbre chargement, le meurtrier a dû se hâter de retourner vers la ville. Alors, sur quelque quai obscur, il aura sauté à terre. Mais le bateau, l'aura-t-il mis en sûreté ? Il était bien trop pressé pour songer à une pareille niaiserie ! Et même, en l'amarrant au quai, il aurait cru attacher une preuve contre lui-même ; sa pensée la plus naturelle a dû être de chasser loin de lui, aussi loin que possible, tout ce qui avait quelque rapport avec son crime. Non seulement il aura fui loin du quai, mais il n'aura pas permis au bateau d'y rester. Assurément, il l'aura lancé à la dérive.

» Poursuivons notre pensée. Le matin, le misérable est frappé d'une indicible horreur en voyant que son bateau a été ramassé et est retenu dans un lieu où son devoir, peut-être, l'appelle fréquemment. La nuit suivante, *sans oser réclamer le gouvernail*, il le fait disparaître. Maintenant, *où* est ce bateau sans gouvernail ? Allons à la découverte ; que ce soit là une de nos premières recherches. Avec le premier éclaircissement que nous en pourrons avoir commencera l'aurore de notre succès. Ce bateau nous conduira, avec une rapidité qui nous étonnera nous-mêmes, vers l'homme qui s'en est servi dans la nuit du fatal dimanche. La confirmation s'augmentera de la confirmation, et nous suivrons le meurtrier à la piste.

Pour des raisons que nous ne spécifierons pas, mais qui sautent aux yeux de nos nombreux lecteurs, nous nous sommes permis de supprimer ici, dans le manuscrit remis entre nos mains, la partie où se trouve détaillée l'investigation faite à la suite de l'indice, en apparence si léger, découvert par Dupin. Nous jugeons seulement convenable de faire savoir que le résultat désiré fut obtenu, et que le préfet remplit ponctuellement, mais non sans répugnance, les termes de son contrat avec le chevalier.

L'article de M. Poe conclut en ces termes[1] :

On comprendra que je parle de simples coïncidences et de *rien de plus*. Ce que j'ai déjà dit sur ce sujet doit suffire. Il n'y a dans mon cœur aucune foi au surnaturel. Que la Nature et Dieu fassent deux, aucun homme, capable de penser, ne le niera. Que ce dernier, ayant créé la première, puisse, à sa volonté, la gouverner ou la modifier, cela est également incontestable. Je dis : *à sa volonté* ; car c'est une question de volonté,

1. Note des éditeurs du *Magazine* dans lequel fut primitivement publié *Le Mystère de Marie Roget*.

et non pas de puissance, comme l'ont supposé d'absurdes logiciens. Ce n'est pas que la Divinité *ne puisse pas* modifier ses lois, mais nous l'insultons en imaginant une nécessité possible de modification. Ces lois ont été faites, dès l'origine, pour embrasser *toutes* les contingences qui *peuvent* être enfouies dans le *futur*. Car pour Dieu tout est *présent*.

Je répète donc que je parle de ces choses simplement comme de coïncidences. Quelques mots encore. On trouvera dans ma narration de quoi établir un parallèle entre la destinée de la malheureuse Mary Cecilia Rogers, autant du moins que sa destinée est connue, et la destinée d'une nommée Marie Roget jusqu'à une certaine époque de son histoire – parallèle dont la minutieuse et surprenante exactitude est faite pour embarrasser la raison. Oui, on sera frappé de tout cela. Mais qu'on ne suppose pas un seul instant que, en continuant la triste histoire de Marie depuis le point en question et en poursuivant jusqu'à son *dénoûment* le mystère qui l'enveloppait, j'aie eu le dessein secret de suggérer une extension du parallèle, ou même d'insinuer que les mesures adoptées à Paris pour découvrir l'assassin d'une grisette, ou des mesures fondées sur une méthode de raisonnement analogue, produiraient un résultat analogue.

Car, relativement à la dernière partie de la supposition, on doit considérer que la plus légère variation dans les éléments des deux problèmes pourrait engendrer les plus graves erreurs de calcul, en faisant diverger absolument les deux courants d'événements ; à peu près de la même manière qu'en arithmétique une erreur qui, prise individuellement, peut être inappréciable, produit à la longue, par la force accumulative de la multiplication, un résultat effroyablement distant de la vérité.

Et, relativement à la première partie, nous ne devons pas oublier que ce même calcul des probabilités, que j'ai invoqué, interdit toute idée d'extension du parallèle, l'interdit avec une rigueur d'autant plus impérieuse que ce parallèle a déjà été plus étendu et plus exact. C'est là une proposition anormale qui, bien qu'elle paraisse ressortir du domaine de la pensée générale, de la pensée étrangère aux mathématiques, n'a, jusqu'à présent, été bien comprise que par les mathématiciens. Rien, par exemple, n'est plus difficile que de convaincre le lecteur non spécialiste que, si un joueur de dés a amené les six deux fois coup sur coup, ce fait est une raison suffisante de parier gros que le troisième coup ne ramènera pas les six. Une opinion de ce genre est généralement rejetée tout d'abord par l'intelligence. On ne comprend pas comment les deux coups déjà joués, et qui sont maintenant complètement enfouis dans le passé, peuvent avoir de l'influence sur le coup qui n'existe que dans le futur. La chance pour amener les six semble être précisément ce qu'elle était à n'importe quel moment, c'est-à-dire soumise seulement à l'influence de tous les coups divers que peuvent amener les dés. Et c'est là une réflexion qui semble si parfaitement évidente, que tout effort pour la controverser est plus souvent accueilli par un sourire moqueur que par une condescendance attentive. L'erreur en question, grosse erreur, grosse souvent de dommages, ne peut pas être critiquée dans les limites qui me sont assignées ici ; et pour les philosophes elle n'a pas besoin de l'être. Il suffit de dire qu'elle fait partie d'une infinie série de méprises auxquelles la Raison s'achoppe dans sa route, par sa propension malheureuse à chercher la vérité *dans le détail.*

Table des matières

Edgar Poe, sa vie et ses œuvres 7
Double assassinat dans la rue Morgue 39
La Lettre volée 91
Le Scarabée d'or 119
Le Canard au ballon 173
Aventure sans pareille d'un certain Hans Pfaall..... 193
Manuscrit trouvé dans une bouteille 261
Une descente dans le Maelström........................ 279
La Vérité sur le cas de M. Valdemar 305
Révélation magnétique.. 319
Souvenirs de M. Auguste Bedloe........................ 335
Morella.. 351
Ligeia 361
Metzengerstein.. 385
Le Mystère de Marie Roget 399

Ouvrage composé par
PCA 44400 Rezé

Achevé d'imprimer en octobre 2021 par
La Nouvelle Imprimerie Laballery
58500 Clamecy (Nièvre)
N° d'impression : 110429
Dépôt légal : mai 2021

S31001/02

POCKET, 92 avenue de France, 75013 Paris

Imprimé en France